충격과 교감

충격과 교감— 한 프랑스 비평가의 한국문학 읽기
장 벨맹-노엘 비평집

초판 1쇄 발행_2010년 11월 22일

지은이_장 벨맹-노엘
옮긴이_최애영
펴낸이_홍정선 김수영
펴낸곳_㈜문학과지성사
등록_1993년 12월 16일 등록 제10-918호
주소_121-840 서울 마포구 서교동 395-2
전화_02)338-7224
팩스_02)323-4180(편집) 02)338-7221(영업)
전자우편_moonji@moonji.com
홈페이지_www.moonji.com

ISBN 978-89-320-2173-7

충격과 교감

한 프랑스 비평가의
한국문학 읽기

장 벨맹-노엘 비평집 ㅣ 최애영 옮김

문학과지성사
2010

한국의 독자들에게

프랑스어에는 쿠 드 쾨르coup de cœur[1]라는 표현이 있는데, 이것은 어떤 사물이나 사람에 대해 불현듯 솟아오르는 열정 혹은 영감을 가리킨다. 그 대상이 우리를 흥분시키고 우리에게 반응을 일으키는 순간에 우리는 왜 그러한 동요가 일어났는지 이유를 알지 못할뿐더러, 그 파장을 가늠할 수도 없다. 어쩌면 영원히 그 이유를 알 수 없고 그 모든 파장을 가늠할 수 없을지도 모른다. 그처럼 사람의 마음을 움직이고 영감을 주는 돌연한 열정이나 행복한 충격을 표현하는 비유적이고 암시적인, 그리고 정확히 그러한 울림을 갖는 표현이 한국어에도 있기를 바란다.

독자들이 이 책에서 읽게 될 내 글들은 매번의 '쿠 드 쾨르'들이다.

---

1) 이 표현을 문자 그대로 번역하면, 흔히 '날갯짓'이라 말하는 것처럼 '가슴 짓' 혹은 '가슴의 일격'이라 할 것이다. '가슴cœur'은 이차적으로 '마음' '감정' '애정', 더 나아가 '열의'를 뜻하며, 단어 'coup'는 '타격' '일격' '한 번의 행위 혹은 몸짓' 등을 뜻한다[옮긴이].

그것들은, 그 흔한 표현으로 말해, '나의 비밀스러운 정원'에 속한다. 여러 계절에 걸쳐 황홀한 마음으로 산책했던 서울 창덕궁의 비원을 생각하니, 그런 상투적인 표현이 진부하게 느껴지지 않는다. 이 책에 소개될 텍스트 연구들은 평소의 내 작업들과는 다르다. 보통 나는 내 모국어인 프랑스어로 쓰인 텍스트들에 집중하며 오직 내 고유의 전문 학술 방법론인 이른바 **텍스트분석**la textanalyse을 통해서만 독서한다. 그리고 나의 독서를 논문으로 작성하기 위해 다른 언어에는 적용하기 어려운 글쓰기 방식, 즉 프랑스어 고유의 어떤 유머 형태에 의해 광범위하게 조건 지어진 문체를 구사한다.

이 책에서 다루어질 소설들은 거의 팔십 년에 가까운 세월 동안 나의 사유 방식에 형태를 부여하고 내 기억을 채워온 문화에 속하지 않는다. 아주 객관적으로 볼 때 그것들은 상당 부분 내게 낯설다. 번역의 어려움을 파악하기 위해 알고 있으면 좋을 한국어를 나는 알지 못한다. 뿐만 아니라 서울대학교 초청교수로서 한 해를 서울에서 보내긴 했지만 많은 관습들이나 관례들 그리고 일상적인 습관들을 이해하기 위해서는 여전히 설명을 필요로 한다. 운 좋게도, 나는 십 년 가까이 임해온 공동 번역 작업 속에서 두 가지의 엄청난 혜택을 누릴 수 있었다. 첫째는 나의 언어를 훌륭하게 구사할 수 있는 한국인과 지속적으로 협력했다는 것인데, 그는 이 책을 번역한 최애영이다. 둘째는 첫째의 것과 연결되어 있는 것으로, 이 책에 소개된 텍스트들 대부분의 번역에 다양한 형태로 참여했다는 사실이다. 한 작품에 대한 접근으로서, 그것을 자신의 언어로 옮기기 위해 문장의 모든 세부들을 꼼꼼히 측정하고 음미하는 것보다 더 좋은 방법은 없다. 설사 나의 분석 대상이 된 이 작품들이 애초에 프랑스어로 씌었다 하더라도, 내가 그것들을 지금보다 더 잘 이해했을 것 같지는 않다.

그리고 나는 이 작품들을 잘 이해하는 것으로 그치지 않았다. 나는 그것들을 좋아했다. 내가 '쿠 드 쾨르'라 불렀던 것의 다른 한 양상이 바로 여기에 있다. 프랑스에서는—예를 들어 대학 강의 프로그램의 틀 속에서—내게 특별한 감탄이나 열정이 일어나지 않는 텍스트들에 대해 작업하는 경우도 있었다면, 이번만큼은 나의 관심을 사로잡고 내게 공감을 일으키고 애정을 부추긴 작품들에 대해서만 말할 수 있었다. 내가 이 작품들에 대한 애착을 갖게 된 데는 몇 가지 원인들이 있었고, 그로 인해 나는 그 작품들이 펼치는 장 전체 속에서 그것들과 친분을 맺고 싶어졌다. 아마 가장 중요한 원인은, 그것들 내부에는, 그리고 결국은 꽤 표면적일 뿐인 차이들 아래에는, 나를 사로잡은, 무의식의 수준에까지 나를 사로잡은, 감각과 감정상의 어떤 느낌 공동체가 있다는 점이다. 오래전부터 항상 나의 욕망을 끌어당겨온 한 영역[2] 속에 한 발을 들이고 그리고 몇 걸음 내딛는 데 나는 커다란 즐거움을 느꼈다. 나는 마음속으로 이것을 **문화 사이**l'entreculture라고 부르는데, 이 프랑스

---

2) 중학교와 고등학교에서 나의 프랑스어 심화 학습은 프랑스 문화의 근원인 고대 그리스어와 라틴어로 된 문학 텍스트들을 번역하는 것으로 수년간 이루어졌다. 그때부터 나는 번역 작업에 늘 커다란 매력을 느껴왔고, 독일 작가의 작품들을 번역하기도 했다. 그 예로서, 독일 중편소설인 빌헬름 옌센의 『그라디바』를 번역하여 그것에 대한 분석을 함께 엮어 책을 냈으며 (*Gradiva au pied de la lettre*, Paris: Puf, 1983), 후에 그 번역 텍스트는 프로이트의 저서에 통합되기도 했다(Wilhelm Jensen, "Gradiva, fantaisie pompéienne", traduit de l'allemand par Jean Bellemin-Noël, in Sigmund Freud, *Le délire et les rêves dans la Gradiva de W. Jensen*, Paris: Gallimard, 1986, pp. 29~135). 최근에는 옌센의 다른 소설, *Der rote Schirm*(Berlin, 1892)을 번역했고, 서문과 주석을 달아 머지않아 출판할 예정이다 (Wilhelm Jensen, *L'Ombrelle rouge*, récit traduit, présenté et commenté par Jean Bellemin-Noël, Paris: Imago, 2011).

어 단어는 내게 '둘 사이entre deux'와 '들어가다entrer,' 즉 함께 있다와 그 속에 있다라는 생각을 동시에 연상시킨다.[3]

조금 전에 나는 이 책에서 독자들이 대면하게 될 독서가 평소의 내 방식은 아니라고 밝혔다. 이를 통해 나는 전문가가 아닌 입장에서 총체적인 방식으로 읽으며 자유로이 반응하게끔 나 자신을 내버려두었다는 사실을 말하고 싶었다. 이 책의 번역자이자 내 친구이기도 한 최애영은 나의 옛 박사학위 지도학생으로서, 내 곁에서 나의 방법론을 배웠고 이제는 자기 자신의 방식으로 그것을 실천하고 있다. 그러므로 그는 이 모든 것을 잘 알고 있고, 이 책의 말미에 설명을 덧붙일 것이다.

간략하게 말해, **텍스트분석가**로서 나는 한 작품이 씌었던 역사적 사회적 조건이나 그 작자[4]가 문학의 장에서 아마도 겪었을 영향들, 혹은 그가 따르기를 원했던 미학적 의도들에 대한 고심이 없다. 그리고 작

---

3) 이 부분을 쓴 지 며칠 지나지 않은 어느 날, 르 클레지오가 'l'interculturel'이라는 좀더 국제적인 표현을 내세우며, 그것을 심화시키고 세계적 수준으로 확대하기 위한 재단을 설립하고 있다는 사실을 언론을 통해 알게 되었다.

4) 이 책에 종종 등장하는 두 단어의 차이점을 여기서 미리 밝히는 것이 좋을 듯하다. 프랑스어 'l'auteur'는 신문기사이든 책이든 시이든 자신의 집필을 책임지고 하나의 텍스트에 사인을 하는 사람이다. 그는 자신만의 독특한 생애와 의식, 무의식을 내포하는 정신세계와 역사를 가진 인간이다. 한국어에서는 (특히 작품과 관련하여 예를 들어 '작자 미상'이라는 표현을 쓰는 것처럼) '작자'라는 단어와 (어떤 책의) '저자'라는 단어, 이렇게 비슷한 두 단어가 이에 상응한다. 지금 우리의 책이 문학작품들과 관련되어 있으므로 역자는 **작자**라는 단어를 선택했다. 한편, 프랑스어 'l'écrivain'이라는 단어는 그 이전에는 아무도 말하지 않았던 것을 말하기 위해 그의 언어의 표현 한계를 극복하려고 애쓰는 누군가를 가리킨다. 표현 불가능한 것을 표현한다는 것은, 자신이 무엇을 말하고자 하는지 명확히 알지 못할뿐더러, 어느 누구에 의해서도 표명되지 않았고 들어본 적도 없는 것이기 때문에 자신이 무엇을 말하고 있는지도 알지 못한다는 사실을 내포한다. 이렇듯, 그는 작품의 주제나 내용이 아닌 '글쓰기 행위 자체'에 존재의미가 있다. 역자는 이러한 '창작자'라는 관점에서 이 단어를 작가라고 번역했다 〔옮긴이〕.

자의 의식적 무의식적 전기에 대한 고심도 없다. 한 독자가 한 텍스트를 만나는 순간, 그 텍스트 속에는 뭔가 무의식적으로 작용하는 것이 있으며, 나는 그것을 감지하고, 나 자신의 독자에게 그것을 느끼게 하기 위해 애쓴다. 독자들은 미처 알지 못하는 사이에 텍스트 속에서 어떤 충격을 경험하고 있고, 세계 어느 시대, 어느 지역의 것이든 상관없이, 바로 그 무의식적 경험이 그 텍스트가 아름답다고 그들의 방식으로 말하도록 부추기는 것이다. 텍스트분석은 이에 대해 설명하고자 한다.

다른 비평 전문가들의 여러 시각들 사이에 추가될 수 있을 다른 어떤 전문적인 시각을 기대하는 독자들을 위해 글을 쓰지 않는다는 사실로부터, 나는 내가 수년간 축적해온 철학, 테마 비평, 문학사회학적 비평, 혹은 서사학적 비평과 관련되는 몇몇 지식들을 활용함으로써 문학적인 것에 대한 일반적인 지식을 자유로이 동원해도 된다는 생각을 갖게 되었다. 그러한 지식들은 나의 해설들에 좀더 폭넓은 비전을, 좀더 포괄적인 양태를 부여해줄 것이다. 프로이트의 정신분석과 관련하여 말하면, 대부분의 한국인들은 '에고 심리학'이라 불리는 미국의 버전을 통해 프로이트의 이론을 배웠거나, 프로이트의 실천적 측면보다는 라캉의 이론적 측면에 더욱 관심을 갖는 것으로 보인다. 특히 정신분석의 전문적인 테크닉이 한국에서 통용되는 것들과는 꽤 다른 지식의 매개변수에 따라 진행된다는 점을 고려할 때, 테크닉의 측면에서 온건한 작업이 공감을 더 잘 얻어낼 것이며, 따라서 환기력이 더 클 것이라고 생각했다. 고백하건대, 이런 '다형적(多形的) 비평'의 경험은 내게 신선한 즐거움을 주었다. 때때로, 문득, 마치 산책자가 되어 한번쯤 망원경도 현미경도 없이 내 눈으로 직접 세계를 바라보는 것 같았다.

나의 글 쓰는 방식 또한 평소의 것과 똑같지는 않을 것이다. 독자들이 한국어로 옮긴 번역본을 읽을 것이기 때문에 내 글에 대해 어떤 생각을 갖는 게 힘들 것이라고 말하려는 게 아니다. 알다시피 이 괴리는 희망할 수 있는 최선의 번역의 경우에조차 적용되는 모든 번역의 법칙이다. 그럼에도 최애영의 한국소설 프랑스어 번역 작업을 지켜본 나에게는 그가 나의 프랑스어에 가장 가까운 한국어 표현을 찾아내리라는 믿음이 있다. 그러니까 내가 하고자 하는 말은 나의 비평 문체는 꽤 독특하며, 언제나 수사적 효과들로 가득하다는 것이다. 무의식은, 꼭 태양처럼, 정면으로는 바라볼 수 없는 것이다. 우리는 오직 간접적이고, 빗댄 방법으로, 따라서 재치 있고 교묘한 방법으로만 무의식에 대해 말할 수 있다. 정복자적 특성을 지닌 합리성의 언어는 단정적인 증명의 어조와 마찬가지로 내게 금지되어 있다. 어느 누구도 자신의 해석 대상에 대해 전적인 확신을 가질 수는 없으며, 설사 그의 직관이 그에게 제시된 것을 적나라하게 보았다 할지라도 그것은 명료한 의식의 눈이 용납할 수 없는 만큼 곧장 증발되어버릴 위험이 있다. 따라서 나는 직관적이고 자유로운 단어 유희나 기존의 단어 유희뿐만 아니라, 때로는 표현력이 더 강하다고 느껴지는 민속적인 표현들에도 많이 의지한다. 그러나 이 모든 것을 다른 언어에 통과시키는 것은 언제나 매우 어려운 일이다.

기왕에 이런 말을 꺼냈으니 여기에 한 예를 제시하기로 하겠다. 이 글을 시작하면서 '나는 이 책들에 대해 돌연한 열정을 느꼈다'라고 썼더라도, 겉보기에는 '나는 전격적으로 쿠 드 쾨르(가슴의 일격)를 받았다'라고 쓸 때와 동일한 사실을 말했을 것이다. 하지만 나를 친 '일격'이라는 단어와 2초 정도 뜀박질이 멈추었을 나의 '가슴'은 사라졌을 것이다. 그것은 상실되었을 것이다. 그러나 예기치 않던 유쾌한 발견들이 얼마나 깊은 곳까지 내 마음을 건드렸는지 짐작할 수 있는 것은 바로 그 단어들 덕택이다. 반복해서 말하자. 그것은 모든 번역에 적용되는 문제이다. 이 예를 통해 좀더 진전된 이야기를 할 수 있을 것 같다. 단어들의 어원적 연계를 느끼는 데 익숙한 프랑스 사람이라면 단어 '가슴(cœur, 쾨르)'이 음운적으로 그리고 의미적으로 '용기(courage, 쿠라주)'와 '진심 어림(cordialité, 코르디알리테)'과 가깝다는 사실을 떠올릴 것이다. 즉, 이미지에 따라 움직이는 나의 은밀한 마음은 /kœr, 쾨르/와 /kɔr, 코르/라는 근접한 두 소리를 연상해냈고, 내가 그 연상을 미처 깨닫지 못하는 사이에—그것을 채 알아차리기도 전에—내가 '쿠 드 코레(coup de Corée, 한국의 일격)'와 같은 어떤 것을 느꼈을 수 있다. 아무런 근거 없이 떠오른 기발한 생각처럼 '쿠 드 쾨르'라는 표현이 내 머릿속에 불쑥 솟아오른 진정한 이유가 바로 거기에 있었을 수 있다. 불가능하지 않다. 이때 문제의 중심에 있었던 것은 세계 전체, 특히 이 나라에서, 사람들의 펼친 가슴에서 그리고 실제 풍경들 혹은 문화적 풍경들과의 내밀한 접촉 속에서 내가 경험했던 감정이었다. 심장이 다른 곳에서보다 더욱 힘차게, 더욱 빨리, 더욱 강렬하게 뛰는 것이다. 저 유명한 표현, '빨리빨리!'가 그러한 경험의 간략하지만 진정성이 담긴 한 이미지를 제공해준다.

따라서 나는 프랑스어로만 표현되고 느낄 수 있는 글쓰기의 곡예를 줄이려고 애썼다. 그래도 꽤 남아 있다는 것을 금방 알아차릴 것이다. 그것은 나의 비평 작업이 지나치게 심각하거나 지나치게 구속적이지 않다는 인상을 독자에게 주기 위해 필요한 것이다. 독자들은 내가 유희를 즐기기를 좋아한다는 것과 어쩌면 나와 함께 즐기는 데서 뭔가 언는 게 있다는 것을 느끼게 될 것이다. 내가 보기에 가장 중요한 것은 영원성에 관하여 신빙성을 갖는 것이 아니라, 지금 여기서 설득력을 갖는 것이다. 나는 이성보다는 감성을 겨냥한다. 감동의 여운이 진할수록 우리는 지식을 잊어버린다……

　이 모든 것을 더 단순하게 설명할 수도 있었을 것이다. 프랑스 사람들은 가족의 일원이 되는 것보다 누군가의 친구가 되는 것이 더 가치 있다고 말한다. 가족은 주어지는 반면 친구는 우리 자신이 선택하고, 그의 선택을 받을 자격을 갖추기 위해 늘 노력하기 때문이다. 이 글을 쓰면서, 나는 가족이 무엇보다 중요한 민족의 시선에는 내가 뿌리 깊은 독특함을 지닌 존재로 비칠 것이라는 생각이 든다. 그러나 말하자. 여기에는 내가 영예롭게 생각하는 친구 같은 대상들에 바친 우정 어린 연구들이 있다. 그리고 나에 대해 우정을 가져주기를 바라고 내가 친구로 갖고 싶은 독자들에게 기쁜 마음으로 이 책을 바친다.
　문화 사이의 강물 위로 내가 띄운 이 작은 종이배가 이제 다정한 바람의 혜택을 입게 되기를 소망하자.

2010년 11월
장 벨맹-노엘

차례

문화 교류

― 한국소설과의 만남을 통하여[1]

처음 이 강연이 기획되던 무렵, 주최 측에서는 두 가지 테마에 접근하기를 희망했다. 아니, 두 가지 질문에 대답하기를 내게 원했다는 표현이 더 적절할 것 같다. 그 질문이란, 서구 비평가로서, 더 특수하게는 프랑스 비평가로서 내게 한국문학은 무엇을 가져다줄 수 있으며, 또 나는 한국문학 비평에 무엇을 가져다줄 수 있는가 하는 것이었다. 나는 유익하게 여길 수 있을 진실성 있는 대답을 찾는 일에 열의를 갖고 나섰다. 하지만 나는 내가, 아니 여러분과 나, 우리 모두가 어떤 역설적인 함정에 빠져 있다는 사실을 곧 깨닫게 되었다.

첫번째 질문에 대한 대답으로, 여러분은 내가 여러분 자신에 대해 말할 것이라고 기대하고 있다. 그것은 전적으로 자연스러운 일이다.

---

1) 이 글은 이화여대 한국문화연구원이 주최한 개교 50주년 기념 학술 강좌 시리즈의 하나로 2008년 10월 15일에 열렸던 강연을 글로 옮긴 것이다[옮긴이].

예를 들어 한국문학의 소설 작품들이 지니는 독창적인 면모, 타성으로 무감각해진 한 유럽인을 매혹시킬 수 있을 이국적 정취, 그런 것 말이다. 하지만 나는 주로 나 자신에 대해 말하게 될 것이다. 즉 나는 일반적으로 문학 속에서, 그리고 특히 외국문학, 지금의 경우에는 한국문학 속에서 내가 찾는 것이 무엇인지에 대해 말하게 될 것이다.

역으로, 두번째 질문에 관해서는, 논리적으로 보았을 때 내가 여러분에게 나 자신에 대해 말하도록 되어 있다. 다시 말해, 이 질문은 최선의 성공적인 비평이 되도록 연구하고 실천해온 나 자신의 비평방법론에 대해 말할 것을 내게 요구하고 있다. 하지만 이번에야말로 내가 여러분에 대해 말하게 될 것이다. 먼저 문학 비평에 대한 여러분의 관념과 인문학에 대한 여러분의 역량, 그중에서도 특히 정신분석에 대한 여러분의 소양에 대해 나 자신에게 묻고, 또한 여러분에게도 물을 것이다.

모든 역설적인 주제에 대한 접근이 그렇듯, 보다시피 이 강연 또한 약간의 도발과 함께 시작되었다. 이제부터 우리는 이 함정에서 빠져나가기 위해 함께 노력할 것이다. 이 두 질문 사이에 벌어진 거리를 좁혀야 할 필요성에 우리가 서로 동의하기만 한다면, 그것은 그리 어려운 작업만은 아닐 것이다. 여기에 또다시 역설을 내세우며, 이 두 질문이 실은 하나일 뿐이라고 말하지는 않으려 한다. 그러나 비록 명료하게 표명되지는 않았지만, 이 두 질문에 공통된 명제를 발견할 수는 있을 것 같다. 나는 이 명제를 청취라는 하나의 단어로 요약하고자 한다. 이 단어에 대해 강연을 펼치기에 앞서 우선 도식적으로 말하는 것이 좋을 듯하다. 나는 한국소설을 읽을 때 무엇보다 새로운 울림들을 발견해내려는 나 자신의 욕망을 만족시키고자 한다. 그리고 내가 이 자리에서 하고 싶은 일도 문학 텍스트들의 암묵적인 발화 속에서 생각되거나 웅얼거려지고 있는 것에 다른 방식으로 귀를 기울이고 싶은 욕망을 여러분에게 일깨우는 것이다.

한국문학에 대한 나의 접근에 대해 말하기에 앞서, 먼저 짚고 넘어가야 할 점들이 몇 있다. 첫번째는 심각한 문제인데, 그것은 내가 번역을 통해서만 한국문학을 읽을 수 있다는 사실이다. 이것은 나의 독서가 지금까지 번역된 것에만 전적으로 의지하고 있다는 사실을 의미한다. 나는 작품 선택이 어떻게 이루어졌는지(물론 상업성이 잣대가 되겠지만, 그 기준은 출판사나 영향력을 행사하는 그룹들에 따라 아마 조금씩 다를 것이다) 알 수 없을뿐더러, 번역의 질이 만족스러운지에 대해서도 확인할 수 없다.

이 점과 관련하여 문제는 한국 번역자에게 있는 것이 아님을 우선 말해야겠다. 내 경험에 따르면, 뭔가 잘못된 것이 있다면 그것은 프랑스 공역자들이 자질을 제대로 갖추지 못했기 때문이다. 그들의 번역이 부정확하다고 말하려는 게 아니다(더구나 내가 그걸 어떻게 알겠는가?). 문제는 그것의 부적절함을 너무도 자주 느끼게 된다는 것이다. 그들의 글이 프랑스어임에는 틀림없다. 하지만 등장인물의 대사나 현대 작가의 글에서, 그들의 프랑스어는 기괴하다는 느낌을 주는 경우가 허다하며, 때로는 도저히 견디기 힘든 경우조차도 있다.

여기서 한 가지 예만 들어보기로 하겠다. 안타깝게도 그것은 황순원의 『카인의 후예』에 관련된 것인데, 이 훌륭한 작품에 대해서는 잠시 후에 다시 언급할 기회가 있을 것이다. 이 이야기 속에 환기된 인물들의 상당 부분이 농민인데, 이들은 마치 17세기 프랑스의 유명한 희극

작가인 몰리에르의 작품에 나오는 농민처럼 말한다. 그들의 언어가 오늘날의 독자들에게는 우스꽝스럽기만 하다는 것을 여러분도 짐작할 것이다. 프랑스에 그런 말씨를 사용하는 마을은 이제 한 군데도 없을뿐더러, 이미 1950년대에 그러한 어법은 완전히 사라져버린 것이다!

진실임 직한 분위기를 재구성해내지 못하는 텍스트가 한 글쓰기의 세세한 부분들을 과연 제대로 표현해낼 수 있을까? 나처럼 내용보다는 형태에 더 관심이 있는 사람에게 이것은 아주 불편한 상황이다. 실제로 나는 한국의 역사적 측면에는 별 관심이 없다. 물론 어떤 사람들은 한국문학의 그러한 측면을 좋아할 수도 있다. 어쨌든 바로 이러한 이유로, 강연을 시작하면서 내가 여러분에게 먼저 나 자신에 대해 말하겠다고 한 것이다. 나의 관심을 끄는 것은 사물이 표현되는 방식에 있는데, 이 점에 잠시 머무는 것이 좋을 것 같다.

이야기되는 사건이 어떤 것이든, 또 그 사건이 벌어지는 지리적 시대적 맥락이 어떤 것이든, 방금 내가 말한 것은 사실이다. 물론 정확한 정치적 상황이 바탕이 되는 경우도 여기에 포함되는데, 번역가들이 주석을 제공해주지 않았을 때는 내가 직접 자료를 찾아보기도 한다. 나는 세계 모든 국가의 수천 권이 넘는 소설을 두루 읽었다. 그리고 일본 제국주의의 한국 침략과 유사한 나치의 점령을 어린 시절에 경험했던 적도 있다. 비록 5년 정도밖에 지속되지 않았지만 그 경험은 때로 아주 혹독했었다. 그런 만큼, 감히 말하건대, 지금 이 나이에 이르러, 인류의 집단적 현실에 대해 소설 작품들에서 내가 새삼 발견할 수 있을 만한 것은 더 이상 없다.

사건들의 심리학적 국면에 대해 말하자면, 한편으로 온갖 종류의 인류학적 연구들을 오랫동안 접해왔고, 다른 한편으로 한 여자와 한 남자의 결합으로 태어나, 가족 혹은 그와 유사한 환경 속에서 자라난 모든 존재들에게서 무의식은 어디서든 동일하다는 확고한 신념을 갖고 있는 나로서는 한국 민족의 심오한 특수성이 존재한다는 느낌이 특별히 들지 않는다.

실제로, 나는 1930년대 어느 프랑스 시골에서 자랐는데, 그곳 사람들이 드러내던 조상에 대한 존경과 망자에 대한 경배가 한국 사람들이 보여주는 것과 아주 다른 것 같지는 않으며, 그곳의 포도주 역시 한국의 소주와 그리 다르지 않다. 또한 1945년 이후 급격한 산업화를 목격했고, 1990년 이후로는 전방위적인 정보화 과정도 지켜보았다. 분명, 이러한 변모들이 여러분에게서만큼 급속도로 이루어지지는 않았다. 우리는 '빨리빨리'의 압력하에서 살지 않아도 되었던 것이다. 하지만 여러분이 여전히 부분적으로 보존하고 있고 '우리'라는 대명사로 요약하는 공동체적인 어울림의 의미를, 우리는 여러분보다 한 세기 먼저 점차적으로 상실했다. 어쨌든 '한국적 특성'이라고 부르고 싶은 것 속에서 나를 끌어당기는 것은 민속학적인 측면이 아니다.

나는 어려서부터 익혀 자연스럽게 말할 수 있는 언어에 나를 연결시켜주는 내 조국 외에 어떤 다른 나라에도 소속감을 느끼지 않는다. 나에게 한국적 특성이란 무엇보다 언어에 관련된 문제이다. 현대의 삶이 그렇게 요구하듯, 여러분은 대체로 2개국의 언어를 구사할 것이라 짐작하지만, 나는 그런 경험조차도 해보지 않았다. 나의 세대는 중학교(만 11~12세 무렵에 들어가는데, 당시는 오늘날에는 고등학교만을 가리키는 '리세'라고 불렀다)에 들어가면서 살아 있는 언어들을 배우게 되었다. 당시 나치가 점령해 있었던 데다, 내 고향의 지리적 위치로 인해, 내가 접근할 수 있는 언어들은 무엇보다 독일어와 이탈리아어였다. 그

대신 나는 두 개의 죽은 언어를 배웠다. 바로 라틴어와 그리스어이다. 이를 계기로, 나는 유럽의 언어들(영어, 스페인어, 포르투갈어)을 홀로 배우는 습관을 들이게 되었다. 이 점에 주목해주기 바란다. 말하기 위해서가 아니라, 읽기 위해서였다. 오로지 읽기 위해. 프랑스어에서 라틴어와 그리스어는 한국어에서 한자가 하는 역할을 부분적으로만 수행한다. 어원의 무게 때문이다. 이 점에 관해서도 잠시 후 더 말하게 될 것이다.

그러니까, 나는 순전히 프랑스어만을 말하는 사람이다. 비록 내가 모로코와 이스라엘 그리고 일본의 교토에 체류하는 동안 그곳에서 살기 위해 아랍어, 히브리어, 일본어의 기초적인 몇 마디를 배울 기회가 있긴 했지만, 집에 돌아오자마자 즉시 그 초보적인 지식을 잊어버렸다. 한국문학을 나와 함께 번역하는 나의 공역자가 들려주는 문장들에 내재하는 리듬 문제들을 감지하기 위해, 여러분의 문법에 대한 아주 미미한 지식이나마 얻기 위해 노력했다는 차이점만 빼면, 한국어의 경우도 마찬가지이다. 그런데 한국어 문법은 나의 문법과 너무도 다르다. 여러분의 언어인 한국어의 어휘에 관해서는 이 강연의 후반부에서 다시 말할 기회가 있을 것이니, 우선은 내가 어떤 마음으로 한국소설의 독서에 임하는지, 또 그 속에서 무엇을 찾고자 하는지를 이해해주기 바란다.

내가 그 속에서 찾는 것은 **한국적인 영혼**이 아니다. 나는 그것의 바탕이 나의 것과 동일하다고 확신한다. 다만 그 표면이 언제나 내게 낯설게 남아 있을 뿐이다. 한 가지 예를 들어보기로 하겠다. 한국어의 언어 층위의 종류는 여러분이 구사하는 바와 같은 수많은 예절 관련 표현들로 이루어져 있는데, 그것들을 적절하게 잘 사용할 줄 모르면 한국어를 말할 수가 없다. 이 점과 관련하여 나는, 모든 유럽인들처럼, 좋아하는 사람, 즉 친분을 쌓는 방법을 알게 된 사람들과는 말을 놓고 그렇지 않은 사람들과는 말을 높인다. 그것이 전부이다. 이것은 일상적인 삶에서는 중요하지만, 잘 번역된 문학 속에서는, 내가 생각하기에, 중대한 결과들을 낳지 못한다.

내가 찾는 것은 한마디로 세계의 현존을 느끼게 하는 다른 방식인데, 오직 한국문학에서만 만난 다른 어떤 방식이 있다. 내가 계속 나를 중심으로 이야기를 이어가는 것이 여러분에게 좀 따분할 것 같아 미안하지만, 여기에서도 여전히 내 이야기에 의존하지 않을 수 없을 것 같다. 한 만남에 관한 이야기이다. 실은 두 번의 만남이 있었다. 나는 만 9년 동안 최애영의 박사학위 과정을 지도했는데, 그가 서울에 돌아온 다음에도 우리는 우정의 관계를 유지했다. 하루는 내가 은퇴한 신분이니, 대산 재단에 제출할 본인의 번역 텍스트 몇 페이지를 검토해줄 여유가 혹 있을지 하고 물어왔다. 번역을 시도해볼 생각이었던 것이다. 나는 그의 후속 작업을 계속 읽어주기로 약속할 정도로 그 작품에 강렬한 흥미를 느꼈다.

지금도 여전히 나는 나를 번역에 참여하게 한 첫번째 계기가 공역 작업에 있었는지 아니면 그 대상 텍스트에 있었는지 솔직히 알 수가 없다. 문제의 작품은 이인성의 『낯선 시간 속으로』였다. 나는 그것과 비슷한 어떤 작품도 그전에는 읽어본 적이 없었다. 그리고 그것은 조금 전에 내가 떠올렸던 두번째 만남의 기회가 되었다. 그것은 바로 그 작품의 작자와의 만남이었는데, 내가 서울대학교에서 강의를 하던 해(2003)에는 그가 나의 동료이기도 했다. 그의 작품 속에서 나는 흔히들 '글쓰기'라고 부르는 어떤 독창적인 시도를 만났다. 한 번도 표현된

적이 없는 그러나 영원히 표현 불가능하게 남아 있도록 운명 지어지지는 않은 무엇을, 세계에 대한 우리의 인식을 넓히는 방식으로 표현하기 위한 모험적이면서도 열렬한 어떤 시도 말이다.

마침내 우리는 이 모든 전제조건들을 뒤로하고 본질적인 것에 도달하게 되었다. 추상적인 것 속에 머물러 있으면서 일반적인 방법으로 말하기를 원치 않으므로, 여러분의 문학 속에서 표본이 될 만한 세 편의 유명한 장편소설을 통해 빠르게 환기시키기로 하겠다. 그것들은 황순원의 『카인의 후예』, 최인훈의 『광장』 그리고 우리가 함께 번역한 이인성의 『미쳐버리고 싶은, 미쳐지지 않는』, 이렇게 세 작품이다. 내게 이 소설들을 분류할 생각이 있는 만큼, 그것들을 흥미롭게 만드는 것과 그것들의 흥미를 상대적으로 떨어뜨리는 것이 무엇인지 드러내 보이도록 하겠다.

첫번째 작품에 문학적 가치를 부여하는 것은 신화적인 배경들이다. 먼저, 제목이 대략적으로 그려주듯, 성서적 서사시 속에 우리를 위치시키는 배경이 있다. 여기에 박훈과 삼득 사이의 대결 이야기가 한 몫을 하게 된다. 박훈은 도섭 영감에 대한 공경으로 인해 이자를 형제처럼 생각한다. 그런데 도섭은 훈에게 아버지의 역할을 대행하다가 결국 그를 배신하게 된다. 그다음, 이것은 나에게는 특히 매력적인 요소인데, 오작녀에게서 출발하는 신화적 배경이다. 그녀는 한편으로는 유명한 열녀 춘향과 연결되고(남원의 광한루 공원 한구석의 상징적인 이름과 그녀의 이름 사이의 유사성의 효과), 다른 한편으로는 "큰애기바위"에 관한 지역 전설에 연결된다. 이 배경들이 불러일으키는 미미한 떨림마저 없다면, 이 이야기는 두 한국 사이의 분열이라는 틀 속에서 실패한 사랑이야기로 축소되고 말 것이다. 다시 말해 내게는 거의 아무런 관심거리도 없다는 말이다.

내가 진정으로 새로운 어떤 문학의 계시를 본 것은 『광장』[2]에서였다. 이 작품에 내포된 서사는 굉장한 혁신을 보여주었다. 우선, 이 소설은 단선적인 서사의 장애를 피해가고 있다.[3] 연대기적 이야기를 예술적 작품으로 변신시키기 위해서는 세르반테스나 디킨스, 발자크, 위고 혹은 도스토옙스키의 위력이 필요하다. 하지만 원하든 원하지 않든, 단선적인 서사는 오직 증언만을 제공할 위험성이 있다. 그런데 이 소설에는 무언가가 마치 현실인 것처럼 눈앞에서 벌어지고 있다. 이처럼 사건들이, 말하자면 내 눈의 표면에서 나의 내면으로 더 깊이 들어가기 위해서는 내가 '글쓰기'라고 부르는 것이 실현되어야 한다. 과거 회귀의 순간들과 함께 나타나기 시작하는 구조 해체의 효과는 이야기가 한 타인의 의식에 의해 여과된 사건들로 구성되었다는 사실을 단박에 알려준다. 그리고 추억들은 비록 불충분할지라도 어떤 변모를 지향해 나아간다. 더구나 우리는 플롯의 맥락을 뻔히 알고 있을 때는 뒤따라올 사건을 알고자 하는 열성으로 책을 탐독하지 않는다.

---

2) 이 단어는 내게 매우 복잡한 문제를 던진다. 왜냐하면 프랑스어에서, 'place'는 다양한 의미로 매우 흔히 사용되는 단어이기 때문이다. 이 단어는 때로, 모든 사람들이 교차하는 '공적인 공간place publique'을 지칭하지만, 또한 '공간의 몫'(자리의 여분이 있다il y a de la place), 때로는 '정확한 장소'(나는 그것을 제자리에 정리했다je l'ai rangé à sa place), 때로는 어떤 장소를 차지할 권리(극장 좌석 값을 지불하다payer sa place au cinéma), 때로는 위계질서 속에서의 서열(마지막 자리를 치지히다occuper la dernière place) 등을 의미하기도 한다. 'place'라는 단어가 프랑스어 번역본에서 자주 등장하는데, 나는 그것이 어떤 의미의 '광장'에 관련된 것인지 전혀 알 수가 없다. 번역가들은 이 점에 대해 충분히 생각하지 않았거나 해결책을 찾지 못했다. 아니면 이 문제를 아예 무시해버렸다.

3) 오정희의 『새』(1996)와 『불망비』(1983)와 같은, 한국적 삶과 분위기로 충만한 소설들에 대해 같은 점을 지적하고자 한다. 한 서양인 독자에게 이 작품들의 매력은 장소와 풍습과 사고 방식의 낯섦에 기인한다. 최근에 이뤄진 이 번역은 매우 직획한 이조를 띠고 있다는 짐도 아울러 지적하겠다.

최인훈의 소설 속에서 내 마음에 드는 것은 수동적으로 따라가는 대신 끊임없이 공동 작업을 해나간다는 것이다. 예를 들어, 혼란에 빠진 사회문화적인 공간들이 문제될 때마다 '광장'이라는 단어가 반복적으로 출현하는 순간들을 따라가야 하는데, 이 단어에 대한 철학적 이론이 다른 한편으론 이 소설 앞부분의 미라 애호가인 정 선생과의 토론에서 시도되고 있다.[4] 마찬가지로, 명준과 윤애의 만남이 있은 다음부터는 갑판 위에서 그의 최종적인 자살을 앞둔 순간에 이르기까지 갈매기들이 날아올라 비상하는 광경을 따라가야 한다. 그리고 이 소설의 마지막 장면에서 왜 하필 두 마리의 갈매기가, 그것도 큰 새 한 마리와 작은 새 한 마리가 있는지 이해하기 위해서는 낙동강 전투가 벌어지던 그 시절 은혜가 자신이 아마도 임신을 했을 것이라고 암시한다는 점, 어쩌면 딸을 임신했을 것이라고 암시한다는 점에 또한 주목했어야만 한다. '은혜'라는 이름은, 나의 서툰 발음으로는, '윤애'라는 이름의 철자 순서를 바꾼 것처럼[5] 들리고, 따라서 이 두 인물은 명백히 한 여인의 두 버전이자 두 운명이라고 할 수 있다.

해체된 구성과 단어들이나 상징적 사물들의 여정은 단지 이 이야기가 갖는 새로움의 표면적인 측면을 형성할 뿐이다. 그러나 그것은 우정이나 애정의 차원, 정치적 차원 그리고 실존적 차원에서의 복합성이나, 모순들, 혹은 자신의 삶과 타인들의 삶에 대한 우리 의식의 흔들림을 표현하려는 작가의 욕망을 드러내 보여준다. 자연을 바라보고, 자

---

4) 최인훈, 『광장/구운몽』, 최인훈 전집 1, 문학과지성사, 2005, pp. 55~56.
5) '은혜'를 프랑스어로 옮긴 이름, 'Un-hye'은 '운예'로 발음된다. 프랑스인의 귀에 '운예'와 '윤애'라는 두 이름 사이에는 'ㅜ+ㅣ+ㅔ'에서 'ㅣ+ㅜ+ㅐ'로 모음 순이 뒤바뀐 것처럼 들린다 [옮긴이].

연을 엿듣고, 자연을 호흡하는 이명준의 독특하고 심오한 방식을 느끼기 위해서는, 변 선생의 집 그의 방 창가나, 인천 바닷가, 혹은 낙동강 유역의 작은 동굴에서, 반 페이지 정도를 그와 함께 지나가는 것으로도 충분하다. 이것은 박훈이 산막골 고갯마루에서 그의 마을의 경치를 관찰하면서 우리에게 보여주고 싶은 것을 묘사할 때와는 판이하게 다르다.

『광장』과 같은 작품의 독서는 우리 소설 문학의 현대성에 대해 매우 고무적인 비전을 제공한다. 이제 이인성의 작품에 대해 언급하기로 하겠다. 우리는 그의 작품과 함께 아방가르드로, 다시 말해 내일의 문학 속으로 한 걸음 더 나아가는 것 같다. 서양에서는 최근 10여 년 이래 이 신조어를 마구 남용했기 때문에, 나는 **포스트모더니티**라는 말을 쓰는 것을 좋아하지 않는다. 앞서 언급한 묘사들의 세부 사항에서 다시 출발하면, 최인훈과 함께, 세계에 대한 시선은 우리의 몽상을 이끌어가는 영혼 전체의 약동이 되었다. 『미쳐버리고 싶은, 미쳐지지 않는』에서는 글쓰기 자체가 세계가 되고, 우리는 사물들 속에 존재하게 되며 우리 자신이 그 사물 자체가 된다고까지 말할 수 있을 것이다. 지리산의 험준한 산악지대 속에서든, 검은 나무 한 그루와 검은 우물이 있는 한 작은 검은 집을 굽어보는 자동차 안에서든, 혹은 땅 끝을 연장해나가는 조그만 섬들 앞에서든, 우리 눈앞에 펼쳐지는 것은 우리가 단순히 목격하고 있는 게 아니다. 그 순간이 아무리 시적이었다 할지라도, 그것은 우리가 함께 나누는 강렬한 경험이다. 세계의 리얼리티들의 요동과 박동 속으로 파묻히는 그런 경험인 것이다.

나는 세 층위와 반쪽의 여분으로—바로 이 '반쪽'은 상당히 중요한 요소이다!—이루어진 이 소설의 다중적 서사의 복합성에 대해 이 자리에서 언급하지는 않을 것이다. 비록 그것이 눈부시게 풍부하고 혁신적인 특징이긴 하지만, 더욱더 새로운 다른 한 특징을 환기시키는 것으로 이 소설에서 경험하는 매혹의 극치를 표현할까 한다. 그것은 바로 무의식의 현존이다. 그것은 먼저 회상의 기능을 개선하기 위해 그리고 아주 어린 시절까지 거슬러가기 위해 혹은 자신의 삶을 거쳐간 여인들을 묘한 방법으로 연결시키는, 상궤를 벗어난 유사성들의 유희를 이해하기 위해, 물론 말로 표명하지는 않지만, 자신의 기억 메커니즘을 분해하는 데 열중하는 시인 김윤수(혹은 그의 본명, 김수윤. 순서가 뒤바뀐 두 소리로 구성된 이 두 이름이 벌써 하나의 고찰 테마가 될 수 있지 않을까?)의 경험 요소로서의 무의식이다. 그리고 그 무의식이 바로 그 시인의 글쓰기 자체 속에 풍부하게 작용하고 있다. 예를 들어 그가 지리산의 순백색의 두터운 눈밭 속에 빠져든 채 자신의 환상 속으로 깊이 빠져들 때 말이다.

요컨대, 나는 지금까지 다른 어떤 문학도 내게 가져다준 적이 없는 것을 제공해주기를 여러분의 문학에 요청한다. 왜냐하면 이제 여러분도 이해했듯이, 내가 문학하는 것을 좋아한다면, 그것은 나 자신을 다른 사람들에게 드러내 보여줌으로써 나 자신을 발견해낼 수 있도록, 글을 쓰고 싶은 강렬한 욕구를 부추기는 무언가를 문학이 내게 제공해주기 때문이다. 언제나 나 자신의 더 많은 것을, 동시에 '나'와 내 내면의 '타자'를 발견해낼 수 있도록! 여기서 우리는 두번째 테마로 넘어가기 좋은 맥락에 이른 것 같다.[6]

나는 왜 정확히 **청취**라는 말을 떠올렸을까? 이 단어를 나는 정신분석적 상황을 설명할 때보다 더 확대된 의미로 사용했다. 즉, 여기서 이 단어는 정신분석적 용어가 갖는, 엄밀하게 '무의식적'이라는 특정 의미를 넘어서 이해되는 것이다. 다시 말해 그 단어를 통해 나는 우리로 하여금 한 문학 텍스트를 아름답다고 느끼게 해줄 수 있는 모든 것을 겨냥하고 있었다. 따라서 처음 접촉하는 순간 우리에게 감명이나 강렬한 충격을 주지 않는 것까지도 여기에 포함이 된다. 매번의 독서마다 새로운 의미 선들과 새로운 일관성의 지대들을 발견하게 해주는 모든 풍부한 연상들이 이 문제의 단어와 함께 내 염두에 있었던 것이다. 원칙적으로 문학 텍스트는 의미가 열려 있는 텍스트이다. 왜냐하면, 작자 자신부터 글을 쓰는 동안 본인이 무엇을 말하고 있는지 다 알지 못하기 때문이다. 그는 말로 표현할 수 없는 것으로 여겨지던 것을 말하려고 애썼기 때문에 '작가'라는 이름을 가질 자격이 있다.

작가는 오직 한 가지 사실만을 알고 있을 뿐이다. 그것은 자신이 발화하는 것에 대해 일부분밖에는 알지 못한다는 사실, 즉 자신이 그 순

---

6) 한국문학에는 프랑스 문학에서보다 단편소설들이 더 많은 것 같다. 이에 대해 한마디 덧붙이는 게 좋을 것 같다(이 장르에서, 모파상과 바르베 도르빌리Barbey d'Aurevilly의 성공작이 한계를 너무도 멀리까지 밀고 나아가서 프랑스 문학의 토양 위에는 단편소설이 더 이상 싹을 틔우지 않는다고 할지도 모르겠다). 나는 우연찮게 꽤 많은 수의 한국 단편소설들을 읽었다. 왜냐하면 여러 권의 작품 선집들이 단편소설들로 채워져 있었기 때문이다. 여담으로 하는 말이지만, 이 가운데 몇몇 작품집은 그 나름의 관심을 끌 만한 가치가 있는 것들도 있었다. 장 노엘-쥐테Jean Noël-Juttet의 기획으로 *Nouvelle Revue Française*의 최근 호들에(n° 585와 586, Gallimard, 2008년 4월, 6월) 소개된 것들이 좋은 예가 될 수 있겠다. 어쨌든 김영하에 대해 내가 개인적으로 매우 좋은 인상을 받았다는 사실을 언급했어야 하지 않나 싶다. 그것은 순전히 환상fantasme에 불과한 것을 기이한 이야기인 것처럼 환상적fantastique 색채로 풀어나가는 그의 방식 때문인데, 어쨌든 최애영과 내가 번역한 두 단편소설, 「도마뱀」(부분 발표)과 「피뢰침」(학술지 발표. *Lecture Littéraire*, n° 9. "Lecture et psychanalyse", Presses Universitaires de Reims, décembre 2007. 프랑스 한국문학 및 문화 전문 웹 매거진, 『글마당』 n° 7, 〈www.keulmadang.fr〉, 2010년 9월)에서 그렇게 느꼈다. 이 두 작품은 기이한 상황 속에서 관능이 깨어난 두 여성이 문제되는데, 그러한 기이한 상황 설정 덕택으로, 많은 여성들의 많은 몽상들 속에서 아주 일반적으로 벌어지는 것들이 기묘한 형태로 재현될 수 있는 게 아닌가 여겨진다.

간에 발화하고 있는 것이 다른 사람들에게나 혹은 다른 순간의 그 자신에게 무엇을 의미할 수 있는지에 대해 오직 일부분밖에 알지 못한다는 사실을 말한다. 그는 오직 그 부정적인 사실만을 알고 있고, 그 나머지, 글을 쓰도록 그를 부추기므로 긍정적인 것임에 틀림없는 그 나머지는 느끼기만 할 따름이다. 이제 현재 우리의 관심 대상이 되고 있는 이 문학 비평의 영역에서 앎과 느낌 사이에 구분을 명확히 지어야 할 것 같다. 먼저 내게 '느낌'이란 사람들이 아무것에나 마음의 문을 여는 것을 의미하지 않는다는 점을 분명히 말하겠다. 달리 말해 이것은 망상으로 치달을 수 있는 통제되지 않은 개인적 인상에 대한 터무니없는 절대적인 숭배를 의미하는 게 아니라는 뜻이다. 이 점에 있어서 기준은 합의(교감)라는 것으로 남아 있다. 섬세한 해석과 망상적인 해석 사이의 운명은 비평가가 느끼는 것을 대중이 자신 또한 느낀다고 인정하는 동의의 순간에 갈라진다.

방금 나는 해석에 대해 말하면서 또 하나의 핵심적인 단어를 꺼냈다. 비평은 ─내게 그것은 언제나 해석학에 속한다─의학처럼 하나의 기교이다. 왜냐하면 그것은 일반적인 지식과 개인적인 느낌을 전제로 하기 때문이다. 역사, 사회학, 언어학, 인류학 그리고 심리학까지 포함한 거의 과학에 가까운 학문 분야들이 설명해주는 요소들 너머에는 여전히 어떤 형용 불가능한 것이 남아 있으며, 그 앞에서 사람들은 텍스트의 아름다움이나, 그것을 읽는 데서 얻는 즐거움에 대해 이야기하게 된다. 여기서 나는 무엇이 아름답다고 외치는 것과 무엇에서 즐거움을 느끼는 것 사이에 어떤 차이도 두지 않는다. 이 두 경우 모두, 우리가 새로운 의미 지평을 발견하게 되리라는 것을 알기 때문에 그 대상과 다시 만날 준비가 되어 있다는 것을 의미한다. 이때 그 형용 불가능한 것을 묘사하기 위해서는, 작가 고유의 작업이라고 할 창조적 글쓰기를 모방하는 한이 있더라도, 모든 것을 시도할 가치가 있다. 그리고 그러한 작업은 바로 롤랑 바르트, 장-피에르 리샤르Jean-Pierre Richard, 장 스타로뱅스키Jean Starobinski와 같은 비평가들의 영광이 되었다.

내가 이 모든 것을 상기시켰다고 해서 여러분이 새삼 무슨 중요한 것을 배웠을 것이라고 생각하지는 않는다. 하지만 다른 표현방식은 그것의 새로움으로 인해 발견의 기회가 될 수도 있다. 나는 그 사실을 경험으로 알고 있다. 왜냐하면 2003년 서울대학교 불어불문학과의 내 동료들은 바슐라르, 질베르 뒤랑, 혹은 리샤르 식으로, 신화들, 자연의 요소들, 감수성의 카테고리들, 관능의 형태들 등등의 사슬들을 따라감으로써, 텍스트의 암묵적인 발화에 귀 기울이는 방법을 학생들에게 가르치고 있었기 때문이다. 짐작하건대, 그들은 '텍스트를 비스듬한 시선으로 읽는' 그런 다양한 방법들이 결코 서로 배타적이지 않으며, 문학적인 글들에 대한 문학적 접근에서 최대한의 혜택을 누리기 위해 그것들이 상호 보완적일 수 있다는 사실을 학생들에게 설명해주었을 것이다.

내가 또 하나의 다른 방법을 가르치기 위해 서울대학교에 초청되었다는 사실 자체는 두 가지 사실을 말해준다. 첫째는 그들이 내가 (심리적 전기 비평이나 샤를 모롱Charles Mauron의 심리 비평과 구분하기 위해) '텍스트분석'이라고 명명한, 무의식을 통한 나의 접근방법론의 정당성을 인정하고 있었다는 것이다. 둘째는 외국 교수에게 도움을 청했으므로 그들이 그것을 일반화하고 교과과정에 깊이 편입시키는 생각에는 저항하고 있었다는 것이다. 물론 그것은 어디까지나 부분적인 저항이었다. 왜냐하면 한국에는 그러한 작업을 할 수 있는 교육자들이 많지가 않았을뿐더러 신뢰를 얻은 것 같지도 않기 때문이다. 이제 내 입장에서 나는 여러분에게 두 가지 사실을 설득하고자 한다. 첫째는 프로이트식의 실천이 생산적이고 가능하다는 것이다. 둘째는 프로이트의 이론이 방금 간략하게 언급했던 비평가들과 비교했을 때 실은 단순히 보충적인 접근 방법이 아니라, 그것들의 심층, 말하자면 모든 비평 층위의 공통된 뿌리이며,[7] 따라서 그것들을 더욱더 정당화시킬 수 있는 방법이라는 것이다.

예술적 실현들 속에서 무의식을 찾는 작업에 바쳐진 청취를 프로이트의 방법으로 실천하는 것은 과연 합당한 것일까? 그렇다고 하겠다. 그 이론적 증거로서, 그가 '문외한의 정신분석'이라 부른 것에 대한 전반적인 고찰들[8] 속에서나, 『그라디바』에 관한 연구[9]와 백일몽에 관한 논문[10] 속에서 그가 긍정한 명제들만을 들어보겠다. 먼저, 그러한 작업을 하기위해 정신분석가와 함께 자신을 분석했고 치료사의 자격으로 정신분석을 실천할 필요가 전혀 없다는 사실에 대해서는, 내가 바로 그 산증인이라 하겠다. 두 가지 조건만 충족시키면 될 것이다. 프로이트를 읽었을 것. 그리고 그 이론의 사용을 통해 자기 자신의 저항들과 맹목들을 확인하면서 자기 자신의 무의식에 관해 스스로 경험하게 되는 발견들 앞에서, 늘 쉬운 것은 아니지만 초연함을 유지하는 데 익숙

---

7) 예를 들어 프루스트에 바쳐진 장-피에르 리샤르의 책이 생각난다. 이 책에서는, 페이지 상단에서 분석되는 감수성에 관한 테마들의 언어 체계가 페이지의 나머지 반쪽 하단에서 정신분석적 언어 체계로 옮겨지고 있다.
8) 프로이트, 「비전문가 분석의 문제」, 프로이트 전집 15, 『정신분석학 개요』, 열린책들, 2004.
9) 프로이트, 「빌헬름 옌젠의 「그라디바」에 나타난 망상과 꿈」, 프로이트 전집 14, 『예술, 문학, 정신분석』, 열린책들, 2004.
10) 「작가와 몽상」, 위의 책.

해질 것.[11]

일단 이 모든 것을 받아들이게 되었으니, 이제 **텍스트분석**은 또 하나의 해석학적 접근의 길처럼 습득될 수 있다는 사실, 즉 여러분에게 강한 인상을 남긴 다른 비평가들의 실천 작업을 공부하고 그들보다 더욱 훌륭하게, 아니면 적어도 그들만큼 잘하려고 노력함으로써 텍스트분석이 습득될 수 있다는 사실을 공리로 내세우겠다. 텍스트분석은 어떤 특별한 재능을 요구하지도 않으며, 정신분석가의 분석실에서 수년간을 보냈어야 한다는 사실을 전제로 하지도 않는다. 다만, 자기 자신의 언어에 대한 깊이 있는 지식과, 중대한 의미 작용들의 조직망 속에서 첫눈에는 핵심적인 역할을 할 것 같지 않은 몇몇 의미 효과들에 귀를 기울이려는 고심과 약간의 감수성이 필요할 뿐이다. 좋은 청취 자세들에 대해서는, 나는 여러 번 반복해서 설명한 바 있다. 가장 우선적으로, **무의식에 고유한 언어를 고려하는 것**이 언제나 관건이다. 달리 말해, '1차 과정들'의 유희에 순응하는 것이 관건이다. '1차 과정들'이란 가공되지 않은 상태의 이미지들의 언어 체계로서, 부정을 할 줄 모르며 연대기적 순서를 고려할 줄도 모르고 모순을 피할 줄도 모를뿐더러 연역적 귀납적 논리도 모르며 단지 사람들이 연상이라고 부르는 것만을 행한다. 그런데 연상들은 엄청나게 자유롭고 다양하다. 그것들은 (시의 문체에 기인하는 소리 울림의 효과들까지 포함한) 시니피앙들 사이의 반향들을 통해 이루어지며, 일상적인 인접성(환유)이나 다소 모호한 유사성(은유)으로 인해 시니피에들 사이의 반향들을 통해서도 이루어진

---

11) 그렇다고, 그러한 자기분석적 단편(斷片)들 속에 정식으로 하는 분석과 동등한 것이 있다고는 결코 말할 수는 없다.

다. 이에 더하여, 수사학이 오래전부터 일목요연하게 정리해놓은, 다양한 생각들의 수사(반어법이 주목할 만하다)와 단어들의 수사(모순어법이 중요한 위치를 차지한다) 방식들도 존재한다.

여기에 어원의 지식에서 유럽 언어들이 끌어낸 혜택들을 덧붙이고자 한다. '욕망désir'이라는 단어가 라틴어 'desiderium'에서 유래했다는 사실은 내가 보기에 시사적이다. 이 라틴어 단어는 '아쉬움'을 의미하는데, 이것은 어머니의 자궁 밖에 나온 아이처럼 자신의 자리(sedes) 밖으로(de) 내던져졌을 때 느끼는 감정을 가리킨다. 혹은, 강박 신경증자는 적군에 포위된 도시와 유사하다는 생각 또한 마찬가지로 시사적이다. 한자를 알고 있는 한국인들은 이와 유사한 가능성들을 누릴 수 있을 것이라 짐작된다. 이웃한 관념들의 질서 속에서 주술적이거나 불교적인 몇몇 관습들에 대한 참조들은 유대-그리스도교 문명이 나의 형성 과정 속에서 내게 가르쳐준 것들을 대체할 것이다. 여러분의 문명에 속하는 신화나 전설 들도 마찬가지이다. 한 문화적 사건에 대한 모든 비유는 어떤 의미를 적재하고 운반할 수 있다. 문자 그대로 받아들이는 상투적인 표현들이나 흔히 사용되는 단어 하나까지 포함해서 말이다. 그런데 과거에는 사람들이 그런 것에 주의를 기울이지 않았다. 프랑스어에서는 의자와 침대는 '발'을 갖고 있고, 말[馬]은 '다리'를 갖고 있으며, 동사 '날다'는 '불법적으로 훔치다'와, 새처럼 '공중에서 이동하다'를 모두 뜻한다…… 더 이상 강조할 필요는 없을 것 같다.

까다로운 점이 있긴 하다. 비평가(텍스트분석가)가 어떻게 자신의 해석을 대중에게 소통시킬 것인가 하는 측면을 말하려는 것이다. 글쓰기의 취향과 언어감각은 그리 쉽게 습득될 수 있는 게 아닌 것 같다. 그런데 이 난점은 청취의 다른 측면에 관련된 문제라고 하겠다. 일반적으로 비평가의 해석은 섬세한 작업이다. 그것은 때로는 순식간에 사라져버릴 수 있는 미묘한 것이며 때로는 반박의 여지도 있다. 이 사실을 놓고 볼 때, 비평가는 오직 자신의 메시지를 독자들에게 통과시킬 수 있을 때에만 그들의 설득을 기대할 수 있다. 나는 이것을 **재활성화**[12]라 부르는데, 그것은 비평가의 글쓰기가 단순히 그의 독자의 의식에 작용하는 것이 아니라 무의식에 작용하고, 그의 글쓰기를 통해 그 자신의 무의식적인 반응들의 씨앗을 뿌려서 이것들이 독자의 무의식 속에서 싹을 틔우고 꽃을 피워야만 하기 때문이다. 이제부터는 독자들이 의식 지하의 세계의 힘들을 미처 몰랐던 과거 시절에 했던 것처럼 텍스트를 읽을 수 없도록 말이다.

유혹하기 위해서는 어떻게 해야 할까? 유머가 최선의 방법일 것 같다. 그것은 사물들을 돋보이게 해줄 것이라 여겨지는 한 시각에 가치를 부여하고 있음을 암시하면서도, 교조적인 어조로 하나의 해석을 강요하지 않게 해준다. 그러한 어조는 비평가가 모든 것을 다 알고 있는 듯한 인상을 주어서 독자를 불쾌하게 만들기만 할 뿐이다. 아무튼 이 영역에서는 결코 어떤 것도 보장된 것이 없으며, 본질적인 것은 매번의 독서마다 우리의 무의식은 자신이 감지하는 환상들을 즐기는 반면 의식은 그 만족감의 이유들을 의심한다는 사실이다. 우리는 언제나 우리 자신의 독자들에게 좀더 많은 행복을 가져다주기 위해 작업하고, 독자들은 그들 자신의 즐거움을 텍스트의 아름다움이나 성공의 몫으로 돌릴 것이다.

---

12) 프랑스어 단어 'la relance'는 받은 공을 되던진다는 의미를 갖고 있는데, 여기서 이 이미지를 떠올리는 것이 좋을 것 같다[옮긴이].

마지막으로, 사람들이 노련하다고 믿고 있는 한 독자에게서 무의식이 어떻게 기능하는지 구체적으로 보여주면서 이 강연을 마치기로 하겠다. 이것은 최근에 내게 실제로 있었던 한 일화이다. 지난 8월부터 나는 연세대학교에서 할 이인성의 책에 대한 강연을 준비했다. 서울행 비행기를 타기 전날, 나는 기이한 꿈을 꾸었는데, 그때 나의 강연 텍스트는 번역이 이미 끝난 상태였다. 꿈에서 깨어났을 때 나는 마지막 장면을 제외하고는 아무것도 기억나지 않았다. 꿈속에서 나는 전화 수화기 끝에 연결된 나선형의 줄과 비슷하게 생긴 탯줄과 씨름하고 있었다. 내 어머니의 육체와의 관계들을 보여주는 이 명백한 의미 이면에서 그 장면이 무엇을 의미할 수 있는지 자문했다. 그러자마자 불쑥 해결책이 솟아올랐다. "이 중요한 원초적 줄을 떠올리기 위해 너의 무의식이 어떤 전화선 이야기를 네게 들려주었던 것이야……" 계시였다. "너의 관심을 집중시키던 일에서 전화기에 관련된 중요한 한 가지 사항을 무시했어!" 그런데 『미쳐버리고 싶은, 미쳐지지 않는』에는 전화기가 곳곳에 등장한다. 주인공은 잊어버리고 싶은 한 여인에게서 전화가 올까 두려워하지만, 다른 한편으로 그를 잊어버린 여인에게는 감히 전화를 하지 못한다. 한데 그는 자동차로 함께 여행을 떠나기 위해 그와 합류하게 될 세번째 여인에게는 실제로 전화를 하게 된다. 그는 한 여관방에서 이 모든 것을 다시 생각하게 되는데, 어느 순간, 그 방의 벽을 따라 전화선을 추적하겠다는 엉뚱한 생각이 그의 머리에 떠오른다. 그러고는 창문을 통해 건물 벽에 수직으로 설치된 비상계단을 타고 건물 꼭대기까지 기어올라간다. 옥상에서 그는 별이 총총한 하늘 속으로 선들이 사라져버린다고 환상한다. 그리고 소설은 바로 그 이미지에서 끝이 난다. 주인공은 옥상에서 무엇을 할까? 그는 머리를 바닥에 대고 두 발을 공중에 세우며 물구나무를 선다. 이때 주머니에 있던 잭나이프가 반쯤 열린 상태로 미끄러져 바로 그의 코앞에 떨어진다…… 과연 그는 탯줄을 끊기 위해 그 칼을 사용할까? 우리는 그 답을 영원히 알 수 없을 것이다. 덧붙여, 몇 되지 않는 그의 어린 시절의 추억들 중에 하나가 긴 줄에 연결된 장난감 연이라는 사실을 상기시키기로 하겠다. 그리고 그의 환상들 중에 하나가 그의 여인들 중의 세번째 여인을 재현하고 있다는 사실도 떠올리고자 한다. 그녀는 세 여인들 중에 가장 현재 시점에 존재하면서 누구보다 자유로우며, 이 환상 속에서는 벌거벗은 채 끊어진 연줄을 허리 둘레에 칭칭 감고 있다. 이 두 사실을 기억할 때 이야기는 감탄스러울 정도로 복잡해진다……

다른 줄들이 우리가 따라와주기를 기다리고 있다는 사실, 그리고 내 꿈속의 줄이 무의미하지 않았으며, 진정으로 끝난 것은 아무것도 없다는 사실을 나와 마찬가지로 여러분도 알게 되었다. 이것으로 강연을 마친다.

갈매기와 유령

—— 최인훈의 『광장』[1)]

> "비평가란, 자기만은 박래품이라는 망상에 걸린 불쌍한 미치광이
> 의 별명이지요. 이런 광장들에 대하여 사람들이 가진 느낌이란 불
> 신뿐입니다. 그들이 가장 아끼는 건 자기의 방, 밀실뿐입니다.
> [……] 그의 마지막 숨을 구멍이기 때문이지요."
>
> —— 이명준이 정 선생과 나눈 대화에서, 『광장』

알랭 로브그리예의 유명한 소설 『엿보는 자』의 몇몇 구절이 보여주
듯, 갈매기는 눈이나 비상 혹은 울음소리로 어떤 강렬한 연상을 불러
일으키는 매우 독특한 새이다.

눈은 이 새가 지상의 휴식 상태에서 우리에게 보여주는 것이다. 즉,

---

1) 이 소설의 프랑스어판은 Ch'oe Inhun, *La Place*, traduit du coréen par Ch'oe Yun & Patrick
Maurus, Arles: Actes Sud, 1994이다. 이 책에 주어진 정보에 따르면, 이 소설은 1976년에
발행된 책을 근거로 번역되었다. 그러나 고백하건대, 역자는 인용문의 출처를 참조할 텍스트
판본을 선택하는 데 꽤 어려움을 겪었다. 역자는 프랑스어 번역본에 명시된 원본의 출판 연
도를 근거로, 처음에는 이 글의 인용문의 출처를 1976년 전집판, 즉 문학과지성사의 『최인훈
전집』 제1권을 참조하기로 결정했고, 1984년에 인쇄된 27쇄본을 사용했었다. 그러나 앞으로
보게 되겠지만, 1973년 민음사판의 일부도 참조해야만 하는 경우가 발생했다. 뿐만 아니라
명백히 1976년판이 번역된 마지막 인용문에서는 1989년판의 흔적도 약간 발견되어, 1989년
판의 재판으로 보이는 전집 제4판본(36쇄, 문학과지성사, 2005)을 추가로 참조해야 했다.
최종 서문인 1989년판 머리말에 따르면, 이 판본에는 1976년판에 대해, 띄어쓰기나 철자법
상의 변화 그리고 가로쓰기 전환으로 인한 표기상의 수정과 더불어 약간의 표현상의 수정이
가해졌다. 벨맹-노엘의 인용과 관련된 부분에 한해 말하면, 1973년 민음사판과 1976년 문학

옆모습의 눈이다. 그것은 정면으로는 눈을 갖고 있지 않다. 다시 말해 이 새는 정면을 바라보지 않으며, 우리 또한 정면으로는 그것의 눈을 볼 수가 없다. 땅에 내려앉아 있을 때 이 새는 자신을 관찰하는 자를 차갑게 관찰하고 누가 자신을 관찰하고 있나 주린 듯이 찾는다. 불안에 들떠 있고 또 불안하게 만드는 그 동그란 눈은 언제나 놀란 듯하다. 실제로 그것은 비스듬한 시선으로 바라보며 감시를 한다. 그것은 보초를 서며 지켜보는 눈이다. 더욱 나쁘게는 그것은 수용소나 감옥 감시자의 눈이다. 어떤 것도 그것을 기습할 수는 없으며 현혹시키는 것은 더더욱 어렵다. 그것은 너무도 은밀한 곳에 물러나 있고 자기 자신만의 세계 속에 차단되어 있어, 아무런 표정 없이 냉혹한 자기중심적 태도를 내보이며 관대함도 마음의 평정도 일절 바깥으로 내비치지 않는다. 거울 눈이라고나 할까? 우리 자신의 지옥을 되비쳐주지는 않을까 두렵게 만드는 그런 눈 말이다.

갈매기의 비상은 유배를 모방한다. 이 새는 마치 자신이 태어난 땅을 잃어버리기나 한 듯, 언제나 다른 곳을 찾아 떠돌아다닌다. 그것은 자신에게 속하는 영토를 갖고 있지 않으므로, 끊임없이 반복되는 그 유배는 역설적이다. 그것은 바다 새이면서 늘 땅을 쫓아다닌다. 또 항구의 새이면서 대양을 가르는 배들을 쫓아다닌다. 사회를, 어쨌든 인

과지성사 전집판 사이의 변화는 꽤 의미심장한 반면, 1976년과 1989년 판본 사이에는 표현이나 내용상에 그만큼의 주목할 만한 차이가 발견되지 않았다. 뿐만 아니라 번역본이 마지막 구절에서 1989년판의 흔적이 비치므로, 인용문의 출처는 독자들의 편이성이나 번역본과의 일치를 고려하여 결국 1989년판(『최인훈 전집』 제1권, 문학과지성사, 2005)을 참조하기로 결정했다. 그리고 1973년 민음사판을 참조한 곳은 각주에서 별도로 밝힐 것이다. 덧붙이건대, 가장 최근 판본인 2008년도 텍스트에는 또 새로운 변화가 눈에 띄었으므로 이 글을 따라가기 위한 참조 텍스트로는 적합하지 않다[옮긴이].

간들 근처에 있기를 좋아하면서도 그 새는 배설물이나 찌꺼기들을 멀찌감치 쌓아둔 그들의 쓰레기장을 찾아다닌다. 갈매기는 알바트로스의 넓은 날개를 펼치고는 기껏 해변을 맴돌거나 부두 위를 평평히 활공하는 것에 만족한다. 공격적인 태도를 제외하면 그것의 도약은 까치의 것만큼이나 짧다. 까치는 공중을 날아다니는 것이 그저 버거워서 높이의 자유를 멸시한다. 그러나 갈매기는 결코 내려앉지 못하고 날아다녀야만 하도록 단죄된 것처럼 보인다.

알다시피 갈매기의 울음소리는 끔찍하다. 찢어질 듯하고, 반복적이며, 감지할 수 있는 의미라고는 어떤 것도 갖지 않았다. 단순한 부름이나 경고의 의미조차도 없다. 그야말로 아무 소용없는 울음소리일 뿐이다. 인간이든 짐승이든 오직 자신에게서 멀리 쫓아버리기 위해 그들의 귀를 긁는 것 외에는 아무런 목적이 없는 것만 같다. 그러나 공격성에 대한 거부감을 극복하고 그 껄끄러운 불협화음에 주의 깊게 귀를 기울이면 우리는 어떤 격렬한 내면의 불화를 엿들을 수 있다. 거기에는 균열이, 상처가 느껴진다. 그 소리에 친숙해지면, 그것은 마치 하늘과 땅에 동시에 건네지는 어떤 넋두리처럼 들려온다. 목이 쉬어 거칠어진, 울음 섞인 격앙된 신음 소리. 그 속에는 눈에 보이는 대상은 없지만 어떤 분노에 잠긴 향수가 깃들어 있다. 그것은 공격 속에 꽁꽁 숨은 은밀한 탄식이다. 그것을 격렬한 부르짖음 속에 갇힌 '아리랑'이라 부를 수 있을까.

그러한 모순과 신비 덕택으로 이 새는 작가에게 어떤 완벽한 상징화의 매체가 된다. 갈매기는 작가가 말하고 싶지 않거나 혹은 무엇보다 말할 수 없고 할 줄 모르는 것을 암시하기 위해 다른 많은 새들보다 더욱 자유롭게 동원됨으로써, 글쓰기의 지지대 역할을 할 가능성을 지니고 있다. 분명, 진정한 글쓰기는 그 이름에 걸맞게, **말로 표현될 수 없**는 것이 독자에 의해 싹 틔우고 꽃 피우고 열매 맺을 수 있도록 하는 것을 목적으로 한다. 한 이미지가 반복적으로 등장한다면 그것은 뭔가를 중얼거리기 위함이다. 그것은 서사의 템포를 돋보이게 하면서도 하나의 경험에 리듬을 주며 그것의 특징을 부각시킨다. 만약 새의 이미지가 그것 자체로서 그 새 존재의 자명한 이치를 정당화해줄 메시지를 표명하지 않는다면, 그것에 의미를 만들어주는 것은 우리 각자에게 남겨진 몫이다. 이것이야 말로 텍스트의 연장선상에서 우리가 수행하게 될역할이며, 텍스트가 창조적인 것은 오로지 작가가 우리(독자)를 제휴된 혹은 위임된 창작자로 만드는 데 얼마나 성공하느냐에 달려 있다.

은유적인 표현을 좀 접어두고 말하면, 갈매기는 여기서 하나의 **상징적**[2] 대상이다. 달리 말해 그것은 이야기의 정서적(논리적이지 않은) 연속성을 거의 눈에 띄지 않는 방법으로 보장하거나 혹은 강화할 수 있는 서사 장치인 동시에, 우리의 상상계의 가장 심오한 층위에 이르는, 무의식으로 귀착되는 접근 통로이다. 상징적 대상은 명시적인 방법으로 이야기된 것과 감정적인 힘에 작용하는 것 사이의 어떤 담론 지대에 속한다. 이때 우리는 우선 자신도 모르는 사이에 그러한 감정적 영향력에 사로잡히게 되지만 그다음에는 그 힘을 용의주도하게 세공하는 장인이 될 수 있다. 우리는 그 대상이 언어 활동에 대한 화용론이 다루는

---

2) '상징적'이란 의미로 'emblématique'라는 단어를 쓴다. 왜냐하면 레비스트로스와 라캉이 차례로 'symbolique'란 단어에 특별한 의미를 부여한 이래로 이들이 내세운 의미가 지배력을 갖게 되면서, 이 형용사를 사용하기가 매우 거북해졌기 때문이다. (한국어에서는 '상징적'이라는 단어의 의미를 구분할 수 있는 대체 단어가 잘 떠오르지 않아서, 라캉의 의미로 쓰일 때는 기존의 의미와는 다르게 쓰이고 있음을 표시하기 위해 〈 〉로 구분 짓고자 한다〔옮긴이〕.)

것과 동등한 수준에서 작업한다고 말할 수 있을 것이다. 여기서 상상계에 의한 유혹은 오스틴J. L. Austin이 발화내적행위illocutionary act와 발화매개행위perlocutionary act라고 부른 것의 기능을 수행한다. 상징적 대상은 명시된 것(예를 들어 배경)을 함축적인 것(예를 들어 감정)으로 전환되게 하거나 그러한 전환을 허락한다. 그러나 암묵적인 것이란 아주 섬세할 뿐만 아니라 다양한 심역(心域)들과 매우 복잡하게 얽혀 있어서, 작자도 독자도 아리스토텔레스나 데카르트에 따른 이성의 요구대로 '명료하고 분별된' 언어로는 그것을 펼쳐 보일 수가 없다. 그것은 말로 표명된 것과 표명되지 않은 것 사이에 연대를 형성하는 끈들 가운데 하나이다.

이 소설에서, 작가는 자신의 이야기의 공명을 증폭시키고 확장시키기 위해 이 가능성을 풍부하게 사용했다. 갈매기에 한해 말하면, 이 새가 무려 스무 번도 넘게 등장하고 있으니, 프랑스어 판본[3]으로는 여덟 페이지당 한 번꼴로 등장한 셈이다. 자연의 틀을 구성하는 단순한 요소로서 이 새를 일상적으로 바라보는 것치고는 빈도가 높다. 아니 이 새가 자연적 틀의 단순한 구성 요소라면 빈도가 높다고 할 것이다. 그러나 다섯 번의 파동으로 뚜렷이 구분된 다섯 번의 시퀀스 속에 이 새들이 분류되어 나타났다는 사실을 깨달으면서, 이 새가 어떤 다른 기

---

3) 내게 프랑스어 제목, "La Place"는 좀 당혹스러운 감이 없지 않다. 이 소설에서 이 단어의 개념이 고대 로마에서 '포럼'이라 불렸고 아테네에서 '아고라'라고 불렸던 것과 가까운 만큼, 적어도 'La Place publique(혹은 La Grand'place)'라고 번역하는 것이 더 낫지 않았을까 싶다. 이와 관련하여 앞의 글 「문화 교류」의 각주 2를 참고하기 바란다. 부연하자면, 때때로 나는 텍스트에 대한 좀더 치밀한 이해를 위해 번역본 텍스트의 표현을 순전히 언어적 차원에서 나의 직관으로 수정을 가하지 않을 수 없었다. 원 텍스트를 접할 수 없는 나로서는 그러한 나의 작업이 텍스트에 좀더 잘 접근하는 길이었기를 바랄 따름이다.

능을 갖고 있을 것이라는 생각이 강력하게 떠오른다. 이야기의 처음과 끝에서(일차적 차원의 서사가 위치되는 순간에) 따라서 어떤 뱃전에서, 그리고 이야기의 중심부를 차지하는, 과거 육지 위에서 벌어졌던 삶의 여러 암시들 속에서 우리는 그 새들을 만나게 되는데, 짐작하겠지만 그것들이 이렇게 구분되어 나타나는 것은 의미심장하다.

이제 우리는 우리 눈앞에 펼쳐진 개인적인 이야기의 짜임 속에서, 그리고 한국 역사의 짜임 속에 들어 있는 이 이야기를 통과하며 어떤 식으로 갈매기가 솟아오르는지 살피고 또 어떤 연속적인 사건들 사이에 그것이 삽입되는지 짚으면서 변하지 않는 상수들의 좌표를 설정해봐야 할 것이다. 이 상수들은 명백하지는 않으나 표현력이 매우 강한 의미망을 재구성할 수 있게 해줄 것이다.

갈매기의 출현 양상들

갈매기의 수가 중요하다는 사실을 맨 먼저 지적해야 하겠다. 이야기의 도입부와 결말 부분에서 우리는 스스로 유배의 길을 선택한 자들을 머나먼 이국으로 데려가는 한 배 위에 있다. 주인공 이명준은 선장인 서양 사람과 영어를 할 줄 모르는 그 마지못한 여행자들 사이에 중개자 역할을 수행한다. 그때 우리는 늘 두 마리의 갈매기를 보게 되는데, 왜 그런지는 차츰 알게 될 것이다. 반면, 주인공이 첫사랑 윤애에 대한 자신의 마음을 떠올릴 때는 갈매기는 한 마리만 등장한다. 그러나 그가 북한에 머물고 있을 때 어떤 사고를 당한 다음 회복기에 있는 동안이나 인천 항구를 회상하는 순간에 그려지는 바닷가 풍경 속에는 특별히 명시되지 않은 채 막연히 여러 마리의 '갈매기들'이나 '둘 혹은 세 마리의 갈매기'가 등장한다. 마지막으로, 그가 북한에서 생애 두번째로 만난 여인인 은혜[4]는 이 새가 한 마리에서 두 마리로 증가하는 원인이 된다. 이러한 변모의 양상들은 작가에 의해 계산된 것으로 보이는데, 설사 우리가 독서 과정에서 그것들을 미처 알아차리지 못하더라도 의미심장한 것임에는 틀림없다. 최소한 그것들은 자신들이 무엇보다 사랑의 감정과 관련이 있다고 생각하게끔 유도한다.

이러한 배치를 좀더 가까이 들여다보려면, 중국 바다 위로 타고르호를 따라가는 '두 마리의 갈매기'에서 출발하는 것이 자연스러울 것 같다.

[캡틴의 선실에서] 선장을 멍하니 쳐다보고 있던 눈길을 옮겨, 왼쪽 창으로 내다본다. 마스트 꼭대기 말고는 여기가, 으뜸 잘 보이는 자리다. 바다는 그쪽에서 활짝 펴진, 눈부신, 빛의 부채다

오른편 창으로 내다본다. 거기 또 다른 부채 하나가 있고, 아침부터, 이 배를 지키는 전투기처럼 멀어지고 가까워지고 때로는 마스트에 와 앉기도 하면서, 줄곧 따라오고 있는 갈매기 두 마리가, 그 위에 그려놓은 그림처럼 왼쪽으로 비껴 날고 있다. (p. 22)

이것이 갈매기의 첫 등장이다. 화려한 부채의 이미지가, 비스듬한 새의 비상이, 그리고 명준의 삶과 무관하지 않은 전투의 맥락이, 우리가 거기에 중요성을 미처 부여하기도 전에 우리의 머릿속에 슬그머니

---

4) 'h'를 발음하지 않는 프랑스 사람의 귀에 'Yun-ae'와 'Un-hye'로 옮겨 적은 이 두 여인의 이름은 각각 '/june/(유내)' '/unje/(우녜)'로 들린다. 이와 관련하여 「문화 교류」의 각주 5를 참고하기 바란다.

미끄러져 들어온다. 그러나 새의 수가 변화하는 추이를 따라가고 싶다면, 여기서처럼 이야기의 서사 속에서가 아니라 이야기의 연대기적 순서 속에서, 달리 말해 주인공이 자신의 운명에 대해 곰곰이 생각하며 스스로 재구성하는 그대로의 과거 속에 새가 처음으로 등장하는 장면에서 다시 출발하는 것이 더 나을 것 같다. 서사에 대해서는 좀더 후에 되돌아오기로 하자.

엄밀한 의미의 전기적(傳記的)인 흐름을 따라가기에 앞서 몇 가지 명시해야 할 것이 있다. 먼저, 다음의 전반적인 진실을 기억해야 한다. 배를 따라다니는 새가 주인공의 눈[目] 속이 아닌, 다시 말해 (익명의 보이지 않는 화자가 줄곧 차지하고 있는) 주인공의 머릿속이 아닌 다른 곳에 확실히 존재한다고 말할 근거는 없다. 이 새를 상징적 대상으로 특징지을 수 있는 이유가 바로 여기에 있다. 실제로 이 소설의 맨 마지막 문장들은 불확실성으로 이야기의 깊이를 더하며, 주인공의 영혼을 되돌아볼 수 있는 길을 활짝 열어줄 것이다. 짧은 기항 직후 명준이 배에서 사라졌다는 사실이 막 확인되었다. 사람들은 그가 바다로 몸을 던졌다고 결론을 내리게 될 것이다.

흰 바다 새들의 그림자는 보이지 않는다. 마스트에도, 그 언저리 바다에도.

아마, 마카오[5]에서, 다른 데로 가버린 모양이다. (p. 189)

---

5) 이 항구가 홍콩에 아주 가까운 곳이며 소설 속의 배가 위치된 곳과 멀지 않다는 사실을 기억하자.

설사 어떤 갈매기도 뱃전에 더 이상 보이지 않는다 하더라도, 설사 그렇다 하더라도, 그 사실이 두 마리의 갈매기가 그를 집요하게 따라오고 있다는 상상을 명준에게서 막지는 못했다. 그는 마지막 순간까지 여러 번 그 새들에 대해 말했기 때문이다. 아마 그것들이 그에게는 극도의 중요성을 지니고 있었던 게다.

둘째, 우리는 갈매기가 전혀 묘사되지 않았다는 사실을 관찰하게 된다. 이 새들은 도식적 면모를 지닌 단순한 기호처럼, 혹은 '그림처럼' 솟아오르는데, 그것은 마치 두 번의 붓질로 그어서 멀리서 바라본 새의 날개를 펼친 이미지를 표시한 듯한 V 자(혹은 뒤집어진 한자 八 자) 형의 상형문자와 유사하다. 이로써, 우리는 이 소설의 주인공-화자가 철학자이자 시인이며, 화가나 사진작가는 아니라는 사실을 강조할 수 있게 되었다. 그가 시각적 재현보다는 말을 더 좋아하는 것이다. 비록 그가 갈매기들을 시야에서 결코 놓치지 않음에도 말이다.

다른 한편, 심리적 구조로 보아 명준은 현실 감각이 거의 없다. 우리가 그에 대해 커다란 호감을 갖고 있음에도 불구하고 약간은 성가시게 느끼는 점이 있다면, 그것은 그가 언제나, 말하자면 두 의자 사이에 앉아 있는 듯, 애매모호한 태도를 보인다는 것이다. 그런데 행동을 개시하려는 문턱에서 차단되는 방식에는 두 가지 유형이 있다. 먼저 모든 종류의 선택 앞에서 지속적으로 우유부단한 채로 남아 있는 것이다. 이런 사람들은 어떤 행동도 하지 못하면서 망설이고 침울하기만 한 햄릿 유에 속한다. 혹은, 이것은 명준의 경우인데, 선택할 수는 있지만 하염없이 한 선택에서 다른 선택으로 옮겨 다니는 것이다. 라모의 조카[6]가 바로 그런 종류의 사람이다. 그는 방향을 상실한 채, 불안정하고, 변덕스럽다. 게다가 명준은 모든 것을 완전히 전복하는 사람이다. 그는 극단적이며 극단주의에 이끌리기도 한다. 그는 순간순간 주어진 자신의 역할을 철저하게 떠맡고 철저하게 신념을 지키며 사는데, 이것들은 대개 돌연한 심적 혹은 정신적 열정들에 근거한다. 소설이 진행되는 동안 그는 두 정치적 태도와 두 연정(戀情)에 차례로 깊이 연루되지만, 짐작하건대 이 두 경우 모두에 있어서 사정은 언제나 마찬가지일 것이다. 그리고 그가 자신의 진정한 자리를 찾기 위해 어떤 이념적 입장을 최종적으로 결정해야 할지 어떤 여인에게 자기 존재를 내걸어야 할지 도저히 알지 못하게 되었을 때, 그는 스스로 자신을 제거하는 것밖에는 다른 길이 없다는 사실을 깨닫게 될 것이다.

심리치료사라면 그러한 거북함[7]은 정체성의 문제에 기인한다고 말할 것이다. 이 남자는 어디에 위치해야 할지 모르지만, 어딘가에 반드시 위치해야만 한다고 느낀다. 이 두 측면 모두에 문제되는 것은 욕망이다. 이것은 안정적으로 정착하는 것, 즉 필요의 문제보다는 덜 중요하다. 그는 (동시에 이것이면서 저것인) 애매성만큼이나 (이것도 저것도 아닌) 중립성을 용납하지 않는다. 이중성을 받아들이지 못하는 그는 이상적인 것과 절대적인 것에 굶주린 자이다. 따라서 정직한 인간이자, 사르트르가 묘사한 '비열한 놈'과는 정반대되는 순수한 양심이다. 우리는 이 사실을 알 수 있다. 왜냐하면 바로 그것이 윤애나 은혜와 나눈 그의 대화의 쟁점이며, 소설 앞 부분에서 그가 옛 스승이자 친

---

6) 라모는 18세기 프랑스의 오페라 작곡자이며, 그의 조카는 디드로의 소설 『라모의 조카』로 유명해졌다〔옮긴이〕.
7) 이 소설을 읽을 때 나는 심리적 차원에 커다란 우위를 부여한다는 사실을 다시 한 번 명시하고자 한다. 그렇다고 그 세대의 많은 한국인들이 전쟁 이후 경험했을 진반직인 좌표 상실의 역사적 사회적 범례로서의 성격을 이 소설이 지니고 있음을 절대 과소평가하지 않는다.

구인 정 선생과 나눈 긴 토론의 내용이기 때문이다. 정 선생은 미라를 수집하는데 명준은 이것을 무척이나 좋아한다(미라가 죽었으면서 살아 있는 자와 유사하기 때문일까?). 그와의 대화 속에서 명준은 '광장'에 대한 생각을 피력한다. 광장은 이 소설 제목의 근거가 되는 모범적인 장소인 동시에 이 세상의 부당한 권력들과 위험하거나 웃음거리에 불과한 무의미한 것들이 뻔뻔스럽게 으스대는 장소이기도 하다.

또 다른 것을 상기하기로 하겠다. 이 이야기는 이틀 정도 지속되는 기나긴 명상의 양태를 띠고 있다. 그리고 선장과의 대화, 유배 동류들과의 대화나 소동들, 선실과 갑판의 공간 교대 등의 시점의 현재 회귀로 인해 명준의 중요한 삶의 순간들에 대한 회상이 여기저기 단절되고 있다. 최인훈은 주인공의 정신을 지배하는 혼란을 잘 느끼게 하기 위해 회상의 순간들과 현재 경험의 순간들을 교차시킴으로써 단선적인 서사를 거부했다. 그는 오직 한 가지 편의성만을 자신에게 부여하고는 그것을 최대로 활용한다. 독자는 때로는 배 위에서 주인공 바깥에 머물면서 그가 살아가는 모습을 지켜보고, 때로는 그의 내면으로 들어가 그의 의식 속에서 그의 오랜 과거나 최근의 과거를 회상하기도 한다. 이러한 방식은 인물의 삶과 생각에 대한 완벽한 파노라마를 우리에게 제공해준다. 그러나 작가는 지나친 구조 해체는 원하지 않았다. 우리는 대략적으로 명준의 삶을 연대기적으로 따라가는데, 그것은 '월북 이전의 서울' '월북' 그리고 '낙동강 유역의 결정적인 전투,' 이렇게 세 단계로 나뉜다. 이 소설가가 해결해야 할 문제들 가운데 하나는 아마 세 개의 이질적인 이야기로 보일 수 있었을 것을 한 인간의 삶의 역정으로 엮을 수 있기 위해 역사에 간접적으로 결부되어 있는 부차적인 모티프들을 찾아내는 것이었을 게다. 그리고 우리의 관심인 갈매기가 바로 그 모티프들 가운데 하나이다.

동시에, ──최인훈이 대작가라는 사실을 보여주는 것도 바로 이 점이다──, 갈매기는 서사적 테크닉의 관점에서는 부차적으로 남아 있지만 상상계로 깊숙이 침투해 들어간다는 점에서는 오히려 핵심적인 차원에 연동되어 있다. 이러한 생각을 우리에게 심어주는 것은 바로 텍스트 자체이다. 타고르호의 선장과 두번째 면담이 있을 때, 명준은 마스트 꼭대기에 앉은 두 마리의 갈매기를 확인하고는 이렇게 말한다.

"갈매기가 따라오는군요."

전혀 벼르지 않았던 그런 말이 불쑥 튀어나온다.

"뱃사람들은 저런 새를 죽은 뱃사람의 넋이라고들 하지. 뱃사람을 잊지 못하는 여자의 마음이라고도 하고. 〔……〕

선창이 창으로 목을 내밀고 삐끔히 위를 올려다본다.

"흠 아가씨들 저기 있군. 기왕이면 아가씨들이라 하는 편이 로맨틱하잖아? 〔……〕"

〔……〕

"벌써 스무 해 전이군. 내가 캘커타에서 첫 뱃길에 올랐을 때, 편지 한 장을 받았어. 까닭 없이 나를 버린 어떤 여자한테서 온 편지였지. 〔……〕 처음 뱃길에, 게다가 뜻밖의 편지로 어수선해서 멀어져가는 바닷가를 바라보고 있을 때, 갈매기 한 마리가 우리 배를 자꾸 따라오는 걸 봤지. 아까 내가 한 얘기는 그때 캡틴이 한 거야. 난 그게 꼭 그녀 모습이라고 생각했어. 그 후에도 가끔 그런 일이 있었지. 허지만 다 옛날 얘기고, 〔……〕 (pp. 29~30)

이런 식으로 갈매기의 상징적 가치가 독서의 움직임 자체 속에 삽입되어 있다. 수천 년 전부터 이집트인, 중국인, 미국인들처럼 다양한 민족들은 새가 마지막 숨결과 함께 날아가버리는 죽어가는 영혼을 표상한다는 것을 말로 혹은 이미지로 표현해왔다. 새가 홀로 남겨진 애정 깊은 여인에 대한 기억이 될 수 있다는 것을 상상하기 위해 굳이 '낭만적'이어야 할 필요도 없다.

그러나 위의 대화 속에서 여인들의 추억에서 끝내 헤어나지 못하는 자들은 가장 먼저 뱃사람들이라는 버전을 명준이 듣고 있음을 우리가 어찌 모르겠는가? 사람들이 즉각적으로 그의 입장에서 생각하지 못했을 경우에 대비하여, 선장은 곧이어 그 사실을 잊지 않고 분명히 밝힌다. 그에 따르면, 갈매기는 그가 과거에 사랑했던 "바로 그녀"였다. 그 추억이 그의 마음속에 너무도 고통스럽게 남아 있어서, 그는 더 이상 아무 말없이 "사냥총"을 끄집어내어 어깨에 메고는 허공을 겨냥한다. 얼마 후, 명준은 그 몸짓을 반복함으로써 그 가르침을 새겼다는 사실을 보여줄 것이다. 이에 대해서는 잠시 후에 다시 말할 기회가 있을 것이다. 그런데 우리는 "넋" "마음," 영혼 그리고 아픈 추억, 이런 모든 것을 흔히 **정령** 혹은 유령이라 부르기도 한다.

조금은 거칠게 보일 수도 있겠지만, 이제 나는 갈매기는 대개 사랑이란 단어 속에 감싸여 있는 **성적 리얼리티**를 표상한다고, 즉 갈매기는 텍스트의 깊이 속에서 그 리얼리티의 실재함을 느낄 수 있게 해준다고 말하겠다. 일반적으로 말하는 섹스 이상의, 명준을 사로잡고 있는 성 (性)에 관한 어떤 독특한 관계 말이다. 이것은 문자 그대로 명준의 뇌리를 강박적으로 따라다닌다. 그는 어떤 '유령'이 그의 뒤를 밟고 있다는 느낌을 받으며, 자신을 염탐하고 감시하고 있는 어떤 석연치 않은

존재의 눈을 환각적으로 보기도 한다. 소설 속에서 이 '유령'의 모티프
는 매복하고 있는 눈의 이미지나 감시의 상상에 의해 첫번째 대상(갈
매기)에 연결된 두번째 상징적 대상이 될 것이다.

유령이 알려주는 것

이제, 우리는 이 모티프가 성에 자양분을 주는 토양 속에 깊이 뿌리
내리고 있다는 사실을 조금씩 발견해나갈 것이다. 실은 유령의 무대 등
장은 첫 페이지 셋째 단락에서 벌써 이뤄졌었다. 마치 바다 새보다 더
예기치 않게 이야기의 높낮이를 조율할 것처럼 말이다. 처음에는 이 출
현이 그저 불안함 외에는 아무것도 달리 가져다주는 것 같지 않았다.

　석방 포로 이명준(李明俊)은, 오른편에 곧장 갑판으로 통한 사닥다리
를 타고 내려가, 배 뒤쪽 난간에 가서, 거기 기대어 선다. 담배를 꺼내
물고 라이터를 켜댔으나 바람에 이내 꺼지고 하여, 몇 번이나 그르친 끝
에, 그 자리에 쭈그리고 앉아서 오른팔로 얼굴을 가리고 간신히 당긴다.
그때다. 또 그 눈이다. 배가 떠나고부터 가끔 나타나는 허깨비다. 누군
가 엿보고 있다가는, 명준이 휙 돌아보면, 쑥, 숨어버린다. 헛것인 줄
알게 되고서도 줄곧 멈추지 않는 허깨비이다. 이번에는 그 눈은, 뱃간으
로 들어가는 문 안쪽에서 이쪽을 지켜보다가, 명준이 고개를 들자 쑥 숨
어버린다. 얼굴이 없는 눈이다. 그때마다 그래 온 것처럼, 이번에도 잊
어서는 안 될 무언가를 잊어버리고 있다가, 문득 무언가를 잊었다는 것
을 깨달은 느낌이 든다. 무엇인가는 언제나처럼 생각나지 않는다. 실은

아무것도 잊은 것은 없다. 그런 줄을 알면서도 이 느낌은 틀림없이 일어
난다. 아주 언짢다. 굵은 밧줄을 한 팔에 걸치고 뱃사람이 지나가면서,
[……] (p. 21)

이 대목이 이야기의 근저에 깔린 어조를 들려준다고 말할 수 있는 이
유는 도대체 무엇일까? 그것은, 이제는 우리가 알고 있듯이, 명준이
죄의식의 위협 아래 그리고 심지어 죄의식의 고문 속에서 살고 있기 때
문이다. 우리는 죄인이라는 감정이 그가 의식적으로 자책할 수 있는
과거 행동들의 범위 너머로 나아가기까지 한다는 사실을 곧 알게 될 것
이다. 그렇듯, 경찰이 월북한 남로당원의 자식이라는 이유로 그에게
말썽거리를 찾기 때문에 그는 때때로 모든 것을 의심하는 편집증적 증
상을 드러내기도 한다.

영미 아버지에게서 그 이야기를 듣고, 경찰에 두 번 다녀온 지금 그의
삶의 가락은 아주 무너지고 말았다. 어느 날 아침 일어나 보니 그는 꼬
리가 붙은 범죄자였다. 뒤따르는 검은 그림자. 그런 삶이 자기 일이 되
고 말았다. 누군가가 그에게 앙갚음한 모양이다. [……] 아니 그런 꿈
속의 무서움이 아니다. 등허리가 쭈뼛한 꿈 밖의 무서움이다. 정치의 광
장에서 온 칼잡이가 그의 침실 앞을 서성거리게 된 것이다. 모터사이클
이 좌우로 크게 흔들린다. (p. 59)

사실, '허깨비'는 현재 진행 중인 심적 삶 속으로 회귀하는 억압된
무엇과 언제나 관련이 있으며, 명준도 그 사실을 우리만큼이나 잘 알
고 있다. 그러나 비록 자신이 보고 있는 것이 절대 실제적이지 않다

는 사실을 알고 있고 아이들이 재미 삼아 '웃음거리로' 주고받는 이야기의 성인용 비극적 버전이 그 속에 있다는 사실을 모르지 않음에도 불구하고, 정신은 그 현상을 전력을 다해 믿는 것이다. 억압된 것은 뺨을 붉히며 추억할 수 있을 정확한 사건이 아니다. 그것은 어쩌면 마찬가지로 부끄럽게 느껴질 매우 심층적인 인상들의 총체로서 무의식의 내밀한 층위에 속한다. 이 사실은 텍스트 자체가 말해주고 있다. 즉 텍스트는 "잊어서는 안 될 무언가를 잊어버리고" 있었다고 말하고는 곧장 "실은 아무것도 잊은 것은 없다"(p. 21)고 덧붙이며 우리에게 그 사실을 명시해주고 있다. 이 마지막 문장의 내용에 대해 명준의 자서전으로 구성된, 이 소설 사분의 삼가량의 분량이 증거를 대줄 것이다. 그 증거는 특히 유령들과 갈매기들을 통해 제공될 것이다.

무엇이 그를 그토록 두려움에 떨게 만드는 것일까? 나는 우리의 텍스트처럼 이 질문에 한 마디로 대답해야 한다고 생각한다. 즉 "짐승"(p. 104), 다시 말해 인간의 '동물성'[8]이 그것이다. 이것은 유배자들

---

8) 동물성이라는 단어는 소위 말하는 성적 자유 이전에 파괴적 폭력성, 격렬함, 잔혹성, 다시 말해 에로스의 맞은편에 있는 죽음 충동의 측면을 가장 먼저 의미한다. "1950년 8월"(p. 144)로 시작하는 부분의 장면들에서 격분하는 대목들을 보게 될 것이다. 여기서 정치보위부 간부인 명준은 자신의 옛 친구인 태식을 난폭하게 때리고 자신의 첫사랑이자 이 친구의 아내가 된 윤애를 강간하려 한다(결국 성공하지는 못한다). 단순히 한 구절만을 강조하기로 하자. "사람이 사람의 몸을 짓이기는 버릇은 이처럼 몸에서 몸으로 옮아가는 것이구나. 몸의 길"(p. 148) ― "몸의 길"이란 표현은 윤애와의 사랑에 대한 대목에서도(p. 89) 다시 등장한다. 그리고 더 아래로 내려가면 이러한 감정들이 나타난다. 명준은 태식에 폭행을 가하면서 기분이 좋아진다. "가슴이 개운하고, 아무렇지도 않았다. 그렇지./갈매기가 보이는 바다로 트인 분지에서 윤애를 애무했을 때도 그는 이랬었다. 쑥이었던 그가 능란한 사랑의 솜씨를 부린 것에 스스로 놀라던 일. 그때처럼, 아무렇지도 않았다. 나도 끔찍할 수 있다. 아무렇지도 않다. 히틀러의 고문관들도 이렇게 해낸 것일 테지, [……] 그리고 윤애가 기다리고 있다. 그녀를 덮치는 것도 아무렇지도 않을 거다"(p. 149). 성적 욕망이 주체와 상황에 따라 강도의 차이는 있겠으나 언제나 공격성을 요소로 갖고 있으며 역으로도 마찬가지라는 사실은 잘 알려져 있다.

가운데 '김'이라 불리는 선동자와 몸을 부딪고 주먹질을 하며 싸우는 에피소드와 맥을 같이 한다.

조금만 더 죄면 끝장이 날 것 같았다. 그때 명준의 시야에 퍼뜩 들어온 것이 있다. 그 인물이 보고 있다. 저쪽, 둘러선 사람들의 머리 너머, 브리지 쪽으로 난 문간에, 휙 모습이 나타났다가, 사라지는 것이었다. 〔그것을〕 발견한 순간, 명준은 우스워졌다.[9] (왜 그런지,) 순간 그의 팔에서 맥이 풀리며, 자기의 몸이 돌면서 배 위에 다른 몸의 무게를 느낀다. 김은 명준의 배를 타고 앉아서, 두 손으로 목을 죄어온다. (p. 100)

그가 배 위의 남자들을 기항지에서 상륙하지 못하게 막음으로써, 자신의 내면에서 은밀하게 작용하고 있는 욕구의 대상인 한 여인의 존재를 그들에게서 빼앗으려 하고 있기 때문이 아니라면 무엇 때문에 그의

---

9) 위의 인용문의 프랑스어 버전은 밑줄 그은 부분을 제외하고는 1976년판과 일치한다. 괄호 안의 "왜 그런지"는 1976~1989년판의 구절이며 밑줄 친 부분은 1973년판(민음사, p. 108)에 비슷하게 있다. 해당 구절은 이렇다— "조금만 더 죄면 승부는 날 것 같았다. 그때 명준의 시선에 퍼뜩 들어온 것이 있었다./그의 손이 잔뜩 거머쥐고 있는 상대방의 목, 도드라진 목뼈 옆대기에 가서 커다란 사마귀가 하나 보였다. 죄는 바람에 부풀어 오른 목줄기 위에 올라앉은 그 사마귀는 풀럭풀럭 떨고 있었다. 게다가 그 놈은 세 조각으로 꽉 금이 간 꽤 큰 살점이었다. 이 덩어리를 발견한 순간, 명준은 우스워졌다. 순간 그의 팔에서 긴장이 풀리며 자기의 몸이 돌면서 배 위에 다른 육체의 무게를 느꼈다." 한편, '그것을'을 괄호 처리한 것은 이것이 프랑스어 번역 텍스트에 준하여 역자가 선택한 단어인 데다가, 판본에 따라 지시 대상이 달라지기 때문이다. 1973년판의 맥락 속에는 대명사 '그것'은 명준이 서로 얽혀 싸우던 자의 목 뒷덜미에 있는 '큰 사마귀 살점'을 가리키지만, 1976년판에 이 문장이 삽입되었을 때는, 명준이 사람들 사이로 얼핏 본 듯한 '그림자'를 가리키게 된다. 이 글이『광장』의 판본 비교 연구가 아님에도 불구하고, 옮긴이가 이 부분에 대해 굳이 판본 사이의 차이를 비교하는 것은 '갈매기'와 '유령'을 중심축으로 펼쳐지는 벨맹-노엘의 독서가 1976년판의 수정으로 조정된 이야기의 중심축을 짚어주고 있다는 느낌이 들기 때문이다〔옮긴이〕.

위치가 "우스워"졌겠는가? 왜냐하면 그의 눈에 어른거리며 나타나서 그를 마비시킨 자는 그가 욕망했지만 겁탈하지는 못했던 다시 만난 윤애일 것이기 때문이다. 얼마 후 이 소동을 회상하며 자신의 출발 지점을 다시 떠올릴 때, 그는 그 내면에 살아 있는 한 여성의 육체에 대한 욕구의 정체를 깨닫게 될 것이다. 다른 유배자들은 타고르호가 홍콩에 기항하는 동안 육지로 내려가서 저녁나절을 보낼 수 있도록 그가 선장으로부터 허락을 받아내기를 원하고 있었다.

지루한 포로생활 끝에 그들은 지금 처음으로 외계에 나선 것이었다. 방에 들어서려던 찰나 그의 귀에 들어오던 김의 말이 떠올랐다.
"여자 맛을 못 본 게 몇 년인가……" (p. 101)

이 인용문에 뒤 이은 세 페이지가량은 수용소에서 "갈보들" 환상에만 머물러 있어야 했던 남자들의 욕망과 그자신의 욕망이 문제된다. 그의 경우, 그는 "섹스를 거의 잊어버리고 있었다"[10] (p. 101) 라고 말한다. 또 추상적인 여성성[11]을 꿈꾸는, "그의 육체 속에 있는 아담의 외

---

10) 수첩 속에서 다시 발견된 시는 솔직히 이해하기가 꽤 어려운데, 그의 성기가 "시들어 빠진 한 송이 바나나"(p. 102)가 되었고 그다음에는 "토막 난 도마뱀"(p. 102)으로 변신한다. 다시 말해 곧 사라지게 될 것이란 말인가?

11) 우리는 명준이 섹스에 근본적으로 관심이 없다는 사실을 이미 알고 있다. 영미가 댄스파티에서 그에게 소개시켜준 여대생들에 대해 말할 때 그는 "여자들을 다룬다는 게 거추장스러운 일로 여겨진다"고 마음속으로 생각한다. 여자들의 "두개골 속에 담겨진 알맹이래야 빤하다. 무슨 얘기를 한담. 사랑합니다. 영원히? 사랑이니 영원에 대하여 꽃집 진열장에 놓인 외국종자 화분 보듯 가지고 싶다는 마음밖에는 미련이 없는 그녀들과 걸음이 맞을 수 있을까. 참많은 여자들에게 엉겨주춤헤기는 끼닭이 성 때문이다. 성을 미더하는 긴 아니있다. 지식을 다룬다면 어항 속 들여다보듯 빤한 그녀들의 속이, 성이라는 자리에서 (성을 가진

로움"[12]을 다시 발견했다고 한다. 그리고 "목까지 들이밀고 편히 눈을 뜬 슬리핑 백 속에 되살아오는 우상도 역시 이브의 모습이다"(p. 104). 여기서 "우상"이란 단어는 사람들이 우러러 사모하는 이미지, 즉 순수 정신적 존재로 인식된, 아마도 프로이트가 승화라고 부르는 과정에 의해 정화되었을 여성이라는 한 정수를 암시한다.

사람 모양을 한 살을 안았대서 어떻게 될 외로움이 아니다. 스스로 몸을 얽어오던 그리운 사람들의 사무치는 마음이 그리웠다. 마음이 몸이었다. 그는 꿈속의 윤애에게 말하는 것이었다. 윤애, 난 사랑했어. 방법이야 아무리 서툴렀을망정. 난 사랑했기 때문에 윤앨 버리고 도망한 거야. (p. 104)

'마음의 몸,' 놀라운 표현이다! 영혼을 덧붙인 살의 존재가 아니라 충만하게 사랑받기 위해 육체라는 외피를 가져야만 하는 영혼이, 마음이 문제되는 것이다. 역의 경우가 몇 줄 아래에서 반향을 보낼 것이다.

김의 마지막 말을 귓가에 담았을 때 메스껍게 한 것은 그 짐승이다. 서른 마리의 짐승이 풍기는 울컥한 냄새다. 그래서 그는 주먹을 휘둘렀다. 김의 목을 죄었다.

존재들로) 보면 보석처럼 단단한 벽으로 바뀌고 말아. 관찰이라는 빛은 그 벽에 부딪혀 구부러져서는 그만 간데없이 되고 만다"(pp. 48~49. 괄호 내용은 필자 것).
12) 명준의 시 「슬리핑 백」 아래 이어지는 페이지들에는 1973년판과 1976년판 사이에 꽤 뚜렷한 변화가 보인다. 여기에 인용된 아담에 대한 구절은 1973년판 114쪽에 있으며, 1976년판에는 삭제되었다[옮긴이].

그제야 명준은 저쪽을 녹초를 만들려던 참에 나타난 그 헛것 생각이 났다. 〔……〕 뻔히 환각인 줄 안면서도 막을 길이 없다. 그 환각은 밖에서 자기 힘으로 살아 움직이고, 그것이 나타날 때는 이명준의 속에는 그 환각을 틀림없는 진짜로 믿는 또 하나의 마음이 맞받아 움직인다. 그러면서 그것이 환각인 줄을 뻔히 안다는 것을 그 마음도 알고 있다. 이런 묘한 움직임이, 그 헛것이 보일 때마다 마음속에서 헛갈린다. (p. 104)

나는 명준이 모든 것을 알지는 못했다고 기꺼이 말하겠다. 우선 그는 "자기 힘으로"라는 표현의 깊은 뜻을 몰랐다. 그에게 주먹질을 멈추게 한 유령은 김에게 지지를 보냄으로써 그의 승화된 환상적 사랑에 동물성의 승리를 확신시켜주었다. 그 유령은 명준의 내면을 차지하고 있는 무의식적 욕망, 즉 성적 가치를 부여받은 육체와 너그러운 영혼으로 조합된 한 여인을, 그리고 여인의 육체를 향유하려는 욕망의 승리를 몸소 체현한다. 유령은 그 자신의 가장 내밀한 곳에서부터 나왔던 것이다.

한 이상주의자의 오이디푸스적 갈등

바로 이 지점에 명준의 근본적인 망상이 존재한다. 그것은 정신분석 이론에서 부인(否認)이라고 부르는 것을 떠올리게 한다. 그 자신도 알지 못하는 어떤 힘——유령——이 그의 내면에 도사리고는, 어떤 리얼리티를, 그 자신의 욕망의 리얼리티를 그에게 직감하게 한다. 그런데 그 자신은 그것을 부정하기 위해 무진 애를 쓴다. 정치처럼 사랑의 영역에서도, 마치 그는 영혼과 육체 모두 오직 타자의 욕망(들)에 순종하는, 순수함 자체인 존재로 남거나 되돌아가기 위해 투쟁하는 듯하다……

　〔……〕 벌떡 일어났다.

　무엇을 할 것인가?

　그는 흠칫 놀랐다. 그것은 그를 뒤따르고 있는 그 알 수 없는 그림자의 목소리라는 환각이 드는 것이다. 무엇을 할 것인가라구? 마주 서야할 일을 이참까지 이리저리 비켜오다가, 더 물러설 수 없는 막다른 골목으로 몰린 느낌이다. 〔……〕 눈에 보이지 않는 그림자가, 여전히 숨은채, 이번에는 목소리만 들려온 것이다. 어디선가 들어본 목소리 같기도하다. 그제서야 비로소 전기가 나간 캄캄한 속에 있는 것을 깨닫는다. (pp. 104~05)

어둠 속에서 들려오는 것은 다름 아닌 그의 억압된 동물성의 목소리, 즉 그의 성(性)본능이 내지르는 거역할 수 없는 목소리이다. 그는 그것을 마치 자기 자신의 어머니의 목소리인 양 취급하려 애쓰면서 끝까지 환상적 욕구보다 그 본능의 목소리에 더 귀를 틀어막을 것이다. 애쓸 것이다. 그런데 그는 그녀의 존재감만큼이나 이미지를 회피한다…… 여기에 대해 잠시 머물러보자.

　나는 '부인'의 개념에 대해 말하면서 명준의 인성 핵심에 약간의 착란 기운이 있다는 사실을 은근히 지적하고 싶었다. 그러나 찢어진 조국의 불행에 의해 정당화될 수 있는 **정상적인 광기의 흔적들**을 겨냥하는 것이 이 소설의 혹은 소설가의 계획의 일부이기 때문에 이 개념이 우리를 그 방향으로 이끄는데도, 굳이 정신병을 거론하는 것은 지나치

다 할지도 모르겠다. 위험 부담을 안고서라도 이 기묘함에 대해 정신
분석적 해석을 감히 시도해보기로 하겠다. 다시 말해 기꺼이 '그것
(Id)'과 '초자아'의 작용을 끌어들이고, 현실 속의 실제 아버지인 이형
도에 대해 이명준이 한 말을 통해, 흔히들 '무시무시한' '거세자' 혹은
〈상징적〉 아버지라고 부르는 아버지의 형상이 다시 말해 그러한 무의
식적 아버지의 형상이 이 주체에게서 어떻게 죽음 충동의 징후 아래 위
치된 욕망을 짓눌러 개화하지 못하게 하는지 살펴보고자 한다. 그리고
이 소설에서 어머니가 침묵하도록 강요되었을 뿐만 아니라 현실적으로
존재하지 않도록 단죄되었다는 점에서 그 맞은편에 있는 에로스의 충
동을 어머니의 이미지 쪽에 위치 시킬 것이다. 달리 말하자면, 동시에
두 측면 모두에 차단이 있을 것이란 말이다.

　내가 또 다른 경우를 놓치지만 않았다면 실제로 이 소설에서 명준의
어머니가 거론되는 것은 오직 세 번뿐이다.[13] 첫번째 장면은 호적상의
정보와 유사하다. 선장은 그가 한국을 떠나는 것이 아쉽거나 두렵지는
않은지, "부모나 가까운 핏줄"은 없는지 그에게 묻는다.

　　"있어요."
　　"누구? 어머니?"
　　"아니."
　　"아버지?"
　　명준을 끄덕이면서 왜 어머니부터 물어보게 될까 그런 생각을 한다.
　　"애인은?"

---

13) 물론 그가 가족에 대한 취조실 형사의 질문에 대답하는 장면(p. 72)은 제외되었다.

명준은 얼굴이 그렇게 알리도록 금시 해쓱해진다. 선장은 당황한 듯이 [⋯⋯] (p. 23)

위의 대화에 대한 그의 짧은 평가는 그것이 역설적이라는 점과 그 자신이 그 사실을 깨달았다는 점 때문에 주목할 만하다. 흔히 가까운 가족을 나열할 때 맨 먼저 어머니를 생각하는 것보다 더 자연스러운 게 있을까? 명준이 자신의 반응에 놀란다면, 그리고 그것이 그에게 자연스럽게 보이지 않는다면 그것은 어떤 거북함이 그 내면 깊숙이 존재하고 있기 때문이다. 아마도 어머니가 사망했다는 아픔을 넘어서는, 어느 정도는 의식적인 마음의 상처 같은 것 말이다. 그는 자신이 고아라는 느낌에 고통받을 나이는 이제 아니다. 명준은 "아픈 데를 건드린"(p. 20) 선장의 실수를 너그럽게 넘기는데,[14] 독자는 소설의 셋째 페이지에서부터 벌써 그의 삶에 불안한 가족 문제들이 있다는 사실을 단번에 짐작한다.

어머니에 대한 두번째 언급은 그녀가 언제나 아들의 마음속에서 우선적인 사랑을 누렸다는 사실을 확인해주는 것처럼 보인다.

8·15 그해 북으로 간 아버지는 먼 사람이 되어가고 있었다. 아버지가

---

14) 같은 페이지에서 좀더 아래 내려가면, 앞서 언급한 바 있는 갈매기의 첫 등장이 있은 다음 마음의 상처가 강조된다. "애인은? 그 말이 아직 이토록 깊고 힘센 울림을 지니고 있다는 것은./"애인이 있으면 이렇게 다른 나라로 가겠다고 나설 리가 있습니까?"/명준은 미안했던 것을 메우기나 하듯, 짐짓 누그러지면서 선장을 건너다본다./선장은 실눈이 되었다가, 문득, 잘라 말한다. "아니지, 그럴 수도 있지. [⋯⋯] 사람에게 가장 중한 것을 남기고도 항구를 떠나야 할 때가 있으니까"(p. 24). 두 사람 사이에 내밀하고 단단한 소통 관계가 이때부터 형성되었다.

북으로 간 지 얼마 안 돼서 돌아가신 어머니. 아버지 친구였던 영미 아버지 밑에서 지내온 몇 해 사이에, 어머니 생각은 가끔 나도, 아버지는 살아서 지척에 있었건만 정히 보고 싶지도, 생각나지도 않았다. (p. 62)

그러나 명준이 아버지보다 어머니와 함께 좀더 오래 살았으므로 그녀가 아버지만큼 "먼 사람"일 턱은 없을 것임에도 불구하고 그녀의 모습을 언급하지 않는다는 사실은 의미심장하다. 그리고 연이어 등장하는 '어머니'라는 단어의 세번째 경우는 아들이 자신의 추억 속에서 중요한 의미를 지니는 사람으로 어머니를 생각하는 것에 왜 그렇게 놀라는지 가르쳐줄 것이다. 이 단어는 '광장'에 모인 세상 사람에 대해 반항하는 주인공의 고민들, 즉 그를 사로잡고 있는 고민의 핵심 테마를 구성하는 것으로 보이는 깊은 생각들 사이에 등장하면서 우리의 관심을 끈다.

자기라는 낱말 속에는 밥이며, 신발, 양말, 옷, 이불, 잠자리, 납부금, 담배, 우산…… 그런 물건이 들어 있지 않았다. 오히려 어떤 물건에서 그것들 모두를 빼버리고 남는 게 자기였다. 모든 것을 드러낸 다음까지, 덩그렇게 남는 의심할 수 없는 마지막 것. 관념 철학자의 달걀 이 명준에게 뜻있고, 실속있는 자기란 그런 것이다. 아버지가 그의 '나'의 내용일 수 없었다. 어머니가 그의 나의 한식구일 수는 없었다. 나의 방에는 명준 혼자만 있다. 나는 광장이 아니다. 그런 방이었다. 수인의 독방처럼, 복수가 들어가지 못하는 단 한 사람을 위한 방.[15] 어머니가 살아 있대도 그녀와 한방에 있을 수는 없었을 것이며, 그들의 서로 만날 수 있는 광장은 지금 와서는 사라졌다. 어머니는 죽었으므로. 살아 있는

사람과 죽은 사람이 더불어 쓰는 광장이 아직은 없기 때문에. (p. 63)

어머니의 등장은 오직 그녀의 사라짐을 더욱 잘 부각시키기 위한 것일[16] 뿐이라는 사실을 알게 된 지금, 우리는 어머니와 "한방"[17]에 함께 살 수 없다는 불가능성에 대한 이 묘한 생각에 부딪치게 되었다. 마치 어머니의 몸 —그녀의 살아 있는(뒤이은 문장이 살아 있는 자와 죽은 자 사이의 이별을 강조하므로) 몸 —과 가까이 있다는 사실이 견디기 힘들었다고 말하는 듯하다. 그것은 아마도 어머니가 자식을 버렸을 것이기 때문이 아니라, —그러한 내용을 암시하는 곳은 어디에도 없다—, 그와 반대로, 자식이 어머니의 존재에 너무 민감하게 반응할까 두려웠을 것이기 때문에, 그리고 부분적으로는 자기 자신의 욕망을 그녀에게 투사하고 있었기 때문일 것이다.

정신분석은 이러한 불안에 **원초적 유혹 환상**이라는 이름을 붙여주었

---

15) 프로이트의 언어로, 이와 같은 자족적 유아적 그리고 자기 잉태에 의한 나르시스적 형태의 무의식적 형성물을 **이상적 자아**Idealich라고 하는데, 이것은 찬미의 대상이 되는, 거울 속의 완벽한 존재이자 함정이며 이상화된 **큰타자**(사내아이에게는 아버지, 형제, 친구)의 모델에 의한 **자아 이상**Ichideal의 형성에 장애가 된다. 그런데 오직 이 후자야말로 진정한 정체성, 즉 나 혹은 **주체되기**에 길을 열어줄 수 있다.

16) 그를 고아처럼 받아들여준 사람이면서 아버지의 친구이기도 한 변성재의 아내이자 그와는 거의 친형제처럼 지내는 태식과 영미의 어머니가 거론된 적 또한 없다. 윤애의 경우 그녀가 "외딸"이기 때문에 그녀는 부모가 그녀가 원하는 대로 살도록 내버려둔다는 사실, 즉 그들이 그녀의 삶에 상관하지 않는다는 사실을 대충 설명하는 것으로 그치며(p. 75), 은혜의 경우 부모는 전혀 문제되지 않는다.

17) 프랑스 독자에게 이 **방**이란 단어는 모호하다. 이 단어는 약간은 영어의 'room'과 유사해 보이는데, 이 단어는 용도와는 상관없이 내밀한 거주 장소(salon, chambre)만큼이나 건축 공간이라면 어떤 것(pièce, salle)이든 지칭하는 게 사실이다. (프랑스어 'chambre'의 가장 친근한 의미는 한국어 '방'의 가능한 지시대상 가운데 가장 내밀한 장소인 '침실'을 가리킨다〔옮긴이〕.)

다. 애정을 담아 자신에게 젖을 주고 자신의 몸을 돌봐주는 사람에 대한, 무의식 속의 충동적 정서적 움직임을 제어하지 못하는 젖먹이 아이는 자신에게 곧장 수수께끼(테베의 입구에 있는 스핑크스와 오이디푸스를 떠올리자)가 되어버리는 것에 대해 불안해한다. 그는 어머니의 욕망을 받아들일 것인지 혹은 자기 자신의 안으로 후퇴해버릴 것인지를 두고 망설인다. 아동정신분석가 위니코트D. W. Winnicott는 '충분히 좋은 good enough' 어머니가 될 줄 알아야 한다고 단언했지만, 삶 속의 일이 대개 그러하듯, 문제는 어머니의 애정 표시가 지나치게 많거나 지나치게 적다는 것이다. 명준은 집어삼켜질 것 같은 가상의 위협 앞에서 교묘히 피하는 방식으로 반응했으며, 그의 모든 삶이 욕망의 격렬함 앞에서 뒷걸음치는 경향을 띠는 듯하다. 그가 배에서 뛰어내려 결정적으로 바닷속에 잠겨버리게 될 때, 그것은 '어머니'―그녀는 또한 '죽음'이기도 하다―의 부름에 응답하는 한 방법일 것이다. 더 이상 어떤 다른 가능한 방책도 없이 지칠 대로 지쳐버린 상태에서.

명준의 머릿속에서, 홀로 살아야 하는 비극과 버림에 어머니가 연상되었다는 또 다른 증거는 한 장면에서 증상적으로 드러나고 있다. 자신과 삶을 나누는 무희, 은혜의 매끈한 다리에 감탄하며 그는 자신을 그녀에 묶어두는 그 감정의 절대성과 무한함("여자는 졌을 때만 돌아와서 기대는" 마지막 벽과 같은 곳이다), 그리고 그들의 육체적 화합의 고유한 가치("나에게 남은 진리는 은혜의 몸뚱어리뿐. 길은 가까운 데 있다"(p. 130))를 발견하게 되었다. 그는 그녀와의 포옹이 윤애와의 것보다 더 열렬한 것임을 떠올린다. 그다음 그는 그 다리 앞에서 진정한 삶을 엿보고 있다고 믿던 시절의 그 특별한 날로 되돌아온다.

그런 시간이 끝나면 그녀는 명준의 머리카락을 애무했다. 가슴과 머리카락을 더듬어오는 손길에서 그는 어머니를 보았다. 어머니와 아들, 아득한 옛적부터의 사람끼리의 몸짓. 그녀는 생각난 듯이 말했다.

"참, 저, 모스크바로 가게 될는지 모르겠어요."

"모스크바?"

명준은 어리벙벙했다. (p. 131)

우리는 모스크바 예술제에 참가하기 위한 은혜의 여행을 계기로 그토록 확신에 차고 만개했던 그 사랑의 순간들이 종지부—임시적인, 하지만 전쟁이 터지지 않았더라면 결정적이었을 종지부—를 찍게 되었다는 사실을 잠시 후 알게 되는데, 이때 우리는 사랑으로 충족된 여인의 부드러운 몸짓과 어린 아들에 대한 어머니의 애무 사이의 이 겹침이 틀림없이 어떤 잔인한 아이러니의 색채를 띠고 있다는 느낌을 갖게 된다. 비록 여자와 어머니의 비유가 단순히 아이 명준의 체험이 아니라 모든 어머니와 아들에 유효한 한 일반적인 진실에 기대고 있을지라도, 상황의 맥락은 그러한 비유 속에 망상과 실망이 있을 수 있다는 사실을 드러내도록 기능한다. 어머니의 애정을 표현하는 모든 몸짓은 그것이 영원하기를 바라는 아이의 소망에도 불구하고 곧 멈추게 되는데, 이것은 그에게 버림처럼 느껴진다. 어쨌든 이것은 모든 인간 존재가 자기 자신의 과거 유년 시절에 대해 알고 있다고 가정되는 것이다.

그의 아버지에 대해 말하자면, 명준은 북쪽에 머물러 있는 동안 그를 보았다. 육 개월 간의 그곳 생활 끝에 많은 이유로 '인민' 체제를 받아들일 수 없다는 사실을 깨달은 상태에서 그가 만난 아버지는 공산당 고위 간부가 되어 있었다. 그는 아버지에게 말로써 거칠게 항의한다.

그러나 우리는 프로파간다를 외치는 그런 아버지의 임무보다는 그의 내밀한 삶에 더 관심을 가질 필요가 있다. 훌륭한 인텔리였던 그는 순종적인 시골 처녀와 재혼했고, 명준은 그 사실을 냉혹하게 비판한다. 그러나 아들과는 달리, 아버지는 여자에게 어떤 절대적인 무엇을 요구하거나 자기 자신을 오롯이 바치기를 요구하지 않는다. 여하튼 명준의 그러한 경멸적인 견해는 그가 아버지의 새 아내를 **영혼 없는** 존재로 생각한다고 말하는 것으로 요약할 수 있다. 그에 따르면 아버지와 너무도 단순한 그 젊은 여인 사이에는 사랑도 영원의 약속도 있을 수 없을 뿐더러 어떤 실제적인 사소한 소통도 있을 수 없다. 주인이 하녀를 사들인 것일 뿐, 그 이상도 이하도 아니다.

그의 부친은 〔……〕 새 아내와 살고 있었다. 평안도 사투리가 그대로 구수한 '조선의 딸'이었다. 예 그대로인 조선 여자의 본보기, 그저 여자였다. 머릿수건을 쓰고 아버지가 벗어놓은 양말을 헹구고 있는 그녀를 보았을 때, 명준은 끔찍한 꼴을 본 듯 얼굴을 돌렸다. 〔……〕
그러나 이 여자. 그를 도련님 받들 듯하는 이 조선의 딸. 도대체 어디에 혁명이 있단 말인가. (pp. 113~14)[18]

여기에는 여성들에 대한 전통적인 행동을 전혀 수정하지 않은 대혁

---

18) 몇 페이지 앞에서, "그의 애인" 윤애가 그를 따라 북쪽으로 가기를 사정없이 단호하게 거부했을 때 실망한 명준은 배신감을 느끼며 그녀의 행동을 비난한 적이 이미 있다—"무슨 힘으로써도 꺾을 수 없는 단단한 미신. 몇만 년 내려 쌓여온 그녀의 세포 속, 터부의 비곗살. 그걸 들어내면 그녀는 지금의 윤애가 아닐 테고, 그대로 지니고 보면, 그녀는 인간이 아니었다"(p. 110).

명가에 대한 멸시가 들어 있다. 그리고 마오쩌둥이나 스탈린의 일방적 결정에 복종하는 모델에 종속된 공산주의 체제 속에 안주한 책임자에 대한 멸시 또한 그에 못지않게 들어있다. 그러나 그가 남쪽에서 가져온 단호한 체제 비판적 태도에도 불구하고 그리고 그의 그러한 태도가 도처에서 정당화됨에도 불구하고, 명준은 모든 것이 분노를 불러일으키는 북쪽에 머물러 있을 뿐만 아니라 아버지의 이미지의 흔적을 따라 정치경찰의 요원이 되며, 그다음에는 맥아더 군대에 항복할 때까지 인민군 편에서 싸울 것이다.

또 다른 증상적인 장면은 앞에 언급한 부분보다는 덜 뚜렷하지만 충분히 파악될 만한 것이다. 그의 두번째 사랑인 은혜는 확실히 개화된 여성이며 확고한 전사인데, 그는 그녀에 대해 그의 아버지와 조금도 다를 바 없는 이기심과 전제적인 요구들을 그녀에게 드러낸다. 그의 간청에도 불구하고 그녀가 그녀 자신을 피어나게 해주는 무용의 즐거움을 위해 그리고 당과 조국의 발전을 위해 모스크바로 떠나자, 그는 자신의 자유를 즉시 되찾는다. 그의 커다란 감정들의 진정성에 대해 말하자면, 그는 다시 만난 윤애가 영원한 그의 사랑이라고 확신한다. 그 자신이 아무런 설명 없이 그렇게 얘기한다. (그녀가 태식과 결혼하지만 않았더라도 그는 그녀와 함께 그녀를 위해 살 것이라고 짐작할 수 있다.) 그다음, 간호원이 된 은혜를 전선에서 다시 만나자, 이번에는 그녀가 다시 그의 인생의 여인이 된다.

한편으로 그는 아버지에 대한 현혹에서 결코 벗어나지 못했고, 다른 한편으로 그 아버지는 아들이 그와의 동일시를 통해 안정된 방법으로 살아가기 위해 그리고 무엇보다, 앞서 보았듯이, 어머니의, 어머니에 대한 사랑이 표상하는 심각한 무의식적 위협과 직면하기 위해 필요로 하는 좌표를 전혀 제공해주지 않았다. 아버지의 형상을 긍정적으로 사랑하지 못하기 때문이든, 혹은 어머니의 유혹 앞에서 그가 뒷걸음질 치는 때문이든, 언제나 그는 그에게 거세 불안을 부추기는 것을 주변에서 찾아다녔고 또 발견했다. 그리고 그 이유로 그는 진정한 반항이 불가능하다. 그는 소소한 비겁 행위들에서 커다란 자기비판에 이르기까지 장면을 이동해간다. 그것은 경찰들에게 처음으로 모욕당했을 때(pp. 67~70)와 윤애에 대한 강간을 포기할 때(pp. 151~53)[19] 특히 두드러진다. 간단히 말해, 명준은 여전히 청소년기를 벗어나지 못한 것처럼 자신의 오이디푸스 콤플렉스 속에 옭매여 있다.

갈매기로의 회귀

유령들이 우리를 갈매기들로부터 떼어놓는 것 같았지만, 결국 우리는 그들에게로 되돌아오게 되었다. 사실, 유령은 때로는 공포감까지 불러일으키는 거북한 존재인데, 적어도 초기에서만큼은 갈매기는 거의 행복감마저 느끼게 하는 유쾌한 유령 버전이라 할 것이다. 이 두 상징적 대상은, 사용하려는 순간 가짜라는 것이 밝혀져버린 동전의 양면이

---

19) 기이한 '새 울음소리'(방황하는 그의 자아의 가엾은 이미지인가?)가 매번 등장한다는 사실을 지적할 기회인 것 같다. 우선, "멀리 있는 아버지가 내게 코피를 흘리게 하다니, 이건 무얼 말하는 것일까. 높은 데서 솔개가 빙빙 돈다. 어디선가 한가한 새 울음. 명준은 격해야 할 자기가 이렇게 마음이 가라앉아만 가는 게 이상하다"(p. 69). 그다음은 그녀를 등 뒤에서 껴안고 마룻바닥으로 쓰러지려는 순간이다. "어디서 새 우는 소리가 들렸다. 멍하도록 하릴없는 가락이었다. 바로 뒤에 잇닿은 산에서 난다."(그가 그녀를 강제로 껴안는다) "새 울음이 갈매기 울음처럼 들렸다."(그는 다시 인천 바닷가를 생각한다. 그리고 눈물을 흘리고는 그녀를 풀어준다) "사이를 두고 새 우는 소리는 아직도 들렸다"(p. 152).

다…… 그것들이 함께 있을 때는 부재 속에 칩거한 어머니의 목소리와, 구조화의 혜택을 거의 주지 않는 아버지의 압도적인 목소리를 떠올린다. 그러나 주체의 무의식적인 환상 세계가 어머니의 측면과 아버지의 측면으로 진정으로 양분되어 존재하는 경우는 없다. 그러한 의미에서 명준을 통해 독자들의 무의식이 꿈꾸게 되는 오이디푸스 콤플렉스의 형상은 명확하게 배분되지 않았거나 혹은 말하자면 '얽힘이 풀어지지 않았다'고 확언할 수 있다. 요컨대 두 개의 정서적 양상, 두 개의 심적 색채가 있고, 이야기가 그것들을 하나씩 차례로 부각시킨다고 말하는 편이 낫겠다. 즉, 한편에 분노가 있고, 또 한편에 연민이 있다. 이 둘은 물론 부분적으로 억제되어 있다. 왜냐하면 이러한 맥락에서 과도한 토로는 거의 있음 직하지 않기 때문이다. 유령은 우리를 폭력과 증오의 영역으로 이끌어갔고, 갈매기는, 상상컨대, 우리를 우수에 잠긴 행복의 나라로 데려갈 것이다.

여기서 이론적인 문단 하나를 잠시 열도록 하자. 이 글에서 전개되는 해석들은 내가 지각하는 바를 그대로 소개하고 있는데, 그것들은 이 텍스트 속에서 서로 관계를 맺고 있는 상징적 대상들의 기능과 결부되어 있으며, 여기에는 의심할 여지가 거의 없는 듯하다. 이 두 대상은 상호보완적으로 보인다. 더구나 그것들의 무의식적 의미 기능이 텍스트 자체에 의해 해명되었다. 왜냐하면 환자가 정신분석가의 요구에 따라 긴 의자에 누워 행하는 연상들과 동등한 가치를 지니는 것을 바로 이 텍스트가 우리에게 제공해주기 때문이다. 사실 우리는 프로이트가 '상징체계la symbolique' [20]라고 부르는 것에 의지함으로써 매우 근접한 결과에 도달할 수 있었을지도 모른다. 특히 꿈의 경우나 ──깨어나면서 중단되어버리기 때문에 종종 누락된 부분이 생긴다 ──, (치료 바깥의)

응용정신분석의 경우, 비엔나의 스승은 **보편적으로 인정된 상징들**에 의존하여 결여된 생각과 이미지들의 연상을 대체할 것을 시사하곤 했다. 그런데, 사람들의 상상계 속에서 새는 성적 흥분과 쾌락에 다양한 방식으로 결부되어 있다. 프랑스어에서 '공중으로 날려버리다s'envoyer en l'air' [21]라는 속된 표현이 그렇듯이, 날아오르는 꿈들은 쾌락을 누리려는 욕구를 말하고, 어린 사내아이의 성기는 참새의 한 종류를 가리키는 단어인 '지지zizi'로 불리며, 고대 그리스 로마인들은 날개 달린 페니스로 발기 상태를 즐겨 재현했다 등등. 마찬가지로 유령의 근원에는 언제나 죽은(소망) 동시에 살아 움직이는(두려움) 어머니의 체현이 자리한다. 그런 어머니를 우리는 유혹하는, 무시무시한, 거세하는, 혹은 팔루스적인, 다시 말해 팔루스를 훔치는 어머니라고 부른다. 그런 식으로 일관된 한 결과에 도달함으로써 우리는 텍스트의 세부를 읽지 않고서도 해석할 수 있었을 것이다. 그러나 이야기 자체를 구성하는 문장들과 단어들 속에서 '동물성'의 위협과 욕망의 부름을 발견하는 것이 더욱 설득력 있다. 어쨌든 그러한 형성물들이 독자의 무의식에 최대한의 효과를 거두는 것은 바로 텍스트의 독서 흐름 속에서 이루어지며, 여기에 중요한 것이 있다.

명준이 유배의 배 위에서 향수 어린 몽상에 젖어들기에 앞서, 그의 삶에 갈매기들이 등장했던 상이한 순간들을 하나하나 되새겨볼 때, 그 새들이 내가 방금 '욕망의 부름'이라 일컬은 것에 어느 정도 상응한다는 사실에는 의심의 여지가 없어 보인다. 이것은 그 새들이 처음 등장

---

20) 이 말이 여성명사라는 것에 주목하자. 이것은 라캉이 대문자로 〈상징계le Symbolique〉라 부르는 남성명사와는 아무런 상관이 없으므로 이 둘을 혼동해서는 안 될 것이다.
21) 이 표현의 속뜻은 '강렬한 쾌감을 느끼다'이다[옮긴이].

하는 순간부터 이미 감지될 수 있는 것이었다. 그리고 그 첫 등장이 (서사와 대비하여) 이야기의 한 실제 사건이자 명준의 삶에 각인된 사건이라는 의미에서 우리는 그것을 역사적이라고 말할 것이다. 실제로, 그것은 윤애와 그가 처음으로 사랑을 나누는 순간의 일이다. 그들이 흥분된 사랑의 맥락 속에서 그 새가 등장하는 방식은 심상찮다. 해변의 두 젊은이는 시선들을 피하여 한적한 모래 분지 속에 있다. 명준의 두 눈이 바다 위로 떠돌고 있다.

탐스럽게 푸짐한 뭉게구름만, 우쭐우쭐 솟아 있다. 희고 부드러운 덩어리에는, 햇빛 때문에, 유리처럼 반짝이는 모서리가 있다. 머리나 어깨 언저리가 그렇고, 아랫도리는 그늘이 져, 환한 윗몸을 돋우어준다. 그 모양은, 여자의 벗은 몸을 떠올린다. 금방 물에서 나온 깨끗한 살갗의 빛깔과 부피를 닮았다. 어디서 봤던가 기억을 더듬는다. (그는 샤워를 하고 나온 영미의 "보기가 민망하도록 곱던 살빛"을 떠올린다.) [……] 그는 다시 구름을 바라본다. 반짝이는 작은 물체가, 흰 바탕 앞에서 날고 있다. 구름조각이 따로 노는 것처럼 보이는 그것은, 갈매기다. (p. 83)

그는 옆에 있는 애인을 바라보며 손을 잡는다…… 그다음에 어떤 일이 벌어졌는지는 선명하게 얘기되지 않는다. 그러나 그날 저녁 청년이 사랑의 육체적 국면들에 대해 길게 명상하는 것처럼, 이 새의 이미지는 성적인 느낌에 영원히 연결되어 있다. 어쨌든 바로 그 분지에서의 더욱 완전하고 내밀한 만남은 우리에게는 상상으로만 남아 있을 뿐이다. 어느 날 명준이 "별 뜻 없이" 항구의 목로술집에 술을 마시러 갔을 때 그 만남은 그의 머릿속에 선명하게 되살아난다.

안개 속에서, 이따금, 짧은 뱃고동이 울려온다. 안개 속에 윤애의 흰 가슴이 있다. 그가 만지게 맡겨주던, 촉촉이 땀 밴 가슴이, 가랑비를 맞으며 둥둥 떠 있다. 그 분지에서 자지러지게 어우러지다가, 그녀는 불쑥

"저것, 갈매기……"

이런 소릴 했다. 그녀의 당돌한 말이 허전하던 일. 그 바다 새가 보기 싫었다. 그녀보다도 더 미웠다. 총이 있었더라면, 그는, 너울거리는 흰 그것을 겨누었을 것이다. 떨리는 손가락으로 방아쇠를 당겼을 것이다. 흰 가슴 위에서 갈매기가 날고 있다. 비에 젖어.

주인이 명준에게 한 귀엣말은 이런 것이었다.

"이북 가는 배 말씀입죠."[22] (pp. 87~88)

잠시 전, 그가 한 테이블에 앉으러 할 때 울려 퍼지던 뱃고동 소리는, "언젠가 들은 적이 있는 산새 울음소리"(p. 86)를, 다시 말해, 아버지로 인해 모욕받고 구타당한 경찰서를 나올 때 산 너머로 들려오던 새 울음소리를(p. 69) 그의 뇌리에 떠올려주었다. 그것은 갈매기와는 다른 새이다. 그것은 죄의식의 목소리에 반향을 보내는 유령의 목소리이자 아버지의 부름이었다.

이 인천의 갈매기는 에로티시즘과 버림의 징후 아래 놓여 있는데, 국립발레단의 일원으로서 모스코바로 예술제 공연을 떠나려는 은혜에게 단 몇 주 동안의 여행임에도 불구하고 그의 곁을 떠나지 말아달라고 그가 호소할 때 다시 환기될 것이다.

---

22) 이 순간 그가 느낀 감정과 감동은 pp. 109~10에 세부적으로 전개되어 있다.

명준은 오랜 옛날 이런 식으로 빌붙던 걸 생각했다. 그렇지. 인천 변두리, 갈매기가 날고 있는 바다로 트인 분지에서, 윤애의 알 수 없는 변덕을 버려달라고 빌던 자기 말투. 알몸으로 자기를 믿어달라고 빌던 말투였다. (p. 134)

여기서 요구와 실망이라는 마찬가지의 정서적 구성이 다시 나타난다. 앞의 경우, 그는 자신의 길을 가기 위해 홀로 떠났다. 사랑하는 여인이 그를 따라가기를 거부했기 때문이었다. 반면, 이번에는 그가 애인을 떠난다. 그녀가 자기 자신의 길을 가기 위해 그를 홀로 내버려두고 떠났기 때문이다. 그러나 심리적 메커니즘은 유사하다. 명준은 자신의 성적 파트너와의 관계에서 융합적 상태를 찾으려는 동시에 그러한 관계에 결부된 상호성은 배척한다. 그는 여인과 자유, 이 두 가지를 모두 갖기를 원한다. 자신의 자유는 원하되 그녀의 자유는 용납되지 않는 것이다. 비록 자기 자신의 자유가 무엇보다 북쪽 공산주의 체제에 대한 순응을 의미하므로 미끼일 뿐이더라도 그러하다. 더욱이나 그 순응은 지배적인 아버지의 이미지에 결부되어 있지만 않다면 더 자발적인 것처럼 보이기까지 할 것이다. 그는 자신이 사랑에 빠져 있고 사랑받고 자유로운 동시에 종속되어 있다는 이 모든 느낌을 동시에 갖지 않으면, 차라리 스스로를 고독이나 일종의 유배로 단죄하고 싶어 한다. 어쨌든 우리는 그가 승리와 좌절이 뒤섞인 상황을 겪는 장면을 두 번 목격한다. 세 번이 아니라 두 번이다.

이제 이 모든 갈매기들이 위안을 주는 긍정적 측면이 있다는 사실을 밝히는 일이 남았다. 이 새들은 함께 있으면 행복하고 헤어지면 고통스러운 사랑하는 존재들—여기서는 여인들—을 생각나게 한다. 늘 조금씩, 그것들은 난생처음 경험하는 어머니를 연상시킨다. 팔 하나, 젖가슴, 은근한 내음을 풍기는 살갗, 뺨에 혹은 영혼에 느껴지는 부드러운 입맞춤. 그러한 것들은 특히 북쪽에서 명준이 심각한 결과를 낳을 수도 있었을 추락사고를 겪은 다음, "노동자 휴양소"에서 햇볕을 쬐고 맑은 공기를 마실 때, 서정적으로 표현될 수 있다.

맑은 겨울 날씨였다. 비쳐 보이는 하늘의 푸름에 대면, 바다는, 그보다는 짙은, 풀빛으로 그늘져 보였다. 오른편으로 멀리 두 마리 세 마리 갈매기들이 너울거린다. 이런 하늘 밑에서 사람이 즐겁지 말란 법이 있을까. 내 나라의 하늘은 일류 풍류객이야. 결코 찌푸리지 않거든. 울부짖지 않거든. 멋쟁이야. (p. 141)

순간을 즐겨라! 친숙한 갈매기들이 그렇게 말하는 것만 같다. 거침없이 삶을 살아라! 공론에 빠지거나 논쟁 벌이기를 멈추어라! 세상에 자신의 강력한 존재감을 심겠다는 꿈에 부푼 신흥 부르주아지가, 너의 망설임을 무너뜨리고 너 자신을 그의 일원으로서 아주 잘 길들일 수 있을 신흥 부르주아지가 판을 치는 이 거짓 민주주의에 대항하는 헛된 항의에 너 자신을 소진시키기를 멈추어라! 곧 전쟁이 뒤따를 것이다. 진짜 전쟁 말이다. 거기서는 굽어보는 죽음의 시선 아래, 모든 것이 위협받게 될 것이다.

그러한 멜랑콜리의 달콤한 느낌은 머지않아 퇴락하기 시작할 것이며, 갈매기들은 더 이상 감동을 불러일으키지 못할 것이다. 왜냐하면 에로스는 위협이 될 것이기 때문, 달리 말해 못 견디게 괴로운 절망의 원인이자 대상이 될 것이기 때문이다. 여인들, 사랑, 성, 그 모든 것은 수치스럽고 혐오스럽기까지 한 과거를 표상하고, 심지어 격렬한 증오가 되어버린 하나의 강박을 구성하기에 이를 것이다. 배를 탄 명준은 자신의 운명에 대한 세세한 재검토 끝에, 하나의 가능한 장래를 쌓아 올릴 토대로서 자신의 삶을 온전히 받아들이는 데 결국 실패하고 만다. 그의 내면에는, 자신을 삶에 묶을 수 있었던 모든 것을, 갈매기를 통해, 은유적으로 죽여버리고 싶은 욕구가 조금씩 일어났다. 동시에 그는 그것을 행동으로 옮길 것이라는 두려움에 찢어질 듯 괴로워한다. 그는 오직 하나의 욕망만을 갖고 있는 듯하다. 그것은 그가 가졌던 몇몇 즐거움과 그의 모든 실패들, 그의 삶에의 총체적인 무능함을 생생하게 품고 있는 그 새들을 제거해버리는 것이다. 그리고 그 욕망은 정반대의 욕망과 뒤섞여 있다. 즉, 비록 좌절되긴 했지만 한 희망의 초라한 흔적들을 보호하여 그것이 어디에선가 지속적으로 살아남게 하는 것이다. 우리는 그가 그 막다른 골목에서 어떻게 빠져나오는지 알고 있다. 그것은 결정적인 도피를 통해서이다. 우리는 그를 유배당한 한 남자로 취급했고, 그 스스로도 자신을 유배당한 자로 생각하고 있었다. 이제 그는 자신이 영원한 도망자라는 사실을 알게 되었고 우리는 그 사실을 확인하게 된다.

광란에서 안식으로

갈매기가 나타나는 마지막 장면들을 감상하기 위해서는 전쟁의 끔찍함 속으로 들어가야 할 것이다. 명준은 한반도의 남쪽 최전방에 장교

72

로 있던 어느 날, 간호장교로서 참전 중이던 은혜와 우연히 마주친다. 그들의 감정은 주변을 배회하는 죽음에 자극받아 다시 불타오른다. 그는 마침 인근에 감춰진 조그만 동굴을 ─진정한 어머니의 자궁이라 할 만하다[23]─ 발견하여 그곳에서 홀로 긴장을 풀고 상념에 빠지곤 했었다. 이제 그들은 기회가 닿을 때마다 그곳에서 만나 절망적인 강렬함으로 사랑을 나누게 될 것이다. 그들은 전쟁의 패배가 멀지 않았음을 예감하고 있으며, 그 패배는 그들이 명확하게 의식하지 못하는 사이에 희망하고 있는 현재 삶과의 단절을 각자에게 가져다줄 것이다. 이 점에 대해 좀더 확신을 갖기 위해서는 모범적인 병사인 명준이 바로 그 만남의 순간에 상부에 급히 올려야 할 전선에 대한 전략적 '보고서'를 소홀히 취급하는 태도를 바라보는 것으로 충분하다. 이때 은혜는 그녀대로, 들고 있던 가위가 상징하는 간호병의 임무와 부상자들을 순간적으로 잊어버린다(p. 163).[24] 에로스의 부름 앞에서, 바로 그 순간, 그 두 사람에게는 서로에 대한 욕망 외에 어떤 것도 중요하지 않다. 이보다 더 부르주아적인 것이 또 있겠는가 하고 사람들은 말할 것이다!

---

23) 훗날 은혜는 "남자의 뿌리를 잡아 자기의 하얀 기름진 기둥 사이의 배게 우거진 수풀 밑에 숨겨진, 깊은, 바다로 통하는 굴속으로 밀어넣"(p. 183)는 행위에 대해 말할 것이다. 이 장면에서 구체적인 맥락에 등장하는 메타포들이 보편적인 상징체계와 교차하는 양상이 다시 한 번 확인된다.

24) "그들은 손에 하나씩, 죄의 증거를 들고 있었다"(p. 163). 이 "가위"(청진기나 붕대가 아닌 이유가 무엇이겠는가?)는 오직 그들에게 거세 위협을 구성하는데, 비록 명준은 그것에 무감각하지만, 우리는 그것을 민감하게 받아들인다. 운명의 세 여신 가운데 클로토가 자아내고 라케시스가 측량한 운명의 실을 자르는 불굴의 여신 아트로포스의 상징적인 도구, 가위는 명준이 은혜와 맛보게 될 쾌락이 한순간에 지나지 않을 것이라고 우리의 무의식에게 속삭인다. 선장의 '일본 사냥총'을 조작하면서 그가 경험하게 될 명백한 쾌락에 대해 말하면, 그것도 마찬가지로 거세의 냄새를 풍기지만, 이번에는 인공 대체물에 의한 보완의 방식이 될 것이다. 가위와 총의 등장은 거의 놀랍지 않다. 그것들은 우리의 무의식이 짐작하는 것을 확인시켜줄 따름이다.

격식이라든가, 미묘한 예절의 번거로움 같은 것이, 짜증스럽고 뜻 없어 보이는, 싸움터였다. 모습 없는 죽음의 그림자와 맞서서 지내야 하는 나날, 그들은 서로의 몸뚱어리에서, 불안과 안타까움을 지워줄 힘을 더 듬었다. (pp. 159~60)

명준은 사령부에서 떠도는 소문을 들었다. 총공격이 가깝게 있으리라는 것이었다. 그 말을 알렸을 때, 은혜는, 방긋 웃었다.
"죽기 전에 부지런히 만나요. 네?"
그날 밤 명준은 두 시간 가까이 기다렸으나, 끝내, 그녀는 나타나지 않았다.
이튿날, 공산군의 모든 화기는, 마지막 총공격의 불문을, 한꺼번에 열었다. 〔……〕 은혜를 부지런히 만나자던 다짐을 아주 어기고 말았다. 전사한 것이다. (pp. 164~65)

잠시 후, 명준의 마지막 순간들을 보여주는 장면이 긴 호흡으로 이어질 것이다. 그것은 너무도 아름답고 복합적이면서도 풍부해서 전체를 인용한 다음 하나씩 차례로 음미해야만 할 것이다. 그러나 현실적으로 그럴 수 없는 상황에서 본질적인 것만 부각시켜보도록 하자.
갑판 위에 앉은 명준은 석양으로 물든 따뜻한 나무를 쓰다듬는다. 마치 "지난날, 이 햇빛에 익은 나무처럼 따뜻하고, 그보다는 견줄 수 없이 미끄러운" "은혜의 몸을"(p. 180) 쓸어보는 듯하다. 그의 손은 여전히 애무를 갈망하지만, 그는 "허전함"을 느끼며 뱃길이 그어놓은 물살을 응시한다. 그처럼 어떤 집착도 없는 방임 상태는 몇몇 의미심장한 에피소드들이 떠오르도록 그의 정신에 자유로운 장을 열어준다.

　그때, 그 물거품 속에서 흰 덩어리가 쏜살같이 튀어나오면서, 그의 얼굴을 향해 뻗어왔다. 기겁하면서 비키려 했으나, 그보다 빨리, 물체는 그의 머리 위를 지나서, 뒤로 빠져버렸다. 돌아다봤다. 갈매기였다. 뱃고리 쪽에서 내리꽂히기와 치솟기를 부려본 것이리라. 그들이었다. 배를 탄 이후 그를 괴롭히는 그림자는. 그들의 빠른 움직임 때문에, 어떤 인물이 자기를 엿보고 있다가, 뒤돌아보면 싹 숨고 마는 환각을 주어왔던 것이다. 그는 붙잡고 있는 난간에 이마를 기댔다. 〔……〕
　자기 방에 들어섰을 때였다. 자기를 따라오던 그림자가 문간에 멈춰 섰다는 환각이 또 스쳤다.
　박의 침대 머리맡에 놓인 양주병이 언뜻 보였다. 그는 팔을 뻗어 병을 잡으면서 돌아섰다. 흰 그림자가 쏜살같이 저만치 날아가는 것이 보인다. 따라가면서 힘껏 병을 던졌다. 그림자는 멀리 사라지고 병은 문지방에 부딪혀서 박살이 되어, 깨어진 조각이 사방으로 튀었다. 〔……〕 망막에서는 포알처럼 튀어들던 바다 새의 흰 부피가, 페인트를 쏟아부은 듯, 아직도 끈적거렸다. (pp. 180~81)

텍스트 속에서 갈매기와 유령의 은밀한 결합을, 우리가 지금까지 그 준비 과정을 끊임없이 연출해온 이 내밀한 결합을 이보다 더 잘 그려낼 수는 없을 것이다. 이 두 상징적 대상은 이제 하나가 되었다. 그것들이 단 하나의 몸으로 결합된 것이다.
　다른 내밀한 결합이 명준의 기억에 되살아날 것이다. 특히 그 결과가 회상될 것이다. 은혜는 전장에서 쓰러지던 때 임신 중이었고, 따라서 그는 아버지가 될 뻔했다.

  마지막으로 만났을 때 은혜가 한 말. 총공격이 다가선 줄 알면서도 두
사람은 다 어느 때하고 다르지 않았다. 사랑의 일이 끝나고, 그들은 나
란히 누워 있었다. "저─" 깊은 우물 속에 내려가서 부르는 사람의 목
소리처럼, 누구의 목소리 같지도 않은 깊은 울림이 있는 소리로 그녀가
불렀다. "응?" "저─" 명준은 그 목소리의 깊이에 몸이 굳어졌다. "뭔
데, 응?" "저─" 그녀는 돌아누우면서 남자의 목을 끌어당겨 그 목소리
처럼 깊숙이 남자의 입을 맞췄다. 그러고는, 남자의 귀에 대고 그 말을
속삭였다. "정말?" "아마." 명준은 일어나 앉아 여자의 배를 내려다봤
다. 깊이 팬 배꼽 가득 땀이 괴어 있었다. 입술을 가져간다. 짭사한 바
닷물 맛이다. 〔……〕 "딸을 낳을 거예요. 어머니가 나는 딸이 첫애기래
요." (pp. 182~83)

은혜는 그가 도저히 잊어버릴 수 없는, 그리고 그를 강박적으로 따
라다니는 여인이었다. 그런 만큼, 유일하고 영원한 사랑의 계보─같
은 것이 같은 것을 재생산하는 영속적인 화합의 허구 ─와 혈통까지도
이어주었을 딸을 그에게 선사함으로써, 그녀는 그가 현실 속에서는 결
코 받아들일 수 없었던 어머니가 될 수 있었을 터였다. 잠재적인 존재
로 남아 있기 때문에 모든 것이 용서될 딸, 그 딸이라면 그를 배반하지
도 실망시키지도 않았을 것이다. 그에 대해 모든 권능을 발휘할 수도
있을, 그의 머리와 가슴속에 살아 있는 딸, 어쩌면 그녀라면 그가 처한
그 원한과 고통의 지경에서, 그에게는 하나의 가능한 안식을 가져다줄
마지막 수단처럼 비치는 그 복수를 포기하라고 그에게 강요하지 않았

을까?

그는 자신을 모욕하는 그 새-유령들을 쓰러뜨리리라는 굳은 결의로, 사냥총을 가지러 선장의 선실로 갔다. 그들을 매번 저버림으로써 그의 과거가 황폐해졌던 것처럼 그들의 집요한 출현이 그의 앞길을 방해하기 때문이다. 이 강박적인 존재들 속에는 사랑받고 증오받는 모든 형상들이 모여 있다. 어머니, 애인, 동반자, 딸, 그리고, 아마도 인정할 수 없는 그 자신의 부분을 반사하는 이미지들, 아버지를 사랑하는, 견디기 힘들 정도의 수동적인, 한마디로 여성적인 부분…… 그는 창밖으로 몸을 기울여 오랜 시간 총구를 겨누었다.

창대처럼 꼿꼿한 마스트에 앉은 흰 새들은 움직이지 않았다. 두 마리 가운데 아래쪽, 가까운 데에 앉은 갈매기가 총구멍에 사뿐히 얹혀졌다. 이제 방아쇠만 당기면 그 흰 바다 새는 진짜 총구 쪽을 향하여 떨어져올 것이다. 그때 이상한 일이 눈에 띄었다. 그의 총구멍에 똑바로 겨눠져 얹혀진 새는 다른 한 마리의 반쯤 한 작은 새였다. (p. 182)

총구멍에 똑바로 겨눠져 얹혀진 새가 다른 한 마리의 반쯤 한 작은 새인 것을 알아보자 이명준은 그 새가 누구라는 것을 알아보았다. 그러자 작은 새하고 눈이 마주쳤다. 새는 빤히 내려다보고 있었다. 이 눈이었다. 뱃길 내내 숨바꼭질해온 그 얼굴 없던 눈은. 그때 어미 새의 목소리가 날아왔다. 우리 애를 쏘지 마세요? 뺨에 댄 총몸이 부르르 떨었다. (p. 183)

무언가 불쑥 그 안에서 꺾였다. 살고 싶은 욕망과 죽이고 싶은 욕망이 갈라진 것이다. 이제 그는 그 자신이 유령이 되어 배 위를 서성일 것이다.

마지막으로 친숙한 대상 하나가 새로운 상징적 의미를 지닌 채 등장할 것이다. 자신의 선실, 머리맡에서 그가 발견한 '부채'이다. 그의 손이 그것을 기계적으로 들고 있다. 우리는 그것이 어디서 온 것인지 알지 못한다.

의자에 걸터앉아서 부채를 쭉 편다. 바다가 있고, 갈매기가 있는 그림이 그려져 있다. 부채를 접었다 폈다 하다가, 스르르 눈을 감는다. 머릿속으로 허허한 벌판이 끝없이 열리며, 희미한 모습이 해돋이처럼 차츰 떠올라온다.
〔……〕펼쳐진 부채가 있다. 부채의 끝 넓은 테두리 쪽을, 철학과 학생 이명준이 걸어간다. 가을이다. (pp. 186~87)

다음, 몇 개의 이미지들, 우리가 지금까지 거쳐온 여정을 상기시키는 삽화들, 여인들("알 수 없는 동물들"), 정치("아버지 일 때문에" 경멸하는 것)가 뒤따른다. 그러고는

부채의 안쪽 좀더 좁은 너비에, 바다가 보이는 분지가 있다. 거기서 보면 갈매기가 날고 있다. 윤애에게 말하고 있다. 윤애 날 믿어줘. 알몸으로 날 믿어줘. 〔북조선에서……〕구겨진 바바리코트 속에 시래기처럼 바랜 심장을 안고 은혜가 기다리는 하숙으로 돌아가고 있는 9월의 어느 저녁이 있다. (p. 187)

순간적으로 스쳐가는 이 짧은 장면들은 체념의 눈물, 점점 가늘어지고 말라가는, 강렬함이 약해지는 눈물이다. 우리에게는 그저 인용하는 일만이 가능할 따름이다.

그의 삶의 터는 부채꼴, 넓은 데서 점점 안으로 오므라들고 있었다. 마지막으로 은혜와 둘이 안고 뒹굴던 동굴이 그 부채꼴 위에 있다. 사람이 안고 뒹구는 목숨의 꿈이 다르지 않으니. 어디선가 그런 소리도 들렸다. 그는 지금, 부채의 사북자리에 서 있다. 삶의 광장은 좁아지다 못해 끝내 그의 두 발바닥이 차지하는 넓이가 되고 말았다. 〔……〕 다만 한 가지만 없었다면. 그는 두 마리 새들을 방금까지 알아보지 못한 것이었다. 무덤 속에서 몸을 푼 한 여자의 용기를, 〔……〕 그리고 마침내 그를 찾아내고야 만 그들의 사랑을.

돌아서서 마스트를 바라본다. 그들은 보이지 않는다. 바다를 본다. 큰 새와 꼬마 새는 바다를 향하여 미끄러지듯 내려오고 있다. 바다. 그들이 마음껏 날아다니는 광장을 명준은 처음 알아본다. 부채꼴 사북까지 뒷걸음질친 그는 지름 핑그르 뒤로 돌아선다. 제정진이 든 눈에 비친 푸른 광장이 거기 있다. (pp. 187~88)

모든 게 완전히 끝나버린 것은 아니다. 끝을 맺는 작업은 영원히 지속될 것이다.

큰일 날 뻔했다. 큰 새 작은 새는 좋아서 미칠 듯이, 물속에 가라앉을 듯, 탁 스치고 지나가는가 하면, 되돌아오면서, 그렇다고 한다.[25] 무덤을 이기고 온, 못 잊을 고운 각시들이, 손짓해 부른다. 내 딸아. 비로소 마

음이 놓인다. 〔……〕 거울 속에 비친 남자는 활짝 웃고 있다. (p. 188)

코다

태어나기도 전에 죽어버린 딸아이가 한 남자의 운명이 구현될 유일한 희망이 될 수 있다는 사실, 바로 거기에 비길 데 없는 한 발견이 있다. 바다로 몸을 내던진 이 남자의 최후의 몸짓이 푸른 하늘 아래, 푸른 파도들 속에서 그 아이와 함께 숨 막히도록 놀기 위한 것이라는 사실, 그것이야말로 우리를 결정적으로 함구하게 만든다.

이 소설은 부채들을 모아놓은 수집품과 같다. 나 또한 부채 하나를 잡았고, 그것을 펼쳐서 그것의 전체 표면을 훑어보려고 애썼다. 그리고 세세한 부분들을 들여다보려고 너무도 애쓴 나머지 앞을 볼 수 없게 되자 다른 것을 보기 위해 달리 바라보려고 뒤로 물러섰을 때조차도 나의 감탄은 멈추지 않았다. 투명하게 비쳐봄으로써만 볼 수 있는 것을 감지하기 위해 나는 중국해의 태양을 향해 그 부채를 들어 올려 보았다. 감춰져 있어야 하는 면이었으므로 우리가 바라볼 수 없는 그 반대편 면 위로, 나는 하나의 초상화를 어렴풋이 보고 있다고 상상했다.

나의 부채가 일단 반쯤 펼쳐지자, 나는 그것을 더 잘 보기 위해, 더 좋은 표현이 없어 우리가 막연히 작가의 타고난 재능이라고만 부르는 것에서 오는 어떤 충동에 순종하며, 그것의 금지된 이면을 짐작하기

---

25) 1976년판에는 밑줄 친 부분이 1989년판과 달리 "바다와 놀고 있다"(p. 200)로 되어 있다 〔옮긴이〕.

위해 지속적으로 빛을 통과시켜 얼핏 비쳐 보았던 것을 묘사하기로 결심했다. 보이는 부채 살들 위로 드러나는 형태들과 색깔들이 새로이 그 이웃이 된 부채 살들의 형태와 색깔들과 어찌나 조화를 잘 이루는지 그 부채가 전혀 새로운 하나의 그림을, 작자 자신조차 아마도 반 정도만 예감했을 하나의 그림을 구성한다는 사실은 경이로운 일이었다.

두 개의 초상화—명백한 것과 반만 보이는 것—는 서구인인 나의 시선에는 익숙하지 않지만 아름다운 텍스트를 애호하는 나의 눈에는 친숙한 어떤 인물을 보여준다. 바뀌어야 하는 것을 바꿈으로써 나는 명준의 얼굴 속에서 나의 얼굴을 조금 알아볼 수 있다고 생각했다. 확실히 나는 스탕달, 플로베르, 사르트르, 카프카, 카뮈의 소설들과 주인공들—이들은 최인훈이 아마 참조했거나 하고 있는 이상으로 내가 참조하는 대상들이다—이 뿜어냄 직한 어떤 향기를 이 훌륭한 책 속에서 맡을 수 있었다.

마지막으로, 나는 활짝 펼쳐 검토해야 할, 뿐만 아니라 반쯤 펼친 다음 투명하게 비쳐 보아야 할 다른 부채들이 이 책에는 아직 많이 있다는 사실을 상기시키기로 하겠다. 비록 쓰라리게 고통스럽던 그 어느 날 명준이 암시했던 것처럼 비평이 독자를 늘 설득하지는 못할지라도, 독서의 다양성은 문학 비평이 누릴 수 있는 영광들 가운데 하나이자 최상의 행운이다……

유배의 양상들: 일상적 삶의 환상성
— 이인성의 『낯선 시간 속으로』[1]

한 권의 책에 보낼 수 있는 가장 크고 으뜸가는 찬사는 '이 책은 새
로움을 가져다준다'라고 말하는 것이다. 이는 그 책이 최신 유행상품에
대해 말할 때처럼 새롭다는 것이 아니라, 어떤 독창적인 새로운 세계
를 보여주고, 어떤 다른 언어를 들려주고, 어떤 전대미문의 세계를 직
감하게 하고, 예측하지 못하던 어떤 존재들을 상상할 기회를 제공해준
다는 말이다. 훌륭한 소설이란 미지의 세계를 향해 문을 열어주는 소
설을 의미한다. 일단 그런 작품을 읽고 나면, 우리는 주변에서 혹은 내

---

1) 이 소설의 프랑스어 번역판은 In-Seong YI, *Saisons d'exil*, traduit du coréen par Ae-Young
Choe avec la collaboration de Jean Bellemin-Noël, Paris: L'Harmattan, 2004이다. 프랑
스어 제목은 '유배의 계절들'이라는 뜻을 담고 있는데, 그 이유는 잠시 뒤에 해명될 것이다.
이 글의 인용문은 이인성, 『낯선 시간 속으로』(문학과지성사, 1983; 소설명작선판 1997)를
참조했다. 그리고 이 글은 「유배의 양상들: 일상적 삶의 환상성—이인성의 『유배의 계절
들』」이라는 제목으로 『문학과사회』 통권 제68호, 2004년 겨울호, pp. 1714~1740에 게재된
바 있으며, 이글에는 약간의 수정이 더해졌다[옮긴이].

면에서 뭔가 변했다는 은밀한 확신을 갖게 된다.

　내게는 『낯선 시간 속으로』가 바로 그런 작품이다. 이 소설이야말로 '글쓰기'의 산물이라는 느낌을 준다. 다시 말해, 이 작품을 쓴 작자야말로 진정한 작가이구나 하는 생각이 나의 내면 가장 깊숙한 곳에서 우러나왔다. 여기서 작가란, 그 이전에는 아무도 말하지 않은 방식으로 말하는 자를 가리킨다. 나는 이 작품의 프랑스어 번역에 참여했다. 그리고 그런 작업이 당연히 그러해야 하듯, 나는 세심한 주의 속에서 오랜 시간 고심하며 매우 더디게 이 작업에 임했다. 그리고 이제 나는 많은 것들을 예전처럼 보지 않게 되었다. 물론, 한국이란 나라, 그 풍경들과 주민들과 관습들, 그 역사와 1970년대 지식인층, 뿐만 아니라 북한이 드리우는 때로는 무겁기까지 한 그림자가 그런 것들이다. 그리고 함께 여행하고 마시고 웃고, 함께 세상을 새로이 만들거나 침묵 속에 머물고 싶은 어떤 유형의 한 남자 또한 당연히 그 속에 있다. 그러나 더욱 광범위하게는, 세계와 관계 맺고 있는 나의 한 영역 전체가, 세계를 포착하는 내 방식의 어떤 국면 전체가 변화를 겪었고, 변화되었다.

　어떤 독자들은 이 소설의 독서 체험이 어떤 점에서 자신에게 흔적을 남겼는지 스스로 물어볼 것이다. 그러한 변화를 좀더 가까이 다가가 검토하기 위해, 나는 나 자신이 입은 혜택과 다른 독자들이 입었을 혜택에 대해 세 가지 질문을 던지게 되었다. 왜 나는 이 책의 글쓰기가, 두루뭉술하게 말해, 세계를 움직이게 한다고 말하고 싶은 것일까? 그 글쓰기의 작용으로 사물들에 가닿는 우리의 시선이 움직이는 것은 어디서 연유하는 것일까? 어떻게 그 글쓰기가 사물들을, 형태들을, 존재들을, 삶을 그리고 마음의 동요들을, 움직이고 있는 상태 그대로 보게 하는 것일까? 나는 오직 하나의 대답으로 이 의문점들을 모두 해명할 수 있어야 할 것이다.

존재의 떨림

　아마 사람들은 두 가지 점에 대해, 즉 방금 사용했던 '글쓰기'라는 단어와 사물들이 움직이고 있는 상태 그 자체에 대해 내가 즉시 명확한 설명을 내려주기를 바랄 것이다. 먼저, 글쓰기란 말을 어떻게 이해해야 할까? 그것은 아마 표현방식을 의미하는 것일 게다. 그러나 그것은 문체의 차원을 훨씬 넘어선다. 다시 말해 그것은 단어들을 문장으로 배치하고, 다시 문장들을 문단으로 배치하는 어떤 양식을 가리킨다. 아니, 오히려 하나의 진정한 삶의 기술(技術)을 구성하는 언어와의 총체적 관계라고 해야 할 것이다. 그러니 자연과, 그리고 타인들과 맺는 소통 양식이라고 하자. 글쓰기는 한 인간인 동시에 하나의 어투이다. 혹은, 내 모국어의 유사한 소리 체계를 동원하자면, 그것은 하나의 길voie이자 목소리voix이다. 요컨대 글쓰기라는 단어는, 무엇을 말해야 할 것인가 그리고 어떻게 그것을 말할 것인가를 동시에 발견하고 있는—이것이 우리를 행복하게 한다—바로 그 순간에 텍스트 속에서 포착된 작가를 가리킨다.
　여기에 명시되어야 할 그다음의 사항이 있다. 작가가 말하고자 하는 내용을 우리는 세계에 대한 전망이라고 부를 수 있다. 『낯선 시간 속으로』를 구성하는 네 개의 '유배의 계절' 속에서, 우리는 움직이고 있는 어떤 세계를 바라보는 움직이는 시각을 발견한다. 응고된 듯이 보이지만 그 속의 모든 것이 움직이고 있는 한 세계를 그 움직임 속에서 포착하는 직관 말이다. 한 편의 커다란 이야기가 전개되고 있고 네 개의 작은 이야기들이 그 속에서 포착되고 있다는 정도로 단순하게 말하고 싶지는 않다. 내가 사용하고 있는 동사 '움직이다'는 겨우 감지할 수 있을 뿐인 어떤 경미한 비껴놓기가 일어나고 있음을 암시한다. 즉, 그것은 망설임이며, 주저함이 일으키는 미동이다. 그것은 떨림이다. 리얼리티란, 외부적인 것이든 내면적인 것이든, 그것이 드러내는 겉모습과 전적으로 일치할 수는 없다. 아마 그것을 거기 있는 상태라고 딱히 말할 수도 없을 것이다.

그렇다고 세계를 움직이게 한다는 것이 어떤 혁명의 도모를 의미한다고는 상상하지 말자. 모든 것을 동시에 전복시키겠다는 것은 근본적이고자 하는 모든 것처럼 이상주의적인 희망사항이다. 그것은 진보의 출발점에서 기존의 모든 것을 일소시켜야 한다는 필요성을 강력히 주장한다. 그러나 여기서는 오직 리얼리티로 되돌아오는 것만이 문제이다. 우리의 가장 일상적인 경험의 진실로 되돌아오는 것, 일상 언어가 너무도 명백하게 만드는 바람에 오히려 모호해져버리는 그 진실로 되돌아오는 것 말이다. 우리가 사용하는 단어들은 사물을 있는 그대로 온전하게 말해주지 않는다는 가장 중요한 사실을 은폐하고 있다. 일상 언어는 시니피에들이 분명한 경계를 지니고 명백하게 관념화되어 있다고 믿게 만든다. 반면, 시의 영역에서든 혹은 특히 문학적 허구의 영역에서든, 일반적으로 글쓰기는 더욱 복합적이고 더욱 섬세한 체험을 되찾으려는 노력을 단어들을 통해, 단어들 속에서 수행한다. 이인성은 우리의 감각들, 감정들, 생각들이 착각이거나 거짓이라고 말하지는 않는다. 그는 그것들이, 육중한 현존과 완전한 부재 사이에서 긍정과 부정을 가르는 한 줄 가느다란 면도날 위의 불안정한, 유동적인, 불확실한 실존을 겪을 수밖에 없다는 사실을 짐작하게 한다. 그는 우리의 언어가 정신적 물질적 차원의 사건이나 사물들에 대한 어림짐작에 의존한다는 사실을 우리에게 분명히 인식시킨다.

그러한 사실을 좀더 가까이 다가가 바라보면, 그가 움직이게 만드는 사물들은 존재하려고 스스로 애쓰는 사물들이다. 그러나 그것들이 마땅히 그렇게 존재해야 하는 바 그대로 되기 위해, 다시 말해 그것들 자신의 본질과 일치하기 위해 노력한다는 말은 아니다. 왜냐하면, 내가 받는 느낌에 따르면, 그것들은 결코 완전할 수도, 하나의 규정된 존재 속에 결코 정착할 수도 고정될 수도 없다는 사실을 스스로 알고 있기 때문이다. 만약 이인성이 완성되지 않은, 늘 불완전한 사물을 보도록 우리를 강요한다면, 그를 독창적인 작가라고 말하기는 힘들 것이다. 그러나 그는 **불만**에 찬 사물을 보여준다. 그와 함께, 그 덕택으로, 우리는 사물들이 바로 그것들 자신의 불충분함을 겪고 있다는 사실을 이해하고 지각할 수 있게 되었다. 그것들은 자신이 충만하게 존재하기에는 부적합하다는 사실을 내면 깊숙한 곳에서 되새김질하고 마침내 그러한 현실을 우리의 눈앞에 들이댐으로써, 이제는 우리들 각자가 존재 결핍에 놓여 있다는 사실을 깨닫게 한다. 바로 이것이 우리가 유배처럼 느끼는 것이다. 도처에, 살아 있는 생각하는 생명체들뿐만 아니라 사물들 속에서까지, 존재의 결핍은 결코 채워지지 않으며 존재하고픈 욕구는 결코 충족되지 않는다. 왜냐하면 모든 존재들은 본질로부터 추방되었기 때문이다. 그러한 배제로 인해 어떤 불안의 웅덩이가 그것들 안으로 깊이 파이게 된다.

곰곰이 생각해보면, '움직이다'라는 단어는 썩 좋은 표현이 아니었다. '흔들리고 있다'라고 말했어야 했다. 『낯선 시간 속으로』에서는, 세상이, 공간이, 시간이, 삶이 그리고 사람들까지 모두가 항구적인 동요 속에 있다. 실재가 흔들리고 있다. 장소를 바꾸는 데 만족할 수 없어, 그것은 얼마간 고정되어 있는 듯하던 곳에서 동요한다. 그것은 가늘게 흔들리고, 떨리고, 전율한다. 마치 두려운 듯, 실존하는 것이 두려운 듯. 적어도 흔들리고 있는 것이 우리의 시선이 아니라면(이 경우와 앞의 경우는 서로 배타적이지 않다), 눈에 보이는 것에 확신을 갖기 어려워, 그리고 저기 있는 바로 저것이 보고 싶은 건지 무엇보다 확신하기 어려워 우리의 시선이 동요하고 있는 것이 아니라면 말이다. 그러나 같은 순간, 그 시선은 가시적인 모든 것을 포착하고픈 욕망에 떨기도 한다. 그 떨림은 공포와 욕망이라는, 정반대의 명백한 두 동기를 갖고 있는 것으로 보인다. 게다가 더욱 인상적인 숨은 동기가 또 하나 있는데, 그것은 공포와 욕망 사이에서의 망설임이다. 존재들과 사물들은 스스로를 지워버리려는 무기력한 욕구와 자신을 강력하게 드러내려는 광적인 초조함 사이에서 도저히 선택할 수가 없다. 불안의 아우라가 그것들을 감싸는 이유가 거기에 있다.

그 이유는 알 수 없지만, 겉으로 보기에 극도로 견고한 현실이라 할지라도 그것은 오직 거의-현존함 혹은 가짜-진실을 제공할 뿐이다. 아득한 옛날 헤라클레이토스에 의해 던져졌던 그 명제에 대한 반향으로서, 존재는 시간의 흐름 속에서 파악된다고 선언하는 것만으로는 충분하지 않다. 그에 따르면, 존재는 시간의 운동 속에서 언제든지 스스로를 교정하고, 스스로를 부정하고, 긍정에서 부정으로 이동할 수 있는 가능성으로 지속적인 변신을 겪는다. 그러나 이것만으로는 불충분하다. 왜냐하면 실재가 현현하는 바로 그 순간에, 그것이 말로 포착되고 지칭되는 바로 그 순간에 그것이 불확정적이라는 사실이 폭로되기 때문이다. 실재는 악성종양처럼 그 자신을 내부에서 갉아먹는 한 점의 미세한 **실존착오**를 내포하고 있다. 일상적 삶의 몇몇 우연한 사건들은 우리로 하여금 이 명백한 사실이 별안간 눈앞에 뚜렷이 펼쳐지는 순간들에 직면하게 한다. 우리는 이 순간들을 환상적이라고 부르며, 문학의 한 단면 전체가 그것들을 교묘하게 활용하여 하나의 문학 장르를, 혹은 최소한 소설의 한 하위 장르를 구성하기까지 했다는 사실도 알고 있다. 환상적이라고 특징지을 수 있는 국면은 리얼리티의 심오한 법칙인 동시에 리얼리티에 대한 우리의 의식의 한 중요한 부분이라고 할 수 있다. 이렇듯 내 느낌에, 이인성의 글쓰기는 일종의 **일반화된 환상적 국면**을 제시하는 데까지 리얼리즘을 밀고 나간다. 그러나 그가 전혀 그것을 의식하지 않는 것처럼 보이며, 아마 그런 의도를 갖고 있지도 않았던 것 같다.

혹자들은 그러한 시도에 전례가 없지 않을뿐더러, 그것이 장르의 경계를 벗어난다는 사실을 내게 주목시키려 할 것이다. 예를 들어, 프루스트는 '마음의 불규칙적인 움직임'에 대해 쉼 없이 연구했고, 사물에 대한 우리의 지각이 시간, 장소, 환경, 곁에 있는 사람 등에 따라 기이하게 변하는 방식을 세부적으로 묘사했다. 혹은 로브그리예는 어떤 어눌한 방식으로 우리의 감정들이 중얼거리며, 어떻게 우리가 감각한 것들이 환각이 되며 우리의 경험들이 한순간 거꾸러져 정반대 방향으로 전복될 수 있는지, 그리고 어떻게 우리의 시공간이 수없이 많은 불안한 동요들을 겪고 있는지 등을 보여주는 작업을 전문으로 했다. 프루스트는 우리 영혼의 다양한 상태들을 탐구하고 내적 성찰의 능력들을 세련시키고 사회도덕의 애매함을 분석하는 데 전력했고, 로브그리예로 말할 것 같으면 그는 무의식적 환상들이 스며든 리얼리티를 재현함으로써 허구가 마침내 사실주의의 일부가 되도록 하기 위해 소설기법을 체계적으로 혁신하고자 했다. 그러나 이인성은 내적 성찰의 거장으로도, 소설 이론가로서도 자처하지 않는다.

그는 내면적 삶을 예찬하지 않으며, 그러한 것을 즐기는 태도도 거의 보이지 않는다. 뿐만 아니라 체계에 대한 최소한의 관심도, 이론화하려는 최소한의 고심도 표명하지 않는다. 그의 소설을 읽으면서, 이런 상황이 상상될지는 모르겠지만, 마치 베케트의 일면을 연상시키는 격렬하고도 간결하게 끊어지는, 말을 아끼는 건조한 어법 속에서 오히려 프루스트적인 어떤 감수성이 표출되고 있음을 느끼게 되는 것 같다. 그가 심리학은 기피하지만, 그렇다고 그의 방식이 행동 관찰에 집착하는 20세기 미국 소설가들의 근시적 리얼리즘의 방식에 가깝다고 할 수도 없다. 그는 기꺼이 아리스토텔레스적 의미의 '형이상학적'[2] 태도를 취한다. 분명, 여기저기 되풀이되는 그의 숙고들이 그의 허구세계에 철학적 배경을 부여하고 있는 것은 사실이다. 그러나 그 어조는 모호하다. 유머인가? 진지함인가? 가장된 진지함인가? 그것은 독자들이 성향에 따라 취할 관점이다. 왜냐하면 이 작품 속에서 우리가 만나는 작가는 교훈을 주는 자가 아니기 때문이다. 설사 그의 주인공이 우리가 형이상학적이라고 이름 붙일 수 있는 질문들을 제기한다 해도, 그는 여전히 소설가이며, 그의 가장 중요한 목적이 여전히 예술의 휘장 아래 놓인 어떤 허구 세계 속으로 독자들을 이끌어가는 것이라는 점에는 변함이 없다.

---

2) 어쨌든 그는 신의 문제를 신앙의 문제로(두번째 계절, 「1974년 여름」을 보자), 그리고 존재 본질의 문제를 '현존', 즉 "있음"(연극의 예에 대해서는 세번째 계절 「1974년 가을」을 보자)에 대한 문제 제기로 이동시킨다.

정확히 소설 기법에 관해 말하자면, 이야기를 끌어가는 그의 방식이 '누보로망' 계열 소설가들[3]―로브그리예 혹은 나탈리 사로트 혹은 클로드 시몽 등―보다 발자크나 졸라의 방식에서 더 멀리 떨어져 있다는 것은 자명하다. 그의 서사는 절대 단선적이지 않다. 그것은 계기적 시간의 흐름을, 특히 단 하나의 원천에서 유래하는 연대기적 흐름을 결코 따르지 않는다. 그의 화자는 복화술사와 같다. 그는 여러 목소리를 갖고 있으면서 그것들을 자기 마음대로 뒤섞는다. 물론 그것은 독자를 혼란 속에 빠뜨리는 즐거움을 맛보기 위해서가 아니라 가능한 최대한의 리얼리스트로 남아 있기 위해서다. 말하는 주체는 결코 단순하지도 않으며 단일한 목소리의 소유자도 아닐뿐더러 투명하지도 않다. 우리는 하나의 이상적 **본질**로부터 구체적 **실존**을 향해 지속적으로 주체를 이탈시킴으로써 그의 리얼리티를 흉내 낼 수 있을 따름이다. 실존은 복합적인 방식으로 드러난다. 그러한 실존적 현상들을 표현하고 더 나아가 그것들을 구성해낼 수 있기 위해 우리는 다중적인 목소리를 동원해야만 한다.

이인성은 사물에 대해 사르트르의 실존주의와 꽤 유사한 관념을 갖고 있는 것 같다. 그가 자신의 철학을 자발적으로 만들지 않은 이상, 그가 이 철학자의 작품을 읽었는가 아니면 단지 그에 대한 견해들을 들었던 적이 있는가 하는 것은 중요하지 않다. 그의 책을 번역에 참여한 나에게, 유배라는 단어는 작품 제목을 프랑스어로 옮기는 데 거의 불가피한 선택이었다. 그리고 '**구토**' 같은 제목과도 무관하지 않다는 사실을

---

3) 나는 이인성이 처음 소설을 쓰기 시작했을 때 이미 이 작가들의 작품을 많이 읽었는지 알지 못한다(아마 『질투』 정도?). 그러나 그가 카뮈의 『이방인』과 사르트르의 『구토』는 분명히 읽었을 것으로 짐작된다. '누보로망'은 이들 작품으로부터 나왔다.

기꺼이 밝히겠는데, 유배나 구토 모두 작품의 독서가 끝났을 때에야 비로소 자신의 모든 의미를 부여받을 수 있는 중심 개념들이다. 이 작품을 함께 번역한 최애영과 나는 원 제목을 구성하는 문장을 하나의 (사실은 두 개이다) 명사로 대체하는 데 주저하지 않았다. 원 제목은 한국어로 대략 뿌리 뽑힌(즉 浮游하는) 시간을 찾아서—프루스트로 인해 금지된 제목이다—혹은 '방황의 순간(들)으로 되돌아오면서' 같은 그런 함의를 지닌 것이었다. 우리는 애초에 제목의 중심이 되는 명사, 시간에서, 낯설게 하는 - 낯설어진이라는 형용사를 통해 공간적 특징[4]으로 강조점을 이동시키기로 결정했고, 이것은 시간적 단절을 지리적 단절로(유배는 무엇보다 장소의 변화이다) 대체하는 것을 의미한다. 어쨌든 이러한 대체는 네 개의 이야기[5] 제목들 속에 명시된 '계절' 개념의 도움으로 그 충격이 완화되었고, 그 모든 것에도 불구하고 세계의 한 독특한 영역이라 할 수 있을 어떤 것을 암시하는 이점도 갖게 되었다.

원제목이나 프랑스어 제목 모두가, 이 이야기들의 테마와 그 배경이 되는 분위기를 동시에 특징짓고 있다. 조금 전에 나는 『구토』를 떠올렸는데, 그것은 내가 이 모든 것을 주변화를 연상시키는 제목으로 내심 요약하고 있었기 때문이다. 주변에 머물러 있다는 느낌, 어떤 황무지를[6] 하염없이 떠돌고 있는 듯한 느낌, 혹은 삶의 변두리에 머물도록

---

4) 'dépaysant-dépaysé'는 나라, 장소, 환경의 변화로 인한 낯섦과 관련이 있다[옮긴이].
5) 우리는 이 소설 속에 집결된 네 개의 단편이 먼저 문학 잡지의 출판 대상이었다는 사실을 알고 있다. 그러나 처음부터 하나의 총체로서 구상된 한 작품을 분리하여 먼저 출판한 것인지, 아니면 상호 독립적인 텍스트들이 차후에 엮여 조화를 이루게 된 것인지는 오직 작가만이 말해줄 수 있다.
6) 내 한국 친구들이 우울해지지 않도록, 나처럼 연루된 것이 없는 한 사람의 머릿속에서 강력하게 떠오르는 연상에 구태여 장황하게 머물지는 않겠다. 휴전선을 따라 펼쳐지는 DMZ는

운명지어졌다는 느낌. 그리고 서사는 그러한 느낌이 인간에 의해서만, 원칙적으로는 한 남자에 의해서만 체험되고 있는 게 아니라 사물들에 의해서도 체험되고 있는 듯한 인상을 준다. 글쓰기의 의무는 바로 그러한 근본적인 경험을 심화시키는 것이다.

분신: 양면성, 분열, 중첩

날짜가 달력의 한 편의성일 뿐이라면, 계절은 유동적이고 어림잡은 틀이라는 점에서 이점을 갖고 있다. 일상의 삶 속에서 계절의 시작과 끝은 서로 겹친다. 실제로 이 소설의 처음 4분의 1은 "겨울이었다. 그리고 봄이었다"를 주된 동기처럼 반복한다(pp. 10, 13, 18, 28, 37, 49, 61). 혹은 "늦은 봄 또는 이른 여름의 밤비가 내리고 있다"(p. 63) 하는 식으로 계절이 언급되고 있다.[7] 화자가 사회화된 시간 ─ 날짜와 시각 ─ 과 맺는 관계에는 전반적으로 정확성과 명시성이 결여되어 있다. 그의 시계는 어느 날 멈춰버렸고, 그는 그 사실을 여러 번 떠올린다(pp. 242, 252, 257). 그리고 그는 그날이 며칠인지 알기 위해 신문을 보아야만 한다(pp. 90, 257).

과도하게 존재하면서도 동시에 전혀 존재하지 않는 지대이며 안으로 터질 것 같은 두려움과 다시 피어오르고픈 욕망 사이에서 전율하는 죽은 땅이다……

7) 제1부의 부제, "1974년 봄 혹은 1973년 겨울"이 가리키는 시기 설정부터 벌써 모호하다. 여기서 우리는 화자가 자신의 기억의 정확성을 의심하고 있다는 것을 엿볼 수 있다. 그러나 그 계절 자체가 어떤 불확실성을 내포한다고 생각할 수도 있다. 즉, 아버지의 사망으로 인해 군복무가 중단되어 귀가한 화자에게 어머니나 친구들과 어떻게 관계를 다시 맺을 것인가 하는 문제가 열려 있는 것이다.

변덕과 불확실성과 중첩이 이루어지는 것은 공간에 있어서도 마찬가지다. 소설의 첫 부분에서 서울로 향하는 시외버스의 여정을 따라가보자. 도로는 계곡 이편에서 저편으로, 때로는 강 이 기슭에서 저 기슭으로 끊임없이 가로지르고, 때로는 철로에서 멀어졌다가 가까워지기도 한다. 분명, 거기에 펼쳐지는 풍경은 꽤 흔한 것일 게다. 그러나 그러한 광경을 재현하는 화자의 방식은 그 관점 자체가 방향을 상실한 것처럼 보이게 하고, 이로 말미암아 우리는 거의 현기증까지 느낄 지경이다. 그러한 방향 상실은 아버지의 급작스러운 죽음으로 인해 어머니 곁으로 되돌아가 가족 부양의 의무를 짊어져야 하기 때문에 예정보다 일찍 제대하게 된 병사의 급박한 상황에 더없이 잘 어울린다. 그 대신, 태양이 제공하는 확고한 지표와 관계하여 자신의 위치를 확인하려는 그의 지속적인 고심은 거의 강박적이기까지 하다(pp. 17, 23, 33, 46, 113). 게다가 대개는 하늘과 대지를 붉은 핏빛으로 물들이는 석양, 따라서 사라지고 있는 태양이 등장하는데, 이것은 실제적인 환경을 극화된 배경으로 변화시킨다. 우리가 주인공을 따라 가로지르는 공간은 언뜻 보기에는 정확하게 그려진 것처럼 보이지만, 사실 그것은 무엇보다 정서적인 공간이다. 결국 묘사는 사진이기보다 감정적인 분위기에 더 가깝다. 그런 만큼, 독자의 감정적인 움직임은 로브그리예의 편집적인 정밀성이 낳는 차가움과, 낭만적인 작가들의 현란한 가짜 풍경화가 영혼에 부추기는 모호한 멜랑콜리 사이에서 주저한다.

공간을 다루는 데 현기증 날 정도의 세심한 그의 태도는 세번째 계절(「1974년 가을」)에서 자유로운 표출을 위한 절호의 기회를 누리고 있다. 여기서 모든 것은 연극 무대 위에서 벌어진다. 그는 무대의 앞쪽과 안쪽, 오른쪽과 왼쪽, 게다가 몇몇 대립 관계들을(예를 들어 주인공-희생자와 그의 어머니, pp. 133~34, 147) 극단으로 밀고 가기 위해 대각선까지 활용한다. 배우들의 이동과 무대 변화를 어떤 정확성을 갖고 보게 하려는 의도 때문에 그러한 공간 관계가 세밀하게 묘사되었다고 반박할 수 있을 것이다. 그러나 그러한 반박이 이 무대 자체 위에 세워진 또 다른 하나의 무대 구성을 부각시키지는 못하는 것 같다. 이 두번째 무대는 한 층 더 높이 올린 축소된 2차 무대로서, 1차 무대의 등장인물들과 객석의 관객들에게 **연극 속의 연극**을 볼 수 있게 해준다―반드시 보게 하는 것이 아니라 보는 것을 가능케 한다. 이 중첩된 무대는 독창적이지만 독자를 혼란스럽게도 한다. 왜냐하면 솔직히, 그러한 설정은 즐거움을 가져다주는 요소로 인식되기에 앞서, 넘어야 할 시련으로 먼저 느껴지기 때문이다. 여기에 어떤 다른 혼돈 요인이 이 에피소드 전체를 지배하는 혼란을 가중시킨다. 즉, 그 새로운 요인이란 관객의 위치에 있는 화자가 그 연극 대본의 작자라는 사실과, 연극이 진행되는 동안 그가 총 리허설에서 있었던 연출가의 해석에 대해 여기저기 논평을 하게 된다는 사실을 가리킨다. 게다가 그는 자신이 기록해두었던 연출 메모들이나 연습과정에서 배우들이 제안했던 정당한 수정들을 떠올리기까지 한다(특히 pp. 132~33, 137, 154, 155~56, 160). 요컨대, 이 무대 공간은 두 개로 분리될 수 있을 뿐만 아니라 다른 어떤 시간성의 개입들, 즉 어떤 불명확한 과거의 개입들로 해체될 수도 있다.

분명, 연극은 공간들이 증식되기에, 혹은 더 정확히 말해 하나의 평범한 일상적 공간이 여러 개로 쪼개지기에 더할 나위 없이 좋은 장이다. 실제로, 그러한 방식은 우리의 친숙한 환경이 얼마나 함정에 빠져 있는지, 그리고 우리를 얼마나 함정에 빠뜨리는지 그 진상을 드러낸다. 우리는 실제적인 안락감 속에서 동질적이고 안정된 공간을 살고 있다고 믿지만, 사실은 여러 겹으로 쪼개진 채 겹쳐져 있는 공간 속에서 살고 있다. 우리가 차지하는 표면은 안으로 침식된 심연들을 은밀하게 품고 있으며, 우리가 차지하는 부피 속에는 4차원적 시간이 강박적으로 배회하고 있다. 이 사실은 언제든지 밝혀질 수 있다. 연극이 문제되지 않는 다른 부분에서, 우리는 시공간의 그러한 불안한 조형적 특성의 좋은 예를 발견하게 된다. 동물원에 간 화자는 에미우가 살고 있는, 철장으로 된 커다란 새장 앞에 있다. 갑자기 기이한 일이 벌어진다.

그때, 언제 다가왔는지, 한 꼬마 아이가 쪼르르 그의 앞을 지나 철장으로 다가갔다. 아니, 아이는 철장으로 다가간 것이 아니었다. 아이는, 마치 철장 따위는 존재하지 않는다는 듯, 철장의 존재를 뚫고 그대로 지나쳐 그 커다란 에미우에게로 다가갔다. 에미우가 아이에게 몸을 굽히자, 아이가 그 잔등 위로 올라탔다. 갑자기 에미우는 무서운 속도로, 그것 역시 철장의 가로막음을 지워버리고 달려나갔다. 아이와 에미우가 삽시간에 그의 시야에서 사라졌다⋯ 그는 눈을 비비고, 다시 철장 너머로 사라진 에미우의 자리를 바라보았다. 거기에 진정한 '있음'으로 있지 않은, 하지만 색감과 입체감과 동작을 그대로 지닌 에미우의 그림자가 어른거리고 있었다. 뛰쳐나간 제 몸을 쫓아가지 않은 그림자. 그 그림자가 움직이는 박제처럼 그에게로 다가와 그를 태우려는 듯 몸을 숙였다. 그러나 그림자의 동작은 철장에 저지당했다. (pp. 16~17)

이 순간 우리가 처한 관점에서 볼 때 우리에게 특히 인상적인 것은 이 에피소드에서 공간의 변질처럼 보이는 장면이 전개되고 있다는 사실이다. 화자는 은유의 역량을 철저하게 활용하여, '아이는 ⋯⋯처럼

보였다,' 혹은 '그는 ……한 것 같았다'는 식의 통상적인 비유들을 제
거해버림으로써, 우리를 어떤 상상적 광경 속에 집어넣는다. 이 방법
을 통해, 그는 꿈속의 것들과 유사한 이미지를 재현하면서, 이 장면의
관건은 고유한 의미에서의 환상fantasme이라는 사실을 짐작하도록 유
도한다. 즉, 그 근원을 무의식에서 찾아야 하는, 어린 시절에 뿌리내린
정서들이 적재된 어떤 심리적 형성물이 여기에서 문제되고 있다고 느
끼게끔 하는 것이다.

　이 점에 대해 좀더 설명해야 할 필요가 있겠다. 내 글을 읽는 독자들
이 내가 지금 작자의 무의식에 대해 말하고 있다고 오해할까 봐 우려되
기 때문이다. 지금 문제되는 것은 자신의 욕망으로 인한 심리적 압박
을 덜어버리려는 한 남자의 욕망을 재현하는 것이 아니다. 그는 그 자
신을 위해 환상하지 않는다. 그는 독자인 우리에게 말을 건넴으로써
환상한다. 글쓰기의 현장에서 작가가 곧 작품이 되게 하면서, 그는 무
엇보다 자신의 영감을 신뢰한다. 그리고 그 영감이 소설의 이 지점에
오이디푸스 환상을 하나 심어야 할 필요성을 느꼈고, 이 환상의 가장
우선된 기능은 우리와 내밀한 소통의 고리를 채우기 위해 우리를 유혹
하는 것이다. 우리는 모두 어린 시절에 부모와 맺었던 관계에 결부된
최소한의 동일한 무의식의 장치들을[8] 갖고 있다. 그리고 이 조그만 에
피소드는, 다른 많은 것들과 마찬가지로, 우리로 하여금 사건과 화자
의 혼란에 아주 밀착 가담하도록 부추긴다. 왜냐하면 그것이 우리 내
면의 깊은 곳에 자리한, 아득히 먼 과거에 형성된 인격에 동요를 일으

---

8) 그 유명한 '오이디푸스 콤플렉스'와 프로이트가 '원초적'이라 부른 환상들을 가리킨다. 그가
　그러한 이름을 붙인 것은 그 환상들이 상처가 된 유아기의 상황들(탄생, 성의 발견)의 재발
　이기 때문이다.

키기 때문이다.

이처럼 가장 개인적이면서도 정작 우리 자신은 알지 못하는, 자아의 여러 국면들이 우리도 모르는 사이에 동원되고 있다. 그리고 에미우의 등을 타고 날아가는 그 경이로운 아이의 출현으로 생성된 '환상적인 fantastique' 효과는 무엇보다 그 아이와 새의 만남에 내포된 무의식적 차원에 기인한다. 이 사실을 확신하기 위해서는, 두 가지 사실을 지적하는 것으로 충분하다. 먼저, 오스트레일리아산(産)의 이 큰 새는 공원의 동물들 가운데 특별한 대우를 받고 있다. 화자는 그것의 태생지를 강조하고 특성을 최대한 전달하기 위해, 새장 앞에 걸려 있는 기록을 상세하게 베낀다. 그리고 이 새는 '에미'(즉, 어미)라는 소리를 연상시키는 그 이름 때문에 특별히 선택되었다.[9] 아프리카나 아메리카산 에미우의 형제 새들은 다른 이름들을 갖고 있는 만큼, 모성적 인물을 떠올리고 싶은 이 돌연한 욕망과 우리의 무의식을 맞물리게 할 수는 없었을 것이다. 한 작가에게 자신의 글쓰기를 작용시키고 숙성시키는 것은, 곧 자신의 충동들 가운데 특히 모든 인간들이 공유할 수 있는 것들에 표현 가능성을 부여하는 것을 의미한다.

프로이트의 관점에 근거한 이론적 우회를 마감하기에 앞서, 한 익명의 아이가 네 개의 이야기 속에 예외 없이 등장하는 이 인상 깊은 사실에 주목하자. 이 아이는 일시적인 화자-주인공의 체현이라고밖에 볼 수 없다. 몇 가지 예를 들어보자. 처음 에미우 장면이 있은 다음, 자신을 고아라고 말하며 버스 승객들의 동정심을 사는 한 거지 아이가 등장

---

9) 이 새의 프랑스어 이름(émeu)은 '감동시키다émouvoir'의 동사가 2인칭 단수나 3인칭 단수로 활용되었을 경우—'(tu) émeu,' '(il) émeut'—와 마찬가지로 발음된다.

한다(p. 25). 그 다음에는 이웃집 계집아이가 건네준, 하얀 실벌레가 곰실거리는 사과를 먹는 사내애가(천국에서 추방되기 전, 이브에게 유혹당한 아담처럼, p. 38), 다시 그다음에는 강가에 환상적 괴물처럼 엉큼하게 숨어 있는 자갈 채취선 근처로 죽음을 무릅쓰고 다가가는 호기심 넘치는 아이가(p. 52), 그리고 등이 상처투성이인 또 다른 거지아이가 등장한다(pp. 253, 273). 또, 그 신비로운 "투명한 아이"도 잊지 말아야 하는데, 때때로 "내 마음의 아이"라고 불리는 이 아이는 연극이 상연되고 있는 무대 위에서 배우들 사이로 분방하게 뛰어다니고 질문을 던지기도 한다(pp. 150~61, 177).

우리는 그 불행한 아이들이 고아일 것 같다는 느낌을 받는다. 한편, 아버지의 서재에서 집 건너편에 위치한 유엔의 "뾰죽당"이 불타는 광경을 바라보는 화자의 어린 시절 에피소드가 있는데, 이것은 진짜 추억 같은 양상을 띠므로, 달리 분류되어야 할 것이다. 그러나 이 장면 또한 아버지 없는 고아의 위치를 예견하게 한다는 점에서 의미심장하다.

시커먼 연기가 자욱이 숲을 뒤덮고, 그 사이로 시뻘건 불길이 몸부림치는 거인처럼 여러 개의 불혀를 드러냈다 감췄다 하며 꿈틀대고 있었다. 지붕을 덮은 얇고 편편한 돌 같은 것이 후드득 튀어오르고, 툭 툭 투다닥 뿌지직 소리를 내면서 뾰죽당은 불과 함께 용틀임했다. 아, 저토록 큰 불도 있었구나. 불을 바라보는 그의 가슴 가득히, 전율과 황홀이 불춤을 추어대고 있었다.

그는 언덕진 골목을 따라 내려오다가, 발길을 멈추고 그의 집을 돌아보았다. 그는 제 집이 불길에 타오르는 상상을 곧잘 하곤 했었다. (p. 72)

환상이 표면으로 드러나고 있다. 위에서 인용된 마지막 문장은 불이
난 광경을 바라보는 데서 느끼는 쾌감의 비밀을 풀 열쇠를 제공한다.
그가 화염 속에 빠지는 것을 보았으면 하고 바라는 것은 바로 아버지와
할아버지의(이 두 사람 모두 "뾰족이" 솟아 있다) 집(육체)이 아닐까?
여기서 다시 오이디푸스의 소망이 보이지 않는가? 이 추억에 연이어
즉시 한 어린 사내애가 화자에게 다가와 그의 손을 잡는다. 아이는 온
순한 초등학생으로, 여학생들에 관심을 쏟는 중학생으로, 반항적인 고
등학생으로, 그리고는 혁명에[10] 가담하는 학생으로 변화한다. 가족의
권위에 반항하는, 달리 말해 아버지의 권위에 반항하는 청소년이 흔히
밟는 과정이다(p. 73). 그리고 오이디푸스 콤플렉스의 연장선상에서,
부친 살해의 테마가 장차 연극작품 속에서 길게 전개될 것이라는 사실
은(pp. 134~48, 169) 놀라운 일이 아니다……

이제 우리는 이 시공간이 벌이는 이중성의 유희에 빠져들었다. 우리
는 표면적인 것과 숨겨진 것 사이에, 혹은 명백하게 보이는 것과 거의
보이지 않는 것 사이에 어떤 경합 관계가 있다는 사실을 방금 확인했
다. 이것은 독자들에게 그리 새삼스러운 발견은 아니다. 그러나 중요
한 것은, 그 경험에 구체적인 가치를 부여하는 작업 속에 있다. 서로
겹을 대고 있는 이중적 현실들을 환기시키면서, 작가가 이중성에 근거
하는 방법들을 사용한 것은 자연스러워 보인다. 그가 원용하는 방법은
주로 불명확성의 방법인데, 이것은 작가가 자신의 머릿속에서 생성되

---

10) 이 작품의 배경이 되는 한국 정치의 맥락에서 흔히 쓰이는 '운동권'이라는 표현이 적절할 수
도 있다. 그러나 벨맹-노엘이 사용한 '혁명'이라는 표현이 더욱 보편적인 관점을 반영할 뿐
만 아니라 이미지 차원에서도 유사한 기능을 한다고 판단되어, 역자는 그의 프랑스어 단어
를 문자 그대로 옮겼다〔옮긴이〕.

는 변화들에 대해 우리의 주의를 명확히 환기시켜주지 않는다는 의미에서 그렇다.[11]

과거에 살았던 순간에 결부되었거나 그것과 유사한 순간, 혹은 가까운 장래에 실현되기를 희망하는 순간과 삶의 실제 순간 사이의 상호 간섭은 이중성의 전형적인 양상이다. 가장 명백하면서도 가장 종잡기 힘든 예는 첫째 이야기 속에 있다. 그는 (이야기 속에서) 현재 시간이 흐르고 있는 곳이 지방에서 서울로 올라오는 시외버스 안인지 서울을 돌아다니는 시내버스 안인지 절대 명시하려 하지 않는다. 따라서 우리는 등장인물에게는 문제되지 않는 것을 이해하기 위해 얼마간의 시간을 보내면서—도대체 그는 정확히 어디에 있는 것일까?— 줄지어 등장하는 나무들, 불 켜진 상가들, 안내판에 적힌 고유명사들, 도로표지판, 등, 부차적인 정보가 나오기를 매번 기다려야만 한다.[12] 뿐만 아니라 우리의 일상적 의식의 흐름을 형성하는 '내면 독백' 속에서 느낌들이 명확하게 지시되는 이상으로 이 여행객이 느끼는 인상들 또한 서사 속에서 명확하게 지시되지 않고 있다.[13]

그렇다고 불확실성이 습관적으로 활용되고 있는 것은 아니며, 모순

---

11) 분명히 해두자. 불명확성은 심리적 기능의 한 중심에 있다. 취기에 빠져 있는 순간이나, 수면이나 몽상에서 빠져나오는 순간 외에도, 우리가 어디에 있는지, 무엇을 하기로 결정했었는지, 혹은 그 장소에 온 이유가 무엇인지 정확히 알 수 없는 경우는 매우 흔하다.

12) 한국 독자들은 한국의 지리를 알고 있어서, 프랑스 독자들에 비해 그가 어디서 되돌아서는지 좀더 빨리 파악할 수 있는 이점을 갖고 있다. 이 때문에 우리는 번역 과정에서 그러한 불리한 점을 보완하기 위해 원문에서는 주어지지 않는 정보를 매번 제공하기로 했다. 한국어는 미국 영어처럼 버스라는 한 단어만 사용하지만, 프랑스어에서는 시내버스를 지칭하는 '(auto)bus'와 시외버스를 지칭하는 '(auto)car' 사이에 차이를 두고 있다.

13) 에두아르 뒤자르댕이 창안한 '의식의 흐름 stream of consciousness'의 기법은(Edouard Dujardin, *Les Lauriers sont coupés*, 1887) 제임스 조이스의 『율리시스』에서 훌륭하게 구사되고 있고, 이인성이 이 작품 속에서 그것을 발견했을 수 있다.

들이 공존하고 있다는 사실이 명확하게 일깨워지고 있는 순간들도 많이 있다. 두-겹으로-나누기의 방식은 인물의 실존을 구성하는 데 너무도 핵심적인 기능을 담당하는 만큼, 상세하게 분석할 만한 가치가 있을 것 같다. "지금 그가 내 앞에서"라는 아주 명백한 방식으로 제목이 붙여진 제3부의 연극 설정부터 시작하자. 여기서 두 존재의 대면은 '그'라 불리는 한 존재와 문제의 시나리오의 작자를 대변하는 '나'라는 존재를 대립시키는 것에 그치지 않는다. 그 대립 관계는 한편으로는 인물의 층위에 있는 이 두 담론 생산자들[14]을 관객-화자인 '나'와 대화하게 하고, 다른 한편으로는 연극의 두 등장인물, 즉 추적당하는 혹은 박해받는 한 사나이와 그를 추적하는 가학자 사이의 대결구도가 만들어지는데, 우리는 이 둘이 한 존재의 두 얼굴이라는 사실을 곧 짐작하게 된다.

이 상황 설정은 표본이 될 만한 좋은 예다. 그 외에도 앞서 환기된 사내애들의 경우와 마찬가지로, 화자와 그 자신의 이미지들이 '정면으로 마주보는' 상황들은 얼마든지 더 열거할 수 있다. 먼저 '이미지'라는 단어의 본래 의미에서 그 예들을 살펴보자. 미구 해변에 있는 도깨비집의 "거울의 방"(pp. 234~35, 305)은 물론이고, 시외버스나 기차 창문(pp. 47~50, 57, 183) 혹은 거울에 비친 그의 모습들을(pp. 68, 276, 293) 꼽을 수 있다. 그리고 은유적인 의미에서 "갈린 두 마음"/ "다른 마음"(pp. 44~53), "내 의식의 투명한 척후병"(pp. 133~52)을 들 수 있으며, 에피소드들 속에서 화자를 대신하여 사건을 살거나

---

14) 여기서 '담론 생산자들'이라고 번역된 단어, 'instances'는 정신분석에서는 한 주체의 내면에서 상호 역동적인 관계를 맺고 있는 무의식적인 심급들을 가리키는데, 이것 또한 저자이 이 도에 포함되어 있다[옮긴이].

(발코니에 추락한 젊은 도둑, p. 74) 군복무 시절처럼 어떤 근본적인 추억을 되사는 것같이 보이는 자들을 재현하는 방식도 있다.

여기서 병사 이야기에 잠시 머물자. 두 종류의 인물이 그 위기의 시절에 관련하여 환기되고 있다. 장래의 예비군 복장을 하고 있어서 쉽게 분간되는 "제대병"(pp. 11, 15, 37, 52, 60, 73, 104, 258, 307)과 "병정"(pp. 38, 179~81, 186, 238~40, 258, 281, 285~86)으로 불리는 복무 중의 병사가 그들이며, 전자는 화자의 화신처럼 등장하고 있다. 후자는 타아(他我, alter ego)로 간주될 수 있는데, 우리는 때로는 화자를 통해 그의 추억을 듣기도 하고, 때로는 화자와 함께 그를 우연히 만나기도 한다. 그러나 이 둘은 모두 우리에게 건네지고 있는 이야기의 주체이다. 지나치며 하는 말인데, 이 주체를 항상 (대문자)화자라고 부를 수 있을지는 망설여진다. 여기에는 일인칭으로 지속되는 이야기가 없다는 분명한 이유가 있다. 즉, 이야기의 대부분에 걸쳐, 서사가 문법적으로는 '나'에 의해 지탱되고 있지만, 그것이 '그'의 몫이 될 때도 있다.

마지막으로, '병정'의 이야기가 그렇듯이, 몇몇 에피소드의 반복이 (물론 어조는 조율되었다) 생성해내는 효과에 대해 언급하기로 하겠다. 미구에서의 바캉스는 적어도 네다섯 개의 사건 층위로 이루어졌으며, 이것들을 구분하는 것이 항상 쉽지는 않다. 먼저 서울역에서의 미구행 기차 출발시점에서부터 미구역에서의 귀경 직전까지로(책의 끝 부분) 경계 지어진 주된 체류 기간이 있고, 이 체류 자체는 다시 태양과 눈 속에서 번갈아 진행된다. 그리고 그전의 미구 여행(여러 번?)의 추억이 있고 그중 한 번은 사랑하는 여인이 함께했다. 마지막으로 그 여인이 함께 왔다면(중심 사건인 여행을 가리킨다) 겪었을 일에 대한 세부적인 상상이 있다. 이처럼 서사는 묘사와 이야기 내용이 문자 그대로 산산조각이 난, 파열된 형태를 띠고 있고, 내적 독백에 충실한 그러한 서사방식은 다채로운 사건들의 중단과 재개와 상호 겹치기의 연속으로 이루어진 심리적 삶의 리얼리티를 모방한다. 이인성의 리얼리즘은 기억 속에서 재연되는, 그러나 결코 정확히 일치하지 않는 광경들을 반복적으로 재현하는 데까지 나아간다. 그 광경들은 '정말 최초'와 부합하지 않는다. 그것은 아무도, 다시 말해 그것을 극도의 자의식으로 살았던 주체조차도, 그 '최초'를 재구성할 수 없다는 이치와 다르지 않을 것이다. 계절에 연결된 시간상의 환경 변화는 이처럼 실재의 자기 자신에 대한 불일치를 구체적인 형태로 재현하며, 우리는 그러한 자기 배반에 유배라는 이름을 부여하고 있다.

리얼리티: 일상의 환상성

명백히, 지금까지 우리가 살펴본 겹침과 갈라짐의 효과들은 리얼리즘의 정점을 겨냥한 글쓰기 전략에 봉사하고 있다. 정확히는 아마 '극사실주의'라고도 할 수 있을 텐데, 이 표현은 조형미술에서 가시 세계를 사진 찍듯 모사하는 태도를 예찬하는 미학파가 이미 채택하고 있다. 이것은 한편으로는 '순수 실재'는 없다는 것과 다른 한편으로는 우리가 실재로서 지각하고 경험하는 것만을 순수하게 재현하는 것은 불가능하다는 것을 전제한다. 리얼리티가 동질적인 하나의 덩어리로 되어 있지 않다는 것을 인정한다면, 그것에 온전히 도달하기 위해서는 그것이 지니는 피할 수도 지울 수도 없는 상상계의 몫을 그것 속에 남겨두어야 한다. 문제의 상상계가 어떤 오류에 의해, 다시 말해 어떤 신비화나 환상fantasme에 의해 빚어진 결과라 한다면, 그것을 일컫는 적절한 표현은 존재 한중심에, 그리고 전력을 다해 그 존재의 의견을 수렴하려는 언어의 한중심에 유폐된 유배지라는 것일 게다. 달리 말해, 우리가 되돌아오는 것은 언제나 그곳이며, 환상적 요소들이 젖어들지 않은 리얼리티나 리얼리즘은 있을 수 없다.

이 책의 여러 에피소드들 속에서 환상문학이라는 하위 장르의 가능성들 자체에서 혜택을 얻으려는 의도가 작자에게 있다는 것은 꽤 선명하게 느껴진다. 이에 대해 세 가지 예를 들 수 있는데, 그것들은 각기 다른 어조를 띤다. 먼저, 죽음의 그림자가 장면 위로 드리워지고 있는 만큼, 무겁고 거의 비극적이기까지 한 목소리를 들겠다. 두번째 이야기의 마지막 부분에서, 주인공–화자가 할아버지와 아버지가 묻혀있는 가족묘지 가까이 도착했을 때의 일이다. 약간의 술로 몸과 마음을 북돋기 위해 들어간 주막에 돌연 우애 깊은 '그'가 나타나 그와 자리를 같이한다. 독일어 Doppelgänger와 동일한 의미를 지니는 '분신'의 출현이다. 그들은 함께 마시며 대화를 나눈 다음, 묘지까지 함께 올라간다. 그리고 거기서 우리는 '나'가 타자를— '나'의 타자를 —막 새롭게 판무덤 속에 매장하는 것을 본다(2부 마지막, pp. 111~15). 다음은, 젊은이들 그룹 속에서 커플들이 맺어지고 헤어지는 짝짓기 이야기가 희극적인 어조로 펼쳐지는데, (여기서도 역시 환상적fantasmatique인) 재현이 여기에 개입된다. 마치 만화적 패러디라도 하는 것처럼, 번호까지 달린 'H'와 'F'라는 꼬리표를 문제의 인물들에 부착시켜서, 감정이 연루된 그들의 연애사건들이 수학 공식처럼 정리되고 있는 것이다(pp. 217~19, 224). 마지막으로, 환상문학의 특성이 시적인 것과 혼합되어 있는 매우 놀라운 부분이 있는데, 여기서 화자는 한 어부가 노 저어주는 고깃배를 타고 뱃길 산책을 나갔던 경험담을 이야기하고 있다. 그러나 그것이 꿈이었을지 어떻게 알겠는가? 그는 뱃길에서 부딪칠 위험들을 상상하면서 망망대해로 나아간다. 그의 상상은 자신이 바다의 심연으로 빠져드는 지경에까지 이르는데, 이 환상을 적고 있는 두 개의 긴 문단은 진정한 시라고 하겠다. 그 구절을 읽는 즐거움을 여기서 누려보자.

〔……〕 "조심!" 하는 어부의 소리와 동시에, 그는 까마득한 혼수상태로 빠져든다. 물길 위의 햇살이 물결 결결마다에 부서져 출렁인다. 그는, 그 너른 바다 위에, 하나의 햇조각이 되어, 어쩔 줄 모르며, 다만 흔들리며 빛나며, 떠 있는다…

내려간다… 천천히 아주 천천히 깊디깊이 바다 모를 깊이를 향하여 투명한 빛이 솟아오르는 곳을 향하여 이름 모를 색깔들이 숨김을 이루지 못해 헤쳐나오는 곳을 향하여 먹먹한 귀청에 울리는 무슨 합창 소리를 향하여… 잠겨든다… 천천히 아주 천천히 얼 없이 청람의 물빛을 휘감고 물의 꿈에 실려 물의 숨소리를 들으며 지느러미로 헤엄치며 아가미로 숨쉬며 몸의 비늘을 빛내며 바다풀처럼 머릿결을 흔들며 물의 젖가슴에 안겨 물의 살결을 열면서… 그러면 희디흰 물안개 자욱해오고… 안개에 잠긴다 발목이 손목이 허벅지가 허리가 가슴이 얼굴이… 물속의 물 찬 곤두박질 충만한 알몸을 휘감는 황홀한 경련…
그런데… 아…
추락… 길고 긴 가라앉음… 빛이 가라진다 화음이 사라진다 향기가 사라진다… 흐름과 압력을 통해 전달되어오는 물의 암담한 움직임 물바람 괴괴한 귀신들의 땅에 떨어져 버려져 바다 밑을 걷는다 바다 밑의 숲과 돌 틈과 계곡을 헤맨다… 회오리가 친다 돌 같은 물기둥이 솟구친다 깜깜한 물의 천지가 휩쓸린다… 하늘이 아니다 심연이 아니다 낭떠러지가 아니다 단면이 아니다 공간이 아니다 아직껏 체험해보지 못한 어떤 상태 헤일 수 없는 어떤 어떤… 소리칠 수 없다 몸부림칠 수 없다 크나큰 공포… (pp. 260~61)

반복하기를 두려워하지 말자. 세계가 그 외양적인 완전성──이것은 세계가 알고 있는, 일관성과 항구성을 지닌 유일한 형태다──속에서 자신의 실상을 드러내는 것은 바로 사물들이 떨릴 때이며, 우리의 눈이 이중성을 포착할 때이며, 우리의 영혼이 스스로를 모호하게 느끼고 경계 지을 수 없는 어떤 공백을 느낄 때이다.

그러나 인간은, 어쨌든 우리의 참여로 우리 자신의 영혼과 내밀하게 결합된 이 주체는, 1년 동안 자신을 짓밟고 멸시하고 풍자하고 동정하기 위해 자기 자신을 스스로 도려내는 더욱 섬세하고 더욱 고통스러운 방법들을 알고 있다. 미구에서 만난 술주정뱅이를(pp. 287~89) 한 예로 들 수 있듯이, 그는 때로는 우연한 만남을 이용하기도 한다. 우리는 이 인물을 분신의 또 다른 형상으로 간주할 수 있을 것이다. 자신의 실존, 거기-존재할 권리, 자기 운명의 의미, 자신을 둘러싼 리얼리티에 대해, 그리고 자신의 살갗 아래 만져지는 살점의 견고한 현실성에 대해 의혹을 품게 하는 경험들이 화자에게 쉴 새 없이 잇달아 일어난다. 그런데 의혹이야말로 조금은 우리가 유배라고 부르는 것의 정신적인 형태가 아닐까? 그러나 그렇게 자기 자신과의 일체감이 결여되었다고 해서, 이 주체가 타인(학교 동료들, 여자들)에 의해 배반당할 수 있다는 사실을 인정하지 못하는 것은 아니다. 오히려 그는 모든 충만함과의 어떤 결정적인 결별을, 키르케고르나 쇼펜하우어의 철학, 카프카의 반-영웅들을 생각나게 하는 어떤 근본적인 결별을 자신의 존재 속에 새긴다……

성행위조차도 완전한 충만함을 가져오지 못하기는(pp. 45~48, 220~22, 269~70) 마찬가지이다. 섹스에 대해 말하게 되었으니, 아주 상징적인 가치를 지니는 것으로 보이는 한 가지 세부 사항에 잠시 머물기로 하겠다. 서양에서 흔히 쓰이는 완곡어법처럼 "모든 편의시설"이 제공되는 한 여관에서 추위와 비를 피하게 된 그는 주인 여자가 약속한 매춘부의 방문을 기다린다.

어림없는 짓을 또 바라는 게 아닐까? 과연 흉터가 없는 여자가 있을는지? 때로는 지레짐작 그 자신이 보이지 않는 여자의 흉터를 찾아냈을는지도 모르지만. 창문 하나 없는 방이었다. 〔……〕 노크 소리. 〔……〕 문 닫히는 소리. 다른 마음은 눈을 뜨지 않았다. 다른 마음은 저 여자를 짐승으로 바라볼 수 없었다. "급하시네, 옷까지 벌써 벗으시고." 여자가 들어오자마자 교태를 부렸다. 〔……〕 "너한테 흉터 있냐?" "흉터는 또 왜 찾으시나? 나한텐 그런 거 없어요." 네 속에도? "그럼 됐어. 누워. 옷은 다 벗어야 돼. 그럼 더 줄게."〔……〕 여자가 누웠다고 여겨질 때, 눈을 감은 다른 마음은 대뜸 손을 뻗어 여자의 살을 움켜잡았다. (pp. 45~46)

화자의 생각 속에 돌연 떠오른 이 기이한 "흉터"는 마치 그것이 우리

에게 어떤 열쇠를 제공할 수 있다는 듯 이 책의 거의 마지막에 다시 등
장하는데, 징집된 한 병사(또 다른 분신이다)의 손목에 자살기도의 흔
적으로 남은 칼자국이 그것이다. 그것은 합리적인 설명이 아니라 미학
적인 차원에서 무언가 중요한 것을 암시하며, 그의 비밀스러운 탐색에
죽음의 향기를 풍기게 한다.[15] 내가 보기에, 이 여자의 '보이지 않는 상
처'는 우리가 계속 언급해온 유배의 또 다른 표상으로 간주될 수 있다.
시간과 공간에 모두 관계되는 한국어 제목의 내용과 전적으로 조화를
이루는 어떤 유배 말이다. 왜냐하면 성기는 타인과의 내밀한 접촉을
허락한다는 점에서 우리를 외부 세계와 연결시키는 육체 장소들 가운
데 하나이며, 물론 거기에 과거와 미래는 잠재적인 상태로 존재한다.
여성에게서든 남성에게서든, 다른 '출입구들'처럼 성기 역시 결코 채울
수 없는 움푹 파임이나 반복적 축출의 표시를 지니고 있다.[16] 사르트르
라면 성기는 '허무화'를 체현(몸에 나타낸다는 문자적 의미로 이해하자)
한다고 말했을 것이다. 그에 따르면 그 과정 없이 의식의 활동은 없다.
그 제거의 흔적은 바깥으로 배출되고 안으로 유입되는 그 현장에서, 즉
남성의 몸에서는 지속성이라는 생리적 축(발기의 간헐적 순간들)을 따

---

15) 인용하자. "〔……〕제 몸의 상처를 영원히 열어놓고 그것들을 보고자 할 때 곧 죽음과 맞닿
   게 된다는 것을 상기해본다면. 그렇다면, 상처를 받는다는 것은 삶과 죽음을 하나로 만드는
   넋굿이라고나 할까. 그리고 상처란 그 넋굿의 자리로서 그것을 현재 속에 간직하는 흔적이
   라고나 할까. 다시 볼 때마다. 〔……〕시간의 직선적인 흐름이 무너져 솟구치며 소용돌이
   치는 곳. 상처를 통해, 마침내 우리는 다른 삶을 살기 시작할 것이다"(p.312). 이 인용문을
   압축시키기 위해 한 구절을 제거했어야 했는데, 이 단락은 매우 풍만한 의미들을 내포하고
   있어서 좀더 세심한 관심을 별도로 기울일 가치가 있는 것 같다.
16) 왜냐하면 포유동물의 몸에 대해 말할 때 〔출〕입구(orifice)'란 개념은 '구멍'보다는, 피부가
   점막으로 변하는 장소, 즉 타인 혹은 세상과의 교류나 소통의 장소를 가리킨다. 따라서 눈
   과 남성 성기 또한 입, 귀, 코, 항문, 여성 성기처럼 마찬가지로 '출입구'들이다.

라, 여성의 몸에서는 주름(일차 성 기관의 거의-보이지-않음)이라는 해부학적인 영역 속에서 확인된다.

우선 보기에, 여기서 화자의 뇌리를 줄곧 따라다니는 것은 망각된 어떤 결여에 대한 막연한 예감이기보다 오히려 끊임없이 재발하는 어떤 괴로움의 고통인 것 같다. 매번의 성행위마다 상처가 터졌다가 욕망이 침묵하는 동안에는 흉터 진 피부로 덮이며 다시 아무는 과정을 계속 반복하는, 꼭 그런 형국이다. 요컨대 경우에 따라서는 되찾아질 수도 있을 어떤 처녀성[17]이라고나 할까. 게다가 그것의 파열이 육체의 찢김과 심리적 찢어짐을 동시에 말해주는 만큼 그것은 삶 자체에 이의를 제기하기에 적절한 불안한 처녀성이다. 마치 실존 자체가 하나의 상처라는 사실을 극명하게 드러내고 우리에게 상기시키는 것이 결국 성(性)인 듯이 말이다. 이 우울한 진실을 은밀하게 순환시키는 임무를 수행할 수 있는 것이 여성 말고 또 무엇이 있겠는가?

그러나 우리는 그것에 대해 좀 덜 비극적인 다른 가정을 접목시킬 수도 있을 것이다. "상처"에 대한 그의 처음 언급들과 마지막 언급들 사이에, 이 단어는 다시 한 번 여성성의 징후 아래 등장한다. 뜨거운 구역으로 잘 알려진 청량리역 부근에서 거리의 여자가, 기차를 기다리는지 눈에 띄게 한가해 보이는 젊은 제대병에게로 다가간다.

---

17) 우리가 곧 분석하게 될 인용문 바로 앞 문단에서 '동정녀 마리아'의 석상이 등장하니, 우연이란 없는 것 같다. 프랑스 사람들은 모두 '처녀성'과 '동정녀 마리아' 사이의 연상을 당연히 이해하지만, 기독교 신자가 아닌 한국 독자들이 성모 마리아가 남성의 성기에 의한 처녀성 상실을 겪지 않고 아이를 잉태했다는 이 종교의 믿음을 알고 있어야만 하기 때문에, 이 주석을 달 필요를 느꼈다.

제대하셨는데 몸 좀 푸셔야지. 어제 온 아가씨랑 연애 한번 안 할려우?" 그렇게 흉터가 생생한 여자와 어떻게 그 짓을 하란 말이냐? 흉터를 감출 줄 아는 여자라면, 그래서 그 짓을 하는 동안만이라도 자신을 잊게 해준다면, 그것이 문드러지도록 백날 천날이라도 그러마. 개가 되어. (pp. 60~61)

이 가정은 무의식의 몇몇 메커니즘들에 대한 프로이트의 해설을 참고하게끔 유도한다. 먼저 자신의 여성 파트너의 육체 위에 있는, 아니 그 속에 있는 화자가 그 유명한 오이디푸스의 거세가 부각되는 순간을, 혹은 여자의 거세와 연계되어 자기 자신의 거세가 부각되는 순간을 불안에 휩싸인 채 추적하고 있다는 점을 염두에 두자. 이제 우리는 위의 인용문에서 다음 두 가지 사실을 이해하게 된다. 즉, 위험한 여자란 자신의 내부에 있는 "흉터를 감출" 줄 모르는 여자, 다시 말해 자신을 손상된, 절단된 존재로 간주해버린 듯이 보이는 여자를 가리킨다. 그리고 남자에게 '자기 자신을 망각하는 것'은 여성의 것과 유사한 상처가 그 자신에게서는 "그 짓을" 할 수 없는 무능함의 형태로 언제든지 나타날 수 있다는 사실을 망각한다는 것을 의미한다. 이처럼, 성의 차이는 존재의 한 결함과 어떤 행동 장애를 나란히 위치시킨다. 달리 말해, 화자에 따르면, 남성이 복수(復讐)를 외치는 어떤 심연과 여성 안에서 정면충돌하게 될까 봐 더 이상 두려워하지 않고 자신의 남성적 능력에 대해 안심하기 위해서는, 여성이 자신의 성의 긍정적 가치와, 쾌락을 향유할 수 있는(정신분석은 여성이 '거세된' 것이 아니라고 말한다) 자신의 능력의 현실을 명확히 인정해야 한다. 분명, 유배된 우리의 주인공은 자신의 유배를 직감하고 있다. 그러나 그는 자신의 조국인 단단한 땅이 어딘가 존재한다는 확신을 갖고 있다.

　채택된 해결책이 무엇이든 간에, 이 '보이지 않는 상처'는 풍부한 의미를 지닌 상징이며, 이것에 관심을 기울이는 것도 가치가 있는 일일 것이다. 무의식을 동반하는 독서는 복구 불가능한 어떤 공백을 확증해버림으로써 황폐화시켜버릴 수도 있는 어떤 무엇을 만회하게 해준다. 사실, 이 책을 읽어나가는 동안 내내, 우리는 작자가 지나치게 노골적이거나 단정적인 표현들을 경계하고 있는 듯한 느낌을 받는다. 정치적 차원에서의 은유로써 유배를 말하건대, 그는 추방이 단순히 완전한 제거가 아니라는 사실을 망각할 정도의 극단적인 민족주의자가 결코 아니다.

　이제 나는 무의식의 어떤 차원을 포함하는 사건들이나 물질적 정신적 현상들을 유배적 틈(과감히 신조어를 사용해보자)이라고 명명하고 싶은 것에 통합시킬 수 있게 되었다. 그러한 실재의 리얼리티의 인식과 그것의 문학작품화는 우리의 일상적 삶의 모든 영역과 모든 차원에 걸쳐 환상을 불러일으키는fantasmatique 따라서 환상적인fantastique 그 무엇의 항구성과 편재성과 암시적인 힘에 대한 첨예한 감각을 이인성이 소유하고 있다는 사실을 보여준다. 우리는 그의 첫 작품을 읽으면서 다른 형태의 즐거움도 경험할 수 있고, 그것을 다시 읽어야 할 다른 이유들도 발견할 수 있다. 그러나 내가 보기에, 하나의 모호한 세계에 던져지는 이 당혹스러운 시선이야말로 그것의 가장 핵심적인 매력이다.

　그렇다. 확실히, 이 책은 리얼리티를 비틀거리게 하는 동시에 그 리얼리티의 비틀거림을 더 잘 직감할 수 있게끔 우리를 도와준다. 그러나 그것이 무엇보다 먼저 하나의 소설이라는 사실이, 끊임없이 좀먹고 침식되고 뒤흔들리고 전복되는 한 실존을 사는 데 여념이 없는, 우리 모두와 다름없는 한 인간의 이야기라는 사실이 망각되는 일은 결코 없다.

후기

이 글을 마칠 무렵, 나는 우연한 기회에 오베르-쉬르-우아즈Auvers-sur-Oise에서 한나절을 보내게 되었다. 행운이었다. 이곳은 파리 근교의 한 자그만 시골마을인데, 약 백여 년 전쯤 반 고흐가 화가로서 생애의 마지막 순간들을 살다가 눈을 감은 곳으로 명성이 나 있다. 그가 그렸던 그 교회가 내 눈에 들어오는 순간, 나는 그 유명한 그림의 복사본을 손에 쥐고 있었고, 내 머릿속에는 그림의 잔상이 남아 있던 상태였다. 그때 내게 한 가지 강렬한 생각이 떠올랐다. 사물의 근본적인 욕구 불만을 글로써 보여주는 이인성의 방식이 행복과 불안의 전율을 동시에 일으키는 그 화가의 것과 유사하다고 말이다. 그리고 이 두 작품을 특징지어줄 문구가 내 뇌리를 스쳤는데, 그것은 **불안을 자아내는 미적 변형**이었다.

숨은 주체 찾기

—— 이인성의 『미쳐버리고 싶은, 미쳐지지 않는』[1]

세상의 많은 사람들이 알렉상드르 뒤마의 소설 『삼총사』를 알고 있고, 그 가운데 어떤 사람들은 이 소설 주인공들의 이름까지도 외우고 있다. 아토스, 포르토스, 아라미스…… 하지만 이 제목이 정작 이 소설의 가장 중심에 서 있는 인물인 그 유명한 달타냥을 무시하고 있다는 사실은 정말 놀랍지 않은가. 나는 조금은 터무니없어 보이는 이 소설 제목의 징후 아래에서 이인성의 『미쳐버리고 싶은, 미쳐지지 않는』에 관한 내 고찰을 시작해볼까 한다. 나의 고민은 4인조가 아닌 3인조의

---

1) 이 글은 2008년 10월 13일 연세대학교 '국문학 BK21 사업단'의 해외 석학 초청 프로그램으로 이루어진 강연이며, 「『미쳐버리고 싶은, 미쳐지지 않는』의 독서를 위한 근본적 요소들」이란 제목으로 『자음과모음』 2008년 겨울호, pp. 524~58에 게재된 바 있다. 이 글의 마지막 부분에는 당시에 미처 반영되지 못했던 부분이 첨가되었다. 이 소설의 프랑스어판은 Yi In-Seong, *Interdit de folie*, traduit du coréen par Choe Ae-Young avec la collaboration de Jean Bellemin-Noël, Paris: Imago, 2010이고, 이 글의 인용문은 이인성, 『미쳐버리고 싶은, 미쳐지지 않는』, 문학과지성사, 1995를 참조했다〔옮긴이〕.

표지에서 출발한다. 우리는 이 책의 실제 제목과 '사총사'처럼 좀더 묘사적인 제목 사이에 어떤 차이가 존재할까 하는 의문을 품으면서 첫번째 질문을 던지게 된다. 네 명을 한꺼번에 모두 드러내지 않는 데에는 어떤 장점이 있을까? 이 질문에 대한 대답에 앞서 전제된 것은, 불완전하므로 결국은 실망스러울 수밖에 없는 한 총체를 강조해야만 했던 것에 무슨 목적이 있었던가를 먼저 자문해보는 것이다. 물론 뒤마의 소설의 경우는 우리에게 중요하지 않다. 지금 이 순간 우리의 관심을 사로잡는 질문은 바로 이것이다. 이인성의 소설에서는 과연 그 감춰진 제4의 요소가 이 소설의 빛을 발산시키는 중심으로서 기능할 것인가? 다시 말해 이 소설은 그 감춰진 것을 구심점으로 하여 움직일 것인가?

　다시 트리오로 돌아오자. 3이라는 숫자는 어떤 닫힌 총체를 구성하는 전형적인 세트의 한 형태이다. 가장 명백한 두 가지 예를 들어보면 먼저 시간성을 구성하는 시리즈가 있다. 과거, 현재, 미래. 이것은 문법만큼이나 일상의 현실 속에서 통용된다. 그리고 동사 활용을 이끄는 인칭들도 마찬가지이다. 나, 너, 그 혹은 그녀. 이 경우에 있어서도 각각 상응하는 두 종류의 상황이 있다. 즉 단수와 복수. 이들 두 트리오의 각각의 경우는 행동하기, 현실 속에 존재하기, 말하기에 관련된 것이나 시간의 흐름과 같은, 현실의 기본적인 영역들 속에서 그 자체로서 충분한 앙상블을 형성하는 것처럼 보인다.

　『미쳐버리고 싶은, 미쳐지지 않는』은 52개 장2)들로 구성되어 있는

─────────────

2) '장'을 구분 짓는 것은 무엇보다 비평가(그리고 이 소설을 프랑스어로 번역한 한국인 번역자와 나) 자신의 명료함을 위한 고심 때문이다. 실제로는, 실질적인 마그마의 겉모습들을 부각시켜 말하자면, 동질적으로 전개되는 다양한 담론들이 장을 표시하는 번호 매김 없이 그저 빈 공간에 의해 분리되고 있을 뿐이다. 이 글에 표시된 구분, 이를테면 (39장, p. 171) 식의

데, 이 숫자는 한 해를 구성하는 주(週)들의 수와 일치하며, 이것 또한 하나의 닫힌 고리이다. 이 소설을 구성하는 담론이나 행위의 단위들이라고 할 이 장들은, 한편으로는 단편화된 시간들 속에서 주동사들의 기본 시제에 의해 그 위치가 결정되고, 다른 한편으로는 행위의 현재 진행의 형태로 이루어지는 나의 고백과, 추억의 과거 속에서 너에게 건네지는 말, 그리고 희망의 미래 속에서 그가 환기시키는 것에 의해 전개되고 있다. 비록 출발점은 과거 속에 위치해 있지만 말이다. 동시에, 이 속에는 세번째 트리오가 들어 있다. 즉, 미친 여자, 영원한 애인, 여행 동반자, 이렇게 익명의 세 여인이 이야기 중심에 등장한다.

이러한 사실을 알고 난 다음엔, 그처럼 셋으로 구성된 시리즈를 구분해낼 때마다 매번 네번째 근위병이 출현한다는 사실을 부각시키는 것이 그리 대단한 발견이라 할 수 없다. 어떤 장들—10여 개 정도—은 마치 영원한 시간 속에 위치해 있는 것처럼 구체적인 시제를 벗어날 뿐만 아니라, 마치 말하는 누군가가 딱히 있지도 않다는 듯 명시된 주어를 동사에 부여하지도 않는다. 마찬가지로, 네번째 여자 또한 존재한다. 바로 전설적인 여인 춘향인데, 때마침, 그녀가 허구의 세계에 속하는지 아니면 역사적 현실의 세계에 속하는지에 대한 질문이 던져지고 있다(11장). 가짜로 다섯번째 여인이 있기는 하다. 술집 여자, "서클의 미스 안"(35장, p. 149)이라는 여자이다. 하지만 내가 보기에 그녀의 존재는 중요하지 않다. 그녀는 만취한 비현실적 세계 속에 갇혀 있기 때문이다(10장[3]). 뿐만 아니라, 우리는 한국의 세 가지 주요 풍경

표기는 원작의 경(章) 번호와 쪽수를 나타낸다. 장 번호는 한국어된 원본에는 표시되어 있지 않지만, 프랑스어 번역본에는 목차에 표시되어 있다.

이 여기에 들어 있다고까지 말할 수 있다. 고속도로 망, 남해 연안, 남도의 산들이 그러한데, 거기엔 도시 풍경이 네번째 요소로 덧붙여진다. 여행하는 세 도시——현재 머물러 있는 안양, 스쳐갔던 남원, 그리고 방랑을 시작하게 될 여수——와 거기에 덧붙여진 서울의 대학가. 기억의 세 주요 층위들——오늘, 최근, 오래전——과 거기에 덧붙여진, 무의식의 수준에까지 내려가 있는 어린 시절…… 여기에 주목할 만한 또 한 가지 사실이 있다. 네번째 요소는 화자에게 고통을 주었고 여전히 상처를 입히는, 깊은 자국을 남긴 사건에 언제나 연결된다는 것이다. 그 네번째 요소는 매번 구조를 흩뜨리는 경향이 있다. 그것은 일반적인 논리를 거스르고 무대에 등장하는 인물의 영혼을 찢는다. 간략히 말해, 따로 떼어놓은 제4의 요소는 어떤 상실의 상처, 자기 자신에 대한 부재의 상처, 즉 광기의 상처를 이야기 속에 기입한다. 이것은 탐구가 불가능한 동시에 삭제 또한 불가능한 상처이다. 이 소설의 제목이 어쩌면 거기에 유래하는 것은 아닐까?

이른바 덤으로 추가된 요소의 지위는 단순하지 않다. 분명, 그것은 중심적인 지위를 부여받은 세 요소들을 명백히 보충하는 형태로 자신의 존재를 제시한다. 그러나 그것이 하나의 총체 속에 결여된 것으로 나타나므로, 차후에 고려해보면 그 총체는 결코 총체라는 이름을 가질 자격이 없다고 말할 수 있다. 추가된 요소는 너무도 잘 구성된 트리오가 실제로는 완벽하지 않았거나 순전히 겉모습에 불과했다는 사실, 달리 말해 그 트리오는 마치 충족되지 못한 어떤 욕망의 흔적이 새겨진

---

3) 그녀가 실제 삶 속에 있는 여인이 아니라는 증거는 40장에 있다: "늘 술에 취해 앉았었기 때문일까, 술에 안 취해 있으니까, 터무니없이, 그녀가 그냥 오누이처럼 느껴진다" (pp. 177~78). 누이는 여자로서 사랑할 수 있는 부류에 속하지 않는다.

듯 무언가를 기다리고 있었다는 사실을 증명해준다. 이미 알렉상드르 뒤마의 소설에서, 제목에 등장하는 세 검사(劍士)들은 진정한 주인공들이 되기 위해 한 우두머리를 기다리고 있었다. 이인성의 소설의 독창성은 달타냥의 자리를 차지하는 것, 즉 덤으로 '추가된 하나'가 사실은 '부족한 하나'라는 사실을 보여준다는 데 있다. 더욱 정확하게 말하자면, 그 부족한 하나는 결코 복원되지 못할 결여된 하나이다. 완벽한 단일성을 형성하는 4중주의 형태는 결코 존재하지 않을 것이다. 그러나 그 결여된 하나는 이 소설 전체가 만들어내는 전반적인 분위기와, 무엇보다 먼저 이인성의 글쓰기와 전적으로 조화를 이루고 있다. 내가 여기서 가늠하고 분석하고 싶은 것은 바로 그 근본적인 결여이다.

단도직입적으로 말하자. 그처럼 구멍 뚫린 채 존재하는 총체의 발현 형태들과 귀결들은 전반적으로 **멜랑콜리**를 드러내준다. 이것은 구조적인 멜랑콜리로서, 모든 일반인들이 지는 것보다 더 가혹하고 무거운 그림자를 이 소설의 작자 위로 드리우고 있다. 이 소설의 마지막 문장에서 주인공이 "멜랑콜리"[4]의 격한 감정들을 떠올리는 것은 아마 우연이 아닐 것이다. 이때 그는 마치 한번도 본 적이 없거나 혹은 영원히 다시 보지 못할 것처럼 세상을 바라본다. 그는 머리를 아래로 하고 발

---

4) 이 자리에서 고백을 해야겠다. 나는 나의 한국인 공역자에게 "슬프다"란 한국어 표현을 이렇게 번역하자고 주장했다. 나는 이 단어에서 어떤 까닭 모를 슬픔, 영어의 spleen과 같은 어떤 울적한 마음을 읽지 않을 수 없었다…… 벌써 짤막한 21장에서도, 우리는 비슷한 감정을 표현하는 다른 한국어 단어 "쓸쓸한"(p. 89)을 같은 프랑스어 형용사로 번역했다. 프로이트에게 멜랑콜리는 받아들일 수 없는 결별로 인한 어떤 치유 불가능한 상실감에서 유래하며, 그 은밀한 원인은 오직 무의식만이 안다. 이 소설의 마지막 장의 맨 끝에서 발췌한 다음의 인용문에서 거의 같은 생각을 읽을 수 있다. "어떤 근원적인 결핍 앞에서, 그 근원적인 결핍이 왜 근원적인 결핍이어야 하느냐고 저항하며 되물을 때의 깊은 슬픔이?"(52장, p. 228).

을 공중에 세워 완전히 거꾸로 서는데, 그의 모습은 체조 교수보다는 오히려 광대를 더 닮았다. 어쩌면 그가 모든 것을 뒤집어본다고 이해해야 할지도 모르겠다. 그러나 우리의 시각이 우리가 지각하는 사물들을 부당하게 전복시키고 있는 것은 아닌지, 아니면 바르게 위치된 우리의 시각이 사물들을 있는 그대로 지각하고 있는지, 다시 말해 그것들이 벌써 아래위가 뒤집혀 있었던 것은 아닌지에 대해 우리의 입장이 결정되지 않는 한, 모든 것을 거꾸로 본다고 하는 것은 모호하다. 그 점에 대해 입장이 결정되지 않는 한, 그것은 그저 모호할 따름이다. 또한 그 점에 대해 어떤 결정을 내리는 것이 필수적인지를 결정해내지 못하는 한, 그것 또한 마찬가지로 모호하다. 인물들의 심리와 그들을 무대에 올리는 문체 사이에는 공통된 특징이 있다. 즉, 그것은 현재의 감정이든 예정된 행위이든 혹은 어떤 과거의 사건이든, 명백하거나 임박한 것이거나 결정적인 것으로 제시되는 모든 것 앞에서 언제나 반사적으로 한 걸음 물러나 거리를 둔다는 사실이다.[5]

---

5) 다음의 삽입구들을 예로 들 수 있다—"없는 있음인가 있는 없음인가"(1장, p. 7), 혹은 "사실도 그랬는지 아니었는지"(4장, p. 20), 혹은 "어어느, 어느 거기가, 거기 저기 여기가 어디였던가"(39장, p. 171). 이런 질문들도 있다—"언제야 지금 여기가 아니지 않게 되냐고"(3장, p. 16), 혹은 "엉뚱한 생각이 든다, 어쩌면 내 얼굴은 이때까지 거울을 통해 내가 믿어왔던 것과는 전혀 다를지도 모른다는. 혹시나 그것이 거울의 계략일까?"(26장, p. 107), 혹은 "너의 이 무의식적인 착란은 어찌 되었던 것인가, 과연 무엇으로부터 결과된 것인가? 이런 시간 속의 너의 상상력과 저런 시간 속의 그것이 달랐을 수 있다는 변별성으로부터,, 혹은, 저런 시간의 상상력을 이런 시간의 그것으로는 뒤집어보고 싶은 욕망의 반란으로부터,, 아니면, 추억에 근거한 상상력이, 유추의 변형으로라도 그것을 드러내려 했다가 역전의 변형으로 그것을 아주 감추려 했다가, 추억에의 수락과 저항 사이를 이리저리 왕복한 그 방황으로부터?"(30장, p. 127), 또는 이런 질문들 — "이 헛느낌을 기어이 확인해야만 할까? 사실은 그렇지 않다는 데서 오는 낙담을 뭐에 쓰려고?"(47장, p. 210). 또는 34장을 가득 채우고 있는 것들처럼 깊이를 알 수 없는 수수께끼 같은 딜레마들이나, 혹은 다음과 같은 반복되는 실망들도 있다 — "또 비껴 비켜가기? 치열한 비껴 나아가기? 비껴서 가기에 치열한 외출, 그 여로?"(41장, p. 186).

예를 들어 소설의 맨 처음에 귀 기울여보자. 화자는 두 종류의 소리를 환기시키는 시를 한 편 읽는다. 그러나 그가 살고 있는 현실 속에서 그는 오직 한 가지 소리만을 들을 뿐이다. 멀리서 들려오는 어떤 개 한 마리의 악착같은 짖음이다. 시가 부추기고 있음에도 불구하고, 그는 기차의 기적 소리는 듣지 못한다.[6] 그가 애호하는 이 시를 읽으면서 상상하던 리얼리티의 반이 현실 속에서 사라진 것이다. 그 사라짐이 일시적인 착각인지(인용된 시 텍스트는 "허위"라는 표현을 쓴다) 혹은 확고한 진실인지("범죄") 알 수 없기 때문에 그는 절망하기까지 한다. 왜냐하면 그 순간 동안 그는 전화기 앞에 멈춰 서 있으면서도 정작 거울 속의 자신의 이미지는 회피하기 때문이다. 혹시 걸려올지 모르는 전화 벨소리만이 그의 유일한 관심거리이며, 그 불확실한 가능성은 자신의 거짓말——나는 시를 쓰지 않으면서 시를 쓰기 위해 여기에 있다——과, 그리고 자신의 범죄——나는 내게 미쳤다가 진짜 미쳐버린 한 불쌍한 여자를 병원에 가두게 했다——와 정면으로 마주하도록 그를 여관방 안에 가둬버린다. 그 여인의 현실이 나를 빗겨가듯이 나의 현실이 나를 비껴간다. 광기에 사로잡힌 그녀는 나의 시를 너무도 반복해서 읽은 나머지 그녀와 내가 서로 사랑했다고 상상했다. 그녀는 자신의 이야기를 지어냈고 나를 집요하게 따라다니며 괴롭혔다. 거기에 또 "허위"와 "범죄"가 있었다. 시는 그것들이 "완벽하다"고 말했고 삶은 그것들이 실패했다는 사실을 폭로한다. 이것은 거의 완벽한 사기이자 유사-범죄이다.

---

6) 그러나 그가 있는 곳에서 철로는 매우 가깝다. 실제의 기차는 36장에서 기적을 울릴 것이다.

주체는 어디에 있는가?

다음의 사실에서 출발하기로 하겠다. 이 인물-성격들과 이들을 묘사하는 글쓰기가 그려내는 정신적 공간의 네번째 차원은 **농밀한 감각적 영역**이다. 이 영역은 **결여되어 있다**는 점에서, 다시 말해 그러한 농밀함이 격정적인 추구의 대상이라는 점에서, 문제의 제4차원을 이룬다. 이 작품에서 소설과 자서전의 구분이 의도적으로 무시되고 **자기허구**autofiction라 불리는 최근의 문학적 체제가 완벽하게 실현되고 있는 만큼, 일단 뭉뚱그려서 '이인성'이라 부르기로 하겠다. 이인성은 사물들의 농밀함에 대해 허기를 느낀다. 그는 사물들의 조밀하고 단단한 내면을 한입 가득 크게 베어 물고 싶어 한다. 그러나 그의 입안을 채우며 들어오는 것은 그것들의 유동성과 불안정성일 뿐, 그것들은 끊임없이 달아나버린다. 이 소설의 도입 부분에서 그의 대변인 격인 시인이 삼키는 음식이 좋은 예가 될 것이다. 잘게 찢어 잔 조각들이 되어버린 시집 한 페이지와 많은 양의 물을 버무려 끓인 그 걸쭉한 라면 죽 말이다(13장). 우리가 예상할 수 있듯이 이 식사는 곧 설사로 이어진다(18장).

실제적인 것과의 내밀한 관계는 그의 갈망에도 불구하고 계속 그를 비껴간다. 그 반대의 형태로든 아니면 다른 아무런 형태로든, 그것은 언제나 변모해버린다. 잡히는 즉시 달아나버리는 것이다. 왜냐하면 모두들 그렇게 생각하겠듯이, 그것은 절대 진정한 실체가 아니기 때문이다. 본질적인 것은 지속하는 것이며, 지속하기 위해서는 단단해야만 한다. 주인공은 정신적인 것이든 물질적인 것이든, 모든 사물들을 포용하기 위해, 그것들을 두 팔 가득 껴안기 위해 끊임없이 투쟁한다. 그것들을 자기 내면에 동화시키고 자신의 몸에 합체시킬 수 있다면 이상적일 것이다. 그는 위협적인 구멍들은 모조리 다 틀어막아버렸을 한 세계를 소유하려고 애쓴다. 그러나 모든 시간의 층위를 다 점령하려 해봤자 헛일이다. 그리고 모든 문법적 인칭을 남김 없이 다 사용하려고 애써도 소용이 없다. 도저히 어떻게 할 도리가 없다. 언제나 달아나버리는 무엇이 있으며, 이것은 상실과 멀리 떠나버린 부재라는 이중적 의미를 지닌다.[7] 그런데 그의 그러한 노력들은 삶과 담론 속에 동시에 위치해 있다. 왜냐하면 그 노력들은 아마도 이 이야기의 포괄적 화자가 시라는 단어로 이해하는 것, 즉 원래 미완성으로 남을 수밖에 없도록 운명지어진 충만한 현존을 찾는 추구이기 때문이다. 프랑스의 시인, 네르발의 시구를 빌려 말하자면 그의 서정성 속에는 "멜랑콜리의 검은 태양"이 있다.

이 투쟁 속에서 그는 늘 욕구불만의 상태로 남는다. 그러나 그는 **실재를 시적으로 포착**하려는 노력에 또다시 경주하기 위한 충분한 에너지를 언제나 자신의 내면에서 발견한다. 왜냐하면 아마도, 잘못은 애초에 그에게 있다는 사실, 그의 파악 능력에 효율성이 결여되어 있으며 의지는 약화되고 그의 희망의 높이에 버금가는 수단이 그에게 없다는 사실을 알고 있기에, 그가 사물 자체를 비난하지는 않기 때문일 것이다. 이것은 한없이 반복적으로 확인하게 되는 비극적 사실이다. 자신을 현재와 다른 모습으로 보고 자신에게 어떤 확고한 정체성을 부여하

---

7) 반복적으로 등장하는 "회오리"의 이미지(4장, 6장, 42장, 43장)는 우리에게 많은 것을 얘기해준다. 땅에서부터 나선형으로 일어나는 바람은 먼지나 작은 물건들을 사방으로 흩날려버린다. 그러나 그의 회오리는 아래로 내려오는 반대 방향의 다른 회오리의 꼭지점과 연결되면서 일종의 모래밭을 만들고, 회오리에 실려 날아가지 않은 것이 그 모래밭을 통해 모두 흘러가 버린다. 이 이미지는 삶의 소실(消失)을 자기 의식의 소실처럼, 말과 감정들의 소실처럼 표현한다.

기 위해 거울을 깨는 것(26장, 즉 이 소설의 한가운데서)도 그것을 극복하기에는 충분하지 않다. 그의 영혼 가장 깊숙한 속에서——달리 말해 그의 무의식 속에서——, 그러한 욕구가 확고하게 자리 잡는 바로 그 순간부터, 포기는 그의 모든 욕구들을 위협하게 된다. 추구와 단념이 한없이 함께 태어나고 또다시 태어난다. 이렇듯, 근원에서부터 죽음 충동과 삶 충동이 균형을 이루며 서로를 무화시키는 것처럼 보인다. 달리 표현하면, 이 심리 속에서는 욕망이 처음 향했던 곳을 향해 꼼짝할 수 없이 못박혀버린다. 이것이 바로 회한이란 것이다.[8] 우리는 상실한 것, 그리고 앞으로도 결코 소유할 수 없는 것만을 욕망할 수 있다. 삶의 매 순간 우리는 각자 욕망을 경험한다. 그러나 대부분의 사람들은 비진정성의 안락함 속에서 살아남기 위해 그 진실을 망각해버린다. 이 남자는 이 사실을 반복해서 확인한다. 그는 신랄하지만 결코 체념하지는 않는다. 바로 그 점에서 그는 시인이다. 그리고 바로 그것이 그를 광기의 경계로 내몰게 되며, 자신이 어느 누구도 아니라는 감정을 그가 갖게 되는 이유도 바로 거기에 있다. 나비들의 비상, 다시는 스쳐지나갈 수 없을지도 모를 어느 메마른 나무 한 그루, 눈과 그림자가 어울린 색깔, 사랑에 사로잡힌 동시에 "버림받은"(46장, p. 203), 그리고 사랑하는 여인의 삶에서 추방된 연인, "더러운 추억"(15장, p. 61)의 작업을 강요받은 사내…… 그는 이 모든 것들이며 그 전체이다.

이러한 사실에 주목하면서 우리는 새로운 문제와 마주하게 된다. 지금까지 나는 화자에 대한 언급을 피해왔다. 하지만 이 문학적 발현태

---

8) 프랑스어에서 이 단어의 라틴어 어원은 desiderium, 즉 '여기에 거주하지 않는 것'을 의미하는데, '욕망'이란 단어는 이 의미를 아주 예리하게 포착하고 있다. 앞의 글, 「문화 교류」, p. 32를 참고하기 바란다.

자체가 이 작품 전체로 퍼져나가는 멜랑콜리의 희생물이라는 점을 떠올릴 때가 온 것 같다. 즉, 서사 자체가 갈라진 항아리처럼 새어나가는 틈을 갖고 있는 것이다. 사실, 여기엔 하나의 화자만이 있는 게 아니다. 적어도 세 화자가 있고, 거기에 추가로 네번째 위치에 자리 잡은 또 하나의 화자가 등장하는데, 이 마지막 화자는 서사의 공간 밖으로 새어나가 '화면 밖의 목소리'처럼 존재한다. 따라서 이 특별한 목소리는 당연히 관심을 기울일 만한 가치를 지니고 있다.

먼저, 한 담론 속에서 어떤 사건을 단정적으로 말하거나 얘기하거나 상상할 때마다 나라고 말하는 자 혹은 그렇게 암시되는 자를 주체라고 단순히 정의하자. 이때 어떤 정체성의 위기가 문제될 경우, 다시 말해 그 주체를 위치시키고 특징짓는 것에 내재하는 어려움을 문제 삼을 경우, 우리는 벌써 정신분석이라는 독특한 장 속에 있다고 하겠다.[9] 어떤 사람에 대해 논하면서, 그 주체가 현실의 문제 속에서 자신의 위치를 표시하는 데 주저한다고 말하는 것은, 그가 스스로 알 수 있고 또 책임지기를 원하는 것으로부터 자신의 내밀한 존재 일부분을 자신의 의지와는 상관없이 분리시켜서, 그것을 미지의 세계 속에 남겨둔다는 것을 의미한다. 그리고 어떤 망각된 사실이 얼른 복원되지 않았을 때, 그 미지의 것은 곧장 알아볼 수 없는 무엇이 되어버린다. 바로 이때 무의식에 대해 말해야 한다. 『미쳐버리고 싶은, 미쳐지지 않는』을 읽은 자라면 누구나, 이 책에는 무의식이 중요한 위치를 차지한다는 사실을

---

9) 제1지형학의 의식/전의식/무의식, 제2지형학의 그것/자아/초자아라는, 프로이트가 설명한 심급 체계들에 상응하는 두 층위에서 그렇다. 여기서 제2지형학은 특히 이상형(이상적 자아와 자아 이상)의 개념 덕택으로 주금씩 개량되었으며, 이상형들은, 이 이류이 가리키듯이, 동일시의 요인이나 모델이 된다.

금방 알아차리게 된다. 왜냐하면 여기서 표현되는 다양한 심급들이 자신들의 생성을 스스로 주도하는 경우란 극히 드물기 때문이다.

이 소설에서 발언권을 쥐고 있는 심급들은 한 정신이 표출해내는 여러 상이한 목소리들이다. 그러나 그들의 다중적인 목소리가 서사학적 분석(제라르 주네트의 방법)에 근거하는 것은 아니다. 문법적 화자가 어떤 것이든 간에, 이 소설에는 화자가 은폐되어 전면에 등장하지 않는다는 사실에 의심의 여지가 없다. 서사는 순수한 독백으로 시작한다. 누군가 말을 하고 있다. 그런데 그것은 글로 된 이야기이므로 독자에게 건네진다. 그다음, 같은 주체――여기서 같은 사람이라고 말하는 것이 너무도 껄끄럽고 어쩌면 잘못되기까지 하다는 점을 우리는 알고 있다――는 명백히 그의 과거의 어떤 나인 너를 불러옴으로써, 변장된 독백 속에서 자기 자신과의 대화를 펼친다. 마지막으로, 너가 처음의 나보다 더 동질적이지 않다는 사실이 밝혀짐에 따라 그가 다른 그를 만들어냄으로써 그 자신이 다시 둘로 분열된다. 그리고 이 그는, 마치 자율적인 인물인 양, 나의 과거 속에서 벌어진 모험을 살게 된다. 이때 이 모험은 있을 법한 몇 개의 변이체들을 불확정적인 가능성들로 남겨둔 채,[10] 대체로는 확고한 어떤 계획처럼 소개된다.

이 마지막 분열과 관련하여 의미심장한 것은 "물방울"(아마 이것은 눈물일 것이다)의 이미지로 재현되는 한 주체의 갈라짐 속에서, 그라는 이름이 붙여진 목소리가 태어난다는 사실이다. 액체 상태는 불안정할 뿐만 아니라 아예 형태조차 없다. 이 과정은 송찬호의 시에서 인용한

---

10) 특히 35장 끝 부분과 37장 첫 부분에서, 미스 안을 기다리고 있었는데 도착한 여자는 다른 사람이었다는 사실로 인한 일종의 혼란 속에서 그가 거친 땅끝으로의 간략한 여행을 상기하자.

구절의 연장 속에서 이루어졌다.

> 나는 몸 밖으로 물방울을 밀어내었다, 모든 힘을 다하여
> 밀어내었다 물방울 밖으로, 나를 (5장, p. 23)

이 발췌문은 너무도 적절하게 차용되고 능숙하게 활용되어, 이야기의 내용이 불확실하면 할수록 그 내용을 들려주는 서사는 더욱 더 확실하고 촘촘하게 직조될 수밖에 없다는 사실에 주목할 기회를 제공해준다. 이인성은 시 인용문들에서 자신의 소설의 조각들을 단단히 묶고 그것들의 유기적 연결 지점들을 강조할 수단을 발견했다. 그리고 그 반대급부로 그는 특정 발화자들에게 내맡긴 다양한 담론들의 관리에 있어서 최대한의 자유를 누릴 수 있었다. 마치 발화 행위 전체를 떠맡는 주체의 고집스런 현존으로(서사는 일종의 발화 행위로 간주될 수 있으므로), '목소리'라고 지칭된, 다양한 발화 내용의 주어들이 흩어지는 것을 보완해야만 하듯 말이다. 여기서 우리가 '목소리'라고 지칭한 것은 변장된 목소리이며 거의 심적 대변인에 해당한다는 점을 염두에 두자.

그러한 단일화는 하나의 어떤 어조를 구성해줄 수 있으며, 그 덕택으로 화자-작자의 심적 세계의 탐험은 인간 정신의 탐구로 변모한다. 그것은 단지 자신의 존재함을 알림으로써 자기 자신을 알기 위해 말하는 자의 어조가 아니라, 자신의 인간성의 총체적 메커니즘들을 이해함으로써 자기 자신을 이해하려는 자의 어조이다. 그 이해 과정은 무엇보다 먼저 그가 실패로 간주하는 일련의 것들을 결산함으로써 이루어졌다. 그 실패들이 구원을 가져다준 셈이다. 왜냐하면 결국 그것들이 그러한 탐험을 진전시키고 자기 자신에게 더욱 가까이 다가갈 기회를

그에게 제공해주었기 때문이다. 이 소설에서 우리는 『잃어버린 시간을 찾아서』와는 전혀 다른 공기를 마시게 되는데, 우선 보기에는 다른 어떤 작품도 이 소설보다는 더 프루스트적일 것이라는 느낌마저 든다. 그러나 이 소설에서는, 프루스트에게서와 마찬가지로, 감각적 인상들을 비롯하여 특히 기억을 강조함으로써 세상을 지각하는 우리의 방식을 분석하려는 동일한 고심, 혹은 세상을 호흡하는 우리의 방식을 분석하려는 동일한 고심이 있다. 이렇듯 이 소설은 길든 짧든 언제나 농도 짙은 순간들로 점철되어 있다. 그리고 이 속에서 작자는 철학자로, 심리학자로, 역사가로, 시학자로 변신한다.

지형학적 심급들의 여백에서

각각 다른 방식으로 부각되는 세 개의 목소리가 협력하여 탐구하는 가운데, 인칭대명사를 면제받은 제4의 목소리가 여기에 개입하여 탐구에 밀도를 더해준다. 인칭을 사용하는 장(章)들이 잇달아 그려내는 순간들에 활기를 불어넣어주는 주된 테마들이 열 개가량 되는 이 비인칭의 장들에 의해 더욱 강조되는 것이다.

비인칭의 장은 그라고 불리는 목소리의 형성을 둘러싸고 처음으로 등장한다(5장). 그다음 것(9장)은 과거를 한 폭의 풍경화처럼 환기시키고 있는데, 그 그림은 지울 수 없는 흔적들의 중첩된 단층들로 이루어져 있다. 그리고 그 풍경화를 가로질러, 남원을 향한 그의 출발이 시작된다. 그 도시에는 그의 영원한 사랑의 흔적 위로 미친 여자가 살고 있는데, 그녀는 광기의 어떤 부분까지 포함한 몇몇 유사점들을 그와 공유한다. 세번째 것(15장)은 우리가 빠져든 궁지에서 나오기 위해 되새김질해야만 하는 "더러운 추억들"의 집요함에 대해 해석을 내리고 있다. 네번째 것(21장)은 그곳에서 나가기 위해서는 왔던 길을 뒷걸음쳐 되돌아가야만 하는 그런 막다른 마을에서 나타나는데, 이 장은 고집스러운 모험의 연장 때문에 계속 살아남는 멜랑콜리에 방점을 찍어준다. 다섯번째 것(25장)은 사실상 이 책의 한가운데를 차지한다. 이 시점에서, "결핍을 태울"(24장, p. 102) 목적으로 모험을 함께 떠나는 여행 동반자가 될 여자를 잘못된 전화번호가 호출하고, 바로 이 순간부터 모든 것이 방향 전환되면서 소설 제목을 상기시키며, 소설 전반에 확산된 비관적 관점을 정당화하게 된다.

선택할 수도 선택하지 않을 수도 없는, 미칠 수도 미치지 않을 수도 없는 자는 결핍의 경계만을 한없이 따라가므로… (25장, p. 105)

여섯번째 것(29장)은 상상세계의 보고(寶庫)인 시에 바치는 기도이다. 여기서 제사(題詞)와 텍스트는 "우물"에 대해 말하는데, 봄비가 시인의 변신인 메마른 "검은 나무"에게 다시 푸름을 되찾아주는 생명수이듯, 그 우물의 물이 죽음을 머금은 단어들을 소생시켜줄지도 모른다. 일곱번째 것(34장)은 그 희망의 실현에 의혹을 품는다. 눈물의 물은 "침묵의 불덩어리"(p. 145)가 되고 미래는 닫힌다. 왜냐하면

〔……〕아무것도 안 바라기 때문이 아닐까? 오로지 견디기 위해서…
그럼, 뭘 견딘단 말인가?
걸어온 길이 끊어지는 곳에서 차라리 미쳐버리고 싶은데, 미쳐지지

않는 것을. (34장, p. 146)

그런데 그러한 "상처"는 치유 불가능하다는 사실이 드러난다. 여덟 번째 것(38장)은 확인의 장이다. 즉, 침묵은 이제 살 속에 박힌 "가시"(p. 166)로 표상되며, 시를 가짜 "섬광"(p. 167)들로 장식된, 같은 말을 되풀이하는 "넋두리"일 뿐이게 한다. 여기서 일련의 연속적인 담론들의 한 고리가 채워지는 것처럼 보인다. 마치 심적 분열이 추억들의 고통스러운 고고학을 거친 다음, 긍정되었다가 결국은 부정되는 시의 희망을 거쳐서, 마침내 실존 방식으로서 침묵을 택하게 되는 하나의 사이클이 완성되는 것처럼 말이다. 그러나 우리는 그렇게 말할 수가 없다. 왜냐하면 기이한 한 장(45장)에서 또 다른 세 개의 장들로 구성된 한 악장의 전개가 새로이 시작되기 때문이다. 이 세 개의 장 또한 기묘하다.

이 셋 가운데 첫번째 것, 즉 전체에서 아홉번째 것인 45장은 인칭(나 그리고/혹은 너)을 사용하는 이야기들의 연장처럼 제시되고 있다. 그런데 이것이 비인칭 담론이라는 사실이 곧이어 밝혀지게 된다. 왜 그럴까? 그것은 말하는 자가 술에 취해 있기 때문이다. 이 장은 이렇게 시작한다. "그래, 취했다, 어쩔텨?… 어쩌지는 않겠다구? 그냥 듣겠다구?…"(p. 199) 이것은 그가 잠시 후에 고백하듯이, 다름 아닌 "술주정"이다. 다시 말해, 비록 그가 헛되거나 부조리한 것을 말하지는 않는다 하더라도, 그것은 그 자신이 아닌 한 주체에서 나오는 말이다. 통제되지 않는 자에게, 특히 무의식에게, 취기가 문을 열어주는 것이다.[11] 텍스트가 그 사실을 명확하게 드러내준다.

아무튼, 말의 관성 때문에 자꾸 나라고 말이 나오려 하지만 나는 아니고, 그지? 나는 따로 있잖아? 너도 아니고. 또 그도 아니고. 그럼 누구지? 아무거나 대명사 하나 줘봐, 나 너 그 빼고. 그냥 나 너 그 다 합쳐서 우리라 그럴까? 그래, 지금 우리가 하나로 술주정하지 뭐?… (45장, p. 199)

이제 남은 것은, 한국어의 가능성이 허락해주는 것처럼 "말의 우리"가 곧 "돼지우리"라는 관계를 밝힘으로써, 단어들이 모든 것과 그 모든 것의 반대를 동시에 말하고, 따라서 멀쩡한 정신들이 그들 자신의 내면에 미량의 광기를 갖고 있으며 그 역도 마찬가지라는 사실을, 취기를 계기로 천명하는 것이다. 명철함에 대한 멋진 교훈이다!

이 미로 속으로 우리를 안내하는 표현에 잠시 돌아와 정리해보자. 우리는 세 개의 체제에 따라, 하나의 체제를 곁들이며 살아갈 수 있다. 우선 나가 그러는 것처럼, 현재의 현실에 코를 박고 사는 것이다. 그다음 너처럼 아득한 기억들 속에 머리를 파묻고 사는 것이다. 마지막으로, 그것이 실제적인 탈주라 하더라도, 그가 그렇게 하듯이, 환상이나 꿈의 방식으로 사는 것이다. 그리고 그다음은……, 그리고 그다음은, 글을 쓸 수 있다. 이 모든 것이든 다른 무엇이든, 글을 쓰는 것이다. 그러나 독자에게 진정으로 그것을 살도록 해주는 그런 방식으로 글을 쓰는 것이다. 글을 쓰는 우리가 존재하지 않는다면 아무도 '나1' '나2' '나3'의 다양한 실존들을 알지 못할 것이고, 아무도 그들과 함께, 그들을 통하여, 그들의 위치에서 고통을 느끼지도 않을 것이며 즐거움을

---

11) 프랑스 사람들 사이에 떠도는 아주 유명한 속담이 있는데, "In vino veritas"이다. "술 속에 진실이"라는 뜻의 이 격언이 괴팅어로 더져 있는 것은, 단어들이 아주 쉽게 이해되기 때문이다. 알코올은 우리가 마음속 가장 깊은 속에서 생각하는 것을 튀어나오게 한다.

느끼지도 않을 것이다. 그러나 사람들은 물을 것이다. 글을 쓰는 것이 문제가 될 때 어떻게 내가 우리에 대해 말할 수 있을까? 작가는 명의를 대여하는 주체일 뿐이다. 펜으로서의 주체(펜-주체)라고, 혹은 동아시아의 문화를 생각하면 붓으로서의 주체(붓-주체)라고 하는 게 나을지도 모르겠다. 여기에는 두 가지 이유가 있다. 우선 그는 타성과 타협들과 자신을 둘러싼 이념의 거짓 우상들에서 스스로 자신을 뽑아낼 수 있는 능력이 있어서 진정한 실존을 찾아나선 인간의 대변인이 된다. 그리고 이 기능이 그를 그 자신의 주관성에서 끄집어낸다. 무엇보다, 그가 원하든 원치 않든, 그가 표현해내는 담론은 어떤 대기 상태의 담론일 뿐이다. 다시 말해 그의 담론은 미완의 문장들로 된 어떤 임시적인 언어체계 속에서 의미가 떠오르기를 기대하는 대기 상태의 담론일 뿐이다. 그는 그 자신의 최전방에서, 그가 말하려는 것 이상의 것을 말한다. 그리고 그는 그의 연기된 의미 욕구에 다양한 방법으로 공명을 울려줄 독자들을 필요로 한다.[12] 지금 이 자리에는, 이인성의 글쓰기가 코드화했고 나의 독서가 그 나름의 방법으로 해독한 『미쳐버리고 싶은, 미쳐지지 않는』의 텍스트 외에 다른 텍스트는 없다. 그러나 차후엔, 여러분 모두가 각자 자신의 방법으로 이 텍스트를 해독해나가야 한다. 나는 이 사실을 상기시켜야 할 필요가 있다고 생각했다. 게다가 이 사실

---

12) 자크 데리다의 용어를 빌리자면(그는 이 용어를 여러 다른 뜻으로도 정당화하고 사용했다), 작가라는 명칭을 얻을 자격이 있는 작가의 글은 '차연(差延, la différance)'으로 특징지어진다. 작가는 그의 독자가 차후에 독자 자신의 다른 한 의미 작용을 부여하게 될 그곳에 작가 자신의 한 의미 작용이 있게 되기를 목표한다. 이때 본래의 뜻을 가리키는 것은 독자에게 절대 불가능하다. '본래의 뜻'이란 '문자 그대로의 뜻,' 즉 분명하게 한정되고 고정된 결정적 의미를 말하는데, 과학, 법학, 의학, 정치학이, 다시 말해 국가의 지혜가 이와 유사한 의미를 내세운다. 그런데 이런 의미는, 데리다 그 자신이 그렇게 실천했고 말했듯이, 모두 '해체'되어 마땅한 단정들이다.

은 시의 우월성과, 그리고 테마를 이끌어갈 실마리로서의 제사(題詞)들의 필요성을 확인시켜준다. 작가는 시로 인해 고통받는 시인이어야만 했다. 시는 다른 어떤 것보다 더욱 해석을 필요로 하는 담론으로서, 그 우리가 진정으로 자신을 표현할 최선의 기회를 갖는 장소이다.

열번째 것(49장)은 자신의 기억 깊숙이 잠수하는, 어쩌면 무모함이라고 할 수도 있을 용기를 가졌을 때 과감하게 거슬러가게 되는 시점의 추억들의 무게를 환기시키고 있다. 이 장에서는 분석이 실행되는데, 그 과정은 논리적이면서 냉정하지만, 동시에 극도로 열정적이다. 이 분석은 "그리고/그러나/그러면/그럼에도/그러므로/그리하여"와 같은 각 문단 사이를 분리시키는 연결사들의 풍부한 사용과 함께 추진된다. 바로 여기에 냉정함이 있다. 반면, 여기에는 어떤 구두점도 없다. 문장들은 우리가 재구성해주기를 기대하고 있다. 바로 여기에 뜨거운 열정이 있다. 이때부터, 비록 그것이 기억의 기능과 지위에 대한 시적이고 철학적인 고찰의 결실일지라도, 이 장은 광기 어린 담론과 유사해진다. 그 마지막 문장 마디들이 여기 있다. 읽어보자.

우리는기억의바다표면으로떠오르는그기억의무늬인파도나물거품이일렁이며파열하며소리치며불러들이는아련한추측과그러다보면자연스런짝으로끼여드는상상으로그기억의형체를얼마큼은되살려낼것인바그것이어디까지가사실이고어디까지가허구인지는모를것이되그사실과허구의복합체가전원처럼충전됨으로하여 (49장, pp. 219~20)

이러한 상황에서, 최후의 열한번째 비인칭 담론(51장)이 마치 모든 게 무효화된 것처럼, 농담과 유사한 형태로, 어떤 단어도 없이, 말줄임

표, 물음표, 느낌표와 같은 구두점들로만 구성된다는 것에 새삼 놀랄 필요는 없다. 그러나 여기서 속아넘어가지 말아야 할 사항은, 침묵을 표시하는 그 모든 구두점들이 언젠가는 페이지 위에서 혹시 "검게 빛 나"(p. 225)지나 않을까 묻고 있는 이 장의 제사(題詞)가 사실은 거짓 인용이라는 것이다. 이 인용은 "김수윤"이라 불리는, 실제로는 존재하 지 않는 시인이 완전히 의도적으로 지어낸 시구인데, 그 이름은 이 이 야기를 쓴 사람으로 가정되어 있는 작가 "김윤수"의 공식적인 필명이 기도 하다[12장에서 경찰에게 신고한 내용이다(p. 52)]. 바로 그런 방 식으로, 인칭 담론의 절정——여기에 재사용된 가명 뒤에는 실제의 누 군가가 숨어 있다——이 비인칭 담론의 절정과, 다시 말해 단어들이 삭 제된 침묵의 시가 극단적인 형태로 강조되는 순간과 맞물리게 되는 것 이다. 아니, 그 침묵의 단어들은 삭제되었다기보다는 접근 불가능한 무의식적 "기억의 바다"(49장, p. 218)의 아득한 심연 속에 묻혀 있다 고 하겠다.

정신분석적 몸짓의 접근 방법들

무의식이 이 자기허구적 담론에 얼마나 깊이 스며들어 작업하고 있 는지 가늠하기 위해 우선 어떻게, 어떤 문체로, 어떤 종류의 언어로 우 리의 시인이 자신의 정신과 우리 모두의 정신 현상들을 탐험하는지 살 펴보는 것이 좋을 듯하다. 내 생각에, 그는 이 작업에 **환구법**(換句法, métabole)[13]의 체계적인 탐구를 동원하고 있다. 이 용어는 통상 은유 법과 환유법을 편의상 하나로 묶어 지칭한다. 라틴어로 infans, 즉 어린아이는 아직 말을 할 줄 모르는 자, 다시 말해 이미지로 생각하는 자를 가리키는데, 삶이 그 어린아이에게 제기하는 수수께끼들을 해석하기 위해, 1차 과정으로 축소된 무의식은 이 두 어법 덕택으로 자신에게 적합한 이미지들의 언어를 말할 수 있게 된다. 여기서 환구법은 다음의 두 측면으로 구분되어야 한다. 한편으로는 수사학적 기법들, 다시 말해 작가들이 자신의 글에 더 많은 생기를 불어넣기 위해 전통적으로 도움을 청하는, 일반 언어의 몇몇 배치 방식이 있다. 이 기교들을 통해 작가의 글은 정신에 충격을 주며 그 속에 뿌리내리게 된다. 다른 한편으로는 오직 작가 자신에 속하는 각자의 고유한 표현 방식으로서의 과정들이 있다. 이것은 일반 언어에게 단어와 통사 형태들을 제공받는, 말하자면, 사회화되기 이전의 본래적 언어이다. 대부분의 작가들에게서보다 이인성에게서 환구법은 과정의 성질을 더욱 강하게, 혹은 더욱 일관되게 띤다. 잠시 전에 떠올렸던 인용문을 다시 예로 들어보자. 한편으로는 그의 몸은 "전원처럼 충전"되어 있다는 식의, 거의 스테레오타입이 되었다고 할 수 있을 고전적인 비유가 있다. 다른 한편으로 이 인용문은 "기억의 바다 표면으로 떠오르는 그 기억의 무늬인 파도나 물거품"을 우리에게 보여준다. 이 이미지가 48장에서 그 대상을 세부적으로 그리고는 있지만, 여기서 수사학적 비유가 문제되는 것은 아니다. 그의 몸에 대해서는 그것이 전율로 동요되었거나 혹은 전기 충격이 일으키는 경련에 유사한 국면을 통과했다고 말할 수 있었던 반면, 기억세계의 표현 불가능한 리얼리티에 대해서는 그것을 달리 소개하거

---

13) 정신분석가이자 정신분석 이론가인 장 라플랑슈Jean Laplanche가 제안한 의미에서 이 용어를 차용하다. 특히 *Les Problématiques*(Paris: Puf. 1980~1987) 다섯 권과 *La Révolution copernicienne inachevée*(Paris: Aubier, 1992)를 참조하기 바란다.

나 재현할 방법이 없다. 고통스럽고 끊임없이 변화하는 실존적 기억을 우리 앞에 제시해주거나 존재하게 할 방법이 없다는 말이다.

그러나 추억에 대해 말하는 다른 방법이 분명 있다는 것을 우리의 텍스트는 여러 번 보여주었다. 그것은 어떤 독특한 풍경화를 떠올리는 것이다. 그림 표면의 물감 층을 긁으면 흰색 초벌 층이 나오고, 그것은 다시 더 오래된 다른 그림을 드러내줄 수 있으며, 이 그림 층은 이미 연필로 그린 초벌 그림 위에 그려져 있었다, 등등(16장, 22장, 27장, 39장, 48장에 아주 많은 함의를 품고 있는 은유가 집요하게 탐구되고 있다). 바다의 장점은 이것이 살아 있는 모든 물체처럼, 그리고 추억들처럼, 부단히 움직이는 속성이 있다는 점이다. 회상의 작업에 대해 말하자면, 바다가 문제될 때는, 추억의 주체는 그물망을 던지고 끌어올리는 어부이거나, 바다 깊숙한 심연을 헤엄치는 물고기가 된다. 그리고 그림 화폭이 문제될 때는, 주체는 촉수로 물감 층들을 헤집거나 연필로 그은 선들을 따라가는 곤충이 된다. 문제의 핵심은 우리가 결코 개념들로 작업하는 합리적 탐구자라고 느껴지지 않는다는 데 있다. 왜냐하면 감각적 인상들의 혼합체 자체가 우리 앞에서 살아 움직이고, 우리의 파악에 스스로를 내맡기고, 그러곤 우리 안에 들어와 박혀버리기 때문이다.

이 작가는 고전적 소설가들이 하는 것처럼 추상적 도식을 드러내기 위해 정서적 공명을 덧붙인 구체적 형상들을 다량의 삽화로 그려 넣는 방법을 사용하지 않는다. 다시 말해 그는 그런 구체적 형상들의 세트들을 우리 눈앞에 진열하지 않는다. 여기서는, 종종 시에서 그런 일이 벌어지는 것처럼, 사물들 자체가 최소한의 기호체계적 지시 사항들만을 동반한 단어-이미지들로 화학 변화를 일으킨다.[14] 펼쳐지는 단어들의 연쇄 앞에서 우리는 마치 어떤 리얼리티를 형성하기 위해 증식하고 있는 배아 세포들을 관찰하고 있는 듯하다. 전개 과정의 추이에 따라 정체성이 점차적으로 윤곽을 드러내는 그런 리얼리티 말이다. 예를 들어 의식이 한 쌍의 촉수로 변신했고, 추억은 풍경화나 물고기가 되고, 미친 여자는 푸르뎅뎅한 얼굴로 환원되고, 시인은 소리의 회오리가 되었다가, 검은 나무, 검은 우물, 검은 새 등등으로 교대로 변한다.

여기에 내가 개인적으로 아주 민감하게 느끼면서도 잘 해명해내지 못한 역설이 있는데, 바로 이것이다. 즉 나는 시적 불투명성의 무게로 온통 무거워진 단어들을 한입 가득 머금고 있다고 상상하지만 **동시에,** 그 단어들은 오히려 투명해지려고 애쓰며, 물질적 관능적 본질적 현존에 대한 우리의 파악을 가로막을 수 있는 것이라면 어떤 극도의 가벼운 베일도 사물과 우리 사이에 가로놓지 않으려 한다는 느낌이 강력하게 솟아오르는 것이다. 이런 이미지가 이해될는지 모르겠지만, 마치 단어들이 사물들로부터 나와서 사전을 통하지 않고 곧장 우리에게로 이르는 것만 같다. 마치 단어들이 막 태어난 것처럼, 그리고 마치 그전에는 결코 사용된 적이 없으므로 어떤 마모의 흔적도, 어떤 고정관념의 그림자도 없는 것처럼, 순결한 그 모습 그대로 우리의 포옹에 열렬하게 자신을 내맡기듯 말이다. 앎이 절정에 이른 순간에, 언어를 발견하는 아이처럼 사물들을 말하는 것, 그것이야말로 진정한 시인이 자신의 모습을 알아보는 지점이 아니겠는가?

이와 관련된 예들은 무수히 많고 종류도 다양하다. 가장 좋은 예는 우리가 자기 자신과 마주하여 혼잣말을 중얼거리는 한 시인과 관계할

---

14) 26장에서 우리는 다음의 구절을 읽는다: "시가 〔……〕 상상적 허상이 아니라 상상적 실체라는 것을 제 꼬락서니로 증거하는, 피 같은 말임을"(26장, p. 110).

때 아마 필연적으로 떠올리게 되는 그 사물일 것이다. 바로 거울이다. 프랑스 사람들은 전신을 볼 수 있는 커다란 거울을 프시케라고 부른다. 이것은 영혼을 표상하는 신화적 인물에서 따온 이름이다. 이 세부 사항을 상기시킴으로써, 이 맥락에 등장하는 이 사물의 중요성을 정당화하는 번거로움을 피할 수 있으리라 믿는다. 반면, 이 소설을 구성하는 중심 주제들 가운데 하나인 파열된 주체성에 대한 생각을 더 잘 이해할 수 있기 위해서는, 다양한 나들과 이들을 비추는 다양한 거울들 사이의 갈등들을 따라갈 필요가 있을 것 같다.

먼저, 거울은 환유적으로 전화기에 연결되어 있다. 공간 속에서 이것이 전화기와 인접해 있기 때문이다(7장, 8장, 14장, 47장). 그런데 전화기는 이야기 속에서 전략적인 위치를 차지한다. 그것이 미친 여자의 부름을 두려워하게 하고, 사랑하는 여인의 부름을 기대하게 하고, 엉뚱한 여행 동반자를 실수로 개입시키기 때문이다. 이 부름들은 주인공과 그 자신 사이의 대질 중심에 있다. 그는 오지 않은 부름들을 항상 임박한 시점에 연기시켜 기다림으로써 자신을 극심하게 괴롭히고 자신의 불행의 파장을 요모조모 따져본다. 어떤 의미에서 전화기는 그로 하여금 자기 자신의 목소리에 귀 기울일 기회를 만들어준다고 할 수 있다. 다른 한편 거울은 은유적으로 언제나 내면 성찰에 연결되어 있다. 이 경우, 그것은 의기소침한 한 남자의 이미지를 반사하는데, 그 이미지가 보는 이를 또 의기소침하게 만든다. 거울의 역할이 이 정도에서 그친다면, 이 사물은, 전화기가 사실상 그런 것처럼, 그저 평범한 기능을 수행하는 데 그칠 것이다. 그러나 우리의 텍스트는 훨씬 더 멀리 나아간다.

헛된 기다림에 연결된 거울은 곧 무기력하게 만드는 기다림의 이미지가 된다. 물론 병적인 기다림의 수동성에 사로잡혔을 때 시를 쓰는 것은 불가능하다. 그러나 질문은 이렇다. 거울 속의 내 타자는, 더 정확히 말해, 거울 뒤의 내 타자는 왜 마비 상태에 빠져 있도록 운명지어졌는가?

가련하다는 감정을 숨기고, 독하게 한마디를 던진다. 거울의 계략에 말려든 자네야말로 시 쓰긴 틀렸네, 라고. 나도 시를 쓰지 못하고 있긴 하지만, 그래도 난, 시가 써지지 않는다는 자의식과 엉겨붙어 있어. (26장, p. 110)

달리 표현하면, 거울 밖의 자신과는 달리, 창작의 무기력함과 "엉겨붙어" 있지 않는 타자는 그 무력함에서 벗어날 기회를 갖도록 되어 있어야 할 것이다. 주체와 그의 반사 이미지 사이의 화해의 시도는 어떤 결정적인 경험을 촉발시킨다. 그는 기대되는 만족감을 듬뿍 섭취하기 위해 거울에 비친 자신의 얼굴을 핥아본다. 그가 바라보고 그를 바라보는 자의 이미지 또한 거울의 뒷면을 핥기 시작한다. 그리고 뒷면의 금속이 "수은"을 포함하고 있다는 사실을 발견한다.

바로 여기에 오비디우스의 『변신』에서 이야기되는 나르시스 신화에 대한 극히 개인적인 다시 쓰기가 있다. 고대의 미소년이 연못의 수평적 물속에 잠긴 자신의 이미지에 감탄하는 것과는 달리, 우리의 시인은 수직적 거울 속에서 발견한 타자와 대화를 나눈다. 이때 그는 자신의 "가정(假定)"(26장, p. 108)——이것 또한 여전히 합리적이기보다는 정서적이다——을 확고히 하려 하지만 그것은 말짱 헛일이다. 그 가정에 의하면 거울 앞면은 "결핍의 세계"(26장, p. 107)일 것이고 뒷면은 "충족의 세계"일 것이다. 그러나 결국 그는 독이 묻은 두 세계 모두와 직면하게 된다. 한편으로는 기다림을 통해, 다른 한편으로는 거짓말을 통해.

그 표현은 명료하지만, 방식은 아주 시적이다. 그 양상을 좀더 가까이 들여다봐야 할 것 같다. 거울은 마치 자명하다는 듯, "반시(反詩)" (31장, p. 128)의 상징이 된다. 여기서 이인성은 정신분석 이론의 토대에 위치한 한 직관 주위를 맴돌고 있다. 실제로 거울 속의 자신을 바라보는 것은, 다시 말하지만, 내면 성찰의 좋은 은유이다. 사실, 이 이미지 속에는 문법적 주어를 사용하는 주체인 나와 자아 사이의, 다시 말해 모든 진정성이 제거된 순전히 겉모습일 뿐인 상상적 구성으로서의 나의 자아와 나 사이의 마주 보기가 유일하게 합당한 근거로서 들어 있다. 나는 저기 내 눈앞에, 어떤 진실의 담보도 없이, 내가 볼 수 있는 것과 내가 보고 싶은 것만을 본다. 거울은 언제나 기만적이다. 내가 오른쪽으로 가르마를 탔으면 나를 바라보는 자는 왼쪽에 가르마가 나 있다. 거울 속의 그는, 나의 손이 촉각으로 확인하면서 그리고 내 친구들이 자신들의 눈으로 확인하면서 말해주는 나 자신의 모습 그대로 그의 자리를 차지할 테면 해보라고 나의 욕구를 부채질한다. 모든 도전이 그렇듯, 이것은 어쨌든 저쪽으로 건너가보고 싶은 욕구를 나에게 불러일으키는 것이다. 그리고 그때부터 이 소설이 이야기하는 것과 같은 모험이 시작된다. 프로이트 이론의 언어 체계 속에서, 이것은 내면 성찰이 결코 우리 자신을 더 잘 알도록 허락하지 않는다는 사실, 따라서 우리가 고통 속에 있다 해도 결코 더 나은 상태로 지낼 수 있도록 허락하지 않는다는 사실을 의미한다. 우리에게 결여되어 있고 우리가 알지 못하는 것을 우리 스스로 발견하게 되는 곳은 결코 저기 거울 뒷면이 아니다. 장담하건대, 거기서 우리는 멜랑콜리의 함정에서 헤어나지 못할 것이다. 무의식의 효과들이 생성되기 위해서는 셋이 필요하다. 즉, 나, 자아 그리고 또 다른 타자, 즉 나의 이미지를 반사하는 대신 내 말에 반향을 보내줄 타자. 이때 이 타자의 청취를 통해, 내 말은 변질되긴 하겠지만 아마 재구성되어 내 말의 진실 속에서 복원될 것이다. 분석가는 내가 보는 모습대로의 내 부모를 나에게 보여주지는 않는다. 그는 나의 통제되지 않은 담론에서 그 자신이 이해하는 모습 그대로의 내 부모를 내게 보여준다. 바로 이것이 내가 내 어린 시절의 상처를 더 선명하게 들여다볼 수 있도록 도와줄 수 있는 것이다. 이렇듯, 나는 "반시"라는 텍스트의 표현 자체를 그대로 사용해야 한다고 기꺼이 말하겠다. 거울은 시의 반대이다. 왜냐하면 그것은 사물의 진정한 리얼리티에 대해 침묵하기 때문이다. 극히 단순하게, 그것은 말을 하지 않는다. 거울은 문제들이 서로 묶여 있는 그곳, 즉 무의식의 깊이에 다가갈 수 있는 길을 열어주지 않는다. 시의 단어들은 진실로 충만한 전대미문의 비전들을 창조할 수 있는 반면, 거울의 형상들은 이미 결정된 것 외의 다른 어떤 담론도, 이미 세목(細目)에 포함된 데다가 기만적이기까지 한 꼬리표들 이외의 어떤 다른 담론도 흘려보내지 않을 것이다.

이제, 자기 자신을 만나길 희망하고 있었으므로 느낄 수밖에 없었을 실망의 늪 바닥에서, 우리의 시인에게는 거울을 깨뜨리는 것밖에는 다른 출구가 없다. 따지고 보면, 거울은 그가 그 자신의 신상에 관해 형사에게 이미 말했던 것 이상으로는 어떤 것도 그에게 말해주지 않는다. 즉, 본명과 그의 이름 두 음절의 앞뒤를 바꾸어 만든 필명(12장)밖에는 아무것도 없다. 그리고 여기에 그 결과가 있다.

반시의 세계를 부수려고 거울을 깼으나, 아뿔싸, 그건 이미 내게서도 시가 빠져나갔다는 걸 모르고 한 짓. 내 자신, 아무리 시집을 끓여먹어도 이미 반시의 육체로 메말랐다는 것을 모르고, 설사밖에 할 수 없다는 것을 모르고, 애꿎은 거울을 깼으니. 거울을 깰 때, 나도 깨졌거늘. (31장, p. 128)

그런 다음엔 자기 자신의 조각들과 거울의 조각들을 다시 쓸어 담아야 한다. 그러나 이 일은 고통 없이는 이루어질 수 없다. 아주 미세한 유리 파편들이 손가락 끝으로 찍기에는 너무나 빨리 달아나고, 생포하기도 어려운 개미들로 변모한다. 이처럼 산산조각을 내버리는 행위는 수음의 쾌락까지 포함한 모든 형태의 쾌락을 금지한다(40장). 그런 그에게 기분 전환거리로 남은 것이라곤 다시 한 번 더 자신과 자신 사이의 재회를 꿈꾸는 일뿐이다.

이렇듯 차라리, 내가 양성이었으면. 내가 나와 씹할 수 있었으면. 차라리 그러면, 모래 구덩이에 혼자 처박혀 내 밖의 모든 어둠을 지탱할 수 있을 텐데. 내 안 또한 어둠이겠지만, 혼자 엉겨붙어 살아남을 수 있을 텐데. (40장, p. 180)

지나치며 하는 말이지만 시가 무의식과 관련된 무엇을 갖고 있을 거라는 의혹이 고개를 들기 시작했다는 사실을 제외하면, 그리고 그러한 전망이 시인에게는 어떤 위안이 된다는 사실을 제외하면, 이것은 헛된 희망, 암울한 결산이다. 하지만 육체와 그 감각들을 끌어모을 수 없다면, 적어도 단어들은 혹시 한자리에 모을 수 있지 않을까?

무의식의 경험들

시와 관련해서든 삶의 쾌락들과 관련해서든, 하나로의 결합은 '삶 충동'이 겨냥하는 고유한 목표로서, 프로이트의 이론에서는 해리시키는 힘, 즉 타나토스와 대립하는 에로스로 표상된다. 단어들을 끌어모으는 힘을 가진 시의 한중심에는 아마 언어를 재통합시키려는 의도가 은밀하게 내재해 있을 것이다. 요컨대 다르게 소리를 내고 보다 깊은 공명을 울리도록 언어에 **성적인 힘을 부여**하려는 의도 말이다. 그런데 우리의 텍스트는 그런 찬란한 가정을 암시하는 것에 만족하지 않는다. 이 텍스트는 그것을 실천으로 옮긴다. 글쓰기를 통해 그것을 하나의 진실로, 적어도 형성 과정에 있는 어떤 진실로, 다시 말해 소설가가 충분히 시인이 되기만 하면 도래하게 될 어떤 진실로 구현해내고자 노력하고 있는 것이다.

그 사실을 확인할 첫번째 기회는 화자가 자신의 과거 어린 시절을 재구성하여 그것을 드러내 보이려고 시도하는 대목에 있다. 이 부분은 작자의 의식적인 계산의 결실로 보인다. 그렇다고 해서, 상상된 유사(類似) 추억들이 드러내는 특징적 가치가 훼손되는 것은 결코 아니다. 왜냐하면 의식적인 확신을 변장시키기 위해 우리가 지어내는 것이 현실에 대해 우리가 안다고 믿고 있는 것보다 더 많은 것을 이야기하며, 정신분석을 하기 위해 긴 의자에 누워서 하는 거짓말이 진심 어린 고백보다 종종 더 많은 것을 드러내주기 때문이다. 여기서 우리는 프로이트가 발견한 그 유명한 **신경증자들의 가족소설**을 뒤집으려는 욕망을 이 인성에게서 어렴풋이 감지하게 되는데, 마르트 로베르는 이 개념의 문학적 전개들을 잘 보여주었다.[15] 그런데 우리의 소설 속에서는, 실제의 부모를 환상 속에서 지어낸 훌륭하거나 혹은 불명예스러운 부모로 대체시키는 것이 아니라, 두 쌍의 부부를 나란히 병립시키는 것이 관건이며, 이 두 쌍 사이에 어떤 위계를 세우는 것은 불가능하다. 왜냐하면 이것이 무의식적 소망의 전형 그 자체임에도 불구하고 "치욕"(48장, p. 214)의 극치처럼 소개되고 있기 때문이다.

48장의 이 혼란스런 페이지 속에서 우리는 어떤 내용을 들을 수 있을까? 회상의 "물고기"가, 사춘기에 들어설 무렵 아버지도 어머니도 없이 떠돌이 생활을 했던 한 어린 고아를 뒤따라가면서 아득한 과거의 바다 깊은 곳까지 헤엄쳐 내려간다. 그 물고기는 묘사가 불가능한 어떤 상황을 발견한다.

고아원에서 화장지로 썼던 낡은 책에 뜯겨지지 않고 듬성듬성 남은 몇 쪽의 소설처럼, 또는 몇 장면만이 몽타주로 연결되는 흑백 영화처럼, 허구인지 사실인지 되는대로 얽어진 이야기는, 먼저, 정말 옛날 흑백 영화에서 매일 보던 모습과 똑같은 술주정뱅이 아버지, 어머니를 매일 패던 그런 아버지, 어떤 책을 가슴에 껴안고 너도 맞다 맞다 못해 그 밑을 떠나버린 아버지, 그렇지만 먼저 아버지보다는 더 많은 시간을 너와 같이 살았던 그 나중 아버지에서부터 거슬러 내려가,, (48장, p. 216)

"먼저" 부모와 "나중" 부모의 구분이 그리 변별력이 있어 보이지는

15) Marthe Robert, *Roman des origines et origine du roman*, Paris: Grasset, 1972(Gallimard, 1976); 마르트 로베르, 『기원의 소설, 소설의 기원』, 김치수·이윤옥 옮김, 문학과지성사, 1999.

않는다. 왜냐하면 문제의 핵심은 두 쌍의 부부 모두의 머리 위로 결함들을 쌓아올리는 데 있는 것처럼 보이기 때문이다. 단죄는 돌이킬 수 없다. 이로부터, 아버지 n°2는 아내와 아들을 때리는 주정뱅이고, 아버지 n°1은 언제나 책 보따리를 품에 안고 잠시 나타났다가 곧장 사라져버리며, 게다가 그는 어머니 n°2의 첫 남편이었고, 이 어머니는 "화장을 진하게 하는 술집 여자였으면서 매일 염불을 외우던"(p. 216), 한편으로는 순종하면서 다른 한편으로는 반항하는, 하지만 아이에게 그의 어머니 n°1의 연락처를 줄 수도 있는 어머니였다는 사실이 밝혀진다. 그리고 그는 어머니 n°1이 손에 식칼을 들고 경찰들에 의해 "지프"를 타고 끌려가는 광경을 목격했었고, "어느 산골의 철망 쳐진 나무 담장 안에서 두 발과 두 손에 쇠사슬 매고 밭을 매고"(p. 217) 있는 그녀의 모습 보게 된다…… 간단히 말해, 남자 쪽의 폭력이나 무관심이든, 여자 쪽의 연약함이나 광기이든, 드러나는 것은 전적으로 부정적인 광경뿐이다. 그리고 마지막으로는 의혹이 있다.

네 물고기는,, 그것도 확신할 수는 없으나 그 어머니가 너를 낳았다면, 갓 태어난 너를 부둥켜안고 내려다보았을 그 눈빛이 혹시 파랗게 빛나고 있었던 건 아니었는지 알고 싶어, 더 밑만을 응시하고 있었고,, 급기야, 완전히 거꾸로 세운 몸을 다시 수직으로 잠수시키기 시작했었다. (48장, p. 217)

꼭 졸라식 혹은 황순원식 세계의 일부분을 읽는 듯하지만, 실은 이 평범한 표현들에는 신빙성이 전혀 없다.[16] 이 인용문이 암암리에 드러내는 복수심은 무의식적 죄책감을 들려준다. 여기서 살의를 품는, 순수 상태의 유아적 증오가 강렬한 냄새를 풍기고 있는 것이다. 이것은 불만족과 질투심에서 배태된 것으로서, 증오의 정도를 매번 더 심화시킬 수 있도록 아주 끔찍한 부모의 이미지를 만들어낼 수 있다. 내친김에 이 장의 마지막 대목까지 읽어보자. 여기서 무의식의 영역을 부정하기가 쉽지 않다는 사실을 알게 될 것이다.

머지않아 네 물고기의 몸이 수압을 감당할 수 없는 깊이가 올 것이었는데, 그건 어찌하려던 광기였던가? 마치 에미의 자궁 속으로 영영 돌아가고 싶다는 듯, 그건 무슨 도저한 허무에의 열정이었던가? 도대체 누가 누군지 알고, 어느 에미의 자궁으로 들어가고 싶었던 것인데? (같은 곳)

이것은 명백히 원초적 모태 회귀 환상에 대한 암시이며, 여기에는 냉소가 들어 있다. 왜냐하면 어머니의 정체에 대한 의혹이 퇴행하고 싶은 욕망을 뒤엎으려고 절망적으로 안간힘을 쓰고 있기 때문이다. 바로 여기에 이 책의 제목이 말하는 욕망하지만 금지된 광기를 겨냥하는 또다른 방식이 있다. 게다가 이 환상이 낙원의 추구처럼 등장한다 하더라도, 그것의 실현은 욕망의 소멸을, 따라서 죽음을 가져올 것이라는 사실을 절대 잊어서도 안 된다.

이제, 이 이야기의 어떤 다른(두번째) 순간(19장)이 우리의 주의를 끌게 된다. 이번에야말로 우리는 작자가 자기 자신의 무의식의 적재를 스스로 의식하고 있다는 사실을 단번에 단언할 수 있다. 우리는 눈 덮

---

16) 아이의 소설 읽는 취향과 책에 대한 강조는 이러한 느낌을 강화시켜준다.

인 지리산 자락에 들어와 있는데, 이곳은 전설의 여인 춘향에게 바쳐진 화려한 묘역에서 그리 멀리 떨어져 있지 않다. 차의 진입이 금지된 탓에, 여행자는 자동차를 세워두고 걸어서 미끄러운 눈길을 걸어간다. 얼마 지나지 않아 그는 얼음판 위로 쏠려내려가 드러눕게 되고, 그 아래로는 한 줄기 가느다란 개울물이 흘러가고 있다. 경치가 검은색으로 변하고, 쾌락의 절정으로 데려가는 듯한 강렬함으로 기이한 감각들이 느껴지는 순간, 상황은 몽환적이 되며, 거의 광기를 띠기까지 한다고 하겠다. 이야기는 이 급작스런 "원초적 어둠"(19장, p. 78)이 혹시 "생 이전의 기억 속에만 존재하는" 그런 것은 아닐까 하고 물으면서 시작한다. 즉시, 이것은 우리를 무의식의 영토로 데려간다. 그리고 "아득한 어둠의 궁륭"(p. 79)의 발견이 뒤따르고, 그는 그 속으로 들어간다.

그의 몸을 이끌고 있을 것은, 갈수록 더욱 촘촘히 얽혀드는 무늬들 틈에서 갈수록 짙게 퍼져나와 잔물결을 일구는 어둠의 육감적인 섬모들.
어둠의 섬모들의 자극은 섬세하게 피부에 와 닿아, 마치 그를 애무하는 듯싶으리라. 눈을 감고 그대로 몸을 내맡기는 지긋한 시간이 흐른 뒤, 어느덧 거칠게 내뿜어지는 그의 숨결은 그래서 몹시 뜨거우리라. 그런데, 되들이켜는 숨결에 묻어 들어오는 어떤 비릿한 느낌, 그는 진득한 액성의 내음에 진저리치리라. 〔……〕
움찔꿈찔, 오랜 잠에서 깨어난 맑은 살을 조심스럽게 몸짓으로 바꾸고 있을 나무들. 그 몸짓을 키우는 힘을 더 빨리 모으려 할수록, 울끈불끈, 나무들의 살에는 핏줄이 서리라. 나무들은 〔……〕 살과 살을 뭉쳐 더 큰 생명으로 커지려는 듯, 울렁출렁, 서로

의 살을 열고 섞는 역동적인 군무를 숲 전체로 번져나가게 하리라. (19장, pp. 80~81)

이 경험은 "거듭나"(p. 81)는 새로운 탄생과 동일한 것이 될 것이다. 그런 다음, 숲은 "생명의 즙액들이 방울방울 맺히"는 단 하나의 몸이 되고, 그 속에서 그는 자기 자신의 몸이 검어지고 그 안에서 "검은 액체를 끓이"는 것을 느낄 것이다. 그리고 그는 그 액체를 핥고 싶은 욕망을 느낀다.

가장 은밀한 곳까지 살아 있는 살임을 확인시켜주는 혀의 촉감에 희열로 자지러지며, 그 촉감을 더 진하게 싸안으려고 한껏 살을 수축시킬 숲. 가득 조여오는 숲의 속살 속에 꽉 차들어가는 듯, 팽팽해진 그의 온몸 역시 지극히 낯선 쾌감에 경련을 일으키고야 말리라.
〔……〕 그러나 곧, 〔……〕 그는 검은 해면처럼 허물어지리라. (19장, pp. 81~82)

이 장면의 결말은 솔직하게 관능적인 표현 형태를 택하는 것으로 끝이 난다. 그리고 그가 길을 되찾았을 때 어떤 마술적인 목소리가

상징의 말 한마디를 중얼거릴 것이다. 여기는 입구가 아니라 출구라고, 죽은 자에게는 입구이나 산 자에게는 다름 아닌 처음의 출구일 뿐이라고. 주술 같은 중얼거림. 죽음처럼 두렵고 태어남처럼 황홀할, 느낌으로 두렵고 깨달음으로 황홀할, 두려워 마지막으로 황홀할. (19장, pp. 83~84)

이 네 페이지가량의 텍스트는 앞서 감각들을 격앙시키려는 고심에서 이미 보았던 것처럼 삶(빛의 흰색)과 죽음(숲의 검은색)의 상호 침투에 관한 철학적이면서 동시에 미학적인 명상에 몸을 부여하려고 애쓰고 있다. 그러한 명상은 "입구"와 "출구"가, 다시 말해 죽음과 탄생이 한 지점에서 만나는 순간 절정에 이르게 되는데, 이때 식물적인 것과 동물적인 것 사이의 무차별성의 징후 아래 형태들, 색깔들, 움직임들의 물결들이 한데 어울려 일렁거리고 뒤섞이는 광경은 일제히 쏟아지는 엄청난 양의 대조적인 이미지들로 연출되며 독자를 완전히 사로잡아버린다. 여기서 글쓰기는 지성의 정점과 감수성의 정점이 한 곳에서 만나는 "황홀"경을 시인과 함께 누리도록 독자를 이끈다.

이렇게 환기된 깊은 성적 차원을 그 순간에 바로 알아차릴 수는 없더라도, 소설의 뒤편(43장)에서 그가 어느 날 저녁 옆에 누워 있는 여행 동반자에게 이 일화를 이야기해주는 장면에 이를 때, 우리는 그것을 더욱 선명하게 느끼게 된다. 반쯤 꿈속에 잠긴 상태에 빠진 채, 이들은 서로에게 "빛구멍"(43장, p. 192)의 형태로 나타난다.

엊그제 나 혼자 산속으로 들어갔을 때도 검은 숲 끝에서 이런 빛구멍과 마주쳤었지. 그런데 난 무서워 도망쳤었어. 그때 그건 뭐였을까? 아직 오지 않은 어떤 나였거나 당신 자신이었거나 그저 자연이었거나, 그녀가 대답하리라.

〔……〕이미 무중력으로 떠 있어 기체와도 같을, 의식도 감각도 따로 없이 온 존재가 기체와도 같을, 그들은, 기체와 기체를 섞듯 서로 속에 들어, 공기의 물결을 타는 빛 무늬가 되리라. 잠시 아연할 것은, 조금 전 망망 어둠 속에는 불현듯 흰빛 구멍으로 열린 그들이 서로의 빛 구멍

속에 들어서는 검은빛 무늬로 번지리라라는 점. (43장, pp. 192~93)

물론 여기서는 상대방의 심오한 리얼리티를 서로 공유할 것을 열망하는 한 여자와 한 남자에 의해 묘사된 두 영혼의 근접성이 관건일 것이다. 그러나 46장에서 그다음 날 아침, 잠에서 깨어나면서 그들은 "지난밤 그 무중력의 향연을 그 아침 중력의 향연으로 바꾸어놓겠다는 열망"을 느끼게 된다. 그리고 그들은 사랑을 통한 놀라운 합일의 순간들을 경험하게 될 것이다. 이 모든 것에서, 우리는 소설가가 독자들의 무의식들을 해석하는 데 있어서 매우 명민했으며, 우리에게 들려주고 싶은 것을 그러한 직관에 기대어 사전에 완벽하게 계산했다고 추론할 수 있다. 지리산의 눈밭에서 겪은 황홀경은, 비록 눈에는 띄지 않았을지라도, 실제로는 성적 차원을 지니고 있었던 것이다.

마지막으로, 『미쳐버리고 싶은, 미쳐지지 않는』에는 무의식이 발현되는 세번째 경로가 우리의 탐구를 기다리고 있다. 전화기이다. 이야기가 진행되는 내내, 전화기는 울릴 것에 대한 기다림, 기대 혹은 두려움을 표현하는 자리로 기능하며, 미친 여자나 사랑하는 여인과의 잠재적인 끈을 형성하고, 여행을 동반하게 될 여자를 호출함으로써 세상과의 실제적인 끈을 되찾게도 해준다. 특히 47장과 52장에서 이 장치는 치밀한 계획 속에서 대상으로 다뤄지고 있는데, 거기서 펼쳐지는 한 의미심장한 장면을 보며, 우리는 한 실존 전체를 지배할 수 있는, 강력한 환기력을 지닌 이 전화선이 무의식과 관련된 무엇을 갖고 있을 것이라고 생각하게 된다. 아주 명확하게 말하자. 주체를 여성적 이미지들과 관계 맺어주는 이 줄이 우리의 무의식에게는 우리를 원천에서부터 어머니와 연결시키는 탯줄을 표상하는 것은 아닐까? 앞에서 우리는 원초적 모태 회귀 환상을 떠올린 적이 있다. 지금 이 줄은 우선 보기에 이미 지나간 순간, 즉 어머니 몸과의 분리의 순간을 환기시키고 있다. 설사 육체적 측면에서 잘림이 예리하게 날이 선 도구로 순식간에 이뤄졌다 하더라도, 생각하고 말하는 주체에게 그 분리는 근본적으로 불가능한 것으로 남아 있다는 사실을 우리는 알고 있다. 그것은 언제나 중도 실패한 상태에 있고, 우리의 실존 위로 짓누르는 그것의 무게를 조금이나마 덜어내기 위해 우리는 평생을 한없는 고통으로 노력한다.

좀더 가까이 다가가 읽으면서 장면에 귀 기울여보자. 우리는 이것을 기억하고 있다. 즉, 나는 자신의 유년기의 거짓 추억들 속으로 빠져들기에(48장) 앞서 시간과 기다림에 대해 긴 사색을 했고(42장), 너는 해와 달처럼 분리되고 결합된 사이임을 암시하면서 사랑하는 여인과 가졌던 첫 경험의 행복을 이야기했으며(44장), 그는 잊지 못할 하룻밤의 사랑을 끝내고 그 여행 동반자와 모험을 떠날 것을 거의 결심했다(46장). 여기서 해피엔드의 가능성이 비치는데, 만약 그런 결말이라면 놀라울 뿐만 아니라 무엇보다 우리에게 실망이 클 것이다. 별안간 나는 깊어가는 밤을 적실 술을 사러 가기 위해 옷 입을 생각을 한다. 그러나 그것은 그가 전화에서 멀어짐을 의미한다…… 그는 이 저주스럽고도 축복받은 전화기의 줄을 따라가기 시작한다. 그리고 방 안에서 출발하여 창을 통해 건물 외벽에 설치된 비상계단을 위태롭게 타고 오르며 여관 꼭대기까지 위태롭게 올라간다. 옥상에 오른 그는 꿈꾸듯, 별들을 향해 공중으로 사라져버린 전화선을 뒤쫓는다. 그러고는 세계와 사물들에 대한 자신의 시각을 뒤집기 위해 물구나무를 선다.

그 줄이 그를 무한 세계에 연결해주는 것을 더 잘 보기 위해, 아니 어쩌면 정반대로 그것을 보지 않기 위해 그가 이 기이한 자세를 취한다고 우리는 상상할 수 있다. 여기서 무의식은 탯줄을 말하고 있는 게 아닐까? 과연, 그는 두 발을 공중에 올리며, 우연히 가져온 잭나이프를[17] 바지 주머니에서 떨어뜨린다.

주머니에서 무엇인가가 스르르 미끄러져 내려온다 싶더니, 바닥에 떨어져 부딪는 금속성의 소리가 울린다. 아마 잭나이프일 것이다. 거꾸로 선 눈길로 그걸 찾는다. 얄쌍한 검붉은 물체가 희미하게 짐작되는데, 접혀 있을 게 분명하건만, 그 끝에 칼날이 번득이는 것만 같다. (52장, p. 227)

피와 죽음의 색깔을 한, 더구나 바로 사용할 준비가 되어 있는 이 칼은 단 한 번에 (탯)줄을 자르는[18] 데 사용될 수 있을 것이라는 생각을 우리에게 불러일으킨다. 그게 아니라면 무슨 이유로 그것이 거기에 등장했겠는가. 물론 우리는 그 다음에 어떤 일이 닥칠지 아무것도 알지 못한다. 우리의 무의식은 자기 마음대로 환상할 수 있고 모든 가능성은 열려 있다. 어쨌든 적어도 반은 열려 있다. 이 소설 속의 칼처럼.
그러나 알다시피, 이 소설에서 세번째 요소는 늘 네번째 요소를 나타나게 할 의무를 띠고 있다. 그것은 연상을 통해 나타날 것이다. 여기

---

17) 양질의 외제 잭나이프가 7장에서 소개되었고 12장과 13장에서 다시 떠올려졌다가, 이야기의 결말 부분의 초입에 다시 나타났다. "뭔가 잊은 것 같아, 괜히 두리번거리는 나. 문득, 방바닥에 무용하게 눕혀져 있는 잭나이프에 눈길이 닿는다. 그걸 주워들어. 칼날을 접어 넣은 뒤에. 어쩔까 망설이다가. 그냥 바지 주머니에 쑤셔넣는데. 또 문득, 이상한 느낌이 전화기를 다시 노려보게 한다"(47장, p. 209. 필자 강조).
18) 이것은 프랑스 일상어의 한 친숙한 표현으로, '자율적이 되기 즉 어른이 되기'를 의미하며, '어머니의 치마폭에서 나오는' 데 어려움을 겪는 젊은이들에게 사용된다.

서 나는 몇몇 세부 사항들만을 지적하는 것으로 만족하려 한다. 여러분 각자가 자신의 환상 경로를 구성하고, 얼마나 그것이 이 글의 도입부에 던져진 가정을 강화시키는지 판단할 수 있을 것이다. 이 소설에는 또 하나의 줄, 즉 연에 연결되어 그것을 조정하는 고유한 의미에서의 줄이 있다. 연놀이는 어린 시절 너가 즐겨하던 놀이이다. 꿈 조각으로 취급될 만한 추억들이 거울 속에서 일종의 환각적인 광경으로 되살아나는 것이 이야기를 하는 자에게 문제되고 있다는 사실을 제외하면, 여기서 이 장난감은 어떤 예외적인 것도 갖고 있지 않다.

 방 한쪽 천장 모퉁이에 쳐진 거미줄에 뭔가 걸려 있는 것이 보여 거울을 자세히 들여다보니, 점점 커지는 그것은 태극 무늬와 팔자 수염 그림이 부적같이 그려진, 네 꿈에 자주 나오는 그 옛날의 커다란 연이었는데,, 그것이 연임을 알아보는 순간, 〔……〕 파란 바닷가에 알몸으로 서 있는 술집 여자가, 〔……〕 강한 생리 내음을 막으려는 듯, 계면쩍은 표정과 함께, 끊어뜨린 연줄로 온몸을 친친 감고 있었으니,, 간혹 수음의 대상이 되었던 창문 옆 달력 속의 여자가 틀림없이 아닌 그녀와 살과 피의 범벅이 되고 싶은 강한 충동을 못 이기고, (27장, p. 113)

이 여인 속에서 우리는 여행 동반자가 된 그 여인을 알아볼 것이다. 그녀는 그녀의 친구인 우리의 주인공보다 심리적으로 더 다행한 운을 부여받아서[19] 탯줄을 끊을 수 있었다고 생각하게 한다. 어머니와의 단

---

19) 그녀는 이 소설의 뒷부분에서 답답한 가족의 굴레에서 벗어나기 위해 꽤 어려운 여건 속에서도 공부를 마치기까지 한동안 미국에 남아 있어야 했다고 말할 것이다(41장).

절을 의미할 이 "끊어뜨린 연줄"의 무의식적 가치는 "생리 내음"이라는 의외의 언급으로 암시되고 있는데, 이것은 부조리하기까지 하다. 왜냐하면 "창문 옆"에 있는 누군가와 관련했을 때 역한 피 냄새를 걱정할 게 아니라 피가 흘러내리는 것을 염려해야 할 것이기 때문이다.

마무리

이렇게 복잡하게 얽힌 지적들과 어렴풋이나마 시도해본 분석들에서 우리는 어떤 결론을 끌어낼 수 있을까? 우선, 나는 무엇보다 현 시대에 우리가 상상할 수 있는 그대로의 인간 주체의 입지를 심화시키기 위해 이인성이 기울인 노력에 감명받았다. 이 주체는 근본적으로 갈라져 있고, 찢어지기까지 했으며, 미래는 물론이고 현재만큼이나 과거부터 이미 불확실하다. 이것은 프루스트, 조이스, 카프카 혹은 보르헤스가 했던 시도들의 연장선상에 있는 통찰이다. 그러나 그 강렬함은 다른 방법으로 표시되었고 어조는 매우 새롭다.

끝으로 요약하면, 무의식을 참작하는 주체성의 탐구, 내면 성찰의 사변성을 희생시킨 말의 시적 치료적 깊이의 찬양, 글쓰기를 통한 리얼리티의 포착, 회복할 수 없는 상실의 강력한 체현 가능성과 그것에 대한 예리한, 프로이트적 감각을 결합시킨 글쓰기, 그 모든 것이 전적으로 한국적인 이 책을 우리의 지구적 현대성의 아방가르드에 위치시키는 데 공헌하고 있다. 그러나 그것이 다가 아니다. 한국어 제목 '미쳐버리고 싶은, 미쳐지지 않는'에 담긴 문자 그대로의 뜻과 그 속에 담긴 정신은 무언가를 암시해주고 있다. 여기서 말하고자 하는 것은 바로 어조이다. 내가 방금 언급한 네 명의 서구 작가들은 2차적 의미, 거리 두기, 신랄하거나 부드러운 아이러니를 소중하게 여기는 경향을 공통적으로 갖고 있다. 『미쳐버리고 싶은, 미쳐지지 않는』의 독창성 또한 개인의 독특한 글쓰기에 결부되어 있다. 여기서 유머는, 이것이 주된 특징이 아닌 문학적 맥락 속에서—왜냐하면 내가 보기에 즉각성, 급진성, 격렬함이야말로 한국문학의 특수성, 어쩌면 한국문화 자체의 특수성을 이루는 특징들이기 때문이다—, 너무도 정제되고 미묘한 나머지 놀라울 정도로 조심스럽게 행해진다.

이 책은 내가 앞서 번역한 『낯선 시간 속으로』에 비해 더욱더, 나와 동일한 세대의 작가인 최인훈(1936년생)의 『광장』과 같은 소설에 비범한 가치를 부여하던 것들을 부각시키고, 완성하고, 더 나아가 초월한다. 그 대담성은, 역사와 심리학으로 축소된 한 소설 세계의 자율성에 대한 교조적 태도를 비롯한 모든 기존의 교조주의를 부수는 것으로 만족하지 않는다. 그의 글쓰기는 정신분석만큼이나 철학을(기억과 죽음과 사랑과 광기를 모든 각도에서 조망하면서), 그리고 정치[20]만큼이나 시학을 허구의 무대 위에 올려놓는다. 무엇보다, 우리의 감각과 감각적 인상들에 대해 떨리고, 전율하고 공격적이기까지 한 이 문체가 있다. 그것은 감각적 감응들과 관능성과 예민한 감수성으로 충만해 있다. 그것이 우리의 영혼을 움켜쥐고는 바짝 죄면서 때로는 어루만지고, 때로는 할퀸다. 언제나 입가에 약간의 미소를 머금은 채⋯⋯

---

20) 1980년대 서울의 학생운동에 바쳐진 장들에 대해서는 전혀 언급하지 않았는데, 그 이유는 너무도 많은 것들이 나의 이해 범위를 벗어나기 때문이다. 하지만 68년 5월이 내 경험에 비추어 나는 분신자살이 이야기되는 33장과 39장을 관통하는 감정적 굴곡에 공감할 수 있었다.

무의식의 지형도

— 정영문의 『검은 이야기 사슬』[1]

"그것은 아무런 의미가 없는 말이야. 하지만 당신이 그것에 의미를 부여할 수 있게 된다면, 그것이 바로 그것의 의미가 될 거야."
— 「나의 여름」, p. 196.

정영문이 이 책에 모아놓은 단편들의 공통점은 그것들이 언제나 죽음과의 어떤 관계를 내포한다는 것과, 마치 무슨 농담거리나 되듯 언제나 경쾌한 어조로 그것에 대해 말한다는 것이다.[2] 죽음의 이미지와

---

1) 이 작품의 프랑스어 번역본은 출판사의 조언에 따라 프랑스어권 독자들에게 좀더 매력적일 것이라고 판단된 제목으로 다음과 같이 출간되었다. Young-Moon Jung, *Pour ne pas rater ma dernière seconde. Récits d'outre-noir*(『나의 마지막 순간을 놓치지 않기 위해—암흑 저편의 이야기들』), traduit du coréen par Ae-Young Choe & Jean Bellemin-Noël, Montréal : éditions XYZ, 2007. 이 번역은 영광스럽게도 2009년도 한국문학번역원 번역상을 수상했다. (이 글의 인용문은 『검은 이야기 사슬』, 문학과지성사, 1998을 참조했다[옮긴이].)

2) 이 책의 발행에 즈음하여 캐나다의 평론가들 또한, 나 자신이 이 책의 서문, 「Histoires ultranoires(혹외선의 이야기들)」에서 언급했던 바와 마찬가지로, 음산하지 않은 글쓰기에 의해 다뤄지는 주제들의 암울함에 대해 입을 모아 강조했다. 이를테면 Dominique La Haye의 「Qui sommes-nous? Où allons-nous?(우리는 누구인가? 어디로 가는가?)」(in *Le Droit*, le 3 février 2007, Ottawa), Eric Paquin의 「Pensées noires(검은색의 생각들)」(in *Voir Montréal*, le 8 février, 2007, Montréal), Savin Desmeules의 「La mort en vedette(주인공이 된 죽음)」(in *L'Acadie nouvelle*, le 17 février 2007, Nouveau-Brunswick), Suzanne Giguère의 「Navigation sans fin(끝없는 항해)」(in *Le Devoir*, le 3~4 mars 2007, Montréal)

유희를 벌이는 것은 때때로 압박해오는 죽음의 위협을 멀리 떼놓을 뿐만 아니라, 그러한 생물학적 숙명을 양순하게 길들이고 예속시키는 최고의 한 수단이라 하겠다. 이와 관련하여 프로이트가 관찰한 한 어린아이가 생각나는데, 이 아이는 같은 몸짓을 무한정 반복하며 놀았다. 실 끝에 매달린 실패를 자신의 요람 바깥으로 던지며 "오!" 하고는, 그것을 다시 잡아끌며 "아!" 하고 외치는 것이었다. 정신분석가는 거기에 어머니의 재현이 있다고 가정했다. 이 젖먹이의 일상생활 속에서 어머니는 통제할 수 없는 방법으로 떠나갔다가는 ─ 불행이다! ─ 다시 나타나곤 ─ 행복이다! ─ 했는데, 어머니가 때로는 여기에 때로는 다른 곳에 있다는 생각과 함께 놀이를 하는 행위는 고통스러운 사건을 아마 정신적으로 제어할 수 있게 해줄 것이다.

여기서 내가 프로이트라는 이름을 떠올렸다면, 그것은 여기서 읽을 이야기들 속에서 무의식이 강력한 우위를 차지하고 있다는 사실을 즉시 암시하고 싶었기 때문이다. 분명, 모든 허구의 이야기 속에는 작자에게서 유래하고 독자들에게서 반향을 일으키는 무의식적 효과들이 거의 예외 없이 적재되어 있다. 원칙적으로 작자와 독자는 그것에 대해 아는 것이 없다. 그러나 그들이 알지 못하는 그 효과들은 그들이 쓰고 읽으면서 경험하는 즐거움 속에서 아마 커다란 역할을 하며 그들의 상상력과 감수성에 작용한다. 그러한 이유로 그들은 어느 순간 한편에서는 자신의 집필을 마무리했다는 사실을, 그리고 다른 한편에서는 작가가 재능을 갖고 있다는 사실을 높이 평가하는 것이다.

그러나 나는 이 책에 담긴 허구들이 다른 많은 책들보다 더 무의식으

과 같은 글들이 대표적이다.

로——흔히 전기(電氣)에 대해 그렇게 말하는 것처럼——충전되었다는 느낌을 받는다. 무엇 때문에 작자를 누르는 압력이 그토록 강력했는지는 묻지 말자. 그것은 그 자신의 비밀이며 그렇게 남아 있어야 한다.[3] 그리고 그러한 무의식의 적재가 그의 의도적인 강조였는지 혹은 그의 예술가 기질의 자연스러운 표현이었는지에 대해서도 묻지 말자. 그 미스터리 또한 그의 것이다. 우리가 할 일은 사실을 관찰하고, 읽으면서 느끼는 것들을 즐기는 것이다. 그러나 왜 그것이 칸트가 **아름다움**을 정의할 때 말했던 것처럼 '이유 없이' 마음에 드는지, 그 이유를 이해하기 위해 현상 자체를 더욱 가까이 다가가 검토하고 싶은 욕구를 우리가 가질 수는 있다.

어쩌면 이 책의 한국어 제목은 그것에 대해 어떤 생각을 은밀하게 말해주고 있지 않을까? 이 단편들 가운데 몇몇을 번역한 다음, 최애영과 나는 프랑스어 제목으로 원제목에 가까운 '암흑 저편의 이야기들Récits d'outre-noir'로 정하는 데 공감했다. 결국 상업적으로 눈길을 더 끌기 위한 출판사의 의도 때문에 부제가 되어버렸지만, 우리가 이런저런 고려 끝에 만들어낸 이 '암흑 저편'이라는 표현은 『무덤 저편의 회상Mémoires d'outre-tombe』이라는 매우 유명한 작품을 환기시키려는 의도를 반영한 것이었다. 소설가이자 수필가이며 정치인이기도 했던 샤토브리앙은 독자들 앞에서 말하기가 거북한 것까지 모두 생전에 말하려면 더 자유로

---

3) 대개 그렇듯이, 이 책에는 개인적 차원의 어떤 무의식적 형성물도 선명하게 나타나지 않는다. 우리가 중요성을 부여하며 짚어보는 모든 것은, 정도의 차이는 있지만, 프로이트가 원초적이라 부른 네 개의 보편적인 환상들에 속한다. 즉, 어머니 자궁 속으로의 회귀 욕망, 젖먹이 시절 어머니의 보살핌 속에서 경험한 때 이른 유혹, 거세 공포, 부모의 정사 장면, 즉 이른바 '근원 장면'을 구경하고 참여하는 환상이 그것들인데, 이 네 가지 환상들은 모두 모든 인간 존재의 탄생과 최초의 애착들, 최초의 시련들, 최초의 불안들의 재현이다.

울 필요가 있다고 생각했고, 그러기 위해 마치 자신이 죽은 다음에 쓰는 것처럼 자신의 삶을 이야기하기를 원했다. 정영문이 마찬가지의 자유를 이용함으로써 떠올리는 깊은 암흑은, 그 이유를 엿보지도 못하고 근원을 이해하지도 못하는 우리의 어떤 행위들이 우리의 의지와는 상관없이 슬그머니 새어나오는 원천인 그 미지의 세계를 가리키고 있다. 이렇듯 우리는 더 이상 낭만적 샤토브리앙의 자전적 세계가 아닌, 카뮈, 카프카, 베케트의 현대적 세계에 아주 가까이 다가가 있다.

문제의 '암흑 저편'은 미지의 세계 너머에 위치될 수 있을 어떤 것이다. 만약 미지의 세계가 우리가 알지 못하는 것이거나, 어쨌든 우리가 알지 못한다고 믿고 있는 것이라면, 미지의 세계 저 너머는 우리가 그것을 알고 있다는 사실조차 알지 못하는 세계이다. 그런데 '우리가 그것을 알고 있다는 사실조차 알지 못하는 것,' 바로 그것이야말로 무의식의 특성을 규정하기 위한 꽤 괜찮은 표현이라 할 것이다. 그리고 이 문제의 이야기들 속에서 무의식은 여러 방법으로, 여러 양상으로, 강력하게 스스로를 드러낸다.

무의식이 가장 가시적으로 출현하는 이야기는 우리를 정신분석 이론의 토대로 안내해준다는 점에서 본보기가 되는 좋은 예이다. 「악몽」이라는 제목의 이야기는 소포클레스의 비극 『오이디푸스 왕』을 소설적 형태로 다시 썼다는 점에서 매우 인상적이다. 여기서 불한당들이 어떤 집에 나타나서 그 가족의 아들에게 죽이겠다고 협박하며 그의 아버지를 죽이고 그들이 바라보는 가운데 어머니와 육체적인 사랑을 나누도록 강요한다. 그리스 신화의 라이오스는 신중한 왕이었고, 신탁의 위협을 비껴갈 수 있으리라는 헛된 희망 속에서 자신의 첫아들을 산속에 내버릴 수밖에 없었다.[4] 반면, 이 이야기 속에서 아버지는 우선 상황을 제어하려 하지만 벌어지는 일에 너무도 당황하고 겁에 질려, 악당들이 세 사람을 모두 지하실로 내려가게 했을 때 계단에서 발을 헛디디며 넘어지고 만다. 그는 자신의 훌륭한 포도주에나 신경 쓰는 겁 많은 늙은이가 되어, 비열한 공포의 희생자로 전락한다. 아들이 어떻게 반응하는지 보자.

나는 악당의 강압적이지 않은 지시에 복종하는 나를 이해할 수 없었다. 아버지는 믿을 수 없다는 듯 나와 총구를 번갈아가며 쳐다보았다. 〔……〕 나는 아버지에 대한 나의 관념을 훼손하는 그의 그 모습은 별로 보기 좋은 것이 아니라는 생각을 했다. 나를 바라보는 그의 얼굴의 난처함은 내가 견디고 싶지 않은 것이었고, 그래서 나는 약간의 망설임 끝에, 한쪽 눈을 감고, 그를 나 **자신으로 상상하며**, 그의 머리를 겨냥해 방아쇠를 당겼다. (p. 139. 필자 강조)

가짜 영웅의 죄책감을 지나치게 선명하게 드러내지 않기 위해 살해를 자살과 닮은 모습으로 그렸다. 그러나 여기서 아버지가 보여주는 명예스럽지 못한 행동은 그리스 비극에서 예언자의 말씀의 자리를 대신한다. 마찬가지로 어머니는 자기 자신의 아들과 결혼했다는 사실을 몰랐던 이오카스트와는 달리, 임박한 강간에 대해 곧바로 말로써 강력

---

4) 신탁의 신이 말하기를, 그렇지 않으면 왕은 아들에 의해 끝내 죽임을 당하게 될 것이라 했다 〔……〕 죽음을 선고받은 아이는 한 목동에 의해 구조되었고, 막대 끝에 매달아 운반하기 위해 그를 묶었던 탓에 발목이 부어올라, 사람들은 그 낯선 갓난아이를 '부어오른 발(그리스어로 oidi-pous)'라 불렀다.

히 항의한다.

어머니는, 제발 이래서는 안 돼, 하고 호소를 했지만 완강하게 저항하
거나 하지는 않았다. 〔……〕 나는, 어머니, 이것은 우리에게 일어날 수
있는 최악의 일은 아닌 것 같군요, 라고 속삭이며, 그녀의 몸 속으로 들
어갔다. 늪 속에 빠져드는 듯한 아늑한 느낌과 함께, 나는 내가 사라지고
있는 것처럼 여겨졌다. (p. 141. 필자 강조)

그러나 어머니는 아들에게 일종의 동의를 보낸다. 그리고 아들의 자
기 응징이 다시 자살의 색채를 띤다. 그럼에도 불구하고 작자가 고대
의 신화와 유희를 벌이고 있다는 확신을 가장 선명하고 가장 섬세하게
심어주는 것은 악당들의 두목이 내뱉은, 겉보기에는 무의미한 한 표현
이다. 아버지를 겨냥한 거침없는 권총 한 방을 날린 살인자 아들에 찬
사를 보낸 다음, 그는 다시 말을 잇는다.

이것으로 끝이라면 얼마나 좋을까, 하고 예의 그 악당이 빈정거렸다.
하지만 또 한 가지, 끝내야 할 일이 남아 있다는 것을, 우리 모두는 알고
있지, 하고 그가 말했다. 나는 네가 너의 어머니와 사랑을 나누기를 바
래, 하고 그가 내게 말했다. (p. 140. 필자 강조)

달리 말해, 사람들이 자신의 아버지를 죽였을 때 벌어질 그다음의
일이 무엇인지는 그리스인들 이래로 이미 잘 알려져왔다. 어쨌든 그것
은 프로이트에 의해 부각되었는데, 우리는 자신의 어머니와 함께 사랑
을 나누고 싶은 욕망을 가질 수 있고, 앞서 벌어졌던 살해 장면에 대한

차후의 설명으로 보이는 그 욕망은 충족되어야 한다는 것이다.

　나는 정영문이 이 이야기를 쓰는 과정에서, 소포클레스의 비극과 정신분석에 의해 활용된 신화의 골격을 의도적으로 단편소설로 변모시켰는지 혹은 그가 그것에 대해 아무것도 모르고 있었는지에 관한 지식은 별로 중요하지 않다고 넌지시 밝혔었다. 내 생각에, 우리는 '악몽'이라는 단어를 문자 그대로 받아들여야 하며, 이 속에서 하나의 꿈 이야기를 읽어야 한다. 이것은 오이디푸스적 장면의 다양한 버전들 사이에 있는 또 하나의 꿈 버전이다.[5] 왜냐하면 우리가 이 이야기에서 매력을 느끼거나 혹은 반대로 그것을 견디기 힘들다고 느낀다면, 정확히 그것은 우리가 우리 각자의 내면 깊숙한 곳에 있으면서 우리의 '암흑 저편'을 사는 비밀스러운 한 욕망의 비의지적인 표현을 그 속에서 예감하기 때문이다. 그러나 그것이 매혹적으로 느껴지든 불쾌하게 느껴지든 실은 다 같은 것이다. 그것은 오로지 단순한 유머 감각의 문제이거나, 가족이나 어떤 사회 환경 속에서 혹은 지적 문화를 통해 우리에게 교육된 도덕 감각과의 단순한 거리 두기의 문제일 뿐이다. 결국 어린아이의 욕망은 철들면서 획득된 모든 의무들보다 더 강력하다.

　그 밖에도, 문학 텍스트 속에서 무의식의 웅얼거리는 목소리를 감지하는 데 익숙해진 독자의 주의를 사로잡는 다른 흔적들이 많이 있다.

---

5) 이미 한 세기 반 전에, 디드로는 그 유명한 탐험가 부갱빌 선장이 만났던 남태평양 원주민들의 '자연적인' 풍습에 대해 말하며 오이디푸스적 꿈들이 존재한다는 사실을 언급한 적이 있다. 이 종류의 꿈들은 모든 사람들이 꾸는 것이고 프로이트는 그것들을 전형적인 꿈이라고 불렀다. 같은 방법으로 프로이트는, 앞의 각주에서도 언급했듯이, 우리의 탄생과 최초 몇 년간의 삶에 결부된 네 개의 시나리오들을 원초적 환상들이라 불렀다(자궁 속으로의 회귀에 대한 욕망/공포, 어머니가 사타구니 사이를 씻어주는 것의 쾌감/불안, 쾌락의 기관을 잃어버릴지 모른다는 두려움, 부모가 우리를 수태했던 장면을 관찰하고자 하는 욕구).

작가가 각각의 이야기들 속에서 습관적으로 조금씩 **환상적**fantastique 요소에 기댐으로써, 독자의 작업이 수월해졌다. 대부분의 경우 이야기들은 사실적으로 전개된다. 어쨌든 최소한 처음에는 그렇다. 아마 다들 알고 있겠지만, 그러다 어느 순간, 환상적 색채가 스며들면서 어떤 설명도 불가능한 예기치 않던 단절이 일상 세계의 그림 속에 개입된다. 그러한 단절은 비록 그 여파들이 극적으로 변하더라도 첫눈에는 대개 미미한 중요성만을 띨 뿐이다. 정영문의 환상성의 특징은 앵글로-색슨의 환상문학 모델들(대가들인 E. T. A. 호프만, E. A. 포, H. P. 로브크라프트를 대표로 꼽겠다)과는 반대되는 양상을 보여준다. 이들에게서는 불균형이 급작스럽게 나타나면서 곧장 공포를 일으키거나 불안감을 조성한다. 반면 우리의 화자는 사물들의 질서가 표류해가고 있다는 사실에 전혀 놀라지 않는 것처럼 가장한다.[6] 이것은 그의 유머 양상들 가운데 하나이다.[7] 이러한 이유로 우리는 테마들이 음울한 천착 없이도 음산하다는 말을 할 수 있는 것이다.

몇 개의 예를 들어보자. 「안락사」라는 제목의 짧은 콩트는 겉보기와는 달리 모태 회귀의 욕망이라는 보편적인 환상을 우리의 무의식 속에 작동하게 한다. 과연, 안락사라는 재미있는 생각은 한 야생동물이 주

---

6) 이 점에서 정영문과 카프카의 이야기들 사이의 친연성이 선명하게 나타난다. 이것은 「달팽이」에서 두드러지는데, 유명한 『변신』이 시작하는 지점에서 이 이야기는 끝을 맺는다. 그리고 「처형」은 『소송』을 떠올리게 한다. 게다가 「카프카와의 대화」라는 제목의 단편이 있으니, 그는 이 작가를 참조함이 지닌 중요성을 감추지 않는다.

7) 다른 양상은 희극적으로 주어진, 성적 동기를 바탕으로 하는 상황들 앞에서 짓는 공모의 미소이다. 예를 들어 어린 초등학생들이 상냥한 여선생님의 가슴을 어루만지기 위해 그녀의 품으로 달려들 때(「불량한 아이들」), 혹은 감옥에서 막 출소한 늙고 병든 한 남자가 자신의 소망대로 길 한복판에서 트럭에 치어 죽는 순간 최후의 발기를 경험하는 장면(「미소」 — 아마도 이 미소는 삶의 마지막 순간에 그의 육체가 그에게 보내는 것일 게다)이 있다.

문에 따라 주인공을 집어삼키는 형태로 재현되는데, 여기에는 선험적으로 반드시 그래야만 할 아무런 강제적 이유가 없는 세 개의 특징적요소가 등장한다. 먼저, 집어삼키는 행위를 맡은 동물은 성이 명시되지 않은 그저 단순한 맹수가 아니라 암컷 사자이다. 다음, 죽어가는 인물은 매우 굶주린 표정으로 등장한 동물이 자신을 편하게 삼킬 수 있도록 친절하게 몸을 움직여준다. 마지막으로, 발부터 먹혀들어갔다가 다시 토해지기 직전의 마지막 순간, 그는 어머니의 배 속에서 빠져나오는 신생아처럼, 머리만 보이게 된다. 우리의 무의식이 이 세부 사항들을 모두 합쳐서, 우리 자신이 어머니의 배 속에서 지냈던 그 시절을 떠올리는 이미지를 하나 만들어내는 데는 긴 시간이 걸리지 않는다.

「블랙 홀」에서는, 유사한 결과—같은 모태 회귀 환상의 참조를 말한다—가 이미지와 철학적 색채를 띤 성찰을 통해 차례로 제공된다. 읽는 것만으로도 충분할 것이다. 희생자인 주인공은 그가 타고 있는 엘리베이터가 고층 건물의 꼭대기 층을 넘어 로켓처럼 우주 공간으로 날아가는 것을 보았다.

나는 나의 두 팔로 껴안은 나의 무릎 사이에 머리를 박고 있었는데, 나의 그 모습은 우주의 모습과도 닮아 있는 듯 여겼다.(나의 자세는 태아의 자세이며 세계가 탄생하고 있다) 어느새 나는 소용돌이 성운을 지나쳐, 무한한 넓이의 무의 공간을 날아갔으며, 우주가 무에서 낙태된 어떤 것이라는 것을 자연스럽게 깨달았다. (p. 54. 괄호 안은 필자의 것)

낙태를 말하기 위해서는 임신하기에 앞서 어떤 수태의 과정이 선행되었었다는 사실이 전제되어야 한다. 그리고 화자는 "마침내 나는 검은 아가리를 벌리고 있는 블랙 홀 속으로 완전히 들어"섰다, 라고 말한다. 여기서 한국어 또한 프랑스어처럼 '블랙 홀'을 우주과학자들의 국제적 학술용어 그대로 사용하고 있는 것 같은데, 그런 만큼 이 마지막 움직임의 성적인 의미 작용에 새삼 해석을 덧붙일 필요는 없을 듯하다. 마지막에는 반대로의 전복의 전형적인 효과가 나타나는데, 이것은 굳이 강조할 필요조차 없을 정도이다.

나는 탄생 이전의 우주 속으로 들어섰고—하지만 그와 동시에, 그 순간 입을 벌린 나는 우주를 내 입속으로 삼키고 있었다 —, (p. 54)

무의식적으로 우리는 실제로 당했으면 하는 것(배출된 곳으로 되돌아가기 위해 삼켜지기), 혹은 자격을 갖추었다고 확신하지 못하거나(죄책감의 무게) 획득할 수 있다고 확신하지 못하는(욕구 불만의 효과) 것을 스스로 행위자의 위치에 서서 성취하기를 소망한다.

마지막으로 한 가지 예를 더 들어보자. 이것은 「임종기도」에 나오는 것으로, 좀더 복합적이긴 하지만 매우 설득력이 있다. 이 이야기는 꿈처럼 시간적 순서를 무시하고 마음대로 뒤바꾸는 바람에 매우 복합적인 형태를 띠는데, 그렇다고 전적으로 난해하다고 할 정도는 아니다. 이야기의 주인공인 목사는 한밤중에 난쟁이의 방문을 받는다. 이 인물은 나이가 많고 권위적이어서 아버지의 형상처럼 보이지만 키가 작은 탓에 어린 시절의 주인공 자신처럼 보이기도 한다. 이 사나이는 죽어가는 자신의 아내에게 마지막 임종기도를 들려주기 위해 그를 거의 강제로 데려간다. 그는 도중에 과수원을 지나치며 사과를 몰래 따먹고 싶은 욕구에 사로잡힌다. 이야기가 벌어지는 시점이 겨울이므로 전혀 있음 직하지 않은 일이다. 어쨌든 「창세기」의 우리들 어머니, 이브와는 반대로 그는 유혹에 저항한다. 우리는 그러한 승리가 (죄악[8]에 선행하는) 엄청난 죄책감의 이면이라는 사실을 잘 알고 있다. 아니나 다를까, 곧이어 그는 난쟁이들이 사는 집에 도착하는데 그 집의 크기가 그들의 키에 맞게 아주 작아서 그는 현관문을 통해 (탄생의 길을 거슬러) 납작 엎드려 기어 들어가야만 할 것이다. 그는 죽어가는 여인에게 그녀가 기다리던 종교적인 위안을 준다. 그녀는 평화롭게 죽고, 남편은 잘못을 저지르고 있는 아이를 덮친 양 그를 냉혹하게 밖으로 내쫓는다. 새벽에 자신의 마을로 되돌아온 주인공은 모든 것이 변했고, 특히 그의 교회가 사라졌다는 사실을 깨닫는다. 이 이야기를 여러 번 반복해서 읽지 않고서도, 여기서 관건은 모태 회귀의 소망이라는 사실을 느낄 수 있다. 그러나 그것이 실현 불가능한 현실은 이를 흔쾌히 용납하지 않고 대혼란을 일으키는 전복이 뒤따랐다.

다른 한편, 마찬가지의 정서적 반향들이 꽤 여러 편의 이야기들에 수반되고 있다. 「곱사등이」[9]와 「장대높이뛰기 선수의 생각」에서는, 태생적으로든 사고로 인하든 아이의 위치에 있는 한 불운한 존재가 다리 아래로 흐르는 '강물-어머니 몸' 속으로, 혹은 맹수의 활짝 벌린 아가

---

8) 화가 난 조물주로 하여금 최초의 인간들에게 그들의 성기를 나뭇잎으로 감추지 않으면 안 되게끔 벌을 내리게 한 그 죄악 말이다. 결코 무의미하지 않은 내용이다.

9) 무의식이 어떤 식으로 속임수와 우회적인 수완을 부릴 수 있는지 보여주기 위해 한 가지 세부 사항을 들기로 하겠다. 이것은 단순히 묘사적으로 보일 뿐이지만, 무의식은 주체가 자신의 어린 모습을 되찾기 전에 그를 어머니와 동일시함으로써 역할을 뒤바꾸어버린다 ─ "그사이 〔……〕 나의 손은 그의 곱사등을 어루만지고 있었다. 〔……〕 어쩐지 임신부의 불룩한 배를 만지는 것만 같았고, 나는 그 안에서 태아가 움직이는 것을 느낄 수도 있을 것만 같았다. 그 곱사등 안에서는 또 다른 곱사등이가 잉태되고 있는 것처럼 여겨졌다"(p. 39).

리 속으로 뛰어들어 자신의 삶을 마감하는데, 여기서 문제되는 것 또한 마찬가지의 **원초적 환상**이다.

풍부하게 그려지는 또 다른 환상이 있는데, 그것은 **거세 환상**이다. 이것에 대해 말하기에 앞서, 이 책에는 다른 두 환상에 비해 **유혹 환상**[10]과 **근원 장면 환상**의 출현 빈도가 명백하게 떨어진다는 사실을 말해두기로 하겠다. 그러나 부모의 정사 장면을 엿보거나 엿들으면서 자기 자신이 수태되는 장면을 참관하는 환상은 대부분의 소설들에 꾸준히 등장한다는 사실 또한 기억해두자. 정신적 차원으로 순화된 감정에서 가장 구체적인 성적 행위의 양상들에 이르기까지 모든 형태의 사랑과 그것이 일으키는 갈등에 관한 인간 존재의 질문들이 수없이 많은 다양한 형태의 복잡한 이야기들 속에 부각되는데, 그 근원에서 이 환상이 포착되는 것이다.

거세 환상으로 되돌아오면, 그것은 우리의 이야기들 속에 꽤 여러 번 반복적으로 나타난다. 그것이 다뤄지는 방식의 독창성은 쾌락의 가능성에 가해지는 위협이 죽음으로 대체된다는 사실에 있다. 즉, 이 환상은 아버지나 어머니가 주인공의 성기를 절단하는 ——이것은 언제나 남자아이에 관련된 문제이다[11]—— 장면 대신, 죽음을 앞둔 한 존재와

---

10) 「불량한 아이들」에서 예외가 발견된다. 선생님과 함께 사랑의 접촉을 느끼기 위해 아이들이 그녀에게 보내는 응석은 유혹의 고전적인 모델을 단순히 그리고 순전히 전도시킨 것에 지나지 않는 듯이 보인다. 즉, 그것은 어머니가 아이의 청결을 위해 행하는 행위들을 가리키는데, 이때 성기나 항문 부위에서 느끼는 흥분은 아이에게 수수께끼이며, 아이는 이것에 대처할 수 없어 혼란에 빠진다.

11) 그러나 여자 주인공이라 할지라도 남성 독자에게든 여성 독자에게든 달라지는 것은 아무것도 없다. 거세가 겨냥하는 이른바 **팔루스**는 성적 결합을 조건 짓는 육체의 발기 부위들의 상상적 표상이며, 단순히 남성 기관(페니스)이 아니다. 아주 오랜 세월 동안 사람들이 오직 남성만이 수태를 보장할 수 있을 것이라고 믿었기 때문에 고대 그리스에서는 신들이 풍요를

관련되어 나타나는 것이다. 그는 질병으로 죽어가거나 암살을 위협받거나 사형선고를 받았거나, 심지어는 이미 죽어 있는 경우도 있으며, 그의 죽음을 집행하고, 그의 시체를 관에 넣거나 매장하는 자는 어른들이다. 「안락사」「처형」「장의사」「죽음과도 비슷한」 등의 이야기들이나, 혹은 「종족의 최후」「어린 시절의 서정」「소금 장수」처럼 사라짐의 위기를 주제로 하는 이야기들을 생각하면 짐작이 갈 것이다.

이런 종류의 환상들 가운데 세부적으로 가장 자세히 이야기되는 단편은 아마 「무서운 생각」일 것이다. 화자는 한 소년의 유령인데, 서양의 유명한 동화 「헨젤과 그레텔」에서 부모가 식인귀(고약한 부모)가 사는 이웃 숲 속에 아이들을 내버리는 것처럼, 그의 부모는 그를 인적 없는 숲 속에 몰래 매장하고 있다. 소년은 두 공모자의 행동들을 빠짐없이 지켜보고 그들의 대화를 듣는다. 그들이 그의 몸 위로 흙을 퍼부을 때 그가 마지막으로 중얼거리는 끔찍한 말은 이렇다.

마침내 나는 완전히 갇히게 되었다, 나를 덮은 무덤과, 다시는 밖으로 나갈 수 없으리라는 확신에서 오는 두려움 속에. 나는 숨을 쉴 수 없었고, 그때서야, 그날 밤 두 사람이 힘을 합쳐 내 목을 조른 기억이 났다. (p. 137)

여기에는 부모가 잠시 자신을 내버려두거나 자신의 욕망을 충족시키지 못하도록 금지할 때 혹은 규칙을 어겼거나 단순히 반항하는 자신에

부여해주도록 행렬을 지어 운반하던 남성 기관의 표상을 팔로스phallos라고 불렀다(cf. 같은 풍습으로 인도에서는 링감lingam을 들었다).

게 벌을 내리겠다고 부모가 위협할 때 모든 어린아이들이 경험했던 격렬한 복수의 욕망이 정반대의 전복된 형태로 나타나고 있다. 이것은 아버지에 의해 아주 선명하게 인지되어 설명되고 있다. 아마도 그 자신의 무의식이 그 사실을 아버지에게 암시했던 게다.

> 나는 이 아이로부터 분에 넘치는 미움을 받았소. 이 아이의 미움은 망설임을 모르는 것이었소. 이 아이의 **무엄한 눈초리**를 보구려. 그의 얼굴을 보면, 아직도 그가 나를 미워하고 있다는 것을 알 수 있소. 〔……〕 오 오, 제발 그런 말은 하지 말아요, 설사 그것이 사실이라 하더라도, 마음속으로도, 그런 말은 말아요, 어머니가 말했다. (pp. 132~33, 필자 강조)

다른 단편들도 조금은 덜 투명하긴 하지만 유사한 이야기들을 들려주고 있다. 「여름 저녁의 서정」에서, 화자의 늙은 아버지는 하찮은 핑계로 정원의 커다란 소나무를 도끼로 쓰러뜨리기 시작한다. 매미의 울음소리가 성가시다는 이유이다. 아버지는 마치 그의 무의식이 그 행위를 명령하기 위해 음모를 꾸미기라도 한 듯, "삶이 스스로가 완성해가는 모험이라는 것을 깨닫게 되었을 때에는 이미 너무 늦지"(p. 87)라고 말한다. 한편, 아들은 마치 그 행위의 성적 차원을 짐작한 듯, 이런 해설을 내린다.

> 나는 아버지에게 무슨 말인가를 하고 싶었지만, 이상하게도 그 순간 나의 입술이 나의 치부처럼 여겨졌고, 그래서 얼른 손바닥으로 입을 가렸다. (p. 88)

「혼란」에서는 아버지의 형상이 될 법한 한 낯선 노인이 사냥개를 풀어 아무런 잘못도 없는 주인공을 향해 달려들게 한다. 「자신을 저격하다」에서는 한 불행한 실직자가 대통령을 향해 장난감 권총을 겨누는 시늉을 했는데 정작 정신을 잃고 쓰러지는 것은 그 자신이다. 또 「성인식」에서는 고대인들이 치른 그야말로 고문과도 같은 한 전통적인 성인식을 보게 된다. 「막연한 공포에 대한 상상」에서는 한 남자가 기차에 오르면서 소녀의 모습을 한 인형을 발견하고는 그것이 그의 손 안에서 살아나는 것처럼 느낀다. 그는 그것을 차창 밖으로 얼른 던져버리는데, 마치 그가 근친상간(그가 그것을 "만지작"거렸다)과 유아 살해의 이중적인 범죄를 저지른 부모이기나 한 것처럼, 아이의 이미지는 죄책감으로 인한 강렬한 불안을 그의 내면에 자아낸다. 그러나 그의 반응 속에서 사실상 모든 것은, 이 이야기의 제목처럼, "막연"하기만 하다.

이처럼 무의식이 기만적인 방법으로 나타나는 다른 경우들은 계속 열거될 수 있을 것이다. 「힘든 귀가」에서 사회면 잡보 기사에나 나올 법한 사건의 희생자에 투사된 죄책감, 혹은 「신들의 처형」에서 수면의 상실이란 벌을 받은 우월한 존재들의 학살을 통해 드러나는 죄책감. 아주 어린 나이부터 주입된 사회 도덕의 요구로 인해 의무적인 것으로 여겨지는 부모에 대한 사랑은 「카프카와의 대화」에서 회의의 대상이 되고 있는데, 이것은 「가족에 대한 사랑」에서도 마찬가지이다. 이 이야기에서는 사춘기의 한 소년이 도둑이 밤에 집에 침입해 들어와 가족을 포박하고는 그들의 모든 재산을 훔쳐가는, 달리 말해 그들이 심지어 자식들의 행복까지 포함한 모든 것을 희생시키면서 지키기를 원할 최고의 가치를 빼앗아가는 장면을 환상한다. 마지막으로 「불운한 권투

선수」의 불행한 주인공의 마조히즘을 가늠해볼 것을 독자들에게 권하고 싶다.

　독자들은 아마 이런 질문을 던질 게다. 일반적으로는 신경증적 상태 혹은 더 나아가 정신병적 상태로까지 이끄는 불안을 일으키고 정신분석적이나 심리치료 혹은 정신의학적 개입을 필요로 할 수도 있을 그러한 환상들의 재현이 쾌락의 원천이 된다는 사실이 이상하지 않은가? 이 질문에 대한 대답은 **형태**라는 단 한마디로 가능할 것이다. 작가가 이야기하는 것은 순수 상태의 환상, 즉 충격을 일으키고 상처를 낼 수 있는 가공되지 않은 따라서 노골적인 상태의 환상이 아니다. 그것은 형태를 갖춘, 다듬어진 환상이다. 그런데, 형태란 곧 제어를 의미한다. 출발 지점의 (잔혹한) 이미지들은 거의 공격적이지 않은(조절되고, 의식화儀式化되고, 도식화된) 표상들이 되기 위해 다루어지고 조건지어지고 어느 정도 거리 두기가 이뤄졌던 것이다. 리얼리티를 손질하고 정돈하는 이러한 방식을 우리는 간단히 **예술**이라 부른다. 그리고 예술은 곧 유희를 의미한다. 물론 예술가가 논다는 뜻은 아니다. 많은 경우, 정반대로, 예술가는 적절한 형태를 추구하는 강도 높은 노력 속에서 자신의 심적 균형에 위협을 받기도 한다! 그러나 독자는 장난감을 다루는 아이의 방식으로 자신의 독서를 다룬다. '이것은 진짜가 아니'라는 사실을 알면서도 최대한 심각하게. 천으로 만든 곰, 인형, 플라스틱 병정은 인간 존재들인 동시에 흔히 말하듯 '웃자고' 하는 농담의 재현들인 것이다. 독서를 하고 있는 우리의 내면에는 놀이를 하는 한 아이가 있다. 그리고 모든 유희는 안정적이고 항구적인 관계 모델들에 따른 형태들을 존중하도록 짜여 있다. 더는 상처를 주지 않고 준거로 사용될 관계들 말이다. 왜냐하면 예술가 또한 우리 각자들처럼 그 관계들로 인해 고통받긴 했겠지만 그는 그것들을 어떤 유형의 언어로 옮김으로써 타인들에게서 제어가 가능한 것으로 만드는 방법을 발견했기 때문이다.

「자화상」이라는 제목의 짧은 텍스트의 의미를 깊이 생각해본다면, 내 생각에, 우리는 이 모든 것의 결론을 작자에게 맡길 수 있을 것이다. 이번에는 우리가 정신분석 이론의 한 지점과 관련된 은밀한 암시와 마주한 것 같다. 잔잔한 물 거울 속에서 자신의 모습을 감탄하는 순진한 나르시스의 모델에 대한 유용한 자기 성찰은 여기에 없다. 자신을 향한 모든 시선은 불안하다. 그것은 동요되어 있으며 동시에 동요를 일으킨다. 왜냐하면 우리가 무엇을 하든, 그 시선은 우리의 억압된 과거가 강요하는 모순적인 요구들에 언제나 종속된 채 남아 있기 때문이다.

> 내가 그린 나 자신의 자화상에서 나의 얼굴은 나의 발바닥에 눌려 일그러져 있다. 그 그림을 보며 나는 발에 좀더 힘을 싣는다. 그러자 그림 속의 얼굴은 알아볼 수 없을 정도로 일그러지고, 그때서야 나는 발에서 힘을 뺀다. (p. 220)

그는 '발에서 힘을 뺀' 순간부터, 글을 쓰기 시작한다…… 우리가 지금까지 읽어온 바로 그것 말이다. 그러한 숙고 끝에 얻게 되는 교훈은 내가 보기에 이런 것이다. 즉, 자기 자신에 대해 뭔가를 알고 싶다면, 흔히들 하는 것처럼 거울 속 자신의 모습을 바라볼 것이 아니라, 머릿속에 떠오르는 것 그대로의 친숙한 자신의 허구들을 글로써, 예술로써 다시 말해 다듬어진 한 형태로써 이야기하고, 마치 타인의 것인 양 그것들을 다시 읽는 것이 더 낫다는 것이다. 오로지 그때서야 우리는 치료를 받고 있는 환자의 예처럼, 유익한 몇 알갱이의 진실을 아마 발견할 것이다……

파충류의 변신들

—— 김영하의 「도마뱀」[1]

    문학 비평가는 독서로써 대상이 되는 텍스트에 동요를 일으키는 역동적인 독자이다. 그러한 독서는 대개가 새로운 해석을 내리는 재독서이며, 성공적인 작품이 지니는 풍부함의 원천임에도 불구하고 대중이 거의 대부분 의식적으로 지각하지 못하는 의미 작용의 줄기들을 솟아오르게 한다. 그런데 이것들은 작가의 명시적인 의지를 벗어나 있기가 일쑤이다. 왜냐하면 작가란 자신이 생각하는 것보다 더 많은 것을 자신의 글로 하여금 말하게 하고, 자신이 말하는 것 이상의 것을 글쓰기

---

1) 벨맹-노엘은 역자와 공동 번역한 프랑스어 버전을 텍스트로 삼았으며, 그 일부가 프랑스의 문학잡지 *Nouvelle Revue Française*, "Lettres de Corée II," Paris: Gallimard, June 2008, pp. 216~23에 "Le Lézard"라는 제목으로 소개된 적이 있으며, 전문은 아직 어디에도 발표된 적이 없다. 이 글의 인용문은 『호출』, 문학동네, 1997, pp. 7~27을 참조했다. 이 글은 2008년 10월 14일 고려대학교 BK21 한국어문학교육연구단 해외석학 초청 강연 내용이며, 「김영하의 단편소설 「도마뱀」의 정신분석적 독서」라는 제목으로 『문학동네』 통권 제59호, 2009년 여름호, pp. 542~68에 게재된 바 있다[옮긴이].

를 통해 암시하려 하는 자이기 때문이다. 실제로 글쓰기는 우리가 말로는 표명할 수 없다고 믿고 있던 것을 표현해내지 못하면 가치를 지닐수 없다. 현대 비평은 특히 인간의 사회, 언어, 심리 차원에 관련된 인문학적 지식의 진보에 발맞추어 작품의 문학성에 대한 접근의 길을 심화시키고 세분화시켰다. 그 가운데 심리적인 차원에서 벌어지는 정신분석적 접근은, 그것에 적합한 독특한 자질은 차치하고라도, 아마 비평가에게 가장 큰 위험 부담을 떠안도록 요청되는 방법일 것이다. 왜냐하면 이 접근 방법으로 생성된 해석은, 비평가 자신과 그의 비평을읽는 혹은 그것에 귀 기울이는 독자들 사이에 같은 신념이 공유되고 있다는 사실을 전제로 하기 때문이다. 게다가 우리는 외국어로 쓰어진텍스트에 관심을 기울이는 것에는 또 다른 위험 부담이 추가된다는 사실을 잘 알고 있다. 이 자리에서, 나는 한 편의 한국 단편소설의 무의식에 귀 기울인 나의 청취 결과를 소개하려 하는데, 독자들의 공감을이끌어낼 수 있기를 바란다.

지금부터 우리가 다루게 될 이 단편소설은 서사기교나 심리분석의섬세함으로 대단한 흥밋거리를 제공해준다. 먼저 아주 능숙하게 짜인구성을 들겠는데, 이 속에는 세 개의 이야기가 세 개의 동심원 형태로배치되어 있다. 첫번째 원은 가장 바깥에 있는 것으로서, 바로 "오늘"(p. 25) 벌어지고 있는 것으로 짐작되는 일을 이야기하고 있다. 하지만 우리는 이 소설의 에필로그라고 할 수 있을 맨 끝에 가서야 이 사실을 알게 된다. 두번째 원은 이른바 "담배 여인"(p. 7)에 관한 이야기인데, 소설의 앞부분과 마지막 부분을 이루고 있으며, 대화 형식으로 전개되고 있다. 세번째 원은 중심 이야기, 즉 주인공(여자)이 겪는 '도마뱀'과의 모험들을 그리고 있으며, 바로 이것이 작품 제목을 정당화해주는 부분이다. 이 세 이야기는 제1차 층위의 화자(여성)에 의해 다양한 차원에서 서로 교차하며 직조되어 있고, 우리는 이 화자의 내밀한 자서전 또한 간략하게 읽게 된다. 여기서 '내밀하다'는 말은 삶의 요약이 주인공의 연애 경험에 집중되어 있고, 그 사랑의 발전이, 더 정확히 말해, 그 사랑의 쾌락이 활짝 꽃피우는 과정이 세 개의 꿈으로 단계 지어져 있기 때문이다.

이와 같은 복합적인 양상에도 불구하고 이야기의 단일성은 성인의 성생활을 특징짓는 에피소드들의 서사에 의해 잘 유지되고 있다. 작자는 우리의 일상적 삶에 있어서 거의 묘사되지 않고 때로는 잘못 알려지기도 하는 매우 사적인 영역을 세부적인 측면까지 파고드는데, 이 과정에서 그의 어조는 절제된 간결함에다 우아함과 대담성까지 띠고 있다. 처음부터 그는 정액(精液)으로 문자 그대로 칠갑을 한 어떤 미지의 남성 시체를 우리 앞에 제시하는 한편, 화자가 이 강력사건을 자신에게 들려주는 남성에 대해 연애 감정을 갖고 있다는 사실까지 암시해준다. 그런 다음, 이 여성 화자는 그녀 자신이 '도마뱀' 덕택으로 자기 성애적 만족감을 맛보게 된 순간들을 꽤 길게 떠올리고는, 그전에 가졌던 성적인 경험들까지 회고하기에 이른다. 그리고 마지막으로, 우리는 그녀가 그 기념품을 선물한 남자와 함께 진정한 성적 희열의 순간을 상상 속에서 마침내 발견하기에 이른다는 인상을 받게 된다. 이처럼 이야기의 초점은 전적으로 성적인 쾌락에, 특히 그 쾌락이 지닌 가장 강렬한 지점에서 이루어진 발견에 맞춰져 있고, 모든 것은 매우 적확하고 섬세하게 그려지고 있다.

내가 이러한 점을 강조하는 것은 이 소설이 매력적으로 읽히는 이유가 오로지 이 주제에 내재하는 특유의 흥분 때문이라고 사람들이 상상할지도 모르기 때문이다. 또 혹자들은 성(性)을 무대에 올리는 것에는 언제나 현혹적인 무엇이 있기 마련이므로 이 소설은 그다지 관심을 끌 가치가 없다고 생각할 수도 있다. 작자는 위험을 느꼈다. 그리고 아마 그것이 그가 서사의 흐름을 선적(線的)으로만 따라 읽을 수 없도록 꾸민 이유일 것이다. 그러나 한 텍스트를 연구할 때 우리에게 더 중요하게 작용하는 것은 작자의 의도보다는 오히려 독자로서 느끼는 만족이다. 문학적 교양을 갖춘 독자는 이 이야기를 구성하는 세 개의 서사 줄기들을 얽어가는 기교에서 매력이 발산된다는 사실을 틀림없이 발견할 것이다. 또한 이 이야기는 화자의 어조에서 풍기는 매력으로도 독자들의 마음을 사로잡는다. 이 여성 화자는 미묘하고 껄끄러운 일들에 대해 아무런 위선 없이, 그러나 결코 도발적이지 않은 어조로 이야기를 진행해나간다. 분명, 이러한 연출의 기교와 고백의 매력은 작자의 재능을 가늠하기 위해 주의 깊게 관찰해볼 가치가 있다.

그러나 나는 내 모국어가 아닌 다른 언어로 씌인 글에 대해 그러한 문체연구를 실행할 자격을 갖추지는 못했다. 반면, 나는 이 텍스트를 매력적이게 하는 또 다른 차원이 있으며, 그것 또한 분명 나름의 방법으로 독서의 즐거움에 기여한다고 생각한다. 실제로 독자가 한 작품을 성공작이라고 느끼는 것은, 다시 읽을 때마다 매번 새로이 즐거움을 얻을 것이라는 확신을 갖고 그 작품을 다시 읽겠다는 마음을 품을 경우에 가능하다. 나는 사람들이 지금까지 두 가지 중요한 이유 때문에 강조해오지 않았던 즐거움의 근원을 여기서 탐구했으면 한다. 그 두 가지 중요한 이유란, 첫째, 우리는 그 근원을 의식하지 못하며, 둘째, 설사 자기 자신의 깊은 곳에서 그 근원을 어렴풋이나마 감지한다 해도 일반적으로 우리는 그처럼 모호하게 느끼는 것을 펼쳐 내보일 방법을 갖고 있지 않다는 것이다. 좀더 정확히 말하면 우리에게는 각자 자신의 깊은 곳에서 무의식이 예감하는 것을 백일하에 드러낼 방법이 없다.

　이것이 무엇을 의미하는지 잠시 살펴보기로 하자. 허구를 읽는 누군가의 무의식은 자기 자신의 환상적fantasmatique 형성물들에 발언권을 주기 위해 가능한 모든 기회를 누린다. 소설적 허구는 민담이나 전설처럼, 말하자면 미리 만들어진 환상fantasme이다. 우리의 무의식은 마치 오래된 집에 이사 들어갔을 때 자신의 취향대로 그 내부를 개조하듯, 환상 속으로 들어가 자리를 잡는다. 그리고 그는 그 속에서 편안함을 느낄 때까지, 자신의 가구를 여기저기 배치하고 페인트 색깔들을 바꾸는 등의 작업을 한다. 마찬가지로 각각의 독자는 자신의 관심을 사로잡는 그러저러한 이미지나 표현을 무의식적으로 자기 자신에 적응시킨다. 그리고 그렇게 시작한 것을 자신의 깊은 욕망에 따라, 자신의 무의식적 작업을 통해 계속 진행해간다. 통상적인 의미에서의 생각의 소통은 여기에 없다. 그러나 메아리와 같은 것, 말하자면 일종의 공명은 있다. 한편으로는 작자에게 자신의 고유한 환상적 형성물들을 변장시키도록 강요했던 사회적 검열을 무릅쓰고 다른 한편으로는 자기 자신의 검열을 무릅쓰면서, 각 독자의 무의식은 자신의 개인적인 깊은 관심사들을, 텍스트에서 예감하는 관심사들에다 연상시킨다. 물론 무의식은 이 과정을 자신의 언어인 이미지의 언어로써[2] 수행한다. 그 결과, 무의식의 언어에서 말은 인용의 자격으로만 등장할 뿐, 원래의 생

---

2) 프로이트는 꿈속에서 이루어지는 작업들, 즉 일차 과정들, 다시 말해 비(非)모순 원칙의 부재, 방향성을 띤 시간성의 부재, 부정의 불가능, 외부 현실이 심적 현실로 대체되는 현상 hallucination, 그리고 한 이미지에서 다른 이미지로 미끄러지는 의미 작용의 불안정성(전치, 압축)에 대해 말했다.

각의 가치를 지니지 못한다. 크게 보아, 정신분석은 고통받는 한 사람의 내밀한 고백이 그것에 귀 기울이는 정신분석가의 무의식을 자극할 때 그 모든 것을 한 문장으로 만들도록, 다시 말해 유년기 역사에 대한 의식적 지각 속에 결여된 문장을 환자가 되찾을 수 있도록 그 특수한 담론을 해석하는 기교이다.

나의 비평 작업은 한 텍스트가 어떤 점에서 풍부한 의미를 지니는지 알고자 한다는 점에서, 정신분석과 목표는 다르지만 실천 방법은 같다. 나는 다양한 독자들에게 은밀한 즐거움을 가져다주는 최대한 많은 수의 가능한 해석들을 짚어내려고 한다. 독서를 여러 번 반복함으로써, 의식되지는 않지만 막연히 느낄 수 있었던 복합적인 효과들을 창출하는 재현들을 모두 쓸어모아, 그것들이 어떻게 그런 효과들을 만들어내게 되는지 설명할 수 있을 것이란 희망이 내게 있다. 우선 이것은 내가 텍스트의 명백한 표면에 연연하지 않는다는 사실을 의미한다. 예를 들어, 잠시 후에 보게 되겠지만, 이 작품에서 나의 관심을 끄는 것은 여자 주인공의 성적 희열이 아니라 그녀가 그처럼 자유롭게 성적으로 피어나지 못하도록 방해하거나 지연시키는 것이다. 나의 독서를 조금 예고하자면, 나는 텍스트에 묘사된 관능적인 흥분이 아니라 그녀의 과거 삶이나 꿈속에 개입하는 부모의 간섭에 대해 그녀가 들려주는 이야기에 귀 기울이며, 독자의 내면에 생성되는 텍스트의 무의식적 효과를 찾게 될 것이다. 요컨대 나는 사람들이 만약 이 소설을 요약하게 되면 소소한 세부 사항들일 뿐이라고 생각해 소홀히 취급해버릴 어떤 것에 관심을 기울이게 될 것이다.

제사(題辭)들

중심에서 멀리 이탈한 것에 관심을 기울이는 전형적인 한 예를 보여주는 것으로 이 독서를 시작하기로 하겠다. 그것은 바로 제사들이다. 언뜻 보기에 이것들도 역시 자잘한 세부 사항들, 그저 장식적인 몇몇 인용문들일 뿐이며, 하찮은 시적 덤에 불과하다. 그러나 그것들의 의미 작용은 서사 내용과 밀접한 관련이 있으며, 무의식의 효과들을 일차적으로 거론할 수 있게 해줄 요소들을 우리에게 제공한다. 1장의 첫머리에서 나는 다음의 글을 읽는다. 아니, 나의 무의식이 그 글에 귀를 기울인다.

> 뱀의 혀에 입을 맞춰
> 우리가 두려워하면 뱀은 삽시간에 우리를 삼키지만
> 그렇지 않으면 다른 세계의 입구로 우리를 안내할 거야
> 뱀은 시간을 초월한 동물…… (p. 7)

이 노래 가사의 1행에서는 **입맞춤**과 이 행위에 참여하게 될 혀, 즉 뱀의 입이 문제되고 있다. 뱀은 제목에서 등장이 예고된 도마뱀과 근접한 동물이며, 한국어에서 '뱀'이라는 명사는 '도마뱀'이라는 명사 속에 포함되어 있다. 2행은 그 입맞춤을 받게 될 입에 **삼켜질까 두려워**하지 말 것을 충고하고 있다. 여기서는 정신분석에서 **부정**[3]이라고 명명되는 행위가 관건이 되는 것 같다. 즉, 이 조그만 무대 위에는 다른 이에게 삼켜지고 소유되고 싶은 누군가의 고백되지 않은 욕망이 떠돌고

178

있다는 말이다. 3행에서는 이 입맞춤 덕택에 다른 몸속으로, 동시에 다른 어떤 세계 속으로 들어갈 것이라는 희망이 부각되고 있다. 마지막 행은 그렇게 되면 사람들은 시간 밖에 존재하게 될 것이라는 점을 암시하고 있는데, 이 표현은 사랑과 성(性)은 죽음을 잊어버리게 하며 우리는 성적 희열 속에서 죽음과 조금은 비슷한,[4] 현실 바깥으로의 비상(飛翔)을 체험할 수 있다는 사실을 상기시켜준다.

이처럼 우리는 이야기의 첫 장을 읽는 순간부터 성(性)의 행복한 효과나 난관들에 대한 웅얼거림을 포착하도록 조건 지어진다. 무의식의 상징논리를 알고 있는 사람이라면 혹시 시 속의 뱀이 흔히 황홀경이라 불리는 그 상태로 데려가는 역할을 담당하기도 하는 남성 기관의 메타포는 아닐까 의심해볼 것이다. 그런데 마침 두번째 제사가 그 작용의 마술적 측면을 강조하고 있다. 먼저 **주술사**(짐 모리슨에게는 아메리칸 인디언들의 샤먼을 의미한다)가, 그다음엔 행복에 겨워 **미쳐버리게 될** 것이라는 기대감이 제시되고 있다. 그러니까 이 제사는 **첫 성적 경험,** 다시 말해, 잠시 후에 알게 되겠지만, 성공한 첫 성적 희열의 경험에 대해 말하고 있는 것이다. 이 점은 다섯번째 제사에 의해 더욱 강화된다. 한 여인이 시인-가수의 목소리를 이어받아, "난 첫 경험을 하면서 신을 봤어"라고 말하는데, 서구의 유일신교들의 언어를 빌려 말하자면, 이것은 자신이 천국에 있다고 믿고 있음을 말하는 한 방법이다.

---

3) **부정**은 억압된 욕망을 명백한 표현으로 부정하는 행위이다. 예를 들어, 꿈속에서 어떤 여인의 품 안에 있었는데, '그녀가 내 어머니는 아니었다'라고 꿈꾼 자가 말한다면, 그 여인은 실은 그의 어머니이다……

4) 프랑스에서는, 최고조에 이른 쾌락, 다시 말해 오르가슴을 가리켜 '작은 죽음'이라는 표현을 일상적으로 쓰기도 한다.

마지막 제사에는 한 가지 꽤 놀라운 점이 있는데, 그것은 작자가 이 제사의 말미에 "김영하"라는 이름을 붙이면서 바로 자기 자신을 인용하고 있음을 밝히고 있다는 사실이다. 이 인용의 유희는 첫 제사에 등장한 '뱀'을 우리의 뇌리에 다시 떠올리게 함으로써, 이 이야기 속 여기저기에 등장하는 '도마뱀' 또한 시간 밖에서 살고 있다는 사실, 즉 이 파충류 동물이 영속화된 어떤 현재 속에서 성스러운 존재처럼 살고 있다는 사실을 환기시키는 효과를 낳는다. 이렇게 단정할 수 있는 이유는 도마뱀은 잘린 꼬리를 다시 자라게 할 수 있는 능력, 달리 말해 죽음을 이기는 능력이 있다는 사실을 상기시키는 소설 내용에 근거한다. '도마뱀'이라는 단어가 뱀과, 도마와 관련된 칼을 연상시키므로, 아마 한국어 단어가 벌써 그 사실을 암시해준다고 할 수 있지 않을까 싶다. 어쨌든, 작가의 유머 바탕에는, 그 자신이 가수 짐 모리슨의 자리를 차지한다면, 자신의 이야기에 등장하는 도마뱀은 노래 가사 속의 뱀의 자리를 차지하고, 성적인 삶 속에서 뱀이 담당하는 마술적 역할까지 수행하게 된다는 생각이 깔려 있다. 이를 통해, 그는 도마뱀이 페니스와 팔루스[5]의 메타포일 것이라는 사실 또한 우리에게 확인시켜준다.

이 제사들이 중얼거리는 내용을 주의 깊게 들으면, 성적 자유가 그리 자명한 게 아니라 쟁취되어야 할 것이며, 이를 통해 육체적 정신적

---

5) 팔루스는 페니스가 아니라는 사실을 기억하자. 고대 그리스-로마의 종교들에서나 정신분석에서나 한국의 샤머니즘에서나, 이것은 다산성을 표상하는 상상적 대상이다. 이것은 무의식 속에서 성적 쾌락의 모든 원천을 가리키는데, 그 이유는 한편으로는 페니스가 대등한 여성 기관들보다 더 가시적이고 따라서 이미지로 만들기가 더 용이하다는 점, 다른 한편으로는 그것이 상대의 육체와 끈(페니스는 안으로 파고든다)을 맺을 수 있다는 점 때문이다. 물론 남녀를 막론하고 인간은 모두 성적 쾌락을 누릴 수 있지만, 무엇보다 그러한 성적 향유가 박탈될 수 있다는 사실을 알아야 한다. 이것을 거세라고 부르는데, 이것은 무의식 속에서 생명의 박탈을 포함한 모든 박탈의 모델이자 대체물이기도 하다.

행복을 누리는 것 또한 가능하다는 사실을 강조하고 있다는 느낌을 받게 된다. 그런데 나는 텍스트의 구성 자체가 그와 유사한 감정을 부추긴다는 사실을 주장하려 한다. 이 구성은 작품을 처음 읽어나가는 동안에는 우리에게 아주 어렴풋이 작용할 뿐이며, 작품을 다시 읽었을 때에야 비로소 명백하게 부각된다. 서스펜스를 끝까지 유지하는 것은 서사의 커다란 장점이다.

구성

실제로 이 이야기의 전체 구조는 의미심장한 형태를 띠고 있다. 이미 언급했던 바와 같이, 세 개의 이야기가 작은 것, 중간 것, 큰 것, 이렇게 동심원들의 포함 구조를 띠면서 포개져 있다. 첫번째 이야기는 바로 서사를 열어주는 것이다. 그러나 역설적으로, 그 이야기는 오랫동안 명시적인 방법으로는 존재하지 않는다. 여자 주인공이 결말에 이르러 마치 기습 효과를 노리듯 아래와 같이 밝힐 때까지 우리는 기다려야만 한다.

그리고 오늘이다. 나는 그가 어서 돌아와 담배 여인 이야기를 끝맺어주기를 기다리고 있다. 어쩌면 그가 돌아오지 않을지도 모른다는 생각을 한다. 그 이야기를 마무리하는 것은 내 몫인지도 모르겠다. 나는 그가 돌아왔다고 상상하기 시작한다.
어서 이야기를 해줘. (p. 25, sq. 9)

이 "담배 여인"의 이야기는 중간 단계의 공간을 차지하는 것으로, 그 것이 익명의 남자친구가 들려준 것이든 화자가 지어낸 것이든[6] 고독과 성적 상상력이 한 남자를 쇠진시켜 죽게 만든다는 내용을 담고 있다는 점에는 차이가 없다. 자신의 담배 연기로 만든 여인의 형상을 빌려 스 스로를 극도로 흥분시킨 나머지, 심장이 파열해버린 것이다. 바로 여 기에 이 단편소설의 첫번째 환상적fantastique 차원이 등장한다. 언제나 그렇듯이, 환상적이라고 느끼는 감정은 이야기를 구성하는 메커니즘들 중 하나를 극단으로 밀고 나가서, 공통된 경험이 우리에게 가르쳐주는 것 너머로 나아갈 때 솟아난다. 그런데 여기서 과장은 자기 성애적 쾌 락에 있다. 한 남자 시체가 놀랍도록 많은 양의 정액으로 뒤덮여 있는 광경이 연출되고 있다. 신문의 사회면 기삿거리가 될 만한 이 이야기 를 들려주는 남자 자신도 처음부터 이 사실이 놀랍다는 점을 밝힌다. 소설의 거의 마지막 부분에 이르면, 이 죽음은 "자살도 타살도 아닌 자 연사"(p. 26)이며 사인(死因)은 과다한 박동으로 인한 심장마비라는 사 실을 확인시켜주는 부검 결과가 나온 것처럼 얘기될 것이다. 어쨌든 경찰이 이 사망을 수상한 사건으로 간주할 수 있었던 것은 비정상적으 로 보이는 그 증거 때문이다. 설명하기 어렵고 불충분하게 설명된, 뭔 가 상식을 벗어나는, 따라서 환상적인 일이 벌어진 것이다.

---

6) "담배 여인" 드라마의 이 마지막 장면은 화자에 의해 그 전체가 세부적으로 재구성된 대화의 형태를 띠고 있는데, 이러한 연출 방식은 대단한 리얼리즘 효과를 만들어낸다. 그로 인해, 독 자는 텍스트의 모든 단어들의 무게를 제대로 가늠하지 않으면 익명의 남자친구가 화자의 방 에 실제로 되돌아와서, 처음 시작할 때 "나중에"(p. 10) 마저 얘기해주기로 약속했던 결말 부분을 그녀에게 들려주고 있다고 믿어버릴 수도 있다. 이러한 리얼리즘 효과는 이 여성의 성적 향유가 개화의 절정 문턱에 마침내 도달했다는 우리의 느낌을 강렬한 현실감으로 강화 시켜준다.

그런데, 이 단편소설의 구조로 되돌아와 보면, 텍스트의 마지막 문단에는 쾌락의 지나친 향유로 인해 사망하게 되는 이 절망에 빠진 남자 맞은편에, 그리 행복하지 않은 한 여자의 이미지가 대비되고 있다. 흥미롭게도, 그녀 또한 상상세계 속으로 빠져들면서 애인이 된 남자[7] 덕택으로 성적 희열을 발견하게 되는데— 어쨌든 환상 속에서는 그렇다 —, 이로써 그녀는 말하자면 삶을 되찾게 된다. 이처럼 그녀가 빠져든 상상세계는 이 단편소설의 두번째 환상적fantastique 차원을 구성한다. 담배 연기의 마술 덕택으로 죽음에 이르는 쾌락을 향유하는 남자와, 도마뱀을 재현한 장식품의 마술 덕택으로 희열을 발견함으로써 말하자면 삶을 되찾는 여자 사이에 일종의 정면 대화가 마련된 것이다. 그리고 '오늘' 벌어지고 있는 것처럼 소개된 이 두 순간들 사이에, 어린 시절부터 행복을 발견하기까지의 주인공의 삶의 여정이 있다.

그러나 탄생 시점에서 출발하여 자전적 글을 쓰고 있는 시점으로 귀착되는 관습적인 자서전을 읽고 있다고 상상해서는 안 된다. 텍스트 전체의 흐름을 볼 때 우리는 이 이야기를 아래와 같이 열 개의 시퀀스로 나눌 수 있다.[8]

1) 서막. 이른바 '담배 여인' 이야기의 첫 부분=1장의 전반부.
2) 이 이야기를 들려준 남자(X)와의 첫 만남의 시점으로 회귀. 화자

---

7) 이 단편소설을 주의 깊게 다시 읽으면서 확인하게 된 바에 따르면, 화자와 도마뱀을 선물한 남자 사이에 성관계가 있었다는 사실상의 고백은 1장 중간쯤에서 이루어진다. 남자와 여자의 차이들 중 한 가지 사항에 대해 일반적인 검토를 한다는 구실 아래, 그녀는 이렇게 말한다. "나는 *도마뱀*과 그 남자, 그리고 그들이 내 몸에 새겨놓은 흔적들을 몸으로 느끼고 있었을 뿐이다"(p.9).
8) 이후 작품 본문 인용시 해당 시퀀스는 'sq.'로 표기한다.

(N)가 일하는 사설학원에 새로 온 강사=1장의 후반부.

3) X와의 두번째 만남과 도마뱀 선물(그의 뜻 모를 조언—"몸을 바꿔야 해"(p. 11)). 간단한 첫번째 꿈—벽을 타고 내려오는 도마뱀을 응시하다=2장 전체.

4) X와의 세번째 만남과 좀더 복잡해진 두번째 꿈. 도마뱀이 N의 몸 표면을 훑으며 흥분시키는 장면을 그녀의 화난 아버지가 목격하고 있다=3장의 전반부.

5) 세 남자와의 실망스런 성경험들에 대한 회고=3장의 후반부.

6) N의 가족생활에 대한 요약. 엄격한 아버지, '남자-사탄-뱀'과 함께 도망간 불행한 어머니, 아버지의 재혼, 대학생활과 뱀들에 대한 흥미=4장 전체.

7) 잠시 후, 매우 복잡한 세번째 꿈—뱀을 토하는 어머니 앞에서 도마뱀이 N의 몸속으로 들어가고, N은 아이에 대한 욕망을 갖는다=5장 전체.

8) 이 흥분된 낮잠 이후, N은 쾌락 없는 성관계를 몇몇 남자와 갖고, 사교성이 좀 부족한 X에 대해 욕망이 생김을 느낀다=6장의 3분의 1 부분.

9) '오늘'로 회귀, '담배 여인' 이야기의 종결=6장의 3분의 2 부분.

10) '몽롱한' '잠결'에, N은 X가 찾아온다고 상상한다—향유, 몸의 변화, 평온한 행복=6장 끝 부분, 이야기 끝.

이러한 이야기 조직 속에서, 도마뱀이 등장하는 세 개의 꿈의 무대 위로 관능적 쾌락의 발견이 어떤 단계적 상승을 밟으며 이뤄지고 있다. 그러나 우리는 자기 성애적인 흥분의 점증적인 강도를 측정하는 방법으로 그러한 발견에 내재한 진화를 짚어내는 것만으로는 만족할 수 없다. 왜냐하면 사랑에 빠진 화자의 몸의 변화 과정에서 우리의 관심을 점점 더 깊이 끌어들이는 것은 그녀 부모의 형상이 그녀의 꿈속에 떠올라 반복적으로 등장하는 양상에 있기 때문이다. 이러한 상상적 표현들의 세부에 귀를 기울일 때, 우리는 주인공이 경험하는 깊은 심리적 변화가 어떻게 전개되는지 이해할 수 있게 된다.

하나의 정신분석?

이 이야기는 상상력, 즉 이미지의 힘이 특히 중요한 역할을 한다는 사실을 강조해야 하겠는데, 그것은 이미지들이 무의식의 언어 자체를 구성하기 때문이다. 이 소설에서 심적 재현의 역량(예를 들어, '담배 여인'을 상상하면서 성적으로 쇠진되는 것)이 줄거리에 정당성을 부여하기 위해 좀 과대평가되었을 수도 있다. 그러나 이 이야기는 '가장 중요한 성 기관은 뇌이다'라는 현대 성의학자들의 격언에 확신을 심어준다. 화자가 마침내 관능적으로 피어날 수 있게 되는 것이 그녀가 자신의 상상 세계를 자유롭게 표출할 수 있었던 덕택이라는 사실은 의미심장하다. 금속 도마뱀은 그녀가 평소에 만나는 사람들과는 사뭇 다른 한 남자의 선물이었고, 그는 아주 일찍부터 그녀의 깊은 관심을 끌었다. 그런데 바로 그 선물이 관능적인 꿈들을 가로지르는 여행을 하도록 그녀를 부추겼고, 그 꿈들은 그녀로 하여금 자신의 리비도의 진실에 다가가도록 해주었다. 몇 차례 꿈을 꾸는 동안, 그녀는 **자신도 모르는** 사이에 자신의 무의식적 삶의 몇몇 리얼리티에 다가가게 되는데, 그 발견은 그녀에게 고통스러운 상처로 인한 심적 차단들을 제거시켜줄 것이다. 비록 의식적으로는 그녀가 자신의 불만족을 전적으로 상대들의 책임으로 돌리기는 하지만, 마치 자신의 불감증이 그 첫사랑들의 서툶만큼이나 그녀 자신의 심리 상태에도 기인한다는 사실을 그녀가 짐작하고 있었던 것처럼 모든 일이 진행되고 있다. 그런 의미에서, 이 이야기를 성공적인 정신분석의 사례라고 말할 수 있으며, 이것은 작품에 흥미를 더해준다.

이것은 독특한 정신분석의 경우로서, 내 과거의 수수께끼들을 짚어나갈 수 있도록 내 이야기를 듣고 반향을 보내줄 그 타자, 즉 정신분석가가 존재하지 않는다는 사실로 특징지어진다. 그렇다고 주인공이 자신 외에 어느 누구의 개입도 없이 홀로 그런 작업을 했다고 말할 수는 없다. 왜냐하면 도마뱀은 그녀의 내면에서 일어나는 느낌들이나 이미지들을 그녀와 함께 나눌, 그녀 자신의 일부처럼 기능하기 때문이다. 좀더 정확히 말하면, 그녀의 내면에서, 도마뱀은 "몸을 바꿔야" 할 것이라는 조언과 함께 그 선물을 그녀에게 건네준 남자를 대리하고 체현한다. 그녀는 그 기이한 처방이 내려진 바로 그 순간, 의아한 마음을 감추지 않는다. 그러나 훗날 그녀는 자신의 몸과의 관계가 실제로 바뀌었다는 사실을 깨닫게 된다. 이것은 마치 전적인 신뢰 속에서 자신의 이야기를 정신분석가에게 들려주듯, 이 도마뱀의 형상이 표상가치를 띠며 현장에 출석해 있는 가운데 그녀가 부모에 관련된 인상들과 추억들을 다시 발견해냈기 때문에 가능했다. 그리고 이 자기분석[9]은 실

---

9) 이것이 허구적인 자기분석이라는 사실은 잊지 말자. 왜냐하면 현실 속에서는 일이 그렇게 단순하게 진행되지 않기 때문이다.

제 정신분석의 경우처럼—프로이트가 벌써 탐구했던 소설 『그라디바』의 주인공 노르베르트 하놀드의 경우가 그렇다[10]—, 그녀로 하여금 과거의 사라져버린 몇몇 순간들을 되찾아 다시 자신의 것으로 만들 수 있도록 해주었다. 이러한 자기분석 과정은 그녀로 하여금 예를 들어 다음과 같은 결정적인 문장을 다시 들을 수 있게 해주었다 —엄마는 뱀과 함께 떠나갔다(p. 18).

이 예는 많은 것을 암시한다. 이것을 세부적으로 검토하기에 앞서 즉시, 프로이트가 했던 말을 떠올리자 —"예는 사물 자체이다." 이 말은 이렇게 이해해야 한다. 즉, 한 가지 주장을 예시하려 할 때 뇌리에 가장 먼저 떠오르는 바로 그 생각이 정확히 문제되는 것이므로, 아니, 문제를 일으키는 것이므로 그 생각은 무의식에 의해 제안된 것이라는 뜻이다. 화자의 눈에는 그녀 어머니의 가출을 요약하는 표현 속에 '뱀'의 이미지가 남아 있었다. 왜냐하면 종교가 무의식을 은폐하는 가운데 이 두 요소에 결부된 일련의 사건들을 총체적으로 개입시키며 상상력을 부추기는 것이 바로 그 이미지이기 때문이다. 물론, 한 부부의 아이로서 그리고 장래의 잠재적 부모로서의 우리의 이중적 입지에는 성(性)이 연결되어 있다. 이러한 점에서 모든 것은 성을 중심으로 움직인다고 하겠다. 여기서 우리에게 놀라운 것은 아무것도 없다. 왜냐하면, 반복하건대, 무의식은 그에게 제공되는 모든 우연적인 기회들에 자신의 관심사들을 끊임없이 결부시키려 하기 때문이다.

---

10) 흥미로운 사항이 하나 있다. 이 이야기에서 주인공이 자신도 모르게 사랑하고 있는 아가씨의 아버지는 동물학자이다. 그녀가 폼페이의 폐허를 방문하는 동안, 그는 자신의 컬렉션을 보완하기 위해, 그 지역에서 서식하는 종의 도마뱀을 바로 그것이 서식하는 둥지 구멍의 입구에서 나포하려는 목적으로 주변의 산등성이들을 헤매고 있다.

아버지의 자리

이 두번째 뱀은 제사들 속에 등장했던 뱀에 메아리를 보내며, 화자의 심적 진화 과정에서 은근슬쩍 도마뱀의 뒤를 잇게 될 것이다. 그러나 이 뱀이 우리에게 제공하는 실마리를 따라갈 순간이 아직 온 것은 아니다. 무의식에 벌어지는 일이 시간성을 고려하지 않는다고 해서, 해석 가능한 요소들을 발견하는 우리의 과정이 독서가 순차적으로 따라가는 서사의 시간 순서를 피할 수는 없기 때문이다. 그러니 우선 아버지를 고려의 대상으로 삼는 것이 좋을 듯하다. 화자의 이야기 속에 가장 먼저 개입하는 자가 바로 그이기 때문이다. 그가 등장하는 단계들을 차례로 따라가보자.

아버지는 두번째 꿈(sq. 4)에서 처음으로 모습을 드러낸다. 열대의 숲, 뜨거운 열기, 원시적인 음악으로 보아, 이 꿈은 아프리카나 인도네시아의 어느 특별한 환경 속에서 벌어지는 것 같다. 화자에게 도마뱀을 선물하면서, 그 친구는 그 금속 물건이 덥고 습한 나라에서 왔으며 그 지역에는 그 동물이 풍부하게 서식하고 있고 지역 부족들이 신처럼 숭배한다고 명확하게 설명해주었다. 이 원시적인 삶의 맥락은 그녀의 아버지가 그곳에 (그는 선교사들의 활약이 매우 중요한 종교에 종사하고 있다) 살고 있고 그가 (그 풍토에 사는 원주민처럼) 완전 나체라는 사실을, 꿈꾸는 화자가 전적으로 당연하게 생각하고 있음을 말해준다. 그러나 꿈의 언어는 동일성과 비(非)모순성의 논리원칙들을 지키지 않는다. 나체 상태가 지시하는 의미는 정신분석에서 말하듯이 **중층결정**되어 있을 가능성이 있다. 즉, 아버지의 나체 상태는 그럴 법한 민속학적 관점과는 다른 이유로, 말하자면 그의 곁에 있고 싶은 어떤 혼란스러운 소망에 부응하기 위해 딸의 꿈속에 나타났을 수 있다. 어쨌든 아버지는 딸이 홀로 쾌락을 추구하는 모습을 보고 크게 화를 내는 것 같다. 그의 기독교 정신이 그 행동을 정신적 타락으로, 그리고 종교적 원칙들에 반하는 죄악으로 간주하기 때문이다. 그녀는 그가 자신을 때리면서 벌을 주지나 않을까 겁이 난다. 그녀 자신이 아버지는 어머니를 구타하는 폭력적인 남자라고 말했었다. 장면은 명백한 책망으로 끝이 난다. "더러운 계집애. 너는 *도마뱀*을 키우고 있었구나"(p. 15) ──사악한 만족을 위해 네가 도마뱀을 비밀리에 키우고 있었구나. 이 아버지는 자유로운 쾌락 추구를 방해한다. 요컨대, 정신분석이 거세자라고 부르는 **아버지**의 완벽한 표상이 바로 여기에 있다.

이 꿈이 제시하는 관점에서, 이 젊은 여성은 의식적으로는 다음과 같은 방식으로 해석할 법하다. 즉, 결혼과는 상관없는 페니스를 쫓는다는 이유보다는 오히려 페니스를 소유하고 있지 않다는 이유, 다시 말해 대개의 전통들 속의 아버지가 바라는 남자아이가 아니라는 이유로, 아버지가 그녀를 질타하는 것이다. 남자아이라면 자연적으로 하나를 갖고 있을 것이기 때문에 '도마뱀'을 '키울' 필요가 없을 것이다. 그러나 독자의 무의식은 문제의 도마뱀이, 다시 말해 쾌락의 원천인 이 **팔루스**가 주인공의 몸에 속하지 않는 것이므로, 아버지의 질책에서 거세의 위협을 들을 것이다. 그리고 아버지의 질책이 그녀의 쾌락이 솟아오르는 시점과 일치하므로, 우리는 금속 벽장식품이면서 꿈속에서 살아 움직이는 동물인 이 도마뱀이 페티시와 유사한 역할을 한다고 생각할 수 있다. 알다시피, 페티시스트는 팔루스의 상실에 대비하여 그 존재를 확신하고 보장받기 위해 페티시를 필요로 한다.[11] 페니스, 즉 관계 맺기가 가능한 가시적인 이 팔루스는 쾌락의 원천이다. 그러나 그것의 소유는 그것이 완벽한 제어로부터 언제나 비껴나 있다는 사실로 인해 문제적으로 남아 있다.[12] 바로 그 이유로 이 젊은 여성이 꿈에서 깨어날 때마다 첫 순간에는 벽에 걸려 있는 도마뱀을 보지 못하다가, 그다음 순간에야 그것이 제자리에 있다는 사실을 확인하게 된다. 이것은 그녀가 갖고 있다고 믿고 있지만 실제로 소유하고 있지는 않은 페니스와는 반대되는 경우이다. 그러나 이것이 반대되는 것이라 해도, 이 둘 사이에는 공통점이 있으며 조금은 같은 것이기도 하다.

이러한 독서 줄기를 따라가는 순간부터, 화자가 일단 심적 차단에서 벗어나 두려움을 떨쳐버릴 수 있게 된 다음에는, 자신의 '도마뱀'을 어

---

11) 정신분석에서, 페티시 물품(팬티, 땋은 머리채, 구두 등)은 여성의 몸에 페니스가 없다는 사실을 주체가 발견한 사건에 결부되어 있다. 이 발견으로 인해 주체는 그 자신이 그렇게 거세당할까 봐 두려워한다. 그때 그는 자신이 발견한 현실을 부인(否認)하는 한편, 가시적인 어떤 것도 없는 그곳에서 무언가를 보았다는 믿음을 간직한다. 페티시는 현실 속에서 그러한 (거짓) 당위를 떠올려줌으로써 주체를 안심시킨다. 그러나 페티시즘은 90퍼센트가 남자아이에게서 나타나는 도착증이다. 여자아이가 그런 충격을 받았다면, 그 아이가 페니스-팔루스를 가진 남자아이라는 무의식적 감정을 갖고 있었음을 의미한다("너는 도마뱀을 키우고 있었구나."). 그러한 감정은 여자아이에게 남자아이를 지나치게 갖고 싶어 했던 어머니의 무의식이 전달되었기 때문은 아닐까?

12) 텍스트에서 '도마뱀'이라는 단어가 언제나 비스듬히 기울어진 글씨체로, 다시 말해 서양어의 이탤릭체에 해당하는 글씨체로 등장한다는 사실을 여기서 지적해야겠다. 이것은 전혀 흔히 쓰이는 한국어 표기법이 아니다. 김영하가 이 비일상적인 강조 방식을 동원한 것은 단순히 (이 작품에 제목까지 제공해준) 이 사물의 서사적 중요성을 강조하기 위해서가 아니다. 처음부터 그는 그것이 어떤 특별한 환기력으로 독자의 뇌리를 사로잡아야 한다는 사실을 지적하고 싶었던 것이다. 우리는 이것이 은유적인 차원, 특히 이 텍스트의 경우 팔루스의 차원에 관련된 문제라는 사실을 일찍부터 알게 된다. 분명, 작자는 작은따옴표나 드러냄표와 같은 문장부호를 사용하는 통상적인 방법으로도 얼마든지 이 단어를 강조할 수 있었을 것이다. 최애영이 내게 시사해준 바에 따르면, 이 인쇄된 글자들의 기울어진 모양이 꾸불꾸불하게 기어다니는 도마뱀의 이미지뿐만 아니라, 무엇보다 불확실성이 각인된 남성 성기의 상징적인 리얼리티와 전적으로 조화를 이루는 것처럼 작자가 느꼈을 가능성이 없지 않다.

머니의 것과 유사한 '뱀'으로 대체하게 될 것이라는 사실이 명백해진
다. 여기서 대체된 이 뱀은 아기의 자격으로든 남성 성기의 자격으로
든 그녀의 몸속에만 있는 동안에만 그녀에게 속하는 쾌락 기관이라는 사
실을 이해하자. 에필로그(sq. 10)에는 처음으로 남성 인물이 개입하게
되는데,[13] 우리는 어둠 속으로 방문하는 그 남자가 왜 '차갑고 커다란
성기'(p. 27)로 그녀의 몸속에 파고드는 것처럼 상상되는지 그 이유를
이제 이해할 수 있다. 한편으로 차가운 감각이 파충류 동물들에 연상
되고, 다른 한편으로 이제는 끝나버린 과거 속으로 그녀가 멀찌감치
밀쳐버렸던 "네온사인 십자가"가 "멀리" 아버지의 얼굴을 상기시키며
그녀의 눈앞에서 "붉게 빛나"는(pp. 20~21) 것이다. 그러나 무의식이
축약해버리는 경향이 있을 것이라고 상상해서는 안 된다. 아버지의 거
세자 이미지를 떨쳐버릴 수 있기 위해서는, 이 젊은 여성은 먼저 딸로
서 오이디푸스 콤플렉스를 통과해야만 한다. 그것은 세번째 꿈의 첫
부분에서 이루어질 것이다.

무슨 꿈인가?

여기서 먼저 주목해야 할 사항이 있다. 지금까지 우리는 화자의 말

---

13) 이 점에서, 이 마지막 성적인 장면은 리얼리즘에 아주 근접하면서 한 진화 과정이 완성되는
   국면을 보여준다고 말할 수 있다. 프로이트는 그의 언어로써, 여성 화자가 하나의 **부분** 대상
   (자기 자신의 몸 일부분 혹은 그런 어떤 것)으로 얻은 쾌락에서, 한 **주체**(성을 가진 한 사
   람)와의 나눔의 관계 속에 육체 전체를 동원하는 완전한 향유로 이동했다고 말할 것이다.
   그리고 그 시대의 이념에 따라, '맹신'이라는 강박에 늘 얽매어 있던 성식 관세들의 관섬에
   서 볼 때, 프로이트에게 여기에는 '정상성'을 향한 어떤 진전이 있다.

을 그대로 빌려 "꿈"이라고 했다. 그런데 실은 지금까지 떠올렸던 장면들 가운데 상당 부분은 정신분석에서 꿈이 아니라 백일몽 혹은 **몽상**이라 부르는 것들이다. 이 점은 가히 역설적이라 할 만하다. 왜냐하면 이 몽상 장면들은 화자가 수면 상태에 빠져 있는 동안 벌어졌지만, 조직되지 않은 부조리한 이미지들의 집합이라는 진짜 꿈의 가장 중요한 특징을 보여주지는 않기 때문이다. 금속 도마뱀이 살아 있는 도마뱀으로 변신하는 장면을 제외하고는, ─화자의 성적 흥분의 원칙은 이 변신에 있다 ─, 비록 환기된 상황들이 썩 있음 직해 보이지는 않는다 하더라도 그 속에서 어떤 것도 객관적으로 불가능하다고 말할 수는 없다. 여기서 사건들은 논리적이라고 말할 수 있을 정도의 이치에 순응하며 일상적 현실의 법칙들을 심각하게 뒤흔들지는 않는다. 그런데 어느 순간, 우리는 전적으로 몽환적 꿈 조각을 만나게 되는데─방금 내가 사용한 이 '몽환적'이라는 형용사는 여기서 어떤 유보도 허락하지 않는 완전한 의미를 띤다─이 장면에서 중요한 무엇이 작용하고 있다는 증거로는, 진실임 직함이 결여되어 있다는 사실을 내세워야 할 것이다.

나는 갑자기 어려진다. 짧은 치마를 입고 머리에 리본을 두르고 누워 있다. 도마뱀이 나에게 영상을 펼쳐준다. 어린 내가 벌거벗은 아담과 이브를 보며 사타구니를 만지고 있다. 쾌감이 밀려온다. 장면이 바뀐다. 교회의 주일학교에서 목사의 딸인 나는 동년배 남자애의 성기를 만지고 있다. 그의 바지를 내려 천천히 바라보다가 그의 성기를 입에 물고 싶어 한다. 남자애의 성기가 갑자기 커진다. 그의 키도 자라 그는 어느새 나이 든 남자의 모습으로 변한다. 그의 성기 주위에는 웅숭숭 털이 많아 나는 그 털을 쓰다듬으며 즐거워한다. 나는 그것을 입속으로 집어넣는

192

다. 내 입속에서 성기는 점점 더 딱딱해진다. 입이 아파온다. 어느새 성기는 직사각형의 나무 조각으로 변해버린다. 나는 입속에서 간신히 성기를 빼낸다. 그의 성기는 네온사인 십자가가 되어 있다. 붉게 빛나는 십자가 앞에 나는 경건하게 무릎 꿇고 있다. 붉은 십자가에서 내 타액이 한 방울씩 흘러내린다. 나는 그 남자가 누구인지 궁금해진다. 고개를 들어 얼굴을 바라본다. 한 번도 본 적이 없는 낯선 남자가 거기에 있다.

도마뱀이 영상을 거두어간다. (pp. 20~21, sq. 7)

키와 나이의 변화와 물건들의 변모가 자연의 법칙들을 명백하게 거스르고 있다. 돌연, 우리는 어떤 진정한 꿈속에 들어와 있음을 느끼게 된다.

게다가, 이 꿈은 해석의 가능성을 열어주는 요소들을 포함하고 있기까지 하다. 이것은 마치 우리가 정신분석가와 함께 있을 때 우리의 연상 작용들이 그렇게 해주는 것과 같다. 이 꿈은 꿈꾸는 여성이 키가 작아지며 어린 모습으로 변신하는 장면으로 시작된다. 이것은 '내가 열 살쯤 되었을 때였다'와 같은 식의 추상적인 문장이 말로 표현하는 것을 꿈의 언어로 보여주는 흔한 방법이다. '아담과 이브'는 우리가 인류 최초의 부모를 가리킬 때 종종 사용하는 별명인데, 이들을 떠올리는 것은 한편으로는 원죄의 뱀과 연상의 끈을 맺고, 다른 한편으로는 근원장면[14]을 배경에 펼치는 효과를 낳는다. 왜냐하면 그들의 나체 상태는

---

14) 부모의 정사 장면을 재현하는 이 장면은 프로이트가 모든 인간의 근원에 관련되었기 때문에 원초적이라고 명명한 네 개의 보편적 환상fantasme에 속한다. 나머지 셋은 모태 회귀, 유혹(아이에 대한 어른의 유혹), 거세 환상이다. 앞의 글, 「무의식의 지형도 —— 김영문의 『깊은 이야기 사슬』」 각주 3과 5를 참고하기 바란다.

엿보는 위치에 있는 어린 소녀의 자위 행위와 겹쳐져서 성 행위를 상상하게 하기 때문이다. 여기서 종교인인 아버지는 간접적으로 지목되고 있다. 이미지들의 잇단 전개 속에서 우리는 그 또한 어린 소년이 되었다는 사실을 짐작하게 된다. 즉, 그의 집전 공간인 예배당에서 자신의 페니스로 여자아이의 관심을 사로잡는 "남자애"의 모습으로 그가 체현된 것이다. 이때 주목해야 할 점은 페니스가 커지고 그에 따라 그것의 소유자 또한 어른이 되는데도, 여자아이는 함께 자라나지 않는다는 사실이다. 실제로 그녀는 "고개를 들어" 남자를 바라보며 강화된 멋진 부정(否定)을 통해 그에 대해 "한 번도 본 적이 없는 낯선 남자"라고 덧붙인다. 그런 다음, 마치 더욱 명확히 해야만 한다는 듯, 그녀의 입속에 든 성기는 모든 기독교 건축물 안에 걸려 있는 것들과 같은 "나무" 십자가가 되었다가, 한국 대도시들의 교회 지붕 위로 흔히 볼 수 있는 그런 붉은 "네온사인 십자가"로 탈바꿈한다. 여기서 우리는 반대 방향으로의 위치 전도라는 최소한의 변장을 동원한, 한 성적 희열의 장면을 쉽게 상상할 수 있다. 이 가정(假定)은 십자가의 막대를 타고 무릎 꿇은 여자아이의 몸으로 흘러내리는 "타액"이 입증해준다.

달리 말해, 몽상과 유사한 꿈들 사이에 동원된 이 진짜 꿈의 장면은 그 꿈이 펼쳐지는 바로 그 순간에 주인공의 진정한 욕망의 대상은 아버지라는 사실을 명백하게 드러내준다. 여기서 관찰된 한 가지 사실을 반드시 짚고 넘어가야 할 것 같다. 즉, 두번째 꿈과 세번째 꿈 사이의 가장 중요한 차이는 이 마지막(세번째) 꿈에서 뭔가 수정된 것이 있다는 사실에 있다. 말하자면, 쾌락을 얻는 일이 우선 아버지의 기호 아래 위치해 있다가, 그다음 어머니의 기호 아래 놓이는 것이다. 그런데 앞의 경우(두번째 꿈), 쾌락은 자기 성애적 행위 덕택으로 얻어지는 만큼 성기 삽입이 없는 반면, 뒤의 경우에는 삽입이 있다. 5장을 시작하면서 중심 에피소드를 이야기하기에 앞서, 화자 자신이 "도마뱀이 내 몸 속으로 들어온 것은 그 꿈을 꾸고 난 얼마 후의 일이었다"(p. 19, sq. 7)라고 말하며 그 차이를 강조하고 있다.

이 차이점에 주목하면서 우리는 다시 질문을 던지게 된다. 활짝 피어나며 대상과 함께 나누는 성(性)으로 딸을 인도하는 자는 어머니인데 반해, 왜 아버지는 자기 성애의 쾌락에 연결되어 있을까? 그것은 아마 아버지가 법을 구현하는 동시에 징벌을 부르는 위반적인 쾌락의 열락으로 길을 열어주는 인물이기 때문일 것이다. 이것은 자기 자신과 사랑을 하는 것에는 근친상간과 관련된 무엇이 포함되어 있다는 사실을 의미한다. 더욱이 그 쾌락은 사춘기 이전에 아주 일찍부터 얻을 수 있다.[15] 종교와 도덕의 사도로서, 이 아버지는 정신분석이 **초자아**라고 부르는 것을 완벽하게 표상한다. 초자아는 근친상간을 위시한 모든 금기를 지적하고 위반을 처벌하는 역할을 담당하는 심급이다. "나도 찬송가 소리에 짓눌린 교회를 떠나고 싶었다. 언제나 나를 굽어보는 십자가가 없는 곳으로 말이다"(p. 19, sq. 6 끝부분). 이 고백은 화자가 마지막 꿈 이야기를 꺼내기 직전에, 과도한 도덕적 의무들에서 과감하게 벗어난 어머니를 생각하며 표명한 말이다. 도마뱀처럼 "벽에" 걸려 있는, 그러나 정반대의 의도로 걸려 있는 십자가는 그녀에게 삶의 모든 즐거움을 금지하려는 목적으로, 혹은 쾌락을 위에서 굽어보며 삶의 환희에 제한을 가하려는 목적으로 그녀를 감시한다. 어머니의 경우,

---

15) 이 이야기에서 여자아이가 털이 웅숭숭 난 음부pubis를 발견한 것에서 그 징후를 볼 수 있다. '사춘기puberté'라는 프랑스어 단어는 어원적으로 '털로 몸을 덮다'를 의미하는 라틴어 동사에서 유래했다.

그녀는 비록 폭력적이고 지나치게 엄격한 남편과 함께 결코 행복하지는 않았지만 쾌락을 실제로 표현하곤 했던 것으로 나타난다. 하지만 그 쾌락은 자기 성애적인 것과는 다르며, 어린 딸에게는 수수께끼로 남아 있다. 이제 다 자라 성인이 된 딸은 그 신비를 제대로 이해하기를 바란다.

이불 속에서 엄마의 신음 소리가 들려왔다. 그때 엄마의 음성은 사람들이 교회에서 행하는 (황홀경에서 내뱉는) 방언 같았다. 나는 무슨 말인지 알아듣기 위해 귀를 쫑긋 세우곤 했지만 한 번도 제대로 알아듣지 못했다. (p. 18, sq. 6 앞부분. 괄호는 필자의 것)

조음된 언어의 규칙들을 모두 잊어버린 이 담론으로, 어머니는 단숨에 '그것' 측면에, 다시 말해, 육체 자체에 발언권을 주고 언제나 구속 없는 쾌락을 추구하는 충동의 측면에 위치된다.

어머니의 역할

여기서 우리의 독서는 어머니를 불러들임으로써 '뱀'으로 되돌아가게 된다. 뱀은 천국에서, 일상생활에서 그리고 성관계에서, 이렇게 세 차례 유혹자로 등장한다. 다음의 글을 읽어보자.

그리고 엄마가 사라졌다. 편지 한 통 남기지 않고 그야말로 증발해버렸다. 신도들은 모이기만 하면 엄마 얘기를 했다. 사람들은 사탄이니 뱀이니 도망이니 하는 얘기를 했던 것 같다. 그 시절의 일기에 나는 무수한 뱀을 그려넣었다. 멍하니 앉아 있다가 문득 내려다보면 종이 위에는 무수한 뱀들이 서로 엉켜 똬리를 틀고 있었다. 엄마, 보고 싶어요, 라고 적고 그 위에 뱀을 그려넣었다. [……]

지금도 나는 가끔 뱀을 그린다. 나는 처음부터 뱀이 무섭지 않았다. 실제로는 한 번도 본 적이 없어서일지 모른다. 뱀이 엄마를 꼬였다고 어른들이 어린 내게 속삭이던 게 기억난다. 웃기는 일이다. 그게 거짓말이라는 걸 난 이미 알고 있었다. (pp. 18~19, sq. 7)

어머니를 간통한 여자로 규정하기 위해 교회 공동체 사람들이 수군 댄 험담들 사이에서 포착된 인상 깊은 세 마디 단어 가운데, 여자아이는 성서의 '사탄'이나 부부 연의 포기에 해당하는 '도망'이란 단어는 무시하고 오직 '뱀'이라는 은유적 표현만을 머릿속에 간직한 것 같다. 아이는 그 단어를 어머니에 연결된 부적처럼 간직했다. 단어를, 특히 그림으로 재현할 수 있는 이미지를 보존한 것이다. 하지만 아이는 그것이 창세기의 뱀이라는 사실을 잘 알고 있다. 뱀으로 변장한 사탄은 이브를 유혹하여 '선'과 '악'을 구분할 수 있는 치명적인 능력을, 다시 말해 먼저 불복종의 동의어인 '악'을 만들어내고, 그러곤 '악'을 성에 연결짓는 치명적인 능력을 그녀에게 주었다. 이브는 하느님-아버지의 금기를 위반했다. 그리고 바로 그 순간 아담과 그녀는 자신들이 나신이며 해부학적으로 서로 다른 몸을 갖고 있다는 사실을 깨닫고, 자신들에게 '악'을 발견하게 할 그들 몸의 국부를 가릴 필요를 느꼈다. 금기와 성에 결부된 '뱀,' 바로 이것이 여자아이의 무의식에 새겨져 있는 이미지이다.

어른이 된 지금도 여전히, 그녀는 아무것도 생각하지 않을 때, 즉 깨어 있을 때와 잠을 자며 꿈을 꿀 때 사이의 중간 상태에 있을 때면, 자신도 모르게 뱀을 그린다고 말한다. 이 통제되지 않은 행동은 그녀의 내면에 각인된 문제적인 경험을 드러내준다. 그녀는 "그게 거짓말"이라는 것을 처음부터 알고 있었다. 그러나 무의식의 지배하에서 그녀는 어머니가 뱀을 따라가기 위해 그녀를 버렸다는 환상과 믿음을 계속 품어왔다. 먼저, 그녀에게 뱀의 이미지는 '엄마는 하느님이 규정한 죄악 속에서 다른 남자와 살기 위해 떠났다'는 것을 의미한다. 다음, 이 이미지는 조금씩 그 다른 남자를 핵심적인 것으로 환원시키는 방법으로 유혹자를 가리키는 데 사용되었다. 여기서 핵심적인 것이란 상상하기 좋아하는 교회 아낙들의 머릿속에서 목사 아내의 도망을 설명해주는 것, 즉 한 남자의 성기이다. 그들에 따르면, 아마 어머니는 자신이 성적으로 충족되지 못하고 욕구불만의 상태에 있다고 스스로 판단했던 것 같다. 그러한 사실은 텍스트가 잘 보여주고 있다. 어둠 속에서 서로 부둥켜안고 있는 동안, 그녀가 바로 옆에 잠들어 있는 딸에게 충격을 줄 수 있을 통제되지 않은 소리로 흥분된 쾌감을 내지르기라도 할라치면 남편은 곧장 그녀를 '나무라'곤 했다(p. 18). 목사로서, 지상에서의 하느님 대리자로서, 아버지는 아이를 낳는 것처럼 의무와 '선'에 해당하는 것과 '악,' 즉 사악한 본질의 쾌락을 구분할 줄 알고 있었던 것이다.

어쨌든 주인공의 기억 탐험에 따라 우리가 재구성한 바에 의하면 그것은 다름 아닌 일상의 현실 속에서 벌어졌던 일이다. 그러나 꿈의 공간 속에서는 일이 다르게 전개되며, 여기서는 다른 양상의 의미 작용이 이루어진다. 딸이 아버지에게 품던 무의식적 욕망과 관련하여 앞서 언급한 바 있듯이, 평범한 꿈이 전적으로 몽환적인 세계 속으로 돌연 미끄러져 들어갈 수 있는 것도 바로 그러한 사실에 근거한다. 그렇게 해서 우리는 놀랍기 그지없는, 엄청난 환기력을 지닌 두 장면을 목격하게 되는데, 그 속에서 어머니가 그녀 자신의 몸속에 들어 있던 뱀을 뱉어내자, 뒤이어 도마뱀이 딸의 몸을 문자 그대로 관통한다.

차가운 *도마뱀*이 내 몸속에서 꿈틀거리는 동안 나는 엄마를 보고 웃는다. 엄마도 나를 보고 웃는다. 엄마의 웃음은 점점 더 커져간다. 그런 엄마의 입속에 뱀의 머리가 보인다. 뱀은 천천히 꾸불거리며 엄마의 입에서 비어져나온다. 엄마는 허리를 숙여 뱀이 빠져나오는 것을 돕는다. 그 모습이 구토하는 것처럼 보인다. (p. 22, sq. 7)

도마뱀 형태의 벽 장식품이 마술적으로 생명을 얻어 화자 자신의 '뱀'이 되었다. 그녀는 그것이 몸속으로 들어와 자신을 소유하고 자신을 성적 향유의 연안으로 인도해준 것에서 느끼는 깊은 만족감을 어머니에게 미소로써 보여준다. 어머니는 딸의 행복을 함께 기뻐하는데, 그럼으로써 어머니라는 인물의 성격도 덩달아 바뀐다 — 왜냐하면 두 번째 꿈에서는 어머니 또한 아버지처럼 그녀가 홀로 즐기는 쾌락을 기독교적인 표현을 빌려 사악하다고 비난했었기 때문이다.[16] 그러나 세 번째 꿈에는 딸에게 중요한 새로운 사실이 하나 덧붙여진다. 여기에는 어머니가 자신의 몸속에 들어 있는 뱀을 몸 밖으로 끄집어내는 장면이 연출되는데, 이것은 도마뱀이 딸의 몸속에 잠시 머물렀다가 빠져나오

---

16) "멀리서 엄마의 웃음소리가 들려온다. 거봐요. 쟤는 끼가 있다니까요, 엄마가 아빠에게 말한다."(p. 15, sq. 4) 이처럼 어머니는 아버지의 불만에 동조한다. 그러나 이 말을 통해 딸은 어머니와 자신이 서로 닮았다는 사실 또한 암시하려는 것 같다.

는 것과 똑같다.

이처럼 딸은 뱀이 몸 밖으로 배출되는 것을 아이를 몸 밖으로 내보내는 것으로 해석한다. 우리는 그 문제의 남동생이 실제로 태어났었는지, 아니면 사고로 유산되었는지 결코 알 수 없다.

(어머니가 구토하는 것처럼 보인다.) 엄마, 제 동생은 어디로 갔나요? 나는 엄마에게 묻는다. 그애는 죽었잖니. 아니, 우리가 죽였잖니. 아니에요, 엄마, 전 죽이지 않았어요. 걜 본 적도 없는걸요. 엄마의 입에서 나온 뱀은 어디론가 사라져간다. 나는 서서히 꿈에서 깨어난다. 깨어나면서 벽을 본다. 도마뱀이 없다. 나는 다시 눈을 감는다. 꿈은 다시 이어진다. 내 뱃속의 도마뱀이 다시 꿈틀거리기 시작한다. 나는 항문에 격렬한 통증을 느끼기 시작한다. 아, 제발. 도마뱀은 천천히 항문을 통해 빠져나온다. 아이를 낳고 싶어요. 엄마. 제가 엄마의 아이를 낳아드릴게요. 나는 고통을 참으며 말하지만 엄마는 듣지 않고 사라져간다. 도마뱀이 다 빠져나가자 통증과 함께 나른함이 몰려온다. 나는 잠에서 서서히 깨어나 다시 벽을 본다. (p. 22, sq. 7. 괄호는 필자)

의식은 이 장면에 대해 여성성이 모성에 자리를 양보하는 순간이라고 이해할 것이다. 그러나 무의식은 정확히 그렇게는 말하지 않는다.

어머니의 몸에서 빠져나오는 뱀의 메타포에 관해 가장 먼저 주목해야 할 사실은 다음과 같다. 그것은 프로이트에 의해 명료하게 정립된 이론인데, 꿈속에서 아기, 페니스, 대변 등 여성의 몸 안을 차지하는 물건들은 모두 등가이고 이것들은 팔루스의 표상으로서 가치를 지니며 팔루스의 상실은 고통을 초래한다는 것이다. 이 지점에서 좀더 앞부분으로 거슬러 올라가 읽어보자.

　여기서 뭘 하는 게냐? 엄마가 말한다. 엄마는 의심스러운 눈초리로
내 침대 곳곳을 살핀다. 나는 그가 도마뱀을 발견하지 않았으면 하고 바
란다. 더 깊이 들어가주렴. 나는 도마뱀에게 애원한다. 도마뱀의 꼬리가
그의 눈에 띄지 않아야 할 텐데. 나는 조바심을 내며 도마뱀을 채근하지
만 도마뱀의 꼬리는 아직 내 몸 바깥에 있다. 아직 엄마는 도마뱀을 발
견하지 못했다. 〔……〕 나는 쾌감을 감추려고 얼굴을 찡그리고 엄마는
그런 내 모습을 냉정하게 지켜보고 있다. 엄마, 저는 몹시 아파요. 그러
나 엄마는 믿지 않는 기색이다.

　엄마가 내 도마뱀을 빼앗아가려고 한다고 믿는다. 나는 괄약근을 조
여 도마뱀을 가둔다. 그러자 도마뱀은 내 몸 깊숙이 들어온다. 이제 꼬
리마저 완전히 내 몸속으로 들어가버렸다. 이제 엄마는 도마뱀을 볼 수
없다. 이 도마뱀은 내 것이다. 차가운 도마뱀이 내 몸속에서 꿈틀거리는
동안 나는 엄마를 보고 웃는다. (pp. 21~22, sq. 7)

　딸은 남성 성기처럼 자신의 아랫배 밖으로 삐져나와 있는 도마뱀의
꼬리[17] 끝을 어머니가 발견하지나 않을까 겁이 난다. 그녀는 어머니에
게 여성으로 인정받기를 바란다. 그녀의 담론은 다음과 같은 말을 하
려 한다―엄마, 엄마는 아들을 원했고 아들을 갖기를 더 원했을 테지
만 나는 여자아이지 남자아이가 아니에요. 여자의 성기를 보여줄게요.

---

17) 이 부속물들 사이의 유사성 외에도, 고대 그리스어와 라틴어, 프랑스어, 스페인어 등등의
　언어에서 남성의 페니스와 포유동물들의 꼬리가 일상적으로 같은 단어로 지칭된다는 흥미로
　운 사실에 주목하자.

이것 보세요. 내 몸에 삐져나온 것이라곤 아무것도 없잖아요. 어떤 뱀 꼬리도 없잖아요. 다른 증거를 더 원하시나요? 난 엄마가 뱀을 낳는 것을 보았어요. 나도 엄마처럼 낳을 수 있고 그러기를 욕망하기까지 한다는 사실을 엄마에게 보여줄게요. 그건 "엄마의 아이"가 될 거예요. 엄마가 수태했지만 없어져버린 '남동생'을 엄마에게 돌려줄게요. 엄마가 '우리가 그애를 죽였다'라고 말할 때. 그 우리란 엄마와 아빠였잖아요. 왜냐하면 나는 그 죄악과 관련된 어떤 일에도 연루되지 않았기 때문이에요. 하지만 난 잘못을 저지른 것만 같아요. 난 내 잘못을 서둘러 부정하고 있다는 사실 자체를 통해 내게 잘못이 있다는 사실을 인정하고 있어요. 하지만 환상 속에서 그 우리는 또한 엄마와 나를 의미하는 것은 아닐까요? 왜냐하면 우리가 다른 한 남성을, 아버지의 것과 똑같이 생긴 다른 페니스를 가족 속으로 받아들이고 싶어 하지 않았기 때문이죠. 엄마는 내가 보는 앞에서 페니스를 하나 '토해냈어요.' 그러니 보세요, 나도 해산의 고통 속에서 내 것을 내 몸에서 빼냈어요. 나는 그것을 꼭 대변처럼 뽑아냈어요. 달리 말해 나는 내 몸 안에 있는 이것이 내 성기와 관련이 있다는 사실을 부정해요. 보세요, 엄마의 '입'에서 뱀이 나타나기 시작하는 것처럼, 내 '항문'을 통해 그것이 내게서 빠져나가고 있어요. 결국 틈이 있든 페니스가 있든 거기에 다른 건 아무것도 없어요……

　이 허구적인 담론 속의 어머니는 정신분석에서 흔히들 일컫는 유혹하는 어머니를 표상하는 훌륭한 재현이 되었다. 딸의 환상 속에서, 이 어머니는 딸에게 어떤 질투심 섞인 관심을 표명하고 있는데, 이것은 딸의 내면에 관능적인 감각들과 이미지들을 배태시키는 효과를 낳는다. 어머니에게서 유래하는 그러한 무의식적 압력이 없었다면, 그러한 관

202

능적인 것들을 환상하는 것이 딸에게는 아마 불가능했을지도 모른다. 명백히, 이러한 환각적인 비전 앞에서 우리는 어머니가 해산해낸 이 뱀이 어머니가 과거에 두 다리 사이로 '토해냈던' 아이인, 환상하는 딸 자신일 뿐이라는 결론을 끌어내지 않을 수 없다. 어쩌면 역겨운 감정이 좀 들기도 하겠지만…… 그러니까 딸은 바로 그 뱀 자체인 것이다. 정신분석가라면 이 딸아이가 자신의 오이디푸스 콤플렉스를 교묘히 피해가려 한다는 이론을 댈 것이며 이것은 정당해 보인다. 실제로 그녀는 여자아이에게서 나타나는 정상적인 형태의 오이디푸스 콤플렉스를 거부한다. 왜냐하면 그녀는 아버지의 팔루스를 몸 안으로 받아들이기를 거부하는 한편, 어머니의 죽음을 소망하는 대신 한없이 연장된 양자관계 속으로 어머니와 단둘이 고립되기를 꿈꾸기 때문이다.[18] 마치 꿈꾸는 화자가 애초에 남자아이와 아무런 차이가 없던 그 오이디푸스 첫 단계로 퇴행하기를 바라는 것처럼 말이다. 어머니와 딸이 서로 구별되지 않는 상태로 돌아가는 것, 바로 이것이야말로 텍스트 속의 꿈꾸는 여자아이가 바라는 것인 듯하다. 그러나 현실원칙이 다시 승리하고, 결국 어머니는 딸의 말을 "듣지 않고 사라져간다"(p. 22). 그리고 딸은 만족스러운 성생활을 마침내 되찾을 수 있게 될 것이다.

이 젊은 여성이 들려주는 경험담 속에서 그녀의 내밀한 삶의 상이한 국면들이 매우 분방한 상상력에 순종하며 복잡하게 뒤섞이면서 재현되고 있음에도 불구하고, 결국 이 모든 것은 처음 이 텍스트를 읽기 시작

---

18) 이것은 라캉에 의해 이론화된 언어로 표현될 수 있다. (아버지처럼) 팔루스를 '소유하기'보다 팔루스로 '존재하기'(어머니가 자기 자신의 어머니를 위해 그렇게 했듯이 딸 또한 자신의 어머니 몸에 속하는 아이로 남기)를 희망하기.

하면서 우리가 상상했던 것보다는 훨씬 일관성이 있어 보인다. 이 이야기가 담고 있는 많은 모습들이 오늘날의 여성 심리나 사회에 대한 사실주의적 관찰에 근거하고 있긴 하지만, 기분전환거리만을 찾는 독자는 어쩌면 꽤 황당무계한 가족사를 읽는 느낌을 받았을 수도 있다. 이 이야기가 지니는 매력의 상당 부분이 여성 화자가 반쯤은 미소를 머금고 반쯤은 체념한 듯한 어조로 들려주는 그 내용의 기발함에 있는 것은 분명해 보인다.

지금까지 나는 어떤 깊은 일관성을 드러내 보이기 위해 노력했고, 그 일관성은 감춰져 있는 만큼이나 상대적인 것으로 남아 있다. 그러나 내 생각에는 그것이야말로 작품의 문학적 성공을 거두는 데 가장 크게 기여하는 것이다. 김영하는 우리의 무의식을 자극하는 무의식적 메시지들을 성공적으로 통과시키는 방식에서 작가로서의 훌륭한 면모를 잘 보여주었다. 단순한 문학 애호가는 텍스트를 읽으면서(무엇보다 반복해 읽으면서), 다양하고 상이한 에피소드들 가운데 자신에게 적합한 것을 선별적으로 독차지해버린다. 반면 직업적인 독자(나 자신은 그렇게 되고 싶다)는 그 에피소드들의 행로와 교차들을 새로이 그려보려고 애쓴다. 방금 내가 **자신에게 적합한**이란 표현을 썼는데, 이 말은 텍스트에 의해 촉발된, 욕망의 상황들을 자기 자신의 가장 깊숙한 곳에서 계속 연장시킬 수 있게끔 각자의 무의식에게 그 가능성을 열어준다는 것을 의미한다. 그렇다고 해서 그 상황들이 전적으로 유쾌하기만 한 것은 아니다. 그러나 우리 각자는 무의식의 은밀한 무대 위에 그 상황들을 올릴 새로운 기회를 가졌다. 이때 우리가 잊어서는 안 될 것은 무의식적으로 반복된다는 단순한 사실만으로도 그 상황들은 쾌락의 원천이 되며, 바로 이것이야말로 그 자체로서 환상적fantasmatique 활동을 정당화해준다는 사실이다.[19] 그 상황들은 욕망에 관련되어 있다는 사실 하나로 인해 그 자체로 행복하고 동시에 불행하다. 다시 말해 그것들은 욕망을 불러일으키기에 한없이 투사되고, 실현 불가능하기에 늘 미련이 남는 것이다.

　나로 말하면 나는 다양한 갈래의 길들을 추적하며 그 여정을 묘사하려고 노력했다. 나는 텍스트가 말할 수 있는 것을 모두 알아듣지는 못했으며 내가 들을 수 있었던 것을 모두 얘기하지도 못했다는 사실을 잘 알고 있다. 우리는 모두 난청이 되는 순간들이 있으며 그것들은 우리의 일부이다. 내 청취는 하나의 이론으로, 다시 말해 프로이트의 이론으로 조건 지어졌고 그 틀 속에서 이루어졌다. 그리고 이 이론은 나의 머리로써 알고 있는 것 그대로이며, 무엇보다 내가 내 몸속에서 내 삶의 감응 방식으로 경험한 그대로의 것이다. 그런 내 작업의 유효성에 대한 유일한 보증은 하나의 짧은 소망으로 요약될 수 있다. 나는 내 독자들이 이 훌륭한 단편소설을 후에 다시 읽을 때 **지금까지 한 번도 느껴보지 못했던 동요**를 어렴풋이 느꼈다는 감정을 갖게 되기를 바란다. 쓰나미까지는 아니겠지만, 어쩌면, 적어도 지진학에서 '여진'이라 부르는 것 정도라도 느낄 수 있다면 다행이지 않겠는가. 프랑스어의 일상적인 표현으로서 이 단어는 '대답'을 의미한다. '반응들' 말이다.

---

19) 상처를 남긴 고통스런 한 장면을 머릿속에 재현함으로써, 다시 말해 그런 장면을 다시 현재화함으로써 계생할 수 있다는 것은 그것의 출현을 받아들인다는 것, 따라서 그것을 제어할 수 있다는 것을 의미한다. 그러한 반복이 바로 쾌락의 원천이 된다.

두 개의 붉은 얼룩
—— 김경욱의 「위험한 독서」[1]

이 단편소설을 읽을 때 가장 먼저 우리의 시선을 끄는 것은 '붉은 얼룩'이다. 좀더 정확히 말해 이 "붉은 얼룩"은 두 번에 걸쳐 나타난다. 즉, 이야기의 도입부, 창 틈새로 기습해 들어온 폭풍우의 빗물로 번진 잉크 자국(p. 10)과 이야기의 결말 부분, 처녀막의 파열시 흘린 핏자국(p. 35)이다. 달리 말해…… 달리 말해 이것은 많은 것을 의미한다. 왜냐하면 이 '붉은 얼룩'은 그 자체로 커다란 환기력[2]을 지니고 있을 뿐만 아니라, 이야기의 흐름 위에서 얼룩이 책 페이지에서 침대 시트

---

1) 벨맹-노엘은 박상준/Marc Duval의 미발표 번역 원고를 바탕으로 이 글을 썼고, 그 일부가 벨맹-노엘의 책임하에 준비된 프랑스의 문학 전문지 *Europe*, n°973, mai 2010, pp. 267~72에 "Dangereuse lecture"라는 제목으로 게재되었다. 이 글의 인용문은 김경욱, 「위험한 독서」, 『위험한 독서』, 문학동네, 2008, pp. 9~37을 참조한다〔옮긴이〕.

2) 12세기, 크레티앵 드 트루아Chrétien de Troyes의 『페르스발 혹은 성배 이야기*Perceval ou Le Conte du Graal*』나 장 지오노Jean Giono의 『권태로운 왕*Un roi sans divertissement*』에서의 눈 위에 흩뿌려진 상처 입은 새의 핏방울 자국을 선명하게 떠오르게 한다.

위로 옮겨 나타난다는 점에서 이 두 얼룩의 관계는 문학의 영토에 어울리게 매우 시사적이기 때문이다.

우리는 이 변모를 상징적인[3] 것으로 간주할 수 있다. 즉, 그 속에서 어떤 상징적인 '문구'를 포착해낼 수 있다는 말이다. 이 '문구'라는 표현에는, 문자와 숫자의 조합으로 구성된 비밀번호에 이르기까지, 한 메커니즘의 차단을 해제하고 비밀을 향해 문을 열어줄 암호의 가치가 포함된다. 『천일야화』에 '열려라 참깨!'라는 암호가 등장한 이래 그것은 언제나 약간은 마술적인 효과를 발휘해왔다. 여기서 우리에게 무엇보다 중요한 것은 독서와 육체적 사랑의 상응이다. 독자를 책에 연결시키는 끈이 성적인 무엇을 가질 수 있을 것이라는 점, 혹은 사랑을 나누는 행위가 사랑받는 사람의 영혼을 '펼쳐진 책처럼' 들여다보고 읽게 해줄 것이며 그 역의 경우도 성립된다는 점은 솔직히 전적으로 새로운 생각은 아니다. 그러나 유머로 가득 찬 이 이야기는, 우리가 그것에 대해 더욱 적절하고 아마도 더욱 미묘한 뉘앙스를 지닌 어떤 생각을 갖도록 도와준다.

이 글의 도입부에서 처음 언급했던 두 얼룩에서 다시 시작하자. 먼저, 책의 한 페이지가 어떤 침대의 시트에 비유되고 이 두 장소 가운데 어느 곳에서도 관련된 인물이 잠을 자고 있지 않다고 가정할 때, 독서는 사랑의 만남 혹은 더 정확히 성적인 만남과 유사해진다. 여기에는 최소한 영혼과 육체, 감정과 지성, 무의식과 충만한 의식이 모두 동원된, 주체 전체를 연루시키는 어떤 역동성이 있으며, 이 비교를 장황하

---

3) 앞의 글 「갈매기와 유령—최인훈의 『광장』」, p. 39의 각주 2 참조.

게 설명할 필요는 없을 것 같다. 다만 하나의 열정적인 독서에 자신을 투여한다는 것—깊이 빠져들고 파묻히고 흡수되는 것—은 타자의 욕망을 알고 체험하고 그것을 자신의 것으로 만들고자 하는 욕망과, 또한 당연히 타자의 욕망에 대한 욕망을 전제로 한다. 이 두 욕망은 모두 우리의 생리와 생식 본능이 행사하는 압력을 넘어서 성적 모험과 통정(通情) 속으로 인간을 끌어넣는 욕망들에 매우 근접해 있다.

또, 독자의 단상의 흔적으로 여백에 남은 붉은 잉크가 최초의 침투로 파열된 처녀막의 피에 비유될 수 있다면, 독서는 처녀성을 손상시키는 것과 같은 가치를 지니게 된다. 그러므로 독자들은 이렇게 예견된 '처음'에 대한 단상들을 이 이야기 속에서 실제로 읽게 되었을 때 놀라지 말 지어다. 그러나 다른 한편으로 우리는 매번의 독서가 설령 그것이 재독서의 경우라 할지라도 처녀막의 파열 행위라는 생각의 의미 파장을 모두 가늠해야만 할 것이다. 이 교훈은 전적으로 진부해보일 수 있지만 꽤 멀리 우리를 데려가며, 이야기 속의 독서치료사에 의해 명시되기까지 한다. 그에 따르면 이것은 얼마 전부터 기존의 여러 심리치료법들에 더하여 새로이 한국에 도입된 방식이다.

책의 의미는 작가의 창조적 재능이 아니라 독자의 취향에 따라 결정된다. 어떤 사람들은 말한다. 책에는 독자가 메워야 할 수많은 빈칸이 존재한다고. 독자가 그것을 채우기 전에는 모든 책이 본질적으로 미완성 원고에 불과하다고. (pp. 32~33)

위의 인용문에서 우리는 먼저 진정한 독자는 자신의 방식으로 그리고 자신의 수준에서 문학 창작에 참여한다는 말을 듣게 되는데, 이 의

견은 비평가들 사이에서 점점 더 잘 수용되어가고 있다. 그리고 내가 접하고 있는 번역 텍스트가 원 텍스트의 문자적 의미나 혹은 그 속에 담긴 정신에 충실하다면 '빈칸'이란 단어에 의한, 막아야 할 '구멍'의 은유는[4] 우리가 좀 전에 겹쳐보았던 두 차원에 있어서도 모두 기능한다는 점을 암시해준다.

마지막으로, 흘러내린 붉은색의 두 경우를 병치시키는 것에서 얻어낼 수 있는 세번째 반향에 대해 말하자. 잉크와 피가 흘러내렸을 때, 미숙함으로는 설명될 수 없는 어떤 손상이 있었을 때(한편에서는 급작스런 뇌우가 원인인데, 다른 한편에서도 그것과 거의 다르지 않다. 왜냐하면 쾌락의 탐닉은 악천후의 격렬함과 잘 어울리기 때문이다), 그러니까 어떤 빗장 파괴와 침범이 있었을 때, 모든 발견은 전유로 이어지고 폭력 속에서 이루어지게 된다. 아무리 그것이 애정을 담고 온화하기를 바라는 성 관계일지라도, 그리고 예절을 갖추고 세련된 모양새를 갖춘 지적 관계일지라도, 이것들은 언제나 유괴나 일종의 불법침입과 유사한 점을 지닌다. 나는 방금 전유를 떠올렸는데, 차라리 장악이라고 말하는 편이 옳았을 것이다. 누군가가 자신의 존재를 강력하게 들이밀 때 많은 이유로 그러한 침입에, 점령에 저항하기란 쉽지 않다. 그렇다면 협력하는 것이 이득이 될 것이다. 나는 '흡혈귀 되기'라고 (다시) 말할 수도 있었을 것이다.[5] 흡혈귀vampire는 우리의 피를 뽑아버리고

---

4) 한국어 텍스트에 "빈칸"이란 단어는 두 번 등장한다. 이것은 프랑스어처럼 언제나 검은색 글씨들의 연속성을 단절시키는 백색의 '텅 빔' 혹은 '공백'의 관념-이미지나, 채워주기를 요구하는 '빈틈'의 관념-이미지를 갖고 있다. 나의 단어 '구멍'은 내 상상 속에서 무의식이 그 '빈칸' 아래로 엿보는 것을 부각시킨다.
5) 나의 책, 『흡혈귀의 쾌락*Plaisirs de vampire*(Gautier, Gracq, Giono)』, Puf, Collection "Ecriture," 2001.

우리의 육체 속에 들어와 처분이 가능해진 생명의 공간을 차지해버린다. 마치 요부(妖婦, vamp)가 희생물의 은행 계좌를 탕진하고 그 인간마저 소진시키는 것처럼, 마찬가지의 방법으로 비평가는 작품을 읽을 때마다 실제적으로, 적어도 일시적으로, 그것이 자신의 텍스트가 되도록 작품의 의미[6]를 빨아들인다.

이 글을 시작하면서 제시했던 사항에서 끌어낸 일차적인 결론은 역설적이다. 먼저 독서는 정신을 열어주고 예기치 않던 지평을 엿보게 해주며 아이에게서 아주 고상하고 뛰어난 수준의 교양을 형성시키는 데 기여한다고 말하겠는데, 실은 이것만큼 평범한 생각도 없다. 그러나 다른 한편으로, 그처럼 명백하게 관련지어진 성적 은유는 처녀성의 상실 속에서 발견된 것이 전혀 다른 가치를 지닐 것이라고 생각할 여지를 제공해준다. 왜냐하면 쾌락 자체, 다시 말해 그 유명한 프로이트의 '쾌락 원칙'이 문제되긴 하지만, 이번에는 잘못을 저지르지 않은, 전적인 합법성 속에서 누리는 것이 관건으로 보이기 때문이다. 젊은 여성에게 자신의 처녀성을 상실한다는 것은, ─조금은 덜 극적인 방식이긴 하지만 젊은 남성에게도 뚜렷이 동등한 효력을 갖는 마찬가지의 일이 존재한다는 사실을 잊지 말자─, 비록 모든 이의 환상 속에서 가장 잦게 상상되는 것임에도 불구하고 상상할 수 없는 어떤 리얼리티에 다가가게 해준다는 점에서 성숙을 향한 결정적인 한 걸음을 내딛는 것을 의미한다. 다시 말해 부모가 우리를 수태할 때 경험했고 발견한 그 리얼리티 말이다. 바로 여기에 최초의 사랑 행위가 지니는 위대하고

---

6) 여기서 '흡혈귀'─'비평가'의 관계에 '피sang'─'의미sens'의 관계 쌍이 대응되는데 프랑스어로 발음 또한 '상sang'─'상스sens'로 연상된다〔옮긴이〕.

진정한 새로움이 들어 있다.

왜 그런가? 그것은 바로 그 지점에서 무의식이 성적 만족에 동원되고 통합되어 있는 것으로 보이기 때문이다. 쾌락과 희열 사이의 차이는, 더 정확히 말해 프로이트가 '전희(前戱)'라고 불렀던 늘 다소 국부적인 차원에 머무는 만족과, 여성에 있어서 그 진정성과 강렬함과 깊이가[7] 사람들이 종종 근거로 내세우는 단계를 훨씬 넘어서는 '전적인 만족'[8] 사이의 차이는 바로 그 최초의 경험[9]을 통과한다는 가정을 세울 수 있게까지 한다. 절정의 순간에 시작되는 생식의 가능성[10]과 함께 어렴풋이 떠오르는 아이의 이미지는 그 행위의 원칙 자체에 결부되어 매우 커다란 중요성을 띠는데, 그럼에도 이론이 그것에 대해 좀더 자주 그리고 좀더 깊이 고려하지 않는 것이 오히려 놀라울 지경이다.

이 모든 것의 충만한 의미와 유머의 두께를 제대로 이해할 수 있기 위해서는, 이 독서치료사에게는 자신의 환자들이 그 수만큼의 상이한 독서대상들이라는 사실에 먼저 주목해야 한다. 그는 일상적으로 자신의 환자들을 "독서"(p. 32)한다고 말하며, 주인공 여성에 대해서는 첫눈에는 별 매력도 없고 도입부는 따분하기만 한 그러나 점점 더 흥미진진해져서 급기야는 그 자신을 사로잡아 포로로 만들어버리는 한 권의 "책"처럼 말한다(pp. 13, 18, 21, 25, 31, 33, 36). 이야기의 진미는

---

7) 이 순간에 그 상대가 자신이 혜택을 누리고 있다는 기쁨을 덤으로 느끼지 못한다고 어떻게 상상하겠는가?

8) 여성들의 클리토리스의 절정과 질의 절정 사이에서 이것이 종종 논란이 되기도 한다.

9) 물론 처녀막의 파열이 단 한 번 일어나는 사건이라는 특징적 사실을 모르는 사람은 아무도 없다. 그래서 그것을 하나의 상징적 표현이라고 하겠는데, 왜냐하면 실질적으로 희열에 도달하는 것은 나름의 어떤 성숙 과정을 요구하기 때문이다.

10) 물론 이 시작은 가능성의 상태에 머물러 있다. 그러나 모든 재현이 언제나 직설법 현재로만 이루어지는 무의식이 도대체 잠재적인 것에 대해 무엇을 알고 있는가?

주인공의 경우에 지도받은 독서 연습들이 처녀성 상실로 완결된다는 것을 결말 부분에서 발견하는 데 있다. 다른 독서들, 진짜 독서들, 즉 우리의 독서들이 말하자면 매번 처녀성 상실로 시작하는 것과는 달리 말이다.

이제 이 이야기의 전체 내용으로 다가가면, 우리는 우리의 출발점이었던 표현의 양가성이 플롯의 근거가 되고 있다는 사실을 주목하게 된다. 이때 양가성은 단어의 일차적이고 어원적인 의미와 일상적으로 통용되는 의미를 모두 지닌다. 즉, 문제의 표현은 두 개의 가치를 동시에 지니는 한편, 연루된 두 의미가 반대 방향으로 나아가므로 일종의 모순성을 띠고 있다.

실제로, 책 페이지 위에 남겨진 붉은색 흔적은 텍스트 위의 작업의 증거로서, 그 작업은 오로지 그 책을 읽는 사람의 정신을 확장시키고 풍부하게 할 때 결실을 맺을 수 있으며, 특히 어떤 전문가나 안내자의 지침에 따라 독서를 할 때는 더욱 그러하다. 이것은 하나의 혜택이며 언제나 긍정적이다. 한편, 침대의 시트 위에 남겨진 붉은색 흔적은 일반적으로 한 남성과 첫경험을 하는 한 여성 사이에 성관계가 있었다는 사실을 말해준다. 그러나 이번에는 단순히 신혼부부의 일이 아니라 치료사와 그 환자 사이에 벌어진 일이라는 게 문제이다. 그들의 내밀한 관계는 그것이 아무리 성인 사이에 맺어진 관계일지라도 지배적인 위치의 남용이라는 점에서 도덕과 직업윤리와 심지어 민법에 의해 동시에 지탄받을 수 있다. 따라서 그것 자체로는 혜택도 아니고 긍정적인 무엇도 아니다.

알다시피, 돌보는 자는 그 자격으로 인해 그리고 적어도 암묵적인 계약에 의해 진정으로 신뢰를 보장받는다. 따라서 그는 대상에 대한 거의 모면할 수 없는 어떤 실제적인 권력을 누린다. 이 사실은 고유한 의미에서의 강간은 아닐지라도 폭행을 거론하는 것을 정당화시켜준다. 전문가로서, 특히 그가 치료를 위임받았다면, 자신의 권위와 역량에 호소하는 자는 누구든지 존중해야[11] 하며 그에게 진료받는 사람과 일시적으로 그를 불가피하게 묶어주는 정서적 관계를 이용하는 모든 행동을 스스로 금해야 한다. 그런데 화자는 그 자신이 어느 정도는 의학적 직업을 수행한다고 공언했다.

나는 책으로 마음의 병을 어루만지고 치유하는 사람이다. 의사가 환자를 진단하고 처방하듯 나는 피상담자의 심리상태를 체크한 뒤 [……]
(p. 12)

이와 같은 윤리적 차원의 평가는 이 이야기의 표면적 독서나 간략한 요약이 시사하는 것에 꽤 부합하는 것 같기도 하다. 하지만 그것은 주인공-화자의 행동을 엉뚱하게 예단하는 것이다. 왜냐하면 실제로는 우리가 여성 환자를 자신의 침대로 유인해오기 위해 음흉한 수작들을 꾸미는 한 치료사의 이야기를 읽고 있는 게 아니기 때문이다. '범죄가 누구에게 득이 되었나?'라는 원칙하에서 볼 때, 이야기의 결론은 문제의 젊은 여성이 그 경험을 통해 처녀에서 여자로 지위 이동을 할 수 있도록 그와 함께 밤을 보내기 위해, 독서 코치에 의해 이끌림을 당하게끔 스스로 상황을 유도했을 수 있다는 사실을 독자들에게 흘려보낸다. 그

---

11) '존중하다respecter'는 어원에 따르면 '멀리서 바라보다regarder de loin'를 의미한다.

렇다면 그 변신은 그녀에게 무엇을 가져다주었을까? 본질적인 것에 대해 말하자면, 그녀는 바람직한 만족이란 전혀 기대할 수도 없을 뿐더러 더구나 합의를 깨고 자신의 가장 친한 친구와 파렴치하게 잠까지 잔, 자신과는 맞지도 않은 "남자친구"를 깔끔한 방법으로 정리할 힘과 용기를 그녀 자신 안에서 찾게 될 것이라는 사실을 이제 깨달았다. 그녀가 처음부터 밝혔고 그녀의 마지막 메시지가 그것을 상기시켜주듯, 그녀가 치료를 시작했던 것도 바로 그 의도, 즉 그 남자친구와 헤어지기 위해 필요한 에너지를 얻기 위한 목적에서였다.

그러나 우리는 이 일의 또 다른 국면을 살펴봐야만 한다. 치료는 일련의 독서를 통한 대화들로 구성되는데, 이 과정에서 우리의 심리학자는 매우 섬세한 직관으로 그의 환자를 괴롭히는 고통의 심층적 뿌리를 적나라하게 드러낸다. 이때 그가 사용하는 표현들은 프로이트의 제자라면 부정할 수 없는 것들이다. 그 젊은 여성이 자기 자신을 아무 짝에도 쓸모없는 "밥벌레"(p. 13)라고 푸념할 때, 그는 단순히 그녀가 누군가에 빌붙어 살고 있다고 말하려는 게 아니라는 사실을 완벽하게 이해했다. 물론 그가 이 깨달음에 이르기 위해 시간을 들였을 수는 있겠지만 말이다. 즉 그녀는 사람들이 식물이나 곤충들에게서 '숙주(宿主)'12)라고 부르는 것 없이는 지낼 수 없으며, 그 속에서 살아가도록, 더 정확히 그 속에서 살아남도록 장소를 제공해주는 존재에 언제나 의존하고 있다는 사실을 말하려던 것이며, 그것은 바로 어머니와 아이의 관계 모델을 따르고 있다. 이것을 좀더 가까이서 살펴보자.

---

12) 프랑스어 텍스트에서 '밥벌레'가 '기생충'으로 번역되면서, 잠재해 있던 '기생하다'라는 의미가 표면에 부각되었다〔옮긴이〕.

방금 화자는 아내와 자식을 떠난 다음 곧장 첫번째 아내와 별로 다를 게 없는 다른 여성과 재혼하여 삶을 꾸리고 있는 한 남성의 이야기를 짧은 몇 마디의 말로 요약했다. 이때 그 급작스러움이란 이 여성 환자에게 꽤 충격적으로 보일 만한 것이었다. 그리고 대실 해밋Dashiell Hammett의 『몰타 섬의 매』에서 추출된 이 에피소드[13]에 대한 이 젊은 여성의 반응 방식을 종합하는 순간이 왔다.

당신의 관심은 오직 사내가 불쑥 떠났다는 사실에만 집중되었다. 사내의 행동을 비난함으로써 당신이 드러낸 것은 기왕의 것에 대한 집착이었고 감추고자 한 것은 결별에 대한 두려움이었다.

남자친구와 정말 헤어지고 싶은가요? 내 질문에 당신은 선뜻 대답하지 못했다. 망설이는 빛이 역력했다. 유아기에 모체로부터 분화되는 과정에서 정신적 외상을 겪은 사람들은 뭔가를 떼어내거나 무엇인가로부터 떨어져나오는 데 어려움을 호소하기도 한다. 당신은 젖먹이 때부터 어머니와 떨어져야 했을 수도 있겠지. 남자친구와 헤어지기 위해 나를 찾아왔다는 당신의 말은 어쩌면 농담이 아닐지도 몰랐다. 가엾고 측은한 당신. 그렇다면 당신의 문제는 남자친구와의 관계에서가 아니라 남자친구를 정리하기 위해 나를 찾아왔다는 사실에서 찾아야 할 것이다. (p. 21)

---

13) 소설의 7장에서 탐정 샘 스페이드가 이 에피소드를 이야기한다. 그의 이야기를 들은 여인은 왜 그가 그런 이야기를 그녀에게 하는지 이해하지 못한다. 그것이 '반복 강박' 그리고/혹은 '실패 신경증'을 개입시키기 위한 것이 아니라면, 솔직히 우리들 대부분도 마찬가지로 그 에피소드에서 별 의미를 찾지 못한다.

미시마의 『금각사』를 읽고 치유되었다는 연쇄방화범 청소년의 경우나, 성냥을 사러 간다고 아내에게 말하고 나가서는 영원히 돌아오지 않았다는, 서구에 잘 알려진 한 고전적인 에피소드 속의 남편이 그럴 것처럼, 여자 주인공을 괴롭히는 심적 불만의 원인은 그녀의 유년기에서 찾아야 할 것이었다.

명백히 우리는 심리 치료의 맥락에서 더 나아가 그러한 상황 자체에 처해 있다. 이러한 치료 상황은 (정신과 치료와는 달리) 일반적으로 화학적 의약 처방을 배제하는 심리적 도움의 요청과 제공으로 구성되는 사회문화적 현상이라 할 수 있겠는데, 그 몇몇 양상들과 관련하여 우리는 이 단편소설의 입장에 대해 자연스럽게 질문을 던지게 된다. 심적 불안의 유아기 병인론(病因論)에 관련된 위의 인용문은 이 소설에서 관건이 되는 것, 즉 이 소설이 은근히 겨냥하는 것이 정신분석일 가능성이 있다고 생각하도록 부추긴다. 실제로, 주인공 화자가 데이비드-허버트 로런스나 어니스트 헤밍웨이 혹은 제임스 조이스 같은 작가들이라면 그 에피소드를 어떻게 이야기했을까 하고 상상할 때 서사에 스며든 유머는 행위적 표출에 대한 그의 풍자적이고 박식한 동기 부여들 속에 특히 잘 드러나는데, 그 유머를 통해 '독서치료'라는 핵심 관념의 이면에 느껴지는 것은 순진한 사람들을 악용하는 약장수 떠버리들의 방식에 대한 진정한 비판이거나, 아니면 적어도 그러한 것의 조롱 섞인 재연이다.

이 문제와 관련하여 내가 망설일 수밖에 없다면, 그것은 이 이야기를 통틀어 돈이 전혀 문제되지 않는다는 사실에서 기인한다. 한때 프랑스에서 명성을 떨쳤던 표현을 여기서 쓰자면, '오직 그 자신만이 자기 자신에게 권위를 허락하는' 이 치료사는 얼핏 보기에 사회로부터 격리된 청소년들의 심리상담교사로 양성되었다가, 아마도 더 나은 조건 속에서 살려는 의도와 전망으로 그 직업을 떠나 개인 치료실을 연 것 같다. 다른 한편으로 우리는 벌이가 되는 서점 종류의 부속적인 직업을 병행하는 것 같은 인상도 받는다. 왜냐하면 그는 온갖 종류의 책으로 가득한 책장들로 둘러싸여 있으면서 거기서 책을 뽑아 상담자들에게 빌려주는 듯한 이야기를 하기 때문이다. 이 점이 그리 명확하지는 않다. 하지만 이것이 핵심적인 중요성을 띠는 문제는 아니다.

그러나 다른 한편으로, 모성적 인물과 초기 유아기에 대한 참조가 프로이트주의의 냄새를 강하게 풍긴다는 사실을 어떻게 부인할 수 있겠는가? 그런데 알다시피 프로이트에게, 정신분석가와 환자 사이에 말 외에는 어떤 교환도 배제되어야 한다는 것만큼 확고하게 정착된 신조는 없다. 심지어 그는 제자이자 친구인 산도르 페렌치Sandor Ferenczi에게 때때로 환자들이 너무도 고통스러운 감정적 충격과 함께 어떤 회상과 직면하게 될 때 도움이 되기 위해, 남성 환자든 여성 환자든 서슴없이 그들을 가슴에 가볍게 품어주는 그의 행위까지도 비난했었다. 첫째, 마지막 장면의 동침이 치료가 실제적으로 끝난 시점에 이루어졌고, 둘째, 에피소드가 치료사가 꾸민 함정과는 거리가 멀다는 사실을 아무리 주장해봤자 소용없다. 이 이야기의 결말은 실천가들의 일반적인 직업 윤리만큼이나 분석의 건전한 이론적 전망이 이 사건에 총체적으로 결여되었다는 의혹의 시선을 던지게 한다. 최소한, 우리는 이 결말이 치료의 마감 형태로서 '전이의 청산'이라고 부르는 것을 표시하는 한 기이한 방식이라고 생각할 수는 있다.

그러나 다시 한 번 말하건대, 김경욱이 정신분석을 조롱할 의도가 결코 없었을 것이라고는 절대 확신할 수 없다. 독서에 대해, 따라서 자신의 글쓰기—그가 익살이 가미된 농담 투로 썼다 할지라도 글쓰기는 작가의 지속적인 고심이다—작업에 말할 거리를 제공해주는 그리 믿음직해 보이지 않는 한 심리치료의 형태, 말하자면 약간은 사기를 느끼게 하는 치료 형태의 존재를 그가 이용했을 가능성은 충분히 있다.

어떤 경우에 있어서도 결말 부분에서 우리가 확인하게 되는 것은 다음과 같이 진술될 수 있으며, 이것은 이 이야기의 중심에 은밀하게 삽입된 역설이기도 하다. 즉, 문제의 여성 환자는 전이 덕택으로 정서적 구속들에서 완전히 해방된 반면, 치료사는 스스로 제어하기 힘든, 단순히 무화시키는 것조차 힘든 어떤 애착에 사로잡혀버렸다. 여기서 그들의 역할이 전도되었음을 확인시켜주는 한 은유에 대해 말하고자 하는데, 이 수사 용법은 다른 곳보다 특히 여기서 소홀히 다뤄질 가능성이 더 커 보인다. 그는 자신의 환자가 **열린** 상태가 되어 책임성 있고 결단력 있는 장래를 향해 나아가도록 내버려두는 반면, 그녀는 그의 구멍 난 양말을 대체할 **닫힌**, 말하자면 처녀성을 지닌 새 양말을 그에게 선물한다. '확 열린 구멍의 대가로 꽉 닫힌 구멍이 여기 있어요. 고마워요!' 이것은 앞서 인용된 한 문장에서 화자가 사용한 그 결여의 은유를 그녀가 알고 있다면 아마 그에게 넌지시 건넬 것만 같은 말이다.

말이 나왔으니, 이 양말 에피소드는 여성 구두 이야기에 반향을 보낸다는 사실을 지적하기로 하겠다. 그런데 이것 또한 위치가 전도되어 있다. 그는 그녀의 신발이 매우 낡은 터라(하지만 그녀는 매우 편안하다고 계속 강변했다), 자신의 아내 것이라고 꾸며대며 새 신발을 그녀에게 선물했다. 그에 따르면 그의 아내는 일종의 구두 페티시스트이다. 이 세부 사항을 살피는 것은 흥미로운 일인데, 이 과정이 꽤 재미있는 어떤 현상을 명백하게 드러내주기 때문이다. 즉, 그의 아내가 페티시스트로서, 결여들을 보완해줄 수 있거나 그렇게 해줄 것 같은 어떤 것에 끊임없이 도움을 요청해야 할 필요성에 강박적으로 사로잡혀 있으니, 그녀의 편력을 단순히 뒤집기만 하면 이 치료사는 공백을 찾거나 아니면 오히려 그것을 메울 기회를 찾고자 하는 욕구에 사로잡힌, 말하자면 강박적으로 **구멍을 뚫는** 자처럼 나타나게 된다.

그러나 그것이 강박이라는 점을 제외하면, 그가 공백을 메우기보다는 만드는 것을 선호하는 것처럼 보인다는 사실은 어떤 모순성을 내포하고 있다. 즉, 한편으로 이 사실은 그의 비평가적 역량을 의심하게 만드는데, 그것은 그가 자신이 읽는 텍스트들에 구멍들("빈칸들")을 추가하기 때문이다. 다른 한편으로 이 사실은, 훌륭한 독자란 치유되기를 기다리는 구멍(결함)들을 작품에서 들춰냄으로써 작품의 창작에 긴밀하게 동참하는 자라는 그의 표명된 느낌을 확인시켜주는데, 그 자신이 예를 제공해주고 있다. 어쨌든 이 구멍들의 유희에는 그가 인용한 니체의 수수께끼 같은 문장을 설명해주는 것이 들어 있다. 그 문장은 뜻밖의 것이라 약간은 놀랍지만 꽤 매력적으로 보인다. 그의 인용문은 이렇다. "우리가 심연을 들여다보면 심연 또한 우리를 들여다본다"(p. 10). 그 여성 독자가 이 문장을 붉은 사인펜으로 밑줄 그은 것은 결코 우연이 아니었다.

이 중대한 상호성의 법칙을, 더 나아가 거울 관계의 법칙을 참조함으로써, 우리는 더욱 주목할 만한 사항에 다가가게 된다. 니체의 문장은 인간 영혼의 "심연을 들여다보는" 자는 그 심연이 던지는 시선에 노출될 뿐만 아니라 그 자신 또한 전적으로 유사한 하나의 심연처럼 들여다보이기까지 한다고 말한다. 그리고 화자 자신은 환자들의 "지옥"(p. 17)을 떠올린다. 우리가 상대방에게서 얼핏 신경증을 느낀다면,

그 타자 또한 우리 자신에게서 유사한 신경증을 예감한다. 우리가 위험을 감수하며 들여다보는 지옥 속의 타자와 마찬가지로 우리 자신이 신경증자가 되는 것은 그리 어렵지 않다. 이 깊디깊은 정신적 심연을 전문적으로 들여다보는 이 치료사 또한, 의기양양한 모습으로 짓궂은 쾌감을 느끼며 환자에게서 발견해낸 증상에 조금씩 물들었음이 드러나고 있다. 하지만, 설사 유머에 기인하는 불확실성을 고려한다 하더라도 어쨌든 그는 그 사실을 솔직하게 납득하는 것 같지는 않다. 왜냐하면 그는 그 여성 환자를 여자로 만들게끔 이끌렸고, 결국 그녀와 자신을 치료기간 동안 묶어주었던 끈을 끝내 포기하지 못하기 때문이다.

이 놀라운 전복은 치유하고자 애썼던 환자의 심적 고통 속으로 그 자신이 빠져버린 치료사의 모습을 보여주는데, 하나의 세부 사항이 이 상황을 명백하게 해명하는 데 도움을 준다. 한국어의 문법은 명사나 형용사에 성(性)과 수(數)를 갖고 있지 않으며, 필요한 경우에는 어떤 방식으로 강조함으로써 명시해야 한다.[14] 이 작품의 제목은 그러한 문법적 특징에 관련된 모호함을 내포하고 있는데, 이 점은 주목할 가치가 있다. 감히 말하자면, 원제목은 프랑스인 독자들이 보기에 중립적이어서, 프랑스어로는 그것을 복수 형태로도, 단수 형태로도 옮길 수 있다. '독서들'이라고 번역될 경우, 고객들을 위해 궤도 이탈의 실제적

---

14) 여자 주인공은 '남자친구'라고 말할 때 의도적으로 성 구분을 하고 있다. 전통에 따르면 결혼하지 않은 젊은 성인 여성은 약혼 기간 동안 약혼자를 갖는 것 외에 남성 친구를 갖지 않으며, 가장 중요하게는 약혼자와 함께 살지 않는다. 따라서 여기서 그들 관계의 내밀함의 정도를 새삼 명시할 필요는 없을 것 같다. 그녀는 치료를 시작하기 전에 이미 현대적 행동 양식을 향해 꽤 의미 있는 한 걸음을 내디뎠지만, 도중에 멈춰버렸다. 그녀는 타협책을 찾는다. 자신이 만든 빵을 팔 가게의 이름을 지어야 할 때, 그녀는 이름 없이 그저 '빵집'이라 부르던 시골 구식도 거부했지만 '****베이커리'라는 대도시의 신식 이름도 거부하고 자신의 이름을 넣은 '***빵집'이라 정했다.

인 위험성을 제시할 수 있다는 점에서 독서치료사들의 일반적인 실천에 강조점이 찍힐 것이다. 혹은 내가 선택한 바와 같이 단수 형태를 쓸 수도 있다. 이 경우, 독서는 치료사의 미래의 감정선 위로 위협적인 그림자를 드리우는 그 여성 환자에 한정되며, 이때 '위험한 독서'를 행하고 결국 뜻밖의 희생물로 드러나게 되는 자는 치료사 자신이다.[15]

  그러한 상황은 다음의 생각들로 더욱 심각해진다. 문제의 환자가 실제로 어떤 진정한 신경증을 앓았고(이야기는 진정한 증상들을 우리에게 털어놓지 않는다), 그 치유가 증상의 확인과 인정을 허락하거나 용이하게 하는 수주 동안의 독서의 결실이었다는 것이 확실한가? 다시 말해 그 치료사와 우리 모두가 그렇다고 확신할 수 있을까? 혹시, 아주 단순히, 그녀 상태의 개선이 그녀에게 만족을 주었을 것으로 추정될 수 있는 하룻밤의 사랑으로 얻은 결과는 아닐까? 그 경우, 치료는 진료 횟수가 거듭되면서 조금씩 무르익은 그녀의 어떤 진정한 욕망의 대상에게 마침내 자신을 내맡기는 기회였을 따름이지 않은가? 치료사가 그 '남자친구'보다 좀더 나이가 많은 사람이기 때문일까? 예를 들어 그가 그녀의 증상에 관련된 어머니의 마조히즘을 정확히 짚어내는 듯하면서 동시에 그녀로 하여금 아버지의 이미지를 제 위치에 되돌리도록 이끌어주었을 중년의 성숙한 남자였기 때문일까? 여기서 그녀의 아버지는 특히 강박 신경증적 경직성을 지닌 전통주의자로 제시된 '할머니' 즉 그 자신의 어머니의 희생자이자 아들로 그려진다.

  혹은, ——이 모든 가정들은 서로 배타적이지 않다——, 그것이 어떤

---

15) 박상준/Marc Duval의 버전은 독서가 복수로 번역되어 있었다. 그러나 벨맹-노엘은 『유럽』 n° 973(2010년 5월)지가 기획한 한국현대소설 특집의 책임자로서 이 작품을 재독하는 과정에서 제목을 단수로 변경했다[옮긴이].

독서 덕택인지 프로이트 상징체계[16]의 어떤 암시 덕택인지는 알 수 없지만, 빵집을 운영하는 데 그녀가 그토록 열중하는 것은 그 직업의 활동들이 그녀로 하여금 자신의 내면에 존재하고 있는 줄 미처 몰랐던 만족감을 느끼게 해주기 때문이라는 사실을 그녀에게 깨닫게 해준 남자가 그 치료사일 수 있지 않은가? 그녀는 주무르고, 반죽하고, "바게트"와 "베이글"과 "로제타"와 "사바랭"(p. 36)의 교묘한 모양들을 만들고, 화덕에 넣는 행위들에 마음껏 몰두할 수 있게 되었다. 여기서 나열된 빵의 형태들은 묘한 조합을 이루는데, 특히 한국인들보다 빵을 더 일상적으로 먹는 프랑스인들이 보기에 이것은 제빵 기술의 핵심적인 것을 꽤 흥미롭게 요약하고 있다. 즉 이 빵들의 형태는 둘씩 짝 짓기가 가능한 성기들의 특징적인 모양새를 상상하게 한다……[17]

이 사실을 계기로 우리는 앞서 관심을 기울인 바 있는 이야기에 내재된 이차적인 유희에 좀더 커다란 중요성을 부여하게 된다. 그것은 바로 신발과 양말 이야기인데, 비교적 쉽게 의미 파악이 가능한 신데렐라 이야기가 그 중요성을 더욱 부각시켜준다. 먼저 그 이야기가 어떻게 시작되는지 읽어보자.

당신을 마음 불편하게 만든 것은 고백의 내용이 아니라 고백이라는 형

---

16) 앞의 글 「갈매기와 유령―최인훈의 『광장』」, p. 67의 각주 20 참조.
17) '베이글'을 잘 모르는 사람들을 위해 설명하면, 이것은 중부 유럽의 유대인들에 의해 대서양 건너편에 전해진, 빵과 과자의 중간쯤에 위치한 매우 평범한 일종의 고리 모양의 작은 빵으로, 좀 단단하다. 언급된 다른 두 종류도 같은 도식으로 설명된다. 여기서 '로제타'라고 불리고 있는 이 퀘벡 사람들의 빵은, '로제트'라 불리는 프랑스 리용산(産) 마른 소시지를 첨가한 것으로 길쭉한 형태를 띠는 반면, '사바랭'은 고리 모양의 주물에 구운 말랑말랑한 막대(바게트) 형태의 과자이다.

식의 적나라함이었음이리라. 타인의 은밀한 몸짓을 훔쳐본 것처럼 부끄럽기도 했겠지. 충무로역이었던가 을지로 3가역이었던가. 전동차를 기다리던 당신은 플랫폼 바닥에 그려진 발자국에 자신의 발을 대보았지. 네줄서긴가 뭔가 하는 캠페인 마크 있잖은가. 당신은 자신의 발이 플랫폼 바닥에 그려진 발자국과 딱 맞아떨어지는 것에 놀랐고 나는 당신의 신발이 너무 낡아 놀랐다. (p. 23)

정상적이라고 생각하는 사람들의 발 사이즈와 자신의 것을 비교하는, 자신의 육체적 이미지에 대해 불안해하는 젊은 여성의 태도에 우연히 얹어진 시선과 타인의 나신을 엿보는 부끄러운 행위 사이의 관계는 명백하다. 그리고 자신이 추방당했다고 생각하는 어머니의 젖가슴만큼이나, 제 짚신짝이 되지 못한 그 '남자친구'처럼, 닳아버린 신발을 결코 버리지 못한다는 사실과 새 신발을 신을 수 있기 위해서는 먼저 그것을 구겨야만 하는 사실을 치료사가 신경증의 증거로 지적하는 대목이 뒤따라온다. 그러고는 곧이어 환자의 발전에 대한 포상의 명분으로 치료사가 그녀에게 신발 한 켤레를 선물하는 에피소드가 있었다. 이 선물은 그의 아내가 "한번 신고 신발장에 처박아둔"(p. 29) 신발이라는 이야기와 함께 전달되었다. 여기에 '결정적인 폐기'에 선행하는 또다른 단 한번의 이야기가 있다는 사실을 잊지 말자. 그의 아내는 이 젊은 여성과 정확히 똑같은 사이즈의 신발을 신는 것 같다. 다시 말해 그녀의 신발은 같은 크기의 발을 받아들일 태세이다…… 성 행위와 신발을 신는 몸짓 사이에 관계를 설정할 때(바로 신데렐라의 이야기이다), 우리는 구멍 뚫린 양말에 의한 조그만 복수(復讐)를 더 쉽게 이해할 수 있다. 구멍은 다른 형태의 구멍 뚫기에 대한 감사의 표시로 복구되었다. 극히 미시적인 성적 암시들을 우리의 뇌리에 스며들게 하기 위해 이와 같은 부수적인 이미지들의 망을 사용했다는 점도 인상적이지만, 그보다는 오히려 이 여자 주인공이 치료사와의 대화에 뚫렸을 모든 구멍들을 혼자 힘으로 메울 수 있을 만큼 꽤 훌륭한 독자가 되었고, 심지어 자신의 심적 차단들을 깨뜨릴 좋은 수단을 어디서 찾아야 하는지조차도 알게 되었다고 해석할 여지를 우리에게 제공할 줄 알았다는 점에서 작가의 능숙함과 장점이 더욱 돋보인다.

어쨌든 알코올은 두 파트너가 혼돈 상태에 빠져 있었다는 사실을 강조하고, 그들의 영혼 속에 벌어지는 일은 서사 차원에서 매우 흐릿하게만 재생될 뿐이다. 김경욱은 마지막 에피소드의 사건들을 그처럼 모호한 장치로 둘러쌈으로써 그의 능숙함이 절정에 이르렀음을 과시했다. 로런스, 헤밍웨이, 조이스의 스타일을 모방한 세 개의 크로키는 그것들 나름대로 그리고 그것들의 병치를 통해, 유혹 장면에 있어서 다들 너무도 잘 아는 통상적인 전략 단계의 상이한 순간들을 기계적으로 연결시키지 않도록 해준다. 하염없는 수다로 이어진 기나긴 술자리에서 자신의 치료사를 끌어내어 함께 호텔 방을 찾아나서기 위해 여자 주인공이 바로 자기 자신의 삶을 이야기하는 TV 연속극의 시청을 어떻게 포기하기로 결심하게 되는지 우리는 잘 이해하지 못한다. 모든 것이 마치 어느 측에도 아무런 계산이 없었던 듯, 마치 택시가 굴러가는 대로 몸을 맡기듯, 어떤 감춰진 운명의 효과에 의해 일들이 전적으로 사랑하는 두 남녀의 하룻저녁의 만족에 맞춰진 듯 진행될 뿐이었다. 이들 중 어느 누구도 결말에 대해 책임을 지지 않는다. 우리가 확신할 수 있는 것은 중기적으로나 장기적으로 그날 밤의 정사에서 더 많은 이득을 얻은 사람은 바로 '치유되고' 여자가 된, 혹은 여자가 되고 '치유된' 그 여성 환자라는 사실이다. 그녀의 독서 안내자에게는 자기독서치료라는 방법을 지어내어서라도, 값비싸게 치르고 있는 이별을 견뎌내도록 도와줄 독서거리들을 자신의 풍부한 장서 속에서 발견해야 하는 부담이 따를 테지만!

우리 모두 미처 깨닫지 못하는 사이에, 의도하지 않고서, 혹은 단지 그것을 예감하는 것으로 만족하기를 더 원하면서, 우리가 실천하는 응용자기분석[18]의 한 형태 말이다⋯⋯

---

18) 이 표현(auto-analyse appliquée)은 1990년 11월 '치료의 바깥의 정신분석'이란 주제로 열렸던 학술대회에서 처음 나왔으며, 정신분석 전문잡지, *Psychanalyse à l'université*, La psychanalyse hors cure(actes du colloque de novembre 1990), n° 63, tome 16, Puf, juillet 1991에서 찾을 수 있다.

프로이트의 메두사와 한국의 장승

── 『변강쇠전』[1]

한국 고전문학 작품에 관심을 갖는 문학 애호가들은 그 유명한『변
강쇠전』에는 두 개의 주요 테마가 들어 있다는 사실을 알고 있다. 즉,
여자 주인공과 결혼한 모든 남자들은 예외 없이 곧장 죽어버리는데 그
녀가 마지막으로 만난 애인은 그 저주는 피했으나 장승의 원한을 사서
죽게 된다는 것이다. 그러나 아무도 이 죽은 사내의 장례를 치르지는
못한다. 왜냐하면 그의 시체가 수평적 자세를 취하기를 거부하고 그를
매장하기 위해 다가오는 자들을 모조리 마술적인 부동자세로 얼어붙게
만들어버리기 때문이다.

---

1) 이 이야기의 프랑스어판은 *Histoire de Byon Gangsoé*, traduit et présenté par Choi Mikyung
et Jean-Noël Juttet, aux Editions Zulma, 2009이며, 이 글의 인용문은 번역자들이 사용한
원본인 김기동·전규태 편, 「변강쇠전」, 『이진사전 변강쇠전 배비장전 오유란전』, 한국고전
문학 100, 서문당, 1984, pp. 85~142를 참조했다. 한편, 이 글은 애초에 이론적인 관심에
서 프랑스 독자들을 위해 쓴 글로서, 2011년 3월에 프랑스 파리8대학 출판사에서 발행될 예
정인 벨맹-노엘의 책 *Lire de tout son inconscient*에 원문이 수록되어 있다〔옮긴이〕.

이 이야기를 읽는 순간, 남자를 잡아먹는 한 여자와 아주 심각한 전염성을 띤 경직화 현상의 조합이 프로이트가 남긴 「메두사의 머리」[2]라는 제목의 아주 조그만 한 초안을 내 기억 속에서 떠오르게 했다. 두 페이지도 채 되지 않는 극히 짧은 글임에도 불구하고, 아니, 어쩌면 그 소략함으로 인해, 이 해석은 많은 이들의 관심을 끌었다. 여기서 그는 어떤 해석의 바탕이 되는 기초적인 요소들을 대략적으로 열거하고는, 그 해석이 확인 과정을 아직 필요로 한다는 생각을 표명하면서 글을 마치고 있다. 그의 결론은 이렇다.

나머지, 이 해석을 진지하게 옹호하기 위해서는 고대 그리스 신화나 그것과 비교될 수 있는 다른 신화들 속에서 공포의 개별적 표상의 발생을 추적해봐야 할 것이다.

엄밀히 말해 이 한국 텍스트는 신화가 아니다. 그러나 이 설화는 수용자들의 즐거움과 교화를 목적으로 민중 사이에 자생적으로 발생한 작자 없는 문학에 속한다. 따라서 그 어떤 것으로도 이 이야기를 신화적인 이야기처럼 취급하는 것에 반박할 수 없을 것이며, 그것이 미신이나 주술적 관습을 광범위하게 인용하고 있는 만큼 우리의 입장은 더

---

2) "Das Medusenhaupt"는 프로이트가 1922년 5월에 쓴 초안으로, 사후인 1940년에야 *Internationale Zeitschrift für Psychoanalyse*, Imago 25, p. 105에 처음으로 발표되었다가 *Gesammelte Werke* XVII, 1941, pp.47~48에 수록되었고, 영어 버전은 *Standard Edition*, XVIII, 1955, pp. 273~74, 프랑스어 버전은 *Résultats, idées, problèmes* II, Puf, 1985, pp. 49~50에 수록되었다가 *Œuvres Complètes* XVI, Puf, 1991, pp. 163~64에 다시 수록되었다. 이 글에 인용한 구절들은 독일어 텍스트를 바탕으로 마지막 프랑스어 버전에 때때로 내 방식의 수정을 가한 버전이다. (한국어 버전은 역자가 이는 범위 안에서는 아직 없다. 여기서는 벨맹-노엘의 버전을 그대로 번역한다[옮긴이].)

욱 타당성을 인정받을 수 있다.

어느 날 프로이트는 고대부터 서사시나 비극 텍스트에 등장하고 회화나 조각에서 수많은 재현 대상이 되어온 그리스 신화의 한 형상을 해석하는 작업에 열중했다. 영웅 페르세우스는 고르고를 무찌르기 위해 출정할 때 아테나 여신에게 받았던 도움에 대한 감사의 표시로 그가 자른 그 괴물의 머리를 그녀에게 바쳤고, 여신은 그것으로 그녀의 방패를 장식했다는 신화는 아주 유명하다. 사람들의 말에 따르면, 제우스의 유모였던 산양 아말테이아의 가죽으로 만든 뚫을 수 없는 방패에 장식된 이 괴물의 얼굴은, 그것의 번뜩이는 눈을 엿본 불운한 자들을 얼어붙게 만드는 위력을 계속 발휘했다.
그리스 시인 헤시오도스와 라틴 시인 오비디우스의 덕택으로 우리에게 알려진 에피소드를 간략하게 되새겨보자. 폴리덱테스 왕은 세 고르곤 가운데 불멸이 아닌 것의 머리를 가져오라는 불가능한 임무를 영웅 페르세우스에게 부과했는데, 이것은 신화나 민담에 흔히 나타나는 이야기 관습이다. 폭군의 목적은 경쟁자를 떼어놓기 위한 것이었다. 정신분석에서는 모든 것이 중요하므로 좀더 정확히 말하자. 그 경쟁 관계란 폴리덱테스가 젊은 히포다메이아를 욕망하는 척하면서도 실은 이 영웅의 어머니인 다나에를 탐하고 있다는 사실에 있다. 알다시피 다나에는 그녀의 아버지 아크리시오스가 손자의 손에 죽을 것이라는 신탁이 두려워 자기 자신을 보호하기 위해 그녀를 청동 방에 가두었음에도 불구하고 황금비로 변신한 제우스로 인해 임신을 하게 되었었다. 그리고 페르세우스는 어떤 위험한 자손으로부터 자신을 안전하게 보호하려는 욕망에 사로잡힌 아크리시오스의 손에 어머니가 다시 넘겨질까 두려워 그녀 곁을 항시 지키고 있었다.

고르고는 서쪽 끝 죽은 자들의 거주지 근처에 살고 있는 세 고르곤 자매들이었고, 뱀 머리카락과 멧돼지 어금니와 청동 손과 황금 날개를 가진 암컷 괴물들이었다. 그들의 눈은 얼마나 강렬한 광채를 발산하는지 그것을 바라보는 자는 누구든 돌처럼 굳어져버려서 신들조차 그들에게 다가가는 것을 두려워했는데, 빛과 시선을 관통시킬 수 있는 바다의 신인 포세이돈만이 예외였고, 그는 메두사를 임신시키기도 했다. 죽어가는 순간, 이 괴물은 키마이라를 죽인 벨레로폰의 날개 달린 천마(天馬) 페가소스와, 머리 셋 달린 괴물들 게리온의 아버지이자 황금 칼의 소지자인 크리사오르, 그리고 살무사 에키드나를 낳았다…… 독자들은 이런 분위기에서 벌써 끔찍함을 맛볼 것이다.

페르세우스는 메두사에 다가가 괴물의 머리를 자르는 데 성공한다. 그것은 님프들과 헤르메스와 아테나가 네 가지 마술적인 물건, 즉 모든 것을 자를 수 있는 낫, 보이지 않게 하는 투구, 그 무시무시한 머리를 가두어 운반할 배낭, 재빠르게 도망갈 수 있도록 발뒤꿈치에 고정할 날개를 빌려주었기 때문이다. 그는 시각적 기능과 관련된 계략을 사용했다. 투구 덕택에 보이지 않게는 되었지만 그의 시선이 괴물의 것과 교차한다면 그가 여전히 타격을 입을 것이므로 거울처럼 광택을 낸 금속 방패의 안쪽 면을 일종의 백미러처럼 사용했다. 그리고 아테나가 방패를 그의 눈앞에 들고 있는 동안 그는 자유로운 두 손을 사용하여 괴물의 머리를 움켜잡고 잘랐다. 그 머리는 폴리덱테스에게 바쳐졌고, 그는 다나에를 풀어주었다. 그녀는 아들을 대동하지 않고 아버지의 집으로 되돌아갔던 것으로 보인다. 얼마 후, 원반 던지기 시합에서 페르세우스는 원반을 어찌나 멀리 던졌는지 그 운동 경기를 조직한 할아버지 아크리시오스를 쳐서 죽게 했다. 신탁은 언제나 실현된다.

이처럼 잘린 머리가 그것을 바라보는 대상을 돌처럼 굳어버리게 만드는 능력을 배경에 갖고 있다는 사실을 고려한 프로이트의 해석은 무엇일까? 단번에 그는 "머리를 자르다＝거세하다"라는 등식을 제시한다. 여기서 우리는 그러한 메두사의 재현과 직면하는 자는 누구든 쾌락 가능성의 측면에 결여된 자신의 모습을 재확인할 위험성이 있다는 사실을 이해해야 한다. 그 고르곤이 그렇게 거세되었을 것이라는 사실에는 별로 중요할 게 없으며, 페르세우스가 거세자의 역할을 수행했을 것이라는 사실도 마찬가지이다. 우리가 해석을 내릴 때 늘 문제되는 시각은 재현과 마주하는 순간에 동반되는 정동(情動)의 영향 아래 있는 주체의 시각이다. 모든 참수의 이미지는 그 장면을 보는 자의 무의식 속에서 거세를 환기시킨다.

어쨌든, 프로이트는 거세의 두려움은 일반적으로 "어떤 사물의 목격에 결부되어 있다"고 명시한다.

많은 분석들을 통해 우리는 언제 그것〔거세의 두려움〕이 생기는지 알고 있다. 그것은 그때까지는 〔거세의〕 위협을 믿고 싶지 않던 남자아이가 여성의 성기를 볼 때 불쑥 솟아오르는 것이다. 털로 둘러싸인 성인의 성기, 결국 십중팔구는 어머니의 성기일 개연성이 크다. (〔 〕는 필자)

남자아이가 여성의 성기를 발견하는 과정의 언급은 그의 저서에 반복적으로 등장한다. 프로이트는 이미 이에 관한 이론적 좌표를 마련하고 분석한 바 있으므로 이 메모에서 세세히 적을 필요가 없다고 판단한 것 같다. 어쨌든 훗날 페티시즘적 도착증[3]이 나타나는 조건들을 논할

230

때 그는 이 점을 세부적으로 다시 다룰 것이다. 한편 이 해석을 확고히 하기 위해 그는 동일한 방향으로 나아가는 또 다른 논지를 제공한다. 그러나 이번에는 복합적으로 얽힌 몇 가지 점들이 추가된다.

메두사의 머리카락이 그토록 자주 예술가들에 의해 뱀처럼 형상화되었다면 그것 또한 거세 콤플렉스에 유래하기 때문이며, 뱀들이 동원된 것은, 그 동물이 아무리 그 자체로 공포를 자아낼지라도, 실은 공포를 완화시키기 위한 것이라는 점은 주목할 만하다. 페니스의 결여는 공포의 원인 자체이고 뱀은 페니스를 대체하기 때문이다. 기술적 규칙—페니스 상징의 양적 증가는 거세를 의미한다는 것이 여기서 확인되었다.

여기서 인용된 글이 프로이트가 단번에 써내려간 메모일 뿐 출판되기 위한 다듬어진 논문이 아니라는 사실을 기억하기 바란다. 이 구절에는 어떤 당혹스러운 점이 여과 없이 드러나는데, 우리는 그가 이 글을 출판할 경우 이 부분을 아마 다시 썼을 것이라고 상상할 수 있다. 그는 쉽게 조화를 이루지 못하는 두 사실을 동시에 말해야만 했다. 즉, 한편으로 뱀들은 페니스의 표상이라는 것인데, 이것은 그가 내세운 거세의 가정과 반대로 가는 것 같다. 다른 한편으로 양적 증가는 결여를 거꾸로 말하는, 달리 말해 결여를 강조하는 무의식 고유의 방법이라는 것이다. 그러나 그는 팔루스적 뱀들이 동시에 거세 앞에서의 공포를 "완화시킨다"는 사실을 추가함으로써 문장의 첫 부분에 떠올린 거세가

---

3) 프로이트는 1927년에 가서야 「절편음란증」이란 제목으로 종합적인 논문을 쓰게 될 것이다 (『성욕에 관한 세 편의 에세이』, 프로이트 전집 7, 김정일 옮김, 열린책들, 2004). 그러나 그 이론적 바탕은 1905년의 『성욕에 관한 세 편의 에세이』에 이미 마련되었었다.

후퇴하는 듯한 인상을 준다. 거세가 그러한 재현 속에서 확고해지는 이유를 그전에 먼저 설명했더라면("기술적 규칙"을 내세우고 있다) 더 논리적이었을 것이다. 결국 목격자의 무의식을 생각해야 할 것이다. 어쨌거나 거기에는 여성의 몸에 페니스가 명백히 부재하다는 사실과는 모순되는, 그리고 페니스가 박탈되는 상황에 처할 수 있다는 위협을 최소화하는 무언가 존재하는 것이다!

이처럼 한 발을 빼는 듯한 프로이트의 입장은 곧이어 논증 과정을 거친다.

메두사의 머리는 그것을 보는 자를 돌처럼 굳어버리게 한다. 거세 콤플렉스와 관련된 동일한 계통의 동일한 정서적 변화! 왜냐하면 뻣뻣해지는 것은 발기를 의미하며, 따라서 이 경우 목격자에게 위안이 되기 때문이다. 그가 여전히 페니스를 갖고 있다는 사실, 그것의 단단함이 그 사실을 그에게 확인시켜준다.

이곳 역시, 급작스런 경직화가 발기를 은유하기에 앞서 마비를 환유한다고 명시했더라면, 더 나아가 강조했더라면 더 좋았을 것이다. 실제로 우리는 누군가가 공포로 몸이 굳었을 때 그에 대해 **공포로 얼어붙었다**거나 (뱀이 되지는 않지만) **머리카락이 쭈뼛 섰다**고 말하며 특히 프랑스 사람들은 흔히 **메두사에 당했다**medusé라고 말하기도 하는데, 이때 공포에 질린 사람부터 시작하여 어느 누구도, 여자든 남자든, 성 행위에 적절한 상태에 있다고 느끼지는 않는다. 팽만하게 부푼 상태로, 달리 말해 상대를 향해 열렬하게 자신을 내밀 수 있는 상태가 아니라, 그저 얼어붙고, 기가 죽고, 겁에 질렸기 때문에 몸이 굳은 것이다. 그다

232

음에 이어지는 문장들 역시 같은 방향으로 나아간다. 즉, 처녀 아테나 여신이 그녀가 절대 내려놓지 않는 방패 위에 그녀에게 '근접할 수 없게끔' 해주는 초상을 장식한 것은 메두사의 머리가 '어머니의 공포스러운 성기'[4]를 보여줌으로써 우발적인 호색한들을 마비시켜버리기 때문이라는 것이다.

이러한 조건들 속에서, 페니스가 은폐되어 있을 것이라는 관념을 대신하게 될 외음부의 명백한 지각 또한 마찬가지의 애매모호한 효과를 만들어낸다. 이제, 마주친 광경에서 주체를 얼어붙게 만드는 것은 새로이 지각된 그 대상이다. 여기서 문제되는 것은 텅 빔과의 직면이 아니라는 점을 특히 강조해야 하겠다. 지금까지 거세라는 단어가 페니스의 인위적인 사라짐을 의미하였으므로, 거기에는 아무것도 보이지 않는다는 단순한 충격이 그 개념에 관련되어 있었다. 이제 우리는 거세의 맥락 속에 주어진 설명을 떠나, **보아야 할 어떤 것**에 대한 관점에 기초한 다른 설명으로 이동해간다. 그 광경이 양면적이라는 사실이 곧 드러나게 된다. 실제로 그 새로운 대상은 **공포와 쾌락—욕망**을 동시에 일으키는 힘을 갖고 있다. 이 불확실한 상황의 성적 측면을 적절하게 표시하기 위해, 프로이트는 그것이 그 둘 가운데 때로는 이것을 때로는 저것을 '흥분시키는' 힘을 갖고 있다고 말한다. 그러고는 바로 그것이야말로 '불운을 쫓기 위해 성기를 내보이는 행위'를 정당화시켜준다고 덧붙인다. 즉, 자기 자신에게 공포를 부추기는 것은, 맞서 자신을 방어해야 할 적에게도 같은 효과를 발휘할 것이라는 말이다. 자신의 성기를 보여준

---

4) 당시의 편견이 까페기시기도 한 프로이트는 "일반적으로 매우 동성애적인" 고대 그리스인들에게서 그러한 재현을 발견할 것이라 예상했어야 한다고까지 명시한다.

여성 앞에서 도망가는, 라블레의 악마 이야기에서 그 사실을 엿볼 수
있다.[5]

뒤이은 마지막 단계에서는 더 이상 외음부(外陰部)가 아니라 발기된
페니스의 형상화라는 엄밀한 의미의 팔루스가 갖는 액막이 기능이 환기
될 것이다. 이처럼 우리는 여성 성기의 목격이 일으키는 불길한 효과
에서 남성 성기의 목격이 갖는 순기능으로 슬그머니 이동했다. 프로이
트는 무엇보다 고무적인 양상들, 즉 미묘한 양가성의 긍정적인 측면을
어떤 대가를 치르더라도 명백하게 할 필요가 있었던 것 같다.[6] 상대방
의 성기를 보는 것은 주체에게 강한 충격을 줌으로써 동요를 일으킨다.
그것은 늘 자신의 무의식에 의해 조건 지어진 마주 보는 주체들을, 맥
락과 순간에 따라, 공포에 떨게 하기도 하고 흥분시키기도 한다.

이 무미건조한 설명에 이어, 현상을 이론화하기에 앞서 화제의 분위
기를 바꾸어보자. 이제부터 논하게 될 한국 텍스트의 처음 몇 페이지
에는 각각의 성기에 경의를 표하는 두 개의 열정적 담론이 담겨 있다.
그러나 이에 앞서 한 가지 지적하고 싶은 사실이 있다. 이 설화와 판소
리에는 주요 남성 등장인물의 이름을 따서 『변강쇠전』이라는 제목이
붙여졌다. 그런데 이 인물은 주연이 아니다. 이야기가 진행되는 내내
무대 중심에 출현해 있는 이름 없는 여자 주인공의 성(姓) 대신,[7] 이야

---

5) 프랑수아 라블레, 「악마는 어떻게 파프피기에르 섬의 노파에게 속았는가」, 『팡타그뤼엘 제4서』
47장, 유석호 옮김, 한길사, 2006.
6) 남성의 위치에 새로운 가치를 부여하려는 고심이 프로이트에게 있었다는 사실은 오래전부터
지적되어왔다. 그는 마치 정치 사회적 그리고 인간론적 차원에서 남성들이 누리는 패권도 그
들을 안심시키지는 못한다는 듯 남성의 위치가 심리적인 관점에서 매우 위태롭다고 판단한다
(여성들은 엄청난 거세 콤플렉스에 그토록 무겁게 짓눌리지는 않는다).

기의 중간 부분에서 죽어버리는, 어떤 의미에서는 조연에 가까운 인물의 성명을 이야기에 제목으로 부여하는 이 비정상성은 마땅히 지적되어야 할 것이다. 과거 시대의 이야기들 가운데 가장 널리 알려진 이야기가 주연으로 그리고 제목으로 '춘향'이란 이름을 갖고 있으니, 전통적 남성우월주의의 효과를 여기서 말하기는 어렵다. 이처럼 우리는, 이야기의 맨 첫 문단들의 내용이 말해주듯, 우리의 여자 주인공이 그녀에게 다가가는 모든 남자들에게 불운을 가져온다는 중요한 이야기 요소가 부차적인 차원으로 미뤄진 사실을 정당화해야 할 것이다.

과연, 열다섯 살에 결혼하여 다섯 번씩이나 재혼을 한 그녀는 스무 살까지 매해 한 명씩 벌써 여섯 남편을 잃어버렸다. 절세미인이지만 영원한 과부살이의 운명을 진 이 젊은 여인에게 도대체 어떤 저주가 드리워졌는지는 알 수 없다.

> 이것은 남이 아는 기둥서방, 그 남은 간부, 애부, 거더머리, 새홀유기, 입 한 번 맞춘 놈, 그리고 젖 한 번 쥐인 놈, 손 만져 본 놈, 치마귀에 상척자락 얼른 한 놈, 그리고 심지어는 눈 흘레한 놈까지 대고 결딴내는데,[8) 〔……〕 (p. 88)

이 유머 넘치는 입담에 우리가 거나하게 취할 만도 하지만 그렇다고

7) 우리는 그녀가 "옹가"(p. 90)라는 사실만 알 뿐이다. 그러나 한국에서 이것은 누군가를 지칭하기에 충분하지 않다. 왜냐하면 성(姓)의 종류가 그리 많지 않기 때문이다. 우리의 이름 없는 주인공은 익명이나 다를 바 없다.

8) 번역 텍스트에서 순서가 조금 바뀌었다. 벨맹-노엘의 글을 따라가기 위해 번역 텍스트의 순서를 따른다〔옮긴이〕.

우리가 맨 마지막의 말을 놓칠 수는 없다. 어린아이들은 아직 모를 것이라 가정되는 색욕에 사로잡힌 성숙한 남자들이라면 이 미녀와 단순히 눈길 한번 마주친 자라 해도 누구든 어김없이 곧 죽고 만다는 것이다. 불운한 희생자들이 영웅이 아니라 너무도 인간적인 인간들이었다는 것 외에, 메두사의 경우와 다른 단 두 가지 차이점은 광경이 괴물 대신 미인이라는 것, 그리고 현혹된 남자들의 죽음이 반드시 경직화를 거치지 않는다는 것이다.[9]

평안도 민심은 지역의 남자들이 모두 소멸되어 버릴까 염려되어 그녀에게 길을 떠나도록 강요했다. 그리고 어느 좁은 고갯길에서 그녀는 천하에 몹쓸 놈인 변강쇠를 만난다. 그는 그녀에게 다가가 이것저것 물어본 다음 그 역시 홀아비라고 공언(公言)한다. 그들은 서로 궁합을 맞춰보고는 천생배필이 될 운명이니 합궁하기로 결정하고 즉시 혼인식을 거행한다. 그들이 옷을 벗어던지는 순간부터 벌어지는 일은 직접 인용하는 것이 나을 듯하다.

강쇠놈이 여인 양각을 번쩍 들고 옥문관(玉門關)을 들여다보며,
"이상히도 생겼다, 맹랑히도 생겼다. 늙은 중의 입일는지 털은 돋고 이는 없다. [……] 무슨 일을 할려건대 옴질옴질하고 있노, [……] 임실(任實) 곶감 먹었는지 곶감씨가 장물렸고, 만첩산중 울음인지 제가 절로 벌어졌다. 연계탕을 먹었는지 닭의 벼슬이 비치었다. 파명당을 하였는지 더운 김이 그저 난다. 제 무엇이 즐거워서 반은 웃어 두었구나. 곶감 있고 으름 있고 조개 있고 연계 있고 제상은 걱정 없다." (pp. 90~91)

---

9) 그녀의 첫 남편은 결혼 첫날밤 과도한 쾌감으로 죽었고 마지막 남편은 비상을 먹고 자살했다.

벌린 "입"과 그것의 "무덤"으로의 탈바꿈을 보는 것만으로도 이 여인이 자기 자신의 가장 최소한의 부분으로 축소되면서 집어삼킴의 위협을 어느 정도까지 몸으로 재현하는지 짐작하기에 충분하다. 여기서 거세는 이 위협의 상징적인[10] 한 변이체일 뿐이라 하겠다. 그 입을 가득 채운 끔찍한 굶주림이 겨냥하고 위협하는 대상에 대해서는 그다음의 구절을 읽어보도록 하자.

저년이 반소(半笑)하며 갚음을 하느라고 강쇠의 기물을 가리키며,
"이상히도 생겼네, 맹랑히도 생겼네. 〔……〕 오군문(五軍門) 군노(軍奴)런가 복떠기를 붉게 쓰고, 냇물가의 물방안지 떨구덩떨구덩 끄덕인다. 송아지 말뚝인지 철고삐를 둘렀구나. 〔……〕 제사에 쓴 숭어인지 꼬장이 궁이 그저 있다. 뒷절 큰방 노승인지 민대가리 둥글구나. 소년 인사 배웠는가 꼬박꼬박 절을 하네. 고추 찧던 절굿댄지 검붉기는 무슨 일고. 〔……〕 물방아 절굿대며 쇠고삐걸랑 등물 세간살이 걱정 없네."
강쇠놈이 대소하며, 〔……〕 (p. 91)

이번에는 사내가 사용했던 테마들(늙은 중, 털, 음식들)을 그대로 다시 취하며 아낙의 찬사가 이어지는데, 그녀의 일관성이 없는 묘사에서 매우 인상 깊게 부각되는 것은 돌의 단단함이 아니라, 지속적인 발기 상태에 있지 않는 성기의 이미지이다('떨구덩떨구덩 끄덕이는 물방아,' '꼬박꼬박 절하는' 모습). 어쨌든 이것이 그녀를 과도한 불안에 빠뜨리

---

10) 앞의 글 「갈매기와 유령—최인훈의 『광장』」, p. 39의 각주 2 참조〔옮긴이〕.

지는 않는 것 같다. 그녀는 오히려 불한당의 타고난 건강 체질을 신뢰한다. 프로이트라면, 발생할 수도 있을 감퇴의 극적인 충격을 최소화함으로써 거세의 위험을 약화시키려는 고심을 여기서 확인할 것이다. 그러나 제상(祭床)에 올렸던, 꼬치 구멍이 뚫려 있는 '숭어'를 통해 얄궂게 우회하면서 여기서도 묘사는 여전히 죽음으로 귀착된다. 죽음은 무의식 속에서 거세로 표상될 수 있다는 사실을 기억하자. 결국은 이 요염한 반복적 과부가 처음부터 거세하는 여자였다는 사실을 우리가 문득 깨닫게 되었을 때, 그 평온함은 의아스럽기만 하다. 명백히 그녀가 무의식의 중심인물인 집어삼키는 어머니의 완벽한 삽화임에도 말이다! 이 무시무시한 이미지는 성서 속의 유디트와 델릴라 혹은 그리스로마 신화 속의 수많은 동류의 여성인물들은 말할 것도 없고 동화 속의 식인귀 마녀나 남자를 잡아먹는 현대의 요부(妖婦, vamp)의 특징들 속에서 쉽게 알아볼 수 있다.

보다시피 나는 독자들에게 웃음보를 터뜨리게 할 위의 화려한 두 대목에서 시적 야심들이 내포된 그 표현들의 분방함에 대해 견해를 제시하면서도, 우리의 주제와 관련하여 오직 내게 중요하게 여겨지는 언급들만을 간직했다. 하지만 이제 나는 사건들의 추이를 요약하는 동시에 앞으로 우리에게 유용하게 쓰일 사항들을 몇 가지 더 지적해야 할 것이다.

부부는 우선 도회지에 정착한다. 그러나 변강쇠는 아내가 힘겹게 번 돈을 노름에 탕진하고, 그녀가 불평하면 때리기까지 한다. 그럼에도 그녀는 그 모든 것으로부터 벗어나 함께 멀리 산속으로 살러 가기로 남편을 결심시키기에 이른다. 사내는 나무 하는 고된 일을 맡았지만 게으른 천성에 굴복하고 숲 속의 나무를 패는 대신 장승을 파내어 집으로 갖고 돌아온다. 그러곤 아내의 경계에도 불구하고 그것을 도끼로 쪼개어 아궁이에 불을 지펴 밥을 하고 방을 데우게 한다. 화가 난 장승의 신령은 전국의 모든 동료들을 소집한다. 그들은 변강쇠를 벌하기 위해, 밤중에 "만 가지" 질병을(p. 109) 그의 몸에 주입시킴으로써 그를 죽게 만들 것이다. 대개 장승들은 마을 입구에 한 쌍 혹은 여럿이 세워진 나무 기둥들인데, 꼭대기는 괴이한 인간 형상으로 조각이 되어 있다. 장승은 대개 "사모품대 갖춰 입고 방울눈에 주먹코 채수염"(p. 99)을 가진 원기왕성한 남자의 모습을 하고 있다. 그러나 때로는 머리가 둥근 모양만 깎여 있을 뿐 얼굴이 따로 없는 경우도 있다. 요컨대 수직으로 세워진 이 기둥들은 팔루스적인 모양새를 띠고 있고, 그것들은 불길하고 악의적인 정령들로부터 사람들을 보호하기 위해 세워졌다. 이렇듯 장승은 한 사회의 틀 속에서, 프로이트가 내세운 팔루스의 액막이 기능을 전적으로 확인시켜준다.

백 가지 탕약 덕택인지, 정령들의 일시적인 온정 덕택인지, 빈사 상태의 강쇠는 아내에게 유언을 남길 힘을 잠시 되찾는다. 그는 그녀 곁을 떠나는 설움을 한바탕 늘어지게 푼 다음 이렇게 유언을 끝맺는다.

〔……〕 이몸이 죽거들랑 〔……〕 시묘(侍墓)살이 조석상식(朝夕上食) 삼년상을 지낸 후에 비단수건 목을 잘라 저승으로 찾아오면 이생에 맺은 연분 단현부속(斷絃復續)되려니와, 내가 지금 죽은 후에 사나이라 명색하고 십 세 전 아이라도 자네 몸에 손 대거나 집 근처에 얼른하면 즉각 급살할 것이니 부디부디 그리하소. (pp. 109~10)

한마디로 말해, 앞서 간 사내들이 받은 저주를 모면했던 그가 다른 남자들의 머리 위로, 마치 자기 자신이 그 저주의 진원지인 양, 악담을 퍼부으며 위협을 연장시킨다. 선견지명이 있는 한 신령에 의해 아마도 법으로 제정되었을 동류에 대한 남성적 질투 감정에 그의 사랑하는 여인이 과거에 미리 희생되었었다는 사실을 여기서 어찌 엿듣지 않을 수 있겠는가.

그러나 죽음을 앞둔 자가 마지막 소망을 표명한 다음에 벌어지는 일을 관찰하자.

속곳 아구리에 손길을 풀숙 넣어 여인의 XX 쥐고 우두득 힘을 주더니 불끈 일어나 우뚝 서매, 건장한 두 다리는 유엽전(柳葉箭)을 쏘려는지 비정비팔 빗디디고, 〔……〕 상투 풀어 산발하고 혀를 빼어 길게 물고, 집동같이 부운 몸에 피고름이 낭자하고, 주장군(朱將軍)은 그저 뻣뻣, 목구멍에서 숨소리 딸칵, 콧구멍에서 찬바람이 왜생문방(倭生文房) 안을 하고 장승죽음하였구나. (p. 110)

이렇듯, 우리의 이야기 속에서 장승들의 복수로 인한 뻣뻣함이 거세의 치명적인 마비를 의미하는 바로 그 순간에, 그 굳어버린 상태는 위안이 되는 발기를 포용한다는 사실을 확인시켜준다. 이것은 정확히 프로이트의 도식 속에, 공포를 욕망으로 겉치레하게 되는 타협 형성의 체제하에 우리를 위치시킨다.

사실, 이러한 타협 형성은 일종의 '신탁'과 관련이 있는 한 발언 속에서 이미 확인된 바 있다. 따라서 여기에는 특별한 관심이 요청된다. 병으로 꼼짝없이 마비된 남편을 발견하고 아내는 견자(見者)의 능력을 부여받은 이웃의 봉사 점쟁이 집으로 단걸음에 달려갔다. 오랫동안 주문을 외며 산통을 흔든 다음, 그는 우리의 운명을 관장하는 신령들의 대답을 받아쓰는데, 그 문장이 참으로 기이하다. "사목비목(似木非木)이요, 사인비인(似人非人)이라"(p. 106. 필자 강조). 결국 이 문장의 의미는 이렇게 이해된다. 즉, 사람을 닮은 기둥이 되기 전에 그 속에 인간 이상의 어떤 존재가 거주하고 있었으므로 장승 나무는 단순한 나무와는 다르다. 죽음을 앞둔 자로 말할 것 같으면, 인간이라는 이름에 걸맞은 인간으로서 행동하지 않았으니, 초자연의 가차 없는 복수에 들볶여 죽어 마땅한 그는 인간 이하의 존재이다.[11] 그러나 우리의 무의식은 이 문장 속에서 다음과 같은 내용을 완벽하게 들을 수 있다. **이름값을 늘 하지는 못하는 페니스[12]와 이제는 인간 족속에 거의 속하지 않는 한 신체 일부가 여기에 있다……**

이 사태의 비밀스러운 의미에 대해 묻는다면, 아마 우리는 남자 주인공이 자신이 죄악을 범한 그 장소, 그 부위를 통해 벌을 받았다고 말할 것이다. 전남편들을 모두 희생시킨 성적 저주에 사로잡힌 그 미녀에게, 그는 남편으로서, 달리 말해 그녀의 팔루스 소재지로서 살아남는 특권을 누렸다. 그리고 그 특권을 아주 비싸게 지불해야만 하는 순간이 왔다. 프로이트의 용어로 말하면, 초기에는 그는 거세의 시험을 겪지 않았다. 겉보기에 그는 전혀 불안하지 않은 것처럼 보였었다. 그러나 그 콤플렉스는 거기 있었고 그를 노리며 때를 기다리고 있었다.

---

11) 프랑스어의 'homme'라는 단어는 모호하다. 이 단어는 때로는 '인간'을 때로는 '남자'를 가리킨다. 반면 한국어 단어 '사람'은 인간을 가리킬 뿐, 특별히 '남자'를 가리키지는 않는다. 그러나 여기서는 한 남자에 대해 말하고 있으므로 모호함은 거의 없다. 게다가 한 성인으로 존재하는 것은, 비록 여기서 그 능력이 최소한 불확실한 것으로 보이긴 하지만, 종족을 영속시키는 능력을 전제로 한다. 이 두 인물만큼이나 지칠 줄 모르는 간음자들도 자손은 갖게 될 것이니 말이다.

12) 엄밀한 의미의 페니스는 (해부학적 음경에 비하여) 발기 상태의 남성 기관이다.

그는 나뭇가지들이나 (팔루스적인) 나무둥치들을 애써 자르는 것보다는, 그냥 뽑아오기만 하면 되도록 만들어져 있는 나무 기둥들을, 비록 신령들이 그 속에 살고 있음에도 불구하고, 그러모으기를 더 원했다. 그러나 그것이 정말로 게으름 때문이었을까? 신탁의 계시 속에서 남자들과 이 나무들이 당연한 듯 포개지는 만큼, 나무들을 '거세하기'에 대한 무의식적 두려움의 효과에 사내가 사로잡혔던 것은 아닐까? 그는 자신의 영광인 남성성에 불행을 가져올 수 있을 모든 상징적인 몸짓을 모면함으로써 그것의 꼿꼿함을 영속시킬 것이라 믿고 거세의 엄격함을 교묘히 따돌렸지만, 그는 그 회피로 인해 그 기관 자체로 변신해버렸다. 분명 뻣뻣한, 그러나 죽어서 뻣뻣해진 상태로. 그리고 그 자신을 성기의 신으로, 일종의 장승으로 만들고야 말았다. 그의 아내는 그녀대로 욕구불만의 상태가 되어 그 장승을 숭배할 수밖에 없게 되었다…… 멀리서, 그의 계승자를 찾기 위해 그를 치워버리는 것조차 불가능한 상태가 되어! 가혹한 교훈이다. 텍스트의 뒷부분에서 (유대-그리스도교의 도덕과 거의 다르지 않은) 유교 도덕은 이 교훈을 서둘러 그 엄격주의에 통합시킬 것이다. 바로 이와 같이 사람들은 거세를 너무도 잊어버리고 싶었기 때문에 그것을 신성시하게 되는 것이다.

이것으로 이야기가 다 끝난 것은 아니다. 우리는 아직 반도 채 읽지 않았다. 이제 이야기의 후반부가 어떤 새로운 점들을 가르쳐줄 것인지 기대되기 시작한다. 그런데 맨 마지막 부분은 변강쇠의 매장을 둘러싸고 전개된다. 왜냐하면 그의 과부는 (그것을 거칠게 쓰러뜨리고 그의 사후(死後) 보복을 감당할 각오를 하지 않는 한) '선 송장'을 그녀 마음대로 이동시킬 수 있도록 땅에 눕힐 수가 없기 때문이다. 게다가 그녀는 그 거구의 시체를 무덤까지 운반할 수도 없다. 그래서 그녀는 최고로 맵

시를 내고는 대로변에 나가 앉아서 자신의 불행을 측은히 여길 자들을 겨냥하며 신세타령에 통곡을 한다.[13] 처음 등장하는 인물은 중이다. 당연한 듯 도둑놈에 허풍쟁이인 중놈은 "불끈 서서 형용이 험악한"(p. 116) 그 시체를 보자마자 그 또한 꼿꼿이 선 채로 죽어버린다. 욕망으로 꼿꼿이 선 자신의 몸과 똑같은 모양새를 하고 말이다 ─그는 남편을 매장하는 즉시 그에게 몸을 바치겠노라는 과부의 약속을 듣고서야 이 고역을 떠맡기로 수락했던 것이다. 지나가던 초라니 광대 또한 전철을 밟을 것이며, 그 다음 네 명의 풍각쟁이 패거리의 운명도 다르지 않을 것이다.[14] 매장해야 할 송장들의 수가 자꾸 늘어만 간다.

이때 키가 크고 등치가 우람한 한 거인이 나타난다. 서울 사는 재상집 마중 김 서방, 뎁뚝이다. 그의 경우는 특히 흥미로운데, 그는 변강쇠의 시선과 마주치는 위험을 알게 되자 해결책을 발견하게 된다.

"그놈의 눈구멍을 내가 아니 보려 하니 고개를 숙이고서 그놈의 눈 웃시울을 긁어서 덮을 테니 마누라는 밖에 서서 갈퀴가 웃시울에 닿거든 닿았다고 하오."

이놈이 갈퀴 들고 시체방에 들어서서 고개를 푹 숙이고 두 손으로 갈퀴를 들어 송장 눈에 대면서,

"웃시울에 닿았소."

여인이 뒤에 서서,

---

13) 어조는 물론 과장되다 못해 희극적이다. 예를 들어 그녀가 목을 매달겠다고 말할 때 그 나무는 그녀의 무게를 견딜 수 있을 것 같지 않은 "해당화"(p. 112)이다.
14) 봉사 둥소생이 또한 그 운명을 피하지는 못할 것이다. 그는 아무것도 보지 못했기만 둔한 송장 냄새에 자진해버렸다(p. 121).

"조금 올리시오."

"닿았소."

"조금 내리시오."

"닿았소."

딱 잡아 긁은 것이 조금 미끄러져 아랫시울 긁어놓으니 눈이 뚝 불거 져서 앙 하고 호랑이 재주를 하는구나. 가만히 쳐다보니 이놈이 깜짝 놀 라 갈퀴를 내버리고 바로 뛰어 도망을 할 때, 그물 냄새 맡은 숭어 뛰 듯, 선불 맞은 호랑이모양 곧 들고 째는구나. (p. 126)

보다시피, 여기서 시도된 구난 작업은 고르곤에 다가가는 영웅 페르 세우스의 작전을 생각나게 한다. 그리고 미녀는 아테나와 백미러 역할 을 하던 방패를 대신한다. 일단 눈빛이 꺼져버린 시체라면 더 이상은 그토록 위험하지 않을 것이다. 그러나 송장의 눈이 완전히 멀지는 않 았나 보다. 어찌 되었건 뎁뚝은 살아남는 행운을 부여받았다. 그럼에 도 그의 조심성은 그에게 도망치라고 충고했고, 과부는 그를 붙잡고 유혹한다. 그러나 그는 임무를 홀로 완수하지는 못한다. 그는 생각 끝 에 시체방이 되어버린 방의 외벽을 둔중한 떡메로 쳐서 시체들을 쓰러 뜨린 다음, 시체 몸뚱어리들로 짐 묶음을 만들고는 마을로 내려가 여 덟 구의 시체 운반을 도와줄 떠돌이 각설이 패 세 명을 만난다. 그들은 송장 짐을 등에 지고 묘소를 향해 길을 떠난다. 모든 것이 원만하게 잘 진행된다. 적어도 첫 휴식지까지는 말이다. 그러나 그곳에서 그들은 송장과 함께 털썩 주저앉은 뒤, 안타깝게도 다시는 엉덩이를 땅에서 떼지 못한다. 사당패, 원혼들을 달래기 위해 춤추고 노래 부르게 될 기 생들, 순찰 중이던 향관 등, 불운하게 그때 그곳을 지나가던 사람들도 모두 그들 주위에 달라붙어버린다. "호도엿 장사"와 그의 고객들은 그것이 "원혼" 때문이라는 사실을 알아차리고는 굿을 권한다(p. 138). 말이 떨어지자 곧 굿이 치러졌고, 기적이 일어났다. 꼼짝없이 달라붙었던 불운한 자들이 모두 풀려났고, 변강쇠에 의해 직접적으로 마비된 자들, 즉 죽은 자들은 대부분 매장할 수 있게 되었다.

저주를 완전하게 멈추게 하는 것은 거인 뎁뚝의 몫이다. 그는 변강쇠에게 그의 나쁜 행실에 대한 비난과 애원을 섞어 변강쇠에게 말을 건네며, 성스러운 은자처럼 살지 않았던 그를 벌하기 위해 그의 몸이 "뻣뻣 선 장승송장"(p. 140)이 되었다고 힐난하기까지 한다. 마지막으로, 그 모든 당혹스러운 사태의 근원인 신중하지 못했던 그 파렴치한과 초라니 광대를 한데 묶은 송장 짐을 내려놓아야하는 일이 뎁뚝에게 남았다. 그의 짐은 등에 붙었고, 그는 소나무 두 그루 사이로(p. 141) 그들의 머리와 발을 부러뜨리며 돌진한다 — 약간의 거세의 기미가 추가로 느껴지는데, 불안을 소진시키려는 노력이 필요하다! 그리고 그는 가까운 폭포 아래로 나머지 유해를 묻을 것이다. 이 서슬에, 뎁뚝은 다시 덕성스러운 사람이 되어 아내와 자식들을 찾아 집으로 되돌아가기로 결심하다. 도덕의 행복한 확산이다. 주인공을 대신할 수 있는 유일한 사람으로 보였던 그가 예쁜 과부의 매혹을 즐기기를 포기한 것이다. 그녀에 대해서는 텍스트가 얼마 전부터 더 이상 아무런 말도 하지 않는다는 사실을 주목하자.

대략, 비교의 결산은 긍정적이다. 이 이야기는 프로이트가 구상한 메두사의 도식과 전적으로 양립 가능하다. 중요한 것은 세부상의 차이들로 그러한 진단을 과연 수정해야 할 것인지 그 여부를 확인하는 것이다.

눈에 띄는 첫번째 어긋남은 끔찍한 괴물 메두사가 여자들 중에서도 가장 매혹적인 여자로 대체되었다는 점이다. 이것은 결코 사소한 문제가 아니다. 메두사의 머리가 그것을 보는 자를 마비시킬 정도로 두렵게 만든다면—신화는 그것 자체로써 마비시키는 힘을 가진 한 시선과의 교차라는 형태로 표현하고 있다—, 그것은 모든 공포심이 부동자세로 만들어버리므로 충분히 이해되는 현상이다. 그러나 미인은 그와는 정반대로, 보면 즐거워 가슴이 두근거리고 성적인 몸짓을 하게 만드는 흥분이 따르지 않는가? 그렇다면 마비시키는 것이 오직 성기, 엄밀히 말해 성기의 목격일 뿐인 반면, 미인은 사람 전체를 포괄한다는 사실(머리끝에서 발끝까지의 육체적 매력들을 망라하는 다양한 묘사들이 이 사실을 확인해준다)이 무시되는 것은 아닐까? 무의식에게 죽음은 거세의 한 양상[15]이라는 사실을 상기시키는 소름끼치는 죽음의 요소들과 매혹적인(그리고 변강쇠가 유창하게 노래한) 한 성기 사이의 연상의 중요성을 위에서는 급히 지적하고 넘어갔지만 이제는 강조해야 하겠다. 더구나 늙은 중의 이빨 빠진 입의 언급은 오직 웃기 위한 반어법의 측면에서만 우리의 마음을 끈다. 왜냐하면 심각한 도착증이 아니라면 그런 광경 앞에서 욕망이 깨어날 가능성은 거의 없을 것이기 때문이다. 곰곰이 생각해보면 미인은 흔히들 말하듯이 눈을 멀게 할 정도로 눈부시며 숨을 막히게도 할 수 있다. 무의식은 언어가 가장된 순진함으로

---

15) 분명히 하자. 죽었다는 사실은 유아적 상태에 있는 무의식에 아무것도 표상하지 않는다. 죽음의 상태는 표상 불가능하다. 말하지 않으면서 우리에게 '말하는' 것, 그것은 죽임, 제거, 즉 사라짐의 장소와 관련 맺는 행위이며, 이것이 중요하다. 이 점에 대해 우리의 텍스트는 무덤을 다시 여는 "파명당"에 이어 "제사"를 떠올리고 있는데(p. 91), 이를 통해 어머니-대지 속으로의 삼켜짐이 반복되고 있다.

지어낸 상투적인 표현들을 문자 그대로 사용할 줄 안다. 바로 거기에, 예를 들어, 우리가 죽는 한이 있어도 되돌아가기를 꿈꾸는 모태의 양가성이 있다.

변강쇠가 여인의 허벅지 사이로 발견한 것이 우스꽝스럽게 소개되긴 했지만 결코 모호하지 않은 것은 아니다. 힐끗 본 것도 아니고 하물며 관조되기까지 한 여성 성기의 마비시키는 권능이 오로지 간접적으로만 암시되고 있는 것이다. 사내는 그것에 아주 뚜렷한 찬사를 보내며 전혀 위축되지 않을 것이다! 결국 이야기의 후반부에 가서야, 거세의 동의어인 경직화와 명백하게 닮은 어떤 것이 나타날 것이다. 그것도 반대 방향으로 나타날 것이다. 왜냐하면 어떤 광경도 우리의 주인공을 뻣뻣하게 만들지는 않았던 반면, 그를 본 사람들은 모조리 굳어져버리기 때문이다. 심지어 그 이상의 일들도 벌어진다. 마비가 아주 강한 전염성을 띠고 있어서, 단지 장승의 저주 반경 속에 있거나 그 저주가 따라다니는 자에 가까이 있다는 이유만으로 문자 그대로 아무것도 보지 않은 사람들까지도 얼어붙게 만들어버리는 것이다. 그러나 이보다 더 굉장한 것은 변강쇠가 메두사처럼 됨으로써 문학적 영웅의 지위를 획득한다는 사실이다! 그렇다. 우리는 그에 의한 메두사의 체현을 통해 왜 그의 이름이 이 텍스트의 제목이 되었는지 뒤늦게야 깨닫게 되었다. 더 정확히, 제목은 이 이야기의 핵심이 이야기의 삼분의 이를 차지하는 거추장스러운 시체와 과부의 갈등에 있다고 생각하게 한다.

뎁뚝이 페르세우스의 역할을 하는 것은 주인공과의 관계를 통해서라는 사실을 덧붙이자. 우리는 그가 변강쇠의 눈을 멀게 하려고 애쓰는 장면을 보았다. 접근하는 남자는 모두 부동자세로 얼어붙어버리는 원인이 바로 그 죽은 자의 눈 때문이라는 사실이 텍스트 어디에도 명시되지 않았음에도 말이다. 얼어붙고 마비되기 위해서는 그가 죽어서 뻣뻣해져 있는 모습을 보는 것만으로 충분한 듯하다. 모든 것은 마치 이야기의 후반부의 주인공으로 등장하는 뎁뚝이, 굳어버리게 만드는 괴물의 이미지 자체를 죽은 자에게 투사하고 있다고 말하는 듯하다. 그는, 말하자면 겨우 실눈으로, 송장을 얼핏 보았던 덕택으로 그것의 불길한 권능들에 저항할 수 있었던 것이다. 요컨대, 이 이야기 속에 메두사가 있다면 그것은 페르세우스가 있기 때문이다.

다른 한편으로, 뻣뻣하게 굳고 발기한 이 빈사 상태의 인물은 헛된 환상을 심어주지 않는다. 그는 죽게 될 것이고 따라서 그를 위협하는 공격들을 따돌릴 수조차 없으므로 액막이 팔루스의 이미지가 아니다. 그는 뻣뻣하게 굳은 상태와 쇠약해진 상태를 항구적으로 조합한다고 말할 수 있을, 한 남성성 처리법의 모범적 사례임이 밝혀진다. 그가 사후에 그를 둘러싼 군중에게 일으킨 효과는 더욱이나 더 거짓말을 하지 않는다. 뻣뻣한 시체들의 증가, 그다음엔 그의 매장을 참관하는 인물들의 증가는 고르곤의 머리를 뒤덮은 뱀들-머리카락들과 동일한 것을 의미한다. 즉 진짜로 존재하기에는 너무 수가 많다! 팔루스로 말할 것 같으면, 그것은 하나가 아니면 없음이다. 한 개를 초과하는 모든 것은 제로와 동일하다. 전국에서 모인 장승들의 총회에서 이미 우리는 그 현상을 관찰했다. 이 나무-팔루스들의 엄청난 수가 거세를 말해주었을 뿐만 아니라, 장승에게 몸을 굽히는 것이 가능은 해도 쉽지는 않다고 명시하는 비밀스러운 농담도 있었다.

장승의 절하는 법이 고개만 숙일 수도 없고 허리 굽힐 수도 없고 사람으로 말하자면 발 앞부리를 디디고 뒤축만 달싹하는 것이었다. 일제히

절을 하고 문안을 한 연후에 〔……〕 (p. 102)

남성들을 짓누르는, 기욺과 굽힘, 이 저하의 불행한 숙명은 **팔루스적**인 것 고유의 속성인 것 같다. 비록 프로이트가 이것에 대해 선명하게 의식하지는 않은 것 같지만, 그 숙명은 팔루스적인 것과 불가분의 동질성을 띤다고까지 말해야 할 것이다. 이렇듯, 남성의 꼿꼿함을 위협하는 우여곡절들은, 라블레의 승려처럼 쉽게 동요하는 애호가들을 달아나게 함으로써 여성 생식기의 구멍을 채우지 못하도록 방해하는 우여곡절들과 크게 다르지 않다. 결국, 메두사와 변강쇠는 동일한 운명, 유사한 실패의 위험성, 유사한 마술적 권능이다.

우리는 프로이트의 텍스트 전개 자체가 일종의 미완성이라는 인상을 받았었다. 메두사의 머리는 여성 성기의 보여주기-광경에 결부되었으므로 거세자였다. 그러한 메두사의 머리에서 출발하여 프로이트는 마지막으로 남성 성기의 찬양에 이르렀다. 우리는 이 경향이 감히 말해 정신분석의 창시자에게서 변하지 않는 심리적 요소라는 사실을 알고 있다.

아마 우리는 본질적인 것을 근본적으로 해치지 않으면서, 그가 관심을 기울였던 현상을 일반화시켜줄 한 결론을 그의 분석에 추가할 수 있을 것이다. 두 성기의 적나라한 광경은 어떤 상황에서도 애매한 불안을 생성시킨다. **현혹**la fascination이란 말 자체가 우리에게 그 사실을 중얼거린다. 사실, 그러한 결론은 이 말에 이미 내포된 지식 이상으로 특별한 무엇을 우리에게 가르쳐주지는 않는다. 라틴어 **파스키누스**fascinus는 그리스어 **팔로스**phallos와 등가이다. 에트루리아인들과 로마인들은,

아마 지구상의 많은 사람들처럼, 남성 성기를 내보이는 행위는 그 광경에 시선을 멈추는 자들을 마치 마술적으로 고정시켜버린다고 느꼈었다. 남성의 것이든 여성의 것이든 노출된 성기의 위력은 여기 이 순간에는 흥분시키다가 저기 다른 순간에는 얼어붙게 만드는, 예측 불가능하고도 모순적인 효과들을 생성시키는 그런 것이다.

『변강쇠전』은 프로이트가 뭔가 미결된 채 남아 있다고 느끼면서 끝을 맺지 못했던, 그래서 초안을 출판하지 않기로 결정한 그 해석의 도정을 우리로 하여금 완성시킬 수 있게 해주는 것 같다. 그는 한 가지 점에서 전적으로 옳았다. 이 점에서도 여전히 새로운 발견은 없지만, 그것은 구전된 것이든 글로 씌인 것이든 전통이 우리에게 말해주는 것을 더 잘 알기 위해서는 언제나 다른 곳으로 찾아가봐야 한다는 사실이다.

그러나 훌륭한 텍스트들을 발견하는 행운이 따라야 한다.

온 무의식으로 읽기
— 장 벨맹-노엘의 '텍스트분석'[1]

최애영

> 텍스트 전체가 꿈이고, 모든 꿈은 하나의 텍스트이다.
> Tout le texte est rêve, tout rêve est un texte.[2]
> — Jean Bellemin-Noël

  장 벨맹-노엘은 독자의 무의식의 참여를 논의의 중심에 놓고 독서의 쾌락을 비평적 글쓰기 속에 담고자 한 프랑스 문학 비평가이다. 그는 파리 8대학의 문학교수로 있으면서, 독서의 현장에서 생성되는 의미효과를 정신분석적인 관점에서 해석하는 새로운 방법론을 이론화하고, 그것을 텍스트분석la textanalyse이라 명명했다. 그 이름이 '정신분석'과 동일한 단어 구조를 연상시키는 것처럼, 방법에 있어서도 그는 프로이

---

1) 장 벨맹-노엘의 비평방법론에 관해 필자는 이미 두 번 글을 발표한 적이 있다(「현대 프랑스문학비평과 정신분석— '텍스트분석'을 위하여」, 『문학동네』 2003년 가을호, pp. 420~37;「텍스트의 무의식」, 『현대비평과 이론』 2007년 가을 겨울호, pp. 232~52). 이 글은 그의 이론의 등장배경과 그 진화과정을 더듬으며 전체를 조감하는 관점에서 이 두 글의 일부분을 끌어와 약간의 수정과 함께 재조직하며, 지금까지 언급하지 않았던 내용들을 덧붙이기로 한다.
2) Jean Bellemin-Noël, "Psychanalyser le rêve de Swann?", *Vers l'inconscient du texte*, Puf 1979, p. 59. 이 표현은 1989년~96년 사이에 Puf 출판사에서 그가 이끌었던 비평총서의 제목— '텍스트는 꿈꾼다Le Texte rêve' —의 근거가 되었다.

트의 정신분석 이론에서 많은 영감을 얻었다. 이에 따라, 정신분석에서의 무의식에 상응하는 '텍스트의 무의식'이란 개념 또한 자연스럽게 떠올랐다. 이 개념은 그의 비평방법론의 출발점이지만 결국 포기되어 버리는데, 그 과정은 그의 방법론의 진화과정이기도 한 꽤 긴 역사를 지니고 있다.

그의 출발점은 텍스트 외적인 요소를 일절 배제하고, 텍스트를 구성하는 모든 형태적인 측면들, 즉 언어학적 수사학적 서사학적인 요소를 골고루 고려하면서, 그 의미효과가 비록 주체성과 관련된 무의식을 문제 삼을지라도, 오직 텍스트 속에서 해석의 문제를 해결해야 한다는 것이었다. 여기에, 독서에 깊이 연루되는 독자의 무의식은 텍스트 외적 요소인가 아닌가 하는 문제가 내포되어 있지만, 그가 그것을 단번에 제기하지는 않았던 것 같다. 그의 방법론은 주체성과 마주한 문제의식이 구체화되면서 정립되었고, 그의 독창성의 핵심은 텍스트의 형태적 접근에서부터 의미효과의 구체적인 해석에 이르기까지 논의의 중심을 문학이 최종적으로 실현되는 독자로 이동시키면서, 독서 행위의 의미를 우리에게 일깨워주었다는 점에 있다. 그의 입장은 프랑스 현대 비평의 흐름뿐만 아니라 그의 방법론이 토대로 하고 있는 무의식의 이론과도 아주 밀접한 관련이 있다. 그 두 가지 측면이 어떻게 독자 중심의 논리 속에서 만나는지, 그리고 이때 독자 중심이라는 것이 의미하는 것은 무엇인지, 비평가로서 공인되기 위해 그 특별한 독자는 결국 어디에 위치해 있어야 하는지 살펴보면서 그의 비평방법론의 발전과 윤곽을 필자의 관점에서 부족하나마 간략하게 소개해보기로 한다.

작자, 작품, 독자

엄밀하게 말해서, 하나의 문학 텍스트는 한정된 수의 문자들의 조합으로 이루어진 물질에 불과하다. 그럼에도 불구하고 그것은 다양한 의미효과의 창출 가능성을 무한정 지니며, 독자의 상상력을 부추기고, 때로는 격렬한 정서적 반응을 일으키기까지 하는 신비로운 힘을 발휘한다. 우리는 그러한 작품의 역량을 작자의 직관이나 타고난 재능의 증거로 돌리고, 작자는 이를 자신의 내면에서 어렴풋이 느끼는 타자의 몫으로 돌리는 경향이 있다. 그리고 인간 정신의 심적 깊이와 상이한 층위를 가늠하려는 프로이트의 노력 이래, 우리는 그러한 창작 신비의 근원을 작자의 무의식과 연결시키기도 한다. 그러나 문학은 작자와 작품의 관계에만 한정될 수 없다. 문학은 작자와 작품 그리고 독자에 의해 구성되는 생산과 소비의 복합적인 장(場)이며, 하나의 작품은 작자에 의한 창작의 차원을 넘어 독자에 의한 향유의 차원으로 이어질 때 비로소 실제적인 힘을 발휘하게 된다. 결국 작품에서 무한한 의미효과가 창출되는 것은 끊임없이 변하는 세계 속에서 다양한 주체들에 의해 그것이 늘 새롭게 읽히는 덕택으로 가능하다.

독서 속에서 경험하게 되는 정서적 효과를 우리는 감동이라 부르기도 하고 아름다움이라 부르기도 한다. 그것은 무어라 형언하기 힘들어서, 몇 줄로 요약되는 빈약한 줄거리나 몇몇 구절의 인용만으로는 도저히 재현할 수도, 설명할 수도 없다. 그것은 의식적인 차원의 생각으로 곧바로 환원될 수 있는 것이 아니다. 독서 효과는 독서하는 의식의 통제 이면에서 무의식에 깊이 접목되어 있으며, 그것이 생동하는 주체인 독자가 그 현장에서 체험하고 누리는 몫이라는 점에 이견이 있을 수 없다. 그런데 그 생소한 감동이 쉽게 고정되고 설명되지 않는 것이기에, 우리는 마음을 사로잡는 그 수수께끼를 언어로 표현하고 소통하고 싶은 충동에 더욱 사로잡히게 된다. 아마도 독자가 비평가로 변신하고자 하는 욕구도 그렇게 솟아오른다 할 것이다. 그러나 그 감동을 정밀하게 분석하고 설명하는 순간부터, 우리는 종종 감동이 훼손되는 듯한 느낌 때문에 신비 자체로 남아 있어야 할 작품을 난도질한다는 묘한 저항감에 부딪히기도 한다. 그만큼 우리가 독서 속에서 체험하게 되는 효과들은 분석적 의식이 휘두르는 논리적 언어의 매스에 강력하게 저항하는 정서적 덩어리라고 할 수 있다. 결국 어떻게 그러한 (비평가와 그의 독자들의) 저항을 물리치고 독서의 감동을 전달함으로써 자신의 독자들과 소통할 것인가 하는 것이 '텍스트분석'의 핵심 관건이라 하겠다.

창작자의 무의식이 그의 작품과 불가분의 관계를 맺는 것만큼이나 독서의 효과 또한 독자/비평가 자신의 무의식과 긴밀한 관계를 맺고 있으며, 주체가 —작자이든 독자이든— 단일한 정체성을 지니지 않는 만큼이나 그 대상이 되는 세계 또한 유동적이고 복합적인 것은 분명하다. 다시 말해, 비평이 독서의 감동을 문제 삼을 때 다루게 되는 대상은 비평가가 순수하게 객관적인 관계를 유지할 수 있는 어떤 타인의 생산물이자 고정불변의 유품이 아니다. 분석 대상은 비평가 자신의 육체에 접목된 그의 내밀한 정신세계와 일체가 된 텍스트가 그의 내면에 일으키는 동요이며, 그 동요의 근거를 텍스트의 분석을 통해 제시하는 것이 비평가의 임무이다. 이렇게 자신에게 감동을 준 텍스트를 분석하는 작업은 특히 프로이트의 이론에서 영감을 받은 벨맹-노엘의 주된 관심사가 되는데, 그 핵심은 비평가 자신의 무의식이 반응하는 텍스트의 어떤 측면이나 양상에 접근하는 데 있다.

이렇게 문학의 중심에서 무의식이 문제되는 순간부터, 그리고 특히 비평가의 주관성이 문제되는 순간부터, 비평적 글쓰기 또한 새로운 양상을 띠게 된다. 비평가는 극히 개인적이고 주관적인 세계를 자신의 독자들과 함께 경험하고 공감할 수 있는 글을 씀으로써 자신의 독서의 객관성을 인정받아야 한다. 이것은 주관적인 비평이 내밀한 독백이 아닌 이상 반드시 해결해야 할 의무이며, 특히 독서의 무의식적인 의미 효과를 환기시키고 해석하고자 하는 비평은 다른 어떤 것보다도 비평가의 독특한 글쓰기 전략을 요구하게 된다. 그것은 독자와 텍스트 사이의 정서적인 교감을 겨냥하는 문학의 예술적 차원에 비평적 의식의 조명을 일관되게 비추기 위해, 비평가가 어떤 효과적인 방법을 택할 것인가, 다시 말해 텍스트와 어떤 관계를 맺을 것인가라는 문제로 정리될 수 있다. 이렇듯, 문학 텍스트에 대한 주관적 접근의 문제는 비평 방법론에 대한 총체적인 반성을 내포하고 있다.

이와 같은 객관성과 주관성 사이의 긴장은 현대비평의 흐름을 가로지르는 중요한 논란의 대상이 되어왔다. 비평이 객관적인 주석의 차원에 머물러야 할 것인가 혹은 어떤 인문학적 입지에 근거하여 주관적인 해석을 텍스트에 가하는 자유를 누릴 것인가, 더 나아가, 비평이 하나의 객관적 진리를 작품 속에서 파악하고 지식을 전파하는 과학적 학문이 되어야 할 것인가 혹은 새로운 의미를 창출하고 감동을 전달하는 예술적 유희가 되어야 할 것인가 하는, 크게 보아 두 차원의 문제의식에서 비롯하는 다양한 토론의 역사가 배경에 깔려 있다.[3] 비평은 자신의

---

3) 레몽 피카르와 롤랑 바르트 사이의 신구논쟁이 이와 같은 논의들의 정점을 이루었다는 것은

입지를 다지기 위해 먼저 '작자의 죽음'을 선언하면서 작품을 그로부터 독립시켰고, 더 나아가 그 작품의 텍스트를 전유할 권리를 비평가에게 부여하기에 이르렀다. 작품의 원천인 작자의 영향력으로부터 분리된 텍스트의 자율성과 창조성의 바탕 위에서, 그 독자의 자율성과 창조성이 부각된 것은 구체적이고 최종적인 의미생산 단계로서의 독서의 입지가 논의의 중심에 떠오르면서 가능했다. 그러한 진화를 견인한 비평가로서 우리는 장 벨맹-노엘을 주목하게 되는데, 그에게 문학 텍스트는 상상력의 자유로운 활동 공간으로서, 일상의 한계를 넘어 향유되기 위해 미래의 독자를 향해 **열려** 있는 예술작품처럼 기능한다.

'작자의 죽음'과 텍스트의 자율성

롤랑 바르트가 선언한 '작자의 죽음'(1968)[4]의 배경에는, 이미 잘 알려진 바와 같이, 구조주의의 거대한 흐름이 있었다. 구성원들 사이의 약속에 의해 소통되는 자의적인 기호체계로 언어를 정의하는 구조주의의 입장은 일종의 조형예술의 면모를 문학적 글쓰기에 부여했다. 즉 문학적 창작행위는 언어의 일상적 의사소통의 기능과 그에 고착된 이념들을 제거함으로써 하나의 닫힌 메시지를 전달하려는 고심으로부

잘 알려진 사실이다. 롤랑 바르트의 『라신에 대하여 *Sur Racine*』(1963)에 관한 1965년의 레몽 피카르의 신랄한 비판(「새로운 비평이냐 새로운 사기냐」, 『현대비평의 혁명』, 김현 편역, 홍익사, 1986)이 있었다. 이에 대하여 바르트는 『비평과 진실 *Critique et vérité*』(Seuil, 1966)이라는 짧은 책으로 응수하였다.

4) Roland Barthes, "La mort de l'auteur", *Le Bruissement de la langue*, Seuil, 1984, pp. 61~67.

터 자유로워진 작업으로, 글쓰기에 임한 작가가 창조적 의도에 따라 기호들을 배치함으로써 새로운 상상적 세계를 건축하는 행위와 같다. 이렇듯, 텍스트를 통해 독자가 만나는 작가는 글쓰기의 의식적 산물인 '형태' 외에는 아무것도 아니며, 창조된 형태로부터 떠오르는 의미들은 작가가 글을 쓰는 순간에 의도해낸 산물이 아니라 그 형태로부터 발현되는 효과일 뿐이다. 이렇게 언어의 표현력에 의해 생성되는 의미효과와 관련하여 일체의 의도성이 배제되고 텍스트 자체에 자율성이 부여되면서, 독서 속에서 텍스트의 목소리를 떠맡는 주체는 언어 자체라는 논리가 성립된다. 이제, 작품의 상징적 친권자인 실존 인물, 작자는 독자/비평가가 다루는 텍스트에 대해 어떤 발언권도 가질 수 없게 되었다. 이러한 움직임은 작자의 반영으로서의 작품에서 자율적 텍스트로 비평의 중심을 이동시켰다. 이제 문학비평의 대상은 텍스트로 한정되고, 텍스트는 작자를 비롯한 어떤 외부 현실과도 분리된 완결된 구조로서의 폐쇄성을 확보하게 되었다. 이와 같은 비평전망은 소르본 대학 중심의 실증주의 비평가들의 비판과 저항에 쐐기를 박음으로써, 당시에 비등하고 있던 새로운 비평정신들의 힘을 결집시키고 현대비평의 방향을 확인하는 선언으로서의 의미를 지녔다고 하겠다.

이러한 흐름 위에서, 벨맹-노엘은 1968년, 쥘 베른의 텍스트에 바쳐진 연구에서 1970년, 프루스트의 『잃어버린 시간을 찾아서』의 '스완의 꿈'에 대한 분석으로 이어지는 연구 과정을 통해, 독서의 현장에서 생성되는 무의식적 효과들을 작자의 것도 독자의 것도 아닌 '텍스트의 무의식'으로 귀속시켜야 한다는 명제를 처음으로 제안했다. 이에 관해서는 다시 언급할 기회가 있을 것이다.

한편, 정신분석은 그것 나름대로, 작자와 작품 사이의 관계 단절과 텍스트의 자율성을 정당화해주는 이론적 근거를 제공해주었다. 여기에 기여한 정신분석가는 앙드레 그린André Green이었다. 먼저 1971년, 문학지 『리테라튀르Littérature』에서 그가 피력한 문학적 글쓰기의 이중적 과정에 관한 관점을 요약하면 대략 이렇다. 의식적으로 발화된 환상 담론은 의미의 수용 가능성, 즉 이해 가능성을 겨냥한 합리성의 토대 위에서 구성된다. 그러나 문학 텍스트의 발화행위는 이제까지 한 번도 들어본 적이 없는 전혀 새로운 것을 겨냥한다. 여기에는 의미의 '이차성'이 관련되어 있으며, 바로 그 이차성에 글쓰기의 비밀이 있다. 문학적 글쓰기는 환상의 무의식적 가공과정과 유사한 작업, 즉 투여되는 욕망의 '1차 과정'이 환상의 가공 속에서 '2차 과정'으로 이행되는 과정을 동반한다. 이것은 방출되고자 하는 '자유 에너지'가 압축과 전치의 타협들을 이용하고, 시간성과는 무관하게 모순적인 것들을 공존하게 함으로써, '연결된 에너지'로 변모되는 과정을 말한다. 이렇게 '연결된 에너지'는 시간적 연속성과 논리의 법칙에 복종하고 제약을 받으며 방출이 지연된다. 문학 텍스트는 이와 같은 두 양식의 왕복과 긴장관계를 요구하는 작업의 결과물인 것이다. 따라서 환상은, 혹은 텍스트는 아무리 이차성의 특징들로 꾸며졌다 할지라도, 욕망에 의해 지배되는 만큼 여기저기에 1차 과정의 흔적들을 남기며, 그것들은 건축된 텍스트의 조형물 속에서 부수적이고 우발적인 형태로 돌출하게 된다. 이러한 '자유 에너지'의 흔적들이 텍스트의 문학성에 작용하며, '텍스트의 무의식적 의미'를 생산하게 되는 것이다.[5]

그리고 그는 1973년, 『크리틱Critique』 5월호에 발표한 논문 「분신과

---

5) André Green, "La Déliaison"(1971), *La Déliaison*, Les Belles Lettres, 1992, pp. 11~42.

부재자Le double et l'absent」에서, "텍스트는 그것을 동요시키는 무의식을 갖고 있다"(저자 강조)라고 말하며, '텍스트의 무의식'이란 개념을 던졌다. 작품의 원천이 작자의 무의식임을 잊지 않으면서도, 텍스트를 작자나 독자와는 분리된 제3지대로, 그 자체로 고유한 무의식적 힘들이 상주하는 어떤 담론 조각으로 취급할 수 있는 가능성을 보았던 것이다. 그에 따르면, 테마들의 접점들, 텍스트를 재단하는 결절들, 급작스러운 침묵들, 어조가 단절되는 순간들, 무엇보다 오직 정신분석가들만의 관심을 끌 수 있는 얼룩들, 군더더기들, 방치된 미세한 사항들이 작자의 무의식과는 상관없이 텍스트의 맥락 속에서 작용하며, 무의식의 존재를 드러낸다.[6] 이러한 관점을 문학 텍스트와 마주한 정신분석가는 마치 환자의 담론을 대하듯이, 그것에 귀를 기울이면 될 것이라고 이해한다면, 우리는 여기에 숨어 있는 함정을 제대로 보지 못하고 있다. 문제는 그리 단순하지 않다……

　여기에, 소설가이자 에세이스트이기도 했던 베르나르 팽고Bernard Pingaud가 1976년 『새 정신분석 잡지Nouvelle Revue de Psychanalyse』에 글 「오메가」를 발표해 반향을 보냈다. 그는 텍스트가 작자에게서 생성되어 나온 것임에도 불구하고 정신분석적 비평은 출발 지점에서 작자의 무의식과 구분되는 '텍스트의 무의식'을 전제할 때 비로소 자신의 진정한 대상에 도달하는 행운을 누린다고 말한다. "작가는 자신을 보여주기 위해 글을 쓰는 게 아니라 사라지기 위해 글을 쓴다"라는 팽고의 결론에서도 짐작할 수 있듯, '텍스트의 무의식'이란 개념은 당시 널리 퍼져 있던 구조주의의 움직임에 편승해 있는 것처럼 보였다. 그러나 작

6) André Green, "Le double et l'absent", 위의 책, pp. 43~67.

품 속에서 말하는 자는 텍스트 자체이며, 어떤 내재적인 환상 구조를 자율적으로 지니고 있어서, 그것이 무의식적 의미효과를 생성해내며 그것을 누리는 것이 독자의 몫이라는 생각은 벨맹-노엘의 입장과 전적으로 일치하는 것 같지는 않다.

벨맹-노엘은 그 나름대로 다시 1978년, 크세주Que sais-je? 총서의 『정신분석과 문학Psychanalyse et Littérature』에서 '텍스트의 무의식'이라는 개념을 정리한 다음, 이듬해인 1979년, 자신의 첫 비평집의 제목(『텍스트의 무의식을 향하여Vers l'inconscient du texte』)에 이 개념을 내걺으로써 자신의 비평방법론의 첫 현판식을 공식적으로 거행한다. 돌이켜보면, 그에게서 이 개념은 프랑스 문학비평의 한 흐름이 구조주의로부터 멀어지는 새로운 출발점이었으며, 그러한 과정은 정신분석 이론들과의 관계 속에서 '텍스트의 무의식'에 대한 개념을 둘러싼 논의들 속에서 가속화되었다. 여기에는 프로이트의 정신분석 이론뿐만 아니라, 프로이트 이후 새롭게 발전을 거듭해오던 현대 프랑스의 정신분석 이론들이 영향을 끼쳤으며, '텍스트의 무의식'이라는 개념 또한 그의 비평이론에서 변화를 겪게 된다.

'텍스트의 무의식', 그 운명

지금까지 보아왔듯이, '텍스트의 무의식'의 개념은 문학과 정신분석에서 각기 독립적으로 거의 동시에 등장했다고 할 수 있다. 그러나 벨맹-노엘이 1970년에 처음으로 제안했고, 정신분석에서는 앙드레 그린이 1973년에 처음으로 제안했으니, 이 개념은 그것을 최초로 제안한

자인 장 벨맹-노엘의 것이라 해야 한다. 그러나 이것을 둘러싼 논의가 오히려 그와 정신분석가들 사이에서 활발하게 이루어졌으므로, 이들의 논의를 살펴보는 것이 그의 이론의 진정한 의미를 파악하는 데 도움이 될 것이다. 이것은 벨맹-노엘의 방법론을 프랑스 현대문학비평에 있어 서의 그의 입지를 제대로 파악하고 정신분석적 인식론의 전체 맥락 속 에 정확히 위치시키기 위해 필요한 과정이다. 여기서는 그 논의의 핵 심만을 간략하게 정리하기로 한다.[7]

정신분석은 실천을 전제로 하는 학문이며, 이때 문제되는 무의식은 익명의 보편적 개념이 아니라 분석의 현장에 출석해 있는 어느 누구의 독특한 개별 무의식이다. 이러한 이유로 정신분석을 문학비평에 적용 하는 것은 그 출발점에서 벌써 중요한 문제점을 안고 있었다. 즉, 정신 분석을 실천하는 문학비평의 분석 현장에서 비평가에 의해 구성되는 무의식적 형상을 과연 누구의 무의식으로 간주해야 할 것인가 하는 문 제를 필연적으로 내포하고 있는 것이다. '텍스트의 무의식'을 논의의 대상으로 삼는 것이 정신분석의 본질과 관련하여 상당히 곤혹스러운 일임을 단박에 짐작할 수 있다.

이 개념에 대한 반박이 디디에 앙지외Didier Anzieu와 장 라플랑슈Jean Laplanche에게서 터져나왔다. 그들이 이 개념에 대해 불만을 품었던 것 은 바로 그러한 관점이 정신분석의 대상은 개인의 독특한 무의식이라 는 원칙을 배반하는 것을 의미하는 것으로 보였기 때문이다. 먼저 앙 지외는 정신분석에서 무의식은 오직 살아 있는 한 개인의 무의식만을

7) Jean Bellemin-Noël, "Postface", Vers l'inconscient du texte, nouvelle édition revue et augmentée, Puf, 〈Quadrige〉, 1996, pp. 253~76.

가리키기 때문에, 텍스트가 무의식을 갖는다는 것은 성립될 수 없는 말이라고 단호하게 말한다. 이러한 비판은 정신분석가가 비평가와 텍스트의 관계를 분석가의 상담실에서 벌어지는 환자/분석자[8]와 분석가 사이의 관계를 동일시하고 있음을 암시한다. 말하자면 텍스트를 분석자의 위치에 두고 있는 것이다.[9] 분명, 텍스트를 주체로 간주할 수 없다는 생각에는 일리가 있다. 그러나 여기서 필자는 텍스트를 작자의 반영으로서, 분석자의 위치에 두는 것 또한, 물질에 불과한 텍스트에, 그것도 그 원천인 작자가 부재하는 상황에서, 또다시 주체성을 부여하는 자기모순의 함정을 엿보게 된다……

어쨌든, 이러한 비판은 무엇보다 구조주의에 대한 불만의 표출이라 할 수 있는데, 이것은 라플랑슈의 비판에서 더욱 잘 드러난다. 그는 '텍스트의 무의식'이라는 표현에서, 정신분석의 유일한 대상인 개인의 무의식을 개인들 사이에 통용되는 언어구조로 대체시키는 구조주의의 한 극단적인 모습을 보았다. 즉, 생산 주체의 무의식을 텍스트에서 비워버리고, 텅 빈 시니피앙들의 소리 연상을 통한 단어들의 연쇄를 조작하는 언어의 과장된 유희를 비난하는 것이다. 그에 따르면, 이것은 지나치게 단순하고 형식적인 것으로 머물러 있을 때에는 극단적인 일반화로 나아가게 되거나, 아니면 전적으로 개인적인 기괴한 상상 속에서 헤매게 되는 부작용을 낳는다. 이러한 비판 끝에 그가 주장하는 것

---

8) 정신분석은 '분석가analyste'의 일방적인 해석에 의한 암시로 이루어지는 것이 아니라, 환자의 자유연상에 의한 자발적인 발화행위를 바탕으로 이루어진다. '분석자'는 동사 '분석하다 analyser'의 현재분사형인 'analysant'이란 단어로서, 분석의 현장에서 분석가와 관계하여 환자가 갖는 능동적 입장을 부각시킨다.

9) Didier Anzieu, "Avant-propos", Le Corps de l'œuvre, Gallimard, 1981, pp. 9~12.

은 "시니피앙을 축으로 한다고 주장하는 방법론이 아니라, 오직 자유
연상과 분석적 상황을 결합하는 프로이트의 방법론"을 따라야 한다는
것이다. 여기서 우리는 라플랑슈가 '텍스트의 무의식'을 비판하면서 실
은 라캉의 시니피앙 이론과, 이것에서 영향을 받은 아류들의 공허한
유희를 비판하고 있다는 사실을 짐작할 수 있다. 프로이트의 방법론을
따라야 한다는 라플랑슈의 주장에는 정통 정신분석이 아닌 텍스트의
정신분석에 대한 근본적인 저항이 있다. 이러한 비판은 독서 속에서
어떻게 프로이트식의 정신분석적 전이를 실천할 것인가라는 문제를 제
기한다.[10]

　이러한 반응들은 우리에게 몇 가지 질문들을 던진다. 즉, '텍스트의
무의식'이라는 표현이 내포하는 이론적인 난점을 어떻게 비평의 실천
속에서 극복할 것인가? 그리고 그는 비평과 정신분석을 어떻게 자신의
방법론 속에서 접목시킬 것인가? 이러한 문제점들은, 벨맹-노엘에게,
'텍스트분석'이라 스스로 명명한 방법론의 실천 속에서 인식론적 틀을
정비하는 여정의 이정표가 될 것이다.

　벨맹-노엘의 '텍스트의 무의식'이란 개념과 그의 비평방법론은 정신
분석 이론에서 실질적인 영감을 받았지만, 그와는 별개로 문학비평의
맥락 속에서 그 의의를 먼저 찾아야 한다. 그에게는 '심리비평'의 방법
론을 세운 샤를 모롱Charles Mauron이라는 넘어야 할 큰 산이 있었다.
프랑스 문학비평사에 있어서 모롱의 방법론은 꽤 중요한 의미를 지닌
다. 그는 작품을 작자의 증상으로만 바라보려는 프로이트 제자들의 '심

---

10) Jean Laplanche, *Problématiques IV. L'inconscient et le ça*, Puf, 1981 ; Puf, 〈Quadrige〉,
　　1998, pp. 143~44.

리적 전기'에 방법론상의 엄격함이 결여되어 있다는 점을 지적하고, 비평은 작품 자체를 일관된 방법으로 정교하게 검토해야 한다고 주장했다. 그리고 내용이나 형태에서 관찰되는 어떤 규칙과 체계를 밝혀내고, 그 작가의 상상세계의 바탕을 '개인 신화'라는 이름으로 묘사하는 것을 독서 목표로 내세웠다. '텍스트 포개기'라 불리는 이 분석 기교는 작가가 특히 선호하는, 강한 환기력을 지닌 핵심요소들을 들춰내는 데 효과적이라고 할 수 있다. 그러나 문제는 그 다음 단계에 있다. 독서를 주도해온 자신의 직관의 객관성과 정당성을 확인하기 위해, 그는 작자의 내면 일기나 서한문 혹은 그의 삶에 관련된 기타 자료 등, 이미 알려진 사실들을 참조하는 방향으로 선회해버렸다. 그러고는 그러한 작업의 결과로 얻은 지식을 작자의 진실로 규정하고, 그것을 비평가 자신의 또 다른 작업의 결과에 다시 조명함으로써 순환논리 속에 빠지고 말았다. 벨맹-노엘에 따르면, 작품이라는 극히 제한된 대상으로부터 끌어낸 부분적 형상을 작자의 무의식의 증거로 간주하는 자세는 실증주의적 이데올로기가 안고 있는 함정이며, 구체적인 실질을 제거하고 정신적 추상성의 거창함을 강조하는 형이상학 우월주의의 함정이다. 뿐만 아니라, 정신분석의 이름을 내걸면서도, 일방적인 분석작업의 결과로 도출된 하나의 무의식적인 형상과 그 분석대상을 생산한 주체 사이의 동질성을 주장하고, 그런 식으로 만든 한 주체 형상을 다시 분석대상으로 환원시키는 것은, 동질적 세계관을 거부하는 프로이트의 원칙에도 어긋난다. 벨맹-노엘은 '텍스트의 무의식'이란 개념의 싹을 조금씩 키워가던 그 시절을 회고하면서, "텍스트 자체에 어떤 무의식적인 차원을 부여하는 것은 작품에 새로운 차원들을 열어주고, 작품과 더불어 그것과 마주한 개별적인 주체 모두에게 자유와 생산성을 부여할 수 있을 뿐만 아니라 더 나아가 텍스트의 무의식이라는 개념이 창조자의 우상을 쓰러뜨리게 해줄" 것이라는 믿음이 그에게 있었다고 고백한다.[11] 독자의 자유와 의미 생산성이 여기에 부각되고 있다는 점에 유념하자.

이제 작자를 독서로부터 제외시킨 만큼 작품에서 텍스트로 비평의 중심이 이동하면서, 그는 한 작가가 생산한 작품들 사이에 어떤 일관성도 인정하지 않게 되며, 읽을 작품이 작자미상의 것이든, 전설이든 동화이든, 자서전이든 소설이든, 작자가 생존해 있든 사망했든, 독자의 입장에서는 모두 같은 방법으로 텍스트를 읽을 수 있다는 사실에 주목한다. 이로부터 '텍스트분석'의 급진적인 입장이 세워진다. 그것은 각각의 텍스트들은 같은 작가에 의해 씌어진 것이라 할지라도 매번 고유한 글쓰기의 논리에 의해 지배받으며 각각의 독서는 그 나름의 고유한 무의식적인 역동성을 지니므로, 매번의 비평은 언제나 오직 하나의 텍스트에 바쳐져야 하며, 작품들 사이의 '포개기'가 아니라 하나의 텍스트 내에서 **자유 연상**을 실시해야 한다는 것이다.

그러한 입장은, 물론 초기부터 모두 명백했던 것은 아니지만, 새로운 독서 시도를 통해 꾸준히 모색되기 시작했었고, 그 실천 의지는 1968년, 쥘 베른의 작품들에 대한 독서에서 처음으로 나타났다. 글의 도입부에서 그는 모롱과는 다른 방식의 독서를 할 것이라 말하고는, 프로이트 이전의 텍스트로 거슬러 올라가서 순전히 언어의 작용들을 분석함으로써 무의식의 언어를 짚어내겠다는 그의 계획을 밝힌다. 문제의 핵심은 결국 텍스트의 시나리오나 담론 속에서 포착되는 무의식의

---

11) Jean Bellemin-Noël, *Vers l'inconscient du texte*, 1996, pp. 264~68 참고.

언어를 작자나 작가의 영혼으로 돌릴 수 있는가 하는 것이었고, 그의 결론은, 비록 '곤혹스러움'이 없지는 않지만, 그는 작자 개인의 무의식이나 작가 전집에 대한 고려 없이 하나의 개별적인 텍스트 속에서 무의식이 떠오르는 지점들을 살펴볼 수 있다는 것이었다. 지금 생각해보면, 그가 말했던 그 '곤혹스러움'이란 독서 과정에서 포착되는 무의식의 언어를 어떤 주체에 결부시킬 것인가 하는 문제였던 것 같다.

그리고 1970년, 프루스트의 『잃어버린 시간을 찾아서』의 방대한 작품 속에서 한 페이지가량을 차지하는 스완의 꿈을 분석하면서, "시니피앙의 망들을 통한 의미의 이동은 아무개의 아무 무의식으로 환원시킬 수 없으며, **텍스트의 무의식의 몫**으로 돌려야" 한다고 입장을 정리하고 있다. 독서 속에 떠오르는 무의식적인 의미효과를 어느 곳엔가 귀속시켜야 한다면, 그것은 오직 텍스트일 뿐이다. 다시 말해 '텍스트의 무의식'은 작자의 것도, 독자의 것도 아니며, 화자의 것도 등장인물의 것도 아닌, 오직 텍스트로 되돌려야 할 무의식이라는 것이다. 이렇게 볼 때, 혹자들은 그의 개념 또한 앞서 언급했던 정신분석가들의 비판에서 그리 자유로운 것 같지는 않다고 할 것이다……

여하튼, 이러한 입장을 토대로, 그는 텍스트에 대한 관점을 새로이 정비한다. 1972년 『텍스트와 전(前) 텍스트 Le Texte et l'avant-texte』에서, 그는 한 러시아 태생의 초현실주의 시인의 수사본을 연구하며 같은 개념을 떠올리고 있다. 전(前) 텍스트에서 최종 텍스트로의 탄생 과정을 관찰하면서 그가 얻은 결론은 이렇다. 즉, 독서의 대상이 되는 텍스트는 단지 작자가 자신의 창작 작업에 최종적으로 서명한 마지막 상태일 뿐, 다시 말해 작가가 글쓰기의 움직임에 따라 결단 내리고 종지부를 찍은 어떤 종결, 말하자면, 일련의 물리적 형태적 변형들 사이의 '주저함' 속에서 내려진 종결일 뿐, 결코 궁극이 아니며, 그것 자체는 오히려 우연적이고 불확실한 한 단계에 지나지 않는다. 이렇듯, 출판 이전의 습작은 출판된 텍스트와는 별개의 의미효과를 창출해낼 수 있는 자율성을 지니고 있는 것이다. 요컨대 그는 한 작품의 여러 이본들에 대한 연구를 통해, 의미 효과에 있어서 작가와 텍스트 사이의 어떤 필연적이고 내면적인 관계를 부정하는 근거를 제시했다. 그리고 작자의 권한이 미치는 작품과는 달리, 텍스트는 출판 조건, 생산 주체, 소비 주체에 대한 모든 참조와는 무관하게 고려되는, 글쓰기와 독서의 대화 장소이자 물질적 근거라고 정의 내린다. 더 나아가, 지금까지 발언권을 지녀온, 그리고 사람들이 연구의 대상으로 삼아온 작자라는 하나의 주체나 그에 귀속되는 한 가지 의미에 만족하기보다는, 연상 망들을 관통하며 의미가 이동하는 것을 관찰하면서 무한한 의미형성의 유희를 독서를 통해 향유해야 한다고 주장하고, 이와 같은 독서 태도를 '텍스트의 무의식'이란 개념과 함께 '텍스트분석'이라는 이름으로 이와 같은 독서를 명명하기를 이 책에서 처음으로 조심스럽게 제안한다.

텍스트 속에서 '말하고 있는' 무의식은 텍스트의 무의식이다. 그것은 아무것도 말하지 않기 위해 말하며, 끝없이 이어지는 의미형성의 유희를 보장한다. 〔……〕 하나의 의미나 하나의 주체에 절대 만족하지 않는 독서를 강요하는 것도 바로 그것이다. 그것은 텍스트에는 '나'라고 말하도록 허락된 어떤 것도 어떤 누구도 존재하지 않는다는 사실을 쉼 없이 반복한다. 〔……〕 텍스트의 무의식은 어떤 나를 갖고 있거나 혹은 나로 존재하는 것의 난점을 극단적으로 시험한다. 텍스트의 무의식은 그것[이드]이 있었던 그곳에 내가 결코 진실로는 도래할 수 없을 것이라고 하는 바로 그 장소이다. 그렇다고 내가 그러한 도래를 겨냥하고 시도하기를 멈추는 일은 없다.

이 연구의 경제학 속에서—이것에 '텍스트분석'이라는 이름을 붙이면 좋을 듯하다— 전 텍스트가〔……〕[12] (저자 강조)

훗날 그 자신도 이 대목에 대해 회고하며 평가하고 있듯이, 아직 그가 비평활동을 통해 그 근거들을 풍부하게 제시하고 있지는 않았지만, 우리는 여기서 작자의 지배력과 생애에서부터 독자의 중립성, 그리고 미리 구성된 하나의 (대문자) 의미의 고정성과 단일성에 이르기까지, 거추장스러운 전통들이 고집하던 이념이나 인식의 틀과 단호하게 단절할 것을 선언하고 있음을 알 수 있다.

그리고 1979년, 벨맹-노엘은 첫 비평집 『텍스트의 무의식을 향하여』의 말미에서 자신의 비평방법론에 대한 청사진을 이렇게 밝히고 있다.

인간을, 작자를 괄호 속에 넣고, 텍스트들에 대한 한 정신분석적 독서의 방법을—텍스트분석이라는 한 방법을—비평에서 정립시키기를 목표로 삼으며, 우리는 다음의 사실을 가정하게 된다. 모든 텍스트는 어떤 무의식적 담론에 의해 작업된다. 텍스트 속에서 실현되고 있는 그 작업을 보여주고 들려주는 것은 가능한 일이다. 그러한 작업은 결코 하나의 번역이나 어떤 공식으로의 환원을 목표로 하지 않는다. 그것은 글쓰기 작업 속에 투여되어 은밀히 작용하는 힘으로서, 텍스트의 우회적인 작동을 인지하고자 한다. 그러한 분석을 이끌기 위해서는 프로이트와 그

---

12) Jean Bellemin-Noël, *Le Texte et l'avant-texte*, Larousse, 1972, p. 130.

의 제자들의 개념들을 동원하는 것만으로는 충분하지 않다. 그들에게로 돌아가야 한다. 왜냐하면 문학적 독서는 임상경험이나 혹은 인간 정신 현상의 보편적인 이해를 둘러싼 하나의 이론체계에 수정을 가져다주기 때문이다. 이것은 1970년에 내가 어떤 질문들과 입장들의 맥락 속에서 **텍스트의 무의식**에 대하여 말하기 시작했는지, 그리고 왜 내가 이 표현을 계속 사용하는지를 설명해준다. (p. 191. 저자 강조)

이 인용문에서 우리는 프로이트의 정신분석 이론을 구성하는 몇몇 개념들을 단순히 차용하는 것이 아니라 전격적으로 그의 분석방법론을 실천해야 할 필요성을 역설하고 있는 그의 모습을 볼 수 있다. 여기서 우리는 **텍스트 속에서의 무의식의 작업**이라는 개념이 어렴풋이 떠오르고 있음에 주목하게 되는데, 이것은 장차 '텍스트의 무의식'을 대체하게 될 개념이다. 그는 "텍스트의 무의식이 있다"는 명제가 결코 "텍스트가 무의식을 '갖고 있다'는 것을 의미하지는 않으며" "무의식은 텍스트 속에서 독서의 귀결로서 도래하는 사건처럼 존재"(pp. 193~94)한다고 말한다. 이처럼 정적인 구조가 아닌 역동적 작업이 문제되는 순간부터, 무의식의 '전이'가 일종의 대화라는 점을 떠올리는 순간부터, 그리고 약속된 코드 체계로서의 랑그보다는 오히려 소통 행위의 구체적인 실현이 관건인 파롤이 문제되는 순간부터, 그는 소쉬르의 랑그 체계를 근거로 하는 기호학이 정신분석에 기여할 수 있는 바가 극히 미미하다고 생각했다.[13]

---

13) 그는 기호가 원칙적으로 시니피에/시니피앙의 관계 속에서 의미작용 하는 것을 목적으로 한다면, 텅 빈 시니피앙은 기호의 원래의 의미를 상실하게 되므로 표현의 남용이라고 지적한다.

'자기전이'와 주체의 회귀

여기서 우리가 주목해야 할 흥미로운 사실은 '텍스트의 무의식'이란 그의 개념이 당시 구조주의의 토양 한가운데 세워진 '작자의 죽음'이라는 깃발 아래 있었던 것은 사실이지만, 그가 애초부터 이미 독자의 무의식의 지위에 관심을 기울이기 시작했다는 점이다. 1971년 10월, 당시 새로운 문학비평의 움직임을 대변하고 촉진하던 신생 문학지『리테라튀르*Littérature*』제3호는 '문학과 정신분석'에 바쳐진 특집이었다. 벨맹-노엘은 주 편집자 가운데 한 사람으로서 책 말미에 붙인 편집 후기에 이렇게 선언했다. "요즘 들어 글쓰기 속에서의 무의식의 작업의 문제가 그 표현 방법을 새로이 모색하고 있는데, 그것은 텍스트의 무의식의 문제이자, 무의식적(무의식으로서의) 텍스트의 문제이다. 이것들이 또한 수용자에 입각하여 고려되어야 할 문제라는 점은 자명하다" (p. 122). 적확한 표현을 찾지 못해 여러 용어들 사이에서 아직 망설이며 '텍스트 속에서의 무의식적 작업'의 문제에 골몰하면서도 독자의 지위를 고려의 대상으로 삼기 시작했다는 사실에서, '수용자'라는 단어가 앞으로 그의 비평이론에서 어떤 중요성도 지니지는 못하게 되지만(왜냐하면 이것은 단순한 수용의 차원을 넘어, 의미 생산의 문제이기 때문이

그리고 라캉의 시니피앙은 상징체계의 핵심 구성요소이면서, 동시에 청각 영상에서부터 표상, 환상, 증상 등에 이르기까지 상상계에 결부된 것까지도 모순되게 모두 포괄할 수 있는 요술방망이로 변신하고 만다는 사실을 환기시키면서, 그 개념의 원천으로부터 완전히 방향을 달리하는 개념이 되어버린 라캉의 '시니피앙'의 개념으로부터 거리를 유지해야 한다고 역설했다(Jean Bellemin-Noël, *Gradiva au pied de la lettre*, Puf, 1983, pp. 228~40 참고).

다), 우리는 지금까지 보아왔던 경우들과는 달리, 그의 이론화 과정에서 논의의 중심이 텍스트에서 독서로, 독자로 이동해갈 수 있는 가능성을 엿보게 된다.

1980년대로 들어서면서, 그는 언표 속에 내포된 발화행위의 실제적인 효력(의미)이 대화 상대자의 주관적 참여에 의해 결정되는 양상에 주목하면서, '화용론'과 정신분석적 해석 작업을 접목시키기를 처음으로 제안했다.[14] 이것은 무의식들 사이의 전이관계 이론을 통해 독서 현상을 설명할 수 있는 가능성을 열게 된다. 이러한 관점에서 '텍스트의 무의식'을 통해 그가 애초에 암시하고자 했던 '텍스트 속에서의 무의식적 작업'이 그 원래의 표현을 전적으로 대체하게 된다. 그가 화용론에서 자신의 입장을 지지해줄 수 있는 가능성을 보았다면, 그것은 언표의 즉각적인 의미와, 발화행위 자체가 겨냥하는 의미효과를 구별하는 화용론의 기본 입장 때문이다. 이와 같은 담론의 이원적인 양상은 코드의 불충분함 때문에 벌어지는 일종의 발화행위의 유희라고 할 수 있다. 즉각적으로 전달되는 언표의 의미와, 표명되지 않는 동기에 의해 발휘되는 발화 내적인 정신적 심리적 작용 사이의 이중성에 대한 인식은, 주체들 사이의 대화뿐만 아니라, 하나의 주체 내부의 갈라진 심급들 사이에 벌어지는 대화 속에서 해석이 이루어지고 의미가 결정되는 양상에도 관심을 기울이게 한다. 이 상이한 내적 차원들 사이의 관계는 '자기전이'의 상황을 설명해준다.

---

14) Jean Bellemin-Noël, "Psychanalyse et pragmatique", *Critique* n° 240, mai 1982, pp. 406~22; "La Pragmatique au service de l'écoute", *Interlignes, Essais de Textanalyse*, Presses Universitaires de Lille, 〈Objet〉, 1988, pp. 195~222.

이제 글쓰기는 의미가 불확정적인 메시지를 던지는 언술행위가 되면서 독자의 참여를 준비하고, 텍스트는 언표와 언술행위의 이중성—이것은 억압에 의한 검열의 산물이다 — 속에서 풀어야 할 수수께끼가 된다. 벨맹-노엘에 따르면, 텍스트의 담론으로 자신의 내면을 채운 비평가는, 언표들의 불확정적인 의미가 파놓은 틈새로 흘러나오는 수수께끼 메시지를 자신의 내면의 목소리를 통해 듣고 분석하여, 그 수수께끼에 하나의 가능한 의미를 제안해야 한다. 다시 말해, 비평가는 텍스트의 표면, 즉 언표와 독서 현장에서 활력을 되찾는 언술행위 사이에 팬 수수께끼의 공간에, 텍스트 표면에 명시되어 있지 않는 **무의식적 의미 동기를 새로이 부여함으로써** 하나의 환상을, 욕망을 구성해내는 것이다. 요컨대 비평이 진정한 의미 창조의 행위가 되도록 하는 것이다.

이러한 관점에서 벨맹-노엘은 독자의 내면에서 이루어지는 텍스트의 무의식적인 작용을, 특히 텍스트 속에서의 독자의 특별한 참여를 보여주려 했고, 그 과정은 『거추장스러운 작자*L'Auteur encombrant*』(1985), 『욕망의 전기들*Biographies du désir*』(1988)과 같은 그의 책 제목들이 상징적으로 보여주듯이, 작자로부터 텍스트를 독립시켜 독자의 손에 온전히 이동시키는 것이었다. 마침내 1988년부터 그동안 가정적으로만 언급해오던 **텍스트분석**을 자신의 비평방법론의 공식 명칭으로 내세웠다.[15] '텍스트의 무의식'에서 '**텍스트 속에서의 무의식의 작업**'으로의 개념 이동은 화용론의 수용과 소쉬르의 구조주의 관점으로부터 거리두기, 그리고 텍스트에서 독자로, 작가의 글쓰기에서 독서의 글쓰기로

---

15) Jean Bellemin-Noël, *Interlignes. Essais de Textanalyse* 1, 2, 3이 1988년, 1991년, 1996년에 각각 출판된다.

그의 비평방법론의 축을 이동시켰다.[16]

그러나 '텍스트 속에서의 무의식의 작업'이란 표현에는 결정적으로 명시되지 않은 요소가 여전히 남아 있다. 그것은 바로 그러한 작업의 주체이다. 무의식이 살아 있는 한 개인의 몸에 결합된 역동적인 것이라면, 그 무의식은 문학 속에서 어떻게 작동하는가? 작자의 무의식이 창작에 투여되는 것은 사실이지만, 독자의 무의식이 의미생산의 최종 단계인 독서의 장에서 활동하는 유일한 무의식이며 그것의 참여가 비평에서 문제되어야 한다는 사실이 명백해진 지금, 벨맹-노엘은 이 문제를 해결하기 위해 자기전이라는 개념을 내세운다.

1990년에 '무의식과 함께 독서하기'에 대한 이론적 고찰의 기회가 그에게 새로이 주어졌다. '치료 바깥의 정신분석'이란 주제로 정신분석학 연구자들에 의해 조직된 학술대회에서 그의 발언이 요청된 것이다.[17] 전이는 무의식들 사이의 만남을 가능하게 하는 근본적인 메커니즘이다. 분석가와 환자 사이의 정서적 전이는 그들 과거의 어린아이와 주변 사람들을 연결시켜주던 전이관계를 재활성화함으로써, 문제의 핵심으로 접근해 들어가는 통로를 마련해준다. 분석가들에 따르면, 분석

---

16) 독서의 장에서 텍스트가 하나의 꿈이나 환상과 같은 무의식적 수행의 역동적 성격을 띰에 따라, 글쓰기에 의해 구축된 형태와 그로부터 솟아나는 의미효과라는 그릇/내용물의 관계는 여기서 의미를 상실하게 된다. 우리의 의식에 떠오르는 바대로의 꿈이나 환상은 그 자체로 무의식적 시나리오 구성방식의 결과물이라 할 수 있으며, 우리는 이를 분석함으로써 시나리오의 무의식적 내용을 이해할 수 있게 된다. 비평가에 의한 무의식적 환상 시나리오의 재구성은 무엇보다 무의식적 욕망의 분출방식의 분석을 의미하며, 이것은 원텍스트의 수수께끼 숲을 헤집으며 자유연상을 실행하는 비평가의 텍스트 재편성을 요구한다.

17) Jean Bellemin-Noël, "Perspective : *Le travail inconscient de l'inconscient*: Pour l'auto-transfert", *Interlignes 3. Lectures textanalytiques*, Lille : Presses Universitaires de Septention, 1996, pp. 201∼26.

가와 환자는 치료의 시간을 마감하고 헤어진 다음에도 그들이 함께 공들여 했던 작업을 각자 자신의 내면에서 연장하게 되는데, 이를 통해 그들의 억압된 과거가 더욱 확실하고 폭넓은 공명을 일으키게 된다. 그처럼 치료의 시간에만 국한되지 않고, 치료의 장 바깥에서도 분석적 작업이 지속된다는 것은 유아기 선사시대에 깊이 뿌리내리고 있는 '나' 즉 상징적 기호체계를 사용하며 사유의 표면을 주관하는 주체와 '자아' 사이에 자기전이라 특징지을 수 있는 일종의 보이지 않는 내적 무의식적 소통이 존재한다는 것을 전제로 한다. 벨맹-노엘에 따르면, 이러한 '자기전이'는 예술작품의 창작과 향유에서도 마찬가지로 일어난다.

이렇듯, 그는 정신분석의 관점에서, 두 개의 고립된 자기전이, 즉 하나는 예술가, 다른 하나는 애호가에게서 벌어지는, 두 개의 자기전이의 고리가 만나는 장소로서 예술작품을 바라보고자 한다. 예술작품은 작가의 작업과 그의 실제적 존재를 정당화하는 누군가의 눈이나 귀가 있을 때만 그 이름의 자격으로 존재할 수 있다. 그러나 예술가와 향유자라는 두 작업 주체들 가운데 어느 누구도 무의식의 어떤 부분이 그 작업의 현장에서 활성화되고 있는지는 의식하지 못한다. 물론 예술가는 창작의 장에서 자기 자신을 위해 분석을 행하는 과정에서 자신의 창조적 상상력이 무엇을 작동시키는지 종종 부분적으로 발견하기도 한다. 그러나 창작자의 표명된 무의식적 의도라는 것은 있을 수 없을뿐더러, 그 자체로 전달될 수 있는 무의식적 메시지도 있을 수 없다. 창작과 향유의 고립된 두 상황 속에서, 무의식적인 작용에 대한 식견을 갖춘 독자/비평가는, 텍스트와의 접촉 속에서, 즉 작가를 통해 텍스트 속에 무의식적으로 심어진 환상들과의 접촉 속에서, 그 자신의 내면 깊숙한 곳에서 일어나는 동요들에 귀 기울임으로써, 무의식의 잠재적인 흔적들을 다시 활성화시키고 그 효과를 형식화해야 한다. 그리고 그러한 작업을 통해, 2차 독자들로 하여금, 독서 속에 자기 자신을 투여할 때 자신의 내면에서 자기전이를 통해 지각되는 상상적 요소들을 비평 글에서 참조하도록 유도해야 한다.

알다시피, 정신분석 이론을 독서에 활용한 경우가 벨맹-노엘이 처음은 아니며, 구조주의자들이 그것에 관심을 갖지 않은 것도 아니다. 예를 들어 롤랑 바르트의 경우, 그는 정신분석적 관점을 문학비평에 가미한 최초의 비평가들 가운데 한 사람이라고 할 수 있다. 그러나 그에게 더욱 중요했던 것은 텍스트에서 작자를 비워버리는 것이었고 그가 정신분석의 활용을 위해 주체의 문제를 어떻게 해결해야 할 것인가에 대해 관심을 가졌던 것은 아니다. 결국 '텍스트분석'의 방법론이 스스로 떠맡은 과제는 구조주의자들이 마련해준 '텍스트의 자율성'에서 출발하여, 제거된 주체성을 어떻게 복원시킬 것인가 하는 문제였다고 하겠다. 벨맹-노엘의 '자기전이' 이론은 구조주의자들이 텅 비워버림으로써 '페티시화'해버린 텍스트를 문학 주체들로 다시 가득 채움으로써, 그것에 예술적 가치를 온전히 부여하게 된다. 이때 예술적 차원은 미학적 차원을 가리키며, 무엇보다 작가와 독자에 의한 무의식의 투여와 관련되어 있다. 이로써 그의 독서 이론은 예술 전반의 창작과 향유의 한 국면을 설명하는 이론으로 확장될 수 있는 가능성을 얻게 되었고, 이제 텍스트는 문자들의 조합으로 구성된 닫힌 완결구조로서의 의미가 아니라, 주체들 사이의 만남의 장소로서 활짝 열리게 된다.

'자신의 온 무의식으로 읽기'

이처럼 방법론의 방향이 확고히 설정된 이후, 그의 행보는 이론의 진화라기보다는 정교화 과정이라고 하는 것이 어쩌면 더 어울릴지도 모르겠다. 방금 보았듯이, 텍스트가 더 이상 완결된 구조가 아니라 주체들의 만남의 장소라는 생각이 세워지면서, '간텍스트l'intertexte'의 개념에 대한 그의 입장 또한 수정된다. 먼저 텍스트의 폐쇄성과 자율성을 주장하면서 텍스트 간의 상호성을 염두에 두는 것 자체가 실은 이미 모순이 아닌가? 그게 아니라면 그러한 상호성은 도대체 어디에 근거하는 것일까? 그는 이 질문에 대답하기 위해 간독서l'interlecture라는 새로운 개념을 만들어낸다.[18] 텍스트 속에서 명백하게 인용되거나 비유 혹은 암시되지 않는, 텍스트 저변에 암묵적으로 깔려 있는 상이한 텍스트의 흔적을 읽고자 한 것이다. 그에 따르면, 예를 들어, 줄리앙 그라크의 『숲속의 발코니』의 한 페이지에서는 그 속에 은밀하게 산포되어 있는 랭보의 시 한편을 읽을 수 있는데, 그는 그 두 텍스트 사이의 상관성을 무의식적 환상의 재구성을 통해 정당화시켰다. 하지만 그라크가 진정으로 그것을 의도했는지 누가 알 수 있겠는가? 이것은 작자의 독서는 물론이고, 독자의 독서와 그의 환상적 재구성이 중요한 역할을 한다는 점을 말해준다. 이처럼 독서의 풍부함과 빈곤함은 전적으로 독자의 책임이다.

---

18) Jean Bellemin-Noël, "Interlecture *versus* intertexte", *Plaisirs de vampire*, Puf, 〈Écriture〉, 2001, pp. 11~37. 이 글은 1992년 '문학은 어떻게 작용하는가?'라는 주제로 프랑스 랭스 대학에서 개최된 학술대회에 발표되었다.

벨맹-노엘은 자신의 방법론에서 패러다임의 변화를 본다. 이제부터 텍스트와 독자 사이의 관계가 달라진다. 텍스트는 더 이상 독자와 분리되어 있지 않다. 독자의 무의식은 텍스트의 의미 가능성들을 흡혈귀처럼 빨아들임으로써 자신의 육체에 텍스트를 접목시키고, 텍스트의 언어로 연상하고 말하게 된다. 독자는 텍스트 속으로 들어가고, 텍스트는 독자 속으로 들어간다. 텍스트의 폐쇄성 따위는 더 이상 문제되지 않는다. 텍스트는 독자에게 열려 있고, 작자에 대한 그것의 자율성은 독자의 편에서 극대화된다. 정신분석적 관점에서 볼 때, '텍스트분석'의 이와 같은 상황은 텍스트와 일체가 된 독자를 분석자(환자)의 입장에 위치시킨다. 그러나 비평은 결코 비평가의 내밀한 수필이 아니다. 비평가가 텍스트와 마주하여 개인의 감수성으로 개인적인 지식과 환상을 연상하더라도 그것은 텍스트의 의미생산에 봉사하기 위한 것이며, 비평가 자신의 독서 속으로 자신의 독자들을 빨아들임으로써 그들을 다시 텍스트로 인도해야 한다. 결국 '텍스트분석'이 독자들을 묶어주고 독서들의 연쇄를 보장하기 위해서는, 환자의 머리맡에 앉아 있는 분석가가 떠맡는 초자아의 역할이 텍스트에 위치되어야 한다. 비평가는 텍스트와 합체된 분석자인 동시에 정신분석적 방법으로 텍스트에 귀 기울이는 분석가의 역할을 동시에 수행한다. 작가와 독자의 **공동** 생산자 관계 속에서 텍스트의 의미효과가 최종적으로 실현되기 위해, **독자/비평가는 텍스트와 협력해야 한다.** 여기에는 어떤 '중심'의 관념도 어떤 식의 '일방통행'도 없다. 이것은 텍스트에 대한 접근에 관심을 기울였던 정신분석가들이 원했든 원치 않았든, 텍스트를 분석자(환자)의 위치에 놓던 경향과는 정반대의 입장이다. 그런 만큼, '텍스트분석'의 특징은 환자의 어떤 진실에 다가가고자 하는 정신분석과는 달리, 매번의 독서가 매번의 새로운 사건이라는 데 있다. 여기서는, 리파테르가 말하는 '슈퍼독자'조차도, 오직 자신의 독자들에게 '공감'을 얻음으로써 신뢰받을 수 있다는 현실로부터 자유롭지 못하다. 창조적 건축이 이뤄지는 '하나의 사건으로서의 독서' 개념이 그동안 비평계를 지배해왔던 '사물로서의 텍스트'를 대신하여 그의 방법론의 전면을 차지하게 되었다.

　이제 꽤 길었지만 필자로서는 여전히 부족함을 느낄 수밖에 없는 이 글을 마무리해야 할 때가 온 것 같다. 인간은 다른 동물들과는 달리 미숙한 상태로 태어나 어머니의 품에 오래 머물면서 육체를 통해 먼저 어머니의 몸을, 그리고 세상을 인식하고, 성인들에 둘러싸여 그들의 수수께끼 같은 메시지들을 해독하기 위해 고민한다. 그러한 인간의 공통된 실존조건에 동의한다면, 어느 언어로 된 문학 텍스트 속에서도 무의식의 목소리를 들을 수 있다는 것에 의구심을 품을 수는 없을 것이다. 사회문화적 조건에 따라, 그것에 결속된 주체들이 겪는 저항에 정도의 차이는 있겠지만 말이다. 체득되지 못한 성인들의 기호들을 어린 주체들은 먼저 소리들의 물질성으로 지각하고, 그들 자신이 성인이 되어 차후에 그 기호들을 능숙하게 구사할 수 있게 된 시점에 이르러서도 그들 안에 살고 있는 어린아이는 그 청각영상들 속에서 계속 다른 메시지를 듣는다. 텍스트 속에서 무의식의 표현 통로가 되는 최소단위인 문자에서 출발해서 그 여백에 이르기까지, 텍스트에 귀 기울이기의 작업은 표면의 합리적 담론의 논리에 연연하지 않을 것이다.

　발행을 앞둔 최근의 저서 제목을 통해, 벨맹-노엘은 하나의 텍스트가 가장 풍부한 예술작품이 되게 하기 위해, 우리에게 자신의 온 무의식으로 읽기를 권장한다.[19] 이것은 이론의 격자에 텍스트를 통과시킴으로써 몇 개의 개념으로 작품을 축소시키지 않기 위한 최선의 방법이다.

그것이 자기 자신의 무의식에 기대는 만큼이나, 그것이 실현되는 방식 또한 비평가의 개성에 따를 것이다. 교육자의 입장에서 그가 우리에게 던지는 그의 메시지를 읽으며 이 글을 마치기로 하겠다.

　모범적인 예라는 것은 없다. 그러니 나는 예를 하나 제시함으로써 나쁜 전례를 남기는 위험스런 일을 범하고 있는 셈이다. 예를 제공받는 자가 자칫 예라는 말의 이중적인 가치나 그것의 이중적인 기능의 희생물이 되어, 검토해야 할 견본으로 제시된 것을 모방해야 할 이상적인 것으로 오해할 수 있기 때문이다. 그런데 어떤 대가를 치르고서도 모방하겠다는 의지는 반복으로 이어지며, 통제되지 않은 기계적인 동작으로, 다시 말해 실패로 귀착되기 마련이다. 우리는 하나의 방식을 자신의 것으로 만들어야 하며, 문자가 아니라 정신을 따라야 한다.[20]

---

19) Jean Bellemin-Noël, *Lire de tout son inconscient*, P. U. Vincennes. 2011년 발행 예정.
20) 장 벨맹-노엘, 『문학텍스트의 정신분석』, 최애영·심재중 옮김, 동문선, 2001, p. 105.

장 벨맹-노엘 저서 목록

Paul Valéry devant la critique de notre temps, Garnier, 1971.

Le Texte et l'avant-texte, Larousse, 〈L〉, 1972.

La Poésie-philosophie de Milosz(essai sur une écriture), Klincksieck, 1977.

Psychanalyse et littérature, Puf, 〈Que sais-je?〉, 1978(rééd. 1983, 1989, 1993 et 1995).

—Nouvelle édition mise à jour et augmentée, Puf, 〈Quadrige〉 nº 394, 2002.

Vers l'inconscient du texte, Puf, 〈Écriture〉, 1979[épuisé].

—Nouvelle édition augmentée, Puf, 〈Quadrige〉, 1996.

Gradiva au pied de la lettre, Puf, 〈Le Fil rouge〉, 1983.

Les Contes et leurs fantasmes, Puf, 〈L'Écriture〉, 1983[épuisé].

—Nouvelle édition augmentée, Montréal: Éditions Balzac, 〈L'Écriture indocile〉, 1994.

L'Auteur encombrant(Stendhal, "Armance"), P.U.Lille, 〈Objet〉, 1985.

Biographies du désir(Stendhal, Breton, Leiris), Puf, 〈Écriture〉, 1988.

Interlignes. Essais de textanalyse, P.U.Lille, 〈Objet〉, 1988.

Le Quatrième conte de Gustave Flaubert, Puf, 〈Le Texte rêve〉, 1990.

Diaboliques au divan, Toulouse: Éditions Ombres, 〈Soupçons〉, 1991.

Interlignes 2. Explorations textanalytiques, P.U.Lille, 〈Objet〉, 1991.

Une balade en galère avec Julien Gracq, Toulouse: P.U.Mirail, 〈Cribles〉, 1994.

Interlignes 3. Lectures textanalytiques, Lille: P.U.Septentrion, 〈Objet〉, 1996.

La Psychanalyse du texte littéraire. Introduction aux lectures critiques inspirées de Freud, Éditions Nathan, 〈128〉, 1996.

Plaisirs de vampire(Gautier, Gracq, Giono), Puf, 〈Écriture〉, 2001.

Lectures de poèmes français modernes(Valéry, Apollinaire), Presses de l'Université Nationale de Séoul, 2005.

"L'Ombrelle rouge" de W. Jensen, traduction et commentaire, Éditions Imago, à paraître en 2011.

Lire de tout son inconscient, P.U.Vincennes, à paraître en 2011.